Jørgen Jæger

Blutschrift

Kriminalroman

Aus dem Norwegischen
von Nina Sattler-Hovdar

Deutscher Taschenbuch Verlag

Deutsche Erstausgabe
Januar 2009
Deutscher Taschenbuch Verlag GmbH & Co. KG,
München
www.dtv.de

Titel der norwegischen Originalausgabe:
›Blodskrift‹

Umschlagkonzept: Balk & Brumshagen
Umschlaggestaltung unter Verwendung
eines Fotos von plainpicture/Johner
Satz: Fotosatz Reinhard Amann, Aichstetten
Gesetzt aus der Stempel Garamond 10/12'
Druck und Bindung: Druckerei C. H. Beck, Nördlingen
Gedruckt auf säurefreiem, chlorfrei gebleichtem Papier
Printed in Germany · ISBN 978-3-423-21111-6

Kapitel 1

Es war ein Geräusch, wie er es schon unzählige Male gehört hatte. Im Kino. Dieser pfeifende, beinahe zischende Laut, gefolgt von einem dumpfen Knall, gab ihm für einen kurzen Moment das Gefühl, sich in einem alten Western zu befinden, mit Schurken und Helden, die aufeinander losfeuerten. Zahnarzt Joakim Sørensen setzte seinen Weg in die Praxis unbeirrt fort. Er musste sich verhört haben. Im friedlichen Fjellberghavn wurde nicht geschossen.

Er war fünf Minuten zuvor von zu Hause aufgebrochen. Das große Haus, das er mit seiner Frau und seinen beiden Söhnen bewohnte, war schlicht und verzichtete auf jede Form von Prunk und Protz. Statussymbole waren nicht wichtig für Joakim Zahn – so nannten ihn die Einwohner von Fjellberghavn liebevoll.

Auch beim zweiten Mal reagierte er nicht auf das Geräusch. Diesmal blieb ihm auch gar keine Gelegenheit mehr dazu. Die Kugel traf ihn im Hinterkopf und ließ ihn vornüber zu Boden stürzen. Joakim Zahn war tot, bevor er auf dem Gehweg aufschlug.

Vom Meer her zog der Morgennebel in die kleine Ortschaft hinein und verbreitete eine leicht gespenstische Stimmung, bis er sich dicht über dem Boden auflöste und dann verdunstete. Unten am Hafen bauten die Händler ihre Stände auf, und in der Hauptstraße weiter oben trafen die Kaufleute die letzten Vorbereitungen, um ihre Läden Punkt neun zu öffnen. Ein Fotograf wanderte umher und fing Stimmungsbilder ein. Menschen eilten in alle

Richtungen. Es war Montag, der 20. August, ein dem Anschein nach ganz gewöhnlicher Spätsommermorgen in Fjellberghavn. Dann wurde es fünf vor neun.

Auf der Polizeistation in der Havnegata 1 war die Morgenbesprechung fast zu Ende, als Eva Lien, die Sekretärin und Allroundassistentin, hereingestürzt kam.

»Ein Mann wurde erschossen, oben in Utsikten terrasse!«, rief sie atemlos.

Drei Männer und eine Frau saßen um den Besprechungstisch herum, alle in der obligatorischen Polizeiuniform: derbe Schnürstiefel, Hose aus dunklem Biber-Nylon und ein blaues, kurzärmeliges Sommerhemd.

Sie starrten Eva groß an. Dass jemand in Fjellberghavn erschossen wurde, war alles andere als Alltagskost.

»Gibt's irgendwelche Einzelheiten?« Ole Vik, der Chef der örtlichen Polizei, richtete sich in seinem Sessel auf und sah Eva erwartungsvoll an.

Sie blieb in der Tür stehen, auf dem Sprung zurück zum Empfang. Ihre Wangen glühten.

»Der Anrufer hat gesehen, wie ein Mann zu Boden stürzte und in einer Blutlache liegen blieb«, antwortete sie, so ruhig sie konnte.

»Ist der Notarzt verständigt worden?«

»Davon gehe ich aus!«

»Hat der Zeuge den Schützen gesehen?«

»Nein.«

»Und wissen wir, wer das Opfer ist?«

»Nein.«

»Okay.« Der Polizeichef stemmte seinen stattlichen Körper ruckartig hoch und fuhr sich über das lockige Haar. »Ruf den Polizeipräsidenten an und veranlasse die notwendigen Formalitäten für den Einsatz. Cecilie, du kommst mit mir. Arne fährt bei Morten mit.«

Eine halbe Minute später rückten Polizeiobermeisterin Cecilie Hopen und Polizeichef Ole Vik im Volvo-Kombi der Polizeiwache aus, Polizeimeister Morten Gundersen und sein junger Kollege Arne Thorsen rasten mit dem Subaru der Dienststelle los. Hinten im Hundekäfig des Volvos saß Birk, Oles schwarz-weißer Border-Collie, der aufgeregt mit den Ohren wackelte. Wo Ole war, war auch Birk, sein treuer Assistent und Hilfssheriff.

Die Passanten blieben stehen, starrten ihnen beunruhigt nach und steckten die Köpfe zusammen. Es war ungewöhnlich, dass beide Polizeiwagen gleichzeitig ausrückten. Es musste etwas Gravierendes passiert sein. Wenn es nur niemanden betraf, den man kannte …

Doch genau das tat es. In Fjellberghavn kannte jeder jeden.

Kapitel 2

Cecilie Hopen lenkte den Volvo mit hoher Geschwindigkeit die Straße hinauf, als Eva über Polizeifunk mitteilte: »Fox an alle Einheiten. Eine weitere Zeugin gibt an, dass der Schuss von irgendwo oben beim Krankenhaus kam, wahrscheinlich von der Aussichtsterrasse Pynten. Sie hat dort Rauch gesehen, vermutlich von einem Mündungsfeuer.« Es klickte in der Leitung, gefolgt von einer kurzen Stille, dann war Eva wieder da: »Ein Arzt ist da. Der Tote liegt auf dem Gehweg an der Kreuzung zwischen Utsikten terrasse und Sykehusgata. Seine Identität steht inzwischen fest. Ende.«

Ole stürzte sich auf sein Handy und gab Evas Durchwahl ein.

»Wer ist es?«

»Es ist Joakim, Ole, Joakim Sørensen.« Ihre Stimme füllte den Raum im Wagen. »Ich wollte seinen Namen nicht über Funk durchgeben.« Er konnte hören, dass sie einen Kloß im Hals hatte.

»Joakim Zahn?« Der Polizist schob seine unbequeme kugelsichere Weste zurecht und warf Cecilie einen erschrockenen Blick zu. Die Zahnarztpraxis befand sich im selben Haus wie die Polizeistation, nur einen Stock höher. Joakim Sørensen war mit ihnen allen befreundet gewesen. »Unser – Zahnarzt?«, fügte er atemlos hinzu. »Weiß man inzwischen Näheres?« Er musste sich zwingen, ruhig zu bleiben.

»Ja«, sagte sie. »Der Arzt, der zufällig am Tatort war, hat laut Zeugenaussage den Tod festgestellt und das Opfer eindeutig identifiziert. Seltsamerweise hat niemand einen Schuss gehört. Auch vom Täter keine Spur. Sie haben nur gesehen, wie Joakim nach vorne gestürzt und in einer Blutlache liegen geblieben ist.«

»Wer war der Arzt?«

»Das weiß ich noch nicht.«

»In Ordnung, Eva.« Ole spürte sein Herz gegen die viel zu enge Weste pochen. »Ruf in Borg an und fordere die Techniker, den Gerichtsmediziner und zwei bewaffnete Streifen an. Das hier können wir nicht alleine durchziehen. Bitte auch die Polizeibezirke Ro und Hallberg, sich in Bereitschaft zu halten. Und ruf Pfarrer Mikalsen an und bereite ihn darauf vor, dass er die Angehörigen informieren muss.«

»Ich kümmere mich darum.« Sie verstummte einen Augenblick. »Seid vorsichtig, Ole«, fügte sie dann leise hinzu. »Der Täter läuft frei herum.«

Utsikten terrasse lag auf einem Höhenzug oberhalb von Fjellberghavn, fast ganz oben beim Krankenhaus. Die kleine Seitenstraße der zum Krankenhaus führenden Sykehusgata ging in ein Villengebiet hinein mit Panoramablick über den Ort, den Schärengarten und das offene Meer dahinter.

Cecilie und Ole waren noch immer unten in der Havnegata, einige Autominuten entfernt. Ole beobachtete vom Beifahrersitz aus konzentriert die Umgebung und versuchte zugleich, sich ein Bild von dem Gebiet zu machen, aus dem angeblich der Schuss gekommen war.

Um sie herum schien alles wie gewohnt. Arne und Morten bogen in ihrem Subaru links ab und folgten der Kurve zum Pynten hinauf. Cecilie fuhr rechts in die Hovedgata, die Haupteinkaufsstraße von Fjellberghavn mit ihren weiß-rot getünchten Holzhäusern, die sich Wand an Wand schmiegten und gegenseitig zu stützen schienen, fast so, als ob sie jeden Moment einstürzen könnten.

Während der Volvo mit heulender Sirene durch die inzwischen gut besuchte Einkaufsstraße raste, dachte Ole darüber nach, was Eva gesagt hatte. Die Sekretärin hatte zweifellos Recht: Sie durften nicht riskieren, dass der Schütze noch einmal zuschlug.

Als sie links in die Sykehusgata abbogen, bat Ole Cecilie, kurz anzuhalten und das Martinshorn abzuschalten.

»Wir sperren die Straße hier ab. Zieh die Weste an.«

Das Blaulicht ließen sie an. Während Cecilie die kugelsichere Weste anlegte und die Rolle mit dem rot-weißen Absperrband aus dem Kofferraum holte, griff Ole zum Funkgerät und rief die andere Streife auf.

Es rauschte und knisterte im Lautsprecher, dann hörten sie die Stimme von Polizeimeister Morten Gundersen: »Hier Fox drei-null.«

»Wir stehen am unteren Ende der Sykehusgata. Pynten muss gesichert werden, bevor wir dort einrücken.«

»Verstanden. Wir melden uns, wenn es was Neues gibt. Ende.«

Ole stieg aus. Cecilie hatte einen orangefarbenen Plastikbock mit einem Absperrschild mitten auf die Straße gestellt und befestigte die Bänder.

Ein älteres Ehepaar kam zu ihnen herüber, und einen Augenblick später waren sie von Schaulustigen umringt.

»Was ist denn hier los?«, wollte einer wissen.

»Warum dürfen wir hier nicht weiter?«, fragte ein anderer.

»Ihr könnt hier doch nicht einfach absperren, ich bin auf dem Weg zur Arbeit und spät dran«, empörte sich eine junge Frau.

Ole hob beschwichtigend die Hände.

»Es tut mir leid«, sagte er. »Aber es ist zu Ihrer eigenen Sicherheit. Oben in Utsikten terrasse ist gerade ein Mann erschossen worden. Noch ist der Täter nicht gefasst.« Er warf einen kurzen Blick auf die besorgten Gesichter und ergänzte rasch: »Es wird in Kürze eine Pressemitteilung geben.«

Was sollte er tun: Sagte er zu viel, konnte Panik ausbrechen. Verschwieg er die Fakten, brachte er die Menschen womöglich in große Gefahr.

Er verspürte eine wachsende Unruhe. Sie hatten eine schier unmögliche Aufgabe zu bewältigen. Wie sollten sie mit bloß zwei Streifen in einer so unübersichtlichen und gefährlichen Situation weiterkommen? Erst mal mussten sie so rasch wie möglich zum Tatort. Doch wenn oben am Pynten noch immer ein Heckenschütze im Hinterhalt lag, würde er da Cecilies Sicherheit garantieren können? Und seine eigene? Und die der Anwohner und Passanten? Die Antwort lag auf der Hand: Er konnte rein gar nichts garantieren. Zumindest nicht, ehe das Gebiet von der anderen Streife vollständig gesichert war.

Er ging zum Auto zurück, schnappte sich das Funkgerät und rief Morten erneut auf.

»Wo seid ihr?« Oles Stimme klang ungeduldig.

Die Antwort kam atemlos: »Wir müssen zu Fuß hinauf. Der Fußweg ist für Fahrzeuge unzugänglich.«

»Wie lange braucht ihr noch?«

»Ein paar Minuten.«

»Verstanden. Ende.«

Ole trommelte unruhig mit den Fingern auf dem Funkgerät herum und fluchte. Die Kollegen mussten sich so schnell wie möglich einen Überblick über das Gebiet dort oben verschaffen und es unverzüglich sichern. Wie lange würde das dauern? Er rechnete im Kopf: mindestens fünf Minuten. Inklusive Aufstieg sicher sieben Minuten. Wenn er und Cecilie so lange hier warteten, würde man ihnen Langsamkeit, vielleicht sogar Entscheidungsschwäche vorwerfen. Er wusste von vergleichbaren Situationen in anderen Teilen des Landes, in denen die Kollegen für Sicherungsmaßnahmen bis zu anderthalb Stunden gebraucht hatten, bis sie einzurücken wagten. Das konnten sie sich hier nicht leisten. Er wägte noch einmal kurz ab – dann hatte er seine Entscheidung getroffen.

»Fox null-eins an Fox drei-null, wir können nicht länger warten und rücken am Tatort ein«, sagte er. »Beeilt euch!«

Er wandte sich an Cecilie. »Fahr los«, sagte er entschlossen.

Kapitel 3

Auf Oles Anweisung stellte Cecilie den Volvo quer über der Fahrbahn oberhalb des Toten ab, so dass die Leiche von oben her abgeschirmt war. Cecilie war Ende zwanzig und die Kollegin, mit der Ole am liebsten zusammenarbeitete. Mit ihrer hochgewachsenen, schlanken Figur, den kastanienbraunen Locken, die ihr lose über den Rücken fielen, und ihren strahlenden Augen war sie ein Bild für Götter. Ole betrachtete das aber nur als zusätzliches Geschenk. Denn vor allem imponierte ihm Cecilies Sachverstand. Sicher, sie war ein Sturkopf und der Umgang mit ihr nicht immer leicht, aber sie war eine exzellente Polizistin. Und sie wusste, was sie tat. Eigentlich. Ole behielt sie diskret im Auge. Sie war zu streng mit sich selbst, fand er. Seit ihrer brutalen Vergewaltigung waren erst zwei Monate vergangen, und sie tat noch immer so, als wäre nichts geschehen. Dabei war es offensichtlich, dass dieses schreckliche Ereignis sie psychisch stark angegriffen hatte. Es hatte lange gedauert, bis sie die Tat überhaupt angezeigt hatte. Doch dann war sie dem Täter mutig und entschlossen entgegengetreten. Obwohl sie dadurch alles immer wieder neu durchleben musste. Sie hatte einen vorläufigen Sieg davongetragen, aber der Fall war noch nicht vor Gericht gekommen und somit noch nicht vorbei. Der Gedanke an die Verhandlung musste Tag für Tag wie ein Albdruck auf ihr lasten. Ole war besorgt: Was ihnen jetzt bevorstand, würde einen klaren Kopf erfordern. War Cecilie in der Verfassung, damit klarzukommen?

Ole bat sie, im Auto zu warten, und stieg vorsichtig aus. Hinter dem Wagen ging er in Deckung und schaute sich um. Die Straße zum Krankenhaus war menschenleer: Ein Mann stand in einer Toreinfahrt und rief allen zu, sofort zu verschwinden. Außerdem hatte weiter oben jemand ein Auto quer gestellt.

Oles Blick glitt über das steile Gelände zum Aussichtsplateau hinauf. Wie würde es sich anfühlen, von einer Kugel durchbohrt zu werden? Er spürte förmlich den Schlag im Körper, den unerträglichen Schmerz und die Kraftlosigkeit, die eintritt, wenn der Organismus kollabiert. Da war wieder diese Angst, er würde sich nie daran gewöhnen, trotz all seiner Dienstjahre. Jetzt musste er sich allein auf seine Beobachtungsgabe, die kugelsichere Weste und die MP5 verlassen, die er schussbereit vor sich hielt. Er duckte sich hinter den Wagen, um keine zu große Zielscheibe abzugeben. Dabei ließ er Pynten nicht aus den Augen.

»Fox an alle Einheiten«, hörte er Evas Stimme über Funk. »Ein neuer Augenzeuge hat eine Gestalt beobachtet, die gleich nach dem Schuss vom Pynten weggerannt ist.«

Ole beugte sich in den Wagen und griff zum Funkgerät. »Hat der Zeuge gesagt, in welche Richtung die Person lief?«

»Negativ.«

Ole atmete auf. Der Zeuge hatte mit hoher Wahrscheinlichkeit den Heckenschützen gesehen. Wenn seine Aussage stimmte, mussten sie sich rasch eine neue Strategie überlegen.

Er spürte seinen Puls hart gegen die enge Weste schlagen. Dreistigkeit. Mut. Feigheit. Wo war die Grenze? Er zögerte ein, zwei Sekunden, dann winkte er Cecilie zu sich und trat vor. Ein hektischer, unüberlegter Polizist war ein schlechter Polizist. Ein feiger ebenso. Kalkuliertes Risiko. Mut. Das waren zwei Seiten ein und derselben Sache. Das täglich Brot des Polizisten.

Sie gingen zusammen zu dem Toten hinüber, wobei Ole immer wieder einen raschen Blick zum Aussichtsplateau hinauf warf. Verantwortung. Auch das gehörte dazu. Für Cecilie. Für sich selbst. Für die Menschen vor Ort. Er spürte das Pochen seines Herzens unter der Weste.

Der Zahnarzt lag mit dem Gesicht nach unten auf dem Asphalt. Mit seinen ausgebreiteten Armen und Beinen bildete er ein menschliches X. Unter seinem Kopf hatte sich eine rote Pfütze aus Blut gebildet, mit einer Verzweigung wie ein kleiner Fluss zum Rinnstein hinaus. Ein Krankenwagen stand keine fünf Meter entfernt, das Blaulicht war ausgeschaltet.

Sie knieten sich neben ihn hin. Ole legte routinemäßig die Hand an den Hals und suchte nach dem Puls, den es nicht mehr gab.

»Die Kugel ist durch den Hinterkopf eingedrungen«, sagte Cecilie und beugte sich hinunter, »und durch die Stirn wieder ausgetreten.« Sie verzog schmerzlich das Gesicht und richtete sich auf. »Sieh nur, wie er zugerichtet ist, Ole«, rief sie erschüttert. »Der liebenswürdige, attraktive Joakim Zahn.«

Ole brachte kein Wort heraus. Es war nicht die erste Leiche in seiner Laufbahn, und doch war er immer wieder aufs Neue entsetzt. Entsetzt vom Anblick des Toten, aber auch von dem Gedanken, dass es wohl kaum einen größeren Kontrast zwischen dieser brutalen Tat und dem beinahe jungfräulichen Tatort geben konnte. Das friedliche, unschuldige Fjellberghavn, ein Städtchen, in dem die Zeit stillstand, wo man über Gewalt und Mord allenfalls in der überregionalen Presse las. Joakim Zahns Anblick war so unwirklich. Er passte nicht hierher. Nach Oslo vielleicht oder in irgendeine europäische oder amerikanische Großstadt, aber doch nicht nach Fjellberghavn.

Im Radio war ein Rauschen zu hören.

»Pynten ist gesichert«, sagte Mortens Stimme. »Wir haben ein kleines Jagdzelt gefunden, getarnt unter Zweigen, in einem Felsspalt gleich unterhalb des Aussichtsplateaus, ganz vorn beim Abhang. Vom Zelt aus hatte der Täter freie Sicht auf die Sykehusgata. Es kann fast nicht anders sein, als dass von hier aus geschossen wurde.«

Ole beugte sich zum Funkgerät an seinem Kreuzgurt

hinunter. »Fox null-eins antwortet. Irgendwelche verdächtigen Personen?«

»Negativ.«

»Waffen?«

»Nichts.«

»Patronenhülsen?«

»Auch keine Hülsen.«

»Sperrt das Gebiet vollständig ab. Einer von euch bleibt vor Ort und hält Wache, bis die Verstärkung aus Borg eintrifft, der andere geht zum Auto zurück und kommt hierher.«

Er brach die Verbindung ab und wandte sich an Cecilie. »Wir riegeln das Gebiet ab«, sagte er. »Lauf zum Auto und hol die Ausrüstung. Und sag den Sanitätern, sie sollen ihn zudecken. Ich möchte nicht, dass er so auf dem Präsentierteller liegt.«

»Fox an alle Einheiten!« Eine neue Mitteilung von Eva kam über Funk und unterbrach sie. Evas Stimme klang hochkonzentriert. Für einen kurzen Moment sah er sie vor sich, wie sie vermutlich dort saß und mit ihrem Kugelschreiber spielte, während ihr kleine Schweißperlen auf die Stirn traten. Nicht vor Nervosität, sondern weil ihr ganzer Organismus auf Hochtouren lief. Um sich Übersicht zu verschaffen. Um Informationen zu sammeln, sie zu filtern, zu sortieren und an die richtige Person weiterzugeben. Ihre Stimme zitterte nahezu unmerklich, als sie fortfuhr: »Ein Taxifahrer hat gesehen, wie eine Gestalt die Treppe vom Pynten hochgekommen und auf den Parkplatz vor dem Krankenhaus gelaufen ist. Die Person ist in ein dunkelgrünes Auto eingestiegen und mit hoher Geschwindigkeit davongerast.«

Ole griff zum Funkgerät. »Kann der Zeuge die Person beschreiben?«

»Negativ. Der Taxistand ist zu weit weg.«

»Und die Fahrzeugmarke?«

»Ein älteres Auto – wahrscheinlich eine japanische Marke.«

»Hat er gesehen, in welche Richtung das Auto gefahren ist?«

»Nein. Nur dass der Wagen vom Parkplatz raste.«

Cecilie und Ole sahen zu, wie die Sanitäter eine Decke über Joakim Zahn ausbreiteten.

»Fox an alle Einheiten.« Evas Stimme unterbrach erneut Oles Gedanken. »Ein Busfahrer hat einen dunkelgrünen Toyota älteren Jahrgangs gesehen – wahrscheinlich ein Corolla –, der auf die Schnellstraße eingebogen und mit hoher Geschwindigkeit Richtung Ro gefahren ist. Der Zeuge musste eine Vollbremsung machen, um eine Kollision zu vermeiden. Das passierte ungefähr zu der Zeit, als der Mord geschah.«

»Gibt es eine Beschreibung des Fahrers?« Ole spürte ein Kitzeln auf der Stirn, Vorboten erster Schweißperlen. Geistesabwesend wischte er sich mit dem Handrücken über die Stirn.

»Nein.«

Er beendete das Gespräch. Die Gedanken rasten kreuz und quer durch seinen Kopf. Er versuchte sich zu konzentrieren, aber da klingelte schon wieder sein Handy. »Wenche Sunde« stand im Display. Sie war Redakteurin bei der ›Fjellbergposten‹, der erfolgreichen Lokalzeitung. Er konnte jetzt unmöglich mit ihr sprechen, sie würde warten müssen. Grummelnd drückte er sie weg. Er musste sich konzentrieren: Wie viel Zeit war seit dieser Zeugenbeobachtung vergangen? Rund zehn Minuten? Eine Viertelstunde? Vermutlich. Herrgott, er musste seine Kollegen in Ro informieren!

Ole drückt auf die Sprechtaste seines Funkgeräts: »Fox null-eins an Fox mit einer wichtigen Durchsage: Der gesuchte Wagen befindet sich auf dem Weg nach Ro. Bitte die Kollegen in Ro, umgehend die Schnellstraße zu sperren und auf unsere Frequenz umzuschalten, Kanal 23.«

»Ist bereits geschehen.« Evas Stimme war ruhig und gefasst, doch es lag ein leicht gekränkter Unterton darin. Natürlich dachte sie mit, das war ihm klar. Aber für Empfindlichkeiten war jetzt nicht die Zeit.

Wenche Sunde ließ nicht locker. Ole zögerte einen Augenblick, beschloss dann aber, den Anruf entgegenzunehmen, wenn auch nur, um sie aus dem System zu bekommen.

»Wenche, ich hab jetzt keine Zeit«, rief er ins Telefon, bevor sie etwas sagen konnte. »Ein Mann wurde an der Kreuzung zwischen Utsikten terrasse und Sykehusgata erschossen. Schnappen Sie sich Kamera, Block und Bleistift und kommen Sie her, dann kriegen Sie die Geschichte auf dem Silbertablett. Wenden Sie sich an einen meiner Kollegen, falls ich nicht mehr da bin.«

Er sah sie vor sich. Wissbegierig, ein spitzes Gesicht mit einer etwas zu langen Nase und kurzsichtig blinzelnden Augen hinter ihrer Brille. Eine hervorragende Journalistin und eine seiner wichtigsten Kooperationspartner.

Ole beendete das Gespräch. Langsam traten die Zeugen näher, die sich bis dahin im Hintergrund und außer Schussweite gehalten hatten – leichenblass und ernst die einen, rotgesichtig und aufgeregt zitternd die anderen. Zwei junge Frauen klammerten sich aneinander und schluchzten, ein älterer Mann suchte Halt an einem Straßenschild. Cecilie und Ole bemühten sich nach Kräften, sie zu beruhigen. Dann nahmen sie die Personalien auf und notierten ihre Aussagen.

Niemand von ihnen hatte den Schützen gesehen. Nicht einmal Schüsse hatten sie gehört. Sie alle waren viel zu geschockt gewesen, um einen klaren Gedanken zu fassen, als der Zahnarzt vor ihren Augen zu Boden gestürzt war.

Oles Handy klingelte erneut. Als er danach griff, sah er, wie seine Hände zitterten. Er spürte deutlich die Anspannung. Er war es nicht gewohnt, dass die Situation ihn kontrollierte und das Tempo bestimmte. Er musste in die Offensive gehen, die Kontrolle wieder übernehmen. Und zwar umgehend. Daher zwang er sich, aufs Display zu schauen: Vangen, sein Amtskollege in Ro. Ole trat etwas zur Seite und nahm das Gespräch an. »Hallo, Anders!«

»Ole, was gibt's? Ich hab schon gehört ...« Die Stimme des Kollegen war tief und ruhig.

Ole antwortete rasch: »Ja, furchtbar, das Ganze. Kannst du uns unter die Arme greifen?«

Es wurde still in der Leitung. Ole zählte in Gedanken bis zehn. Der Kollege war solide wie ein Fels, aber so bedächtig und umständlich, dass es manchmal kaum auszuhalten war. »Wir rücken jetzt aus«, kam es langsam zurück. »Setzt du mich ins Bild?«

Ole berichtete.

»Dann werden wir auf der Schnellstraße einen Kontrollposten einrichten, und ich fahre dem Fluchtauto mit einem meiner Leute entgegen«, sagte der Kollege. »Man weiß ja nie, ob der Täter unterwegs vielleicht irgendwo stehen bleibt.«

»Gut«, sagte Ole. »Wir kommen so rasch wie möglich nach.« Er drehte sich zu Cecilie um. »Fahren wir.«

Kapitel 4

Cecilie und Ole schwiegen, während der Volvo über den Asphalt raste. Der Tacho zeigte 150. Die Sirenen zerrissen die Stille bis weit in die bewaldeten Hügel entlang der Straße hinein. Ole umklammerte das Lenkrad so fest, dass seine Knöchel weiß hervortraten. Sein Blick war starr auf die Fahrbahn vor ihnen gerichtet. Auf dieser Strecke, wo Elch und Hirsch gern mal gemütlich aus dem Wald heraustrabten, war es kein Spaß, so zu rasen.

»Ich frage mich, hinter was für einer Art von Mensch wir hier wohl her sind …« Cecilie musste die Stimme erheben, damit Ole sie hören konnte. Ihr Gesicht hatte einen harten Zug angenommen.

»Einem Henker!«, antwortete Ole. »Einem, der bereit gewesen ist, uns die Unschuld zu nehmen!«

»Jemand aus Fjellberghavn …?« Cecilie sah ihn fragend an.

Ole zuckte mit den Achseln. »Jemand von wo auch immer. Das werden wir bald wissen. Er kann uns unmöglich entkommen.«

Sie verstummten wieder. Cecilie hielt sich am Griff über der Tür fest, als ihr Blick auf den Tacho fiel: 160. Das Auto schlingerte in den Kurven. Die quietschenden Reifen und die schrille Sirene steigerten sich zu einem ohrenbetäubenden Crescendo. Ole und Cecilie starrten auf die Straße. Waren da Hirsche am Straßenrand? Oder Menschen?

Im Polizeifunk rauschte es, und Polizeichef Vangens tiefe Stimme erfüllte den Wagen: »Romeo null-eins an alle Einheiten. Wir haben einen dunkelgrünen Toyota Corolla mit Kennzeichen Sierra-sierra-zwei-zwei-neun-zwei-neun gefunden, abgestellt auf dem Rastplatz bei Osberg. Das Auto steht in Flammen, die Feuerwehr ist alarmiert.«

»Hier Fox«, antwortete Evas Stimme. »Okay. Wir überprüfen das Kennzeichen.«

Ole mischte sich nicht ein. Seine Kollegen wussten, was zu tun war. Er selbst musste sich auf die Straße konzentrieren.

Kurz darauf meldete sich Eva wieder: »Das Auto ist auf Håkon Hansen in Lunde registriert. Es wurde vor zwei Tagen als gestohlen gemeldet.«

Cecilie riss den Blick von der Straße und sah zu Ole hinüber. »Lunde. Da haben wir ja wenigstens mal einen Anhaltspunkt.«

Ole nickte. »Ja, schon möglich«, sagte er bloß, während er sich weiter auf die Fahrbahn konzentrierte.

»Aber Lunde ist weit«, fügte sie nachdenklich hinzu. »Warum sollte der Täter bis dorthin fahren, um ein Auto zu stehlen, wenn es in Fjellberghavn von Autos nur so wimmelt?«

Ole riss sich für einen Moment los. »Der wollte eben auf Nummer sicher gehen.«

»Hm.« Cecilie dachte kurz nach. »Klingt vernünftig – und erschreckend geplant.«

Ole warf ihr einen raschen Blick zu. »Wirkt so, ja.«

Sie hatten jetzt das dichte Waldgebiet verlassen, und das Gelände wurde zunehmend flacher. Der ein oder andere Bauernhof tauchte auf und verschwand rasch wieder. Cecilie warf einen Blick auf den Tacho: 180.

Vangens Stimme durchbrach die Stille erneut: »Augenzeugen haben eine Person beobachtet, die das brennende Auto verlassen hat und in den Wald gerannt ist«, teilte er mit. »Mögliches Alter zwischen dreißig und fünfzig, mittelgroß und von unauffälliger Statur. Bekleidet mit dunkler Schirmmütze und Jeansjacke.«

Ole beugte sich zum Funkgerät. »Hier Fox null-eins«, sagte er. »Wir haben einen Spürhund dabei. In fünf Minuten sind wir in Osberg!«

Sie trafen unmittelbar nach der Feuerwehr ein.

Polizeichef Vangen stand neben seinem Mitarbeiter und beobachtete, wie die Feuerwehrleute die Löscharbeit beendeten, die sie mit Handfeuerlöschern begonnen hatten. Der Wagen war auf einem Rastplatz mit Bänken und WC abgestellt worden. Eine Reihe von Fahrzeugen hatte angehalten, und um das brennende Auto herum standen die üblichen Schaulustigen.

Die beiden Polizisten begrüßten sich kurz. Der sonst so bedächtige Vangen wirkte jetzt ungewöhnlich aufgebracht.

»Ganz schön ärgerlich«, sagte er, blieb stehen und starrte nachdenklich auf das Auto. Dann fügte er hinzu: »Diese Autos brennen verdammt noch mal wie Zunder. Ich hatte auf Spuren im Wagen gehofft – aber daraus wird ja wohl nichts mehr.«

Ole betrachtete das ausgebrannte Fahrzeugwrack, das von einer weißen Schaumschicht überzogen war. »Glaubst du, das Gewehr ist noch da?«, fragte er.

Anders Vangen zuckte mit den Achseln. »Tja«, sagte er, »das werden wir noch checken müssen.«

Ole näherte sich dem Auto, zuckte aber sofort zurück. Die Karosserie glühte.

»Du hast einen Spürhund dabei, hast du gesagt?« Anders Vangen reckte den Hals zum Volvo hin und entdeckte Birk, der von innen alles aufmerksam beobachtete.

Er wandte sich verwundert an Ole. »Ein Hirtenhund?«

»Birk. Mein Assistent.« Ole öffnete die Kofferraumtür und ließ den Hund heraus. »Kann für alles eingesetzt werden – außer für Angriffe«, sagte er stolz. Birk war kein zugelassener Polizeihund, aber seine phänomenale Nase hatte sie schon einige Male auf die richtige Spur geführt.

Sie nahmen ihre Waffen, und Ole rief Birk zu sich. Dann holte er aus dem Wagen die lange rote Leine und das Geschirr heraus.

»Weißt du, in welche Richtung die flüchtende Person gelaufen ist?«, fragte Ole seinen Kollegen. »Konnte der Zeuge erkennen, ob die Person bewaffnet war?«

»Da müssen wir ihn noch mal genauer befragen«, sagte Vangen. Er wandte sich an die Schaulustigen und winkte einen Mann mittleren Alters zu sich. Der Zeuge zeigte ihnen die Richtung. An eine Waffe konnte er sich nicht erinnern. Ole bedankte sich höflich und befestigte die Suchleine am Geschirr.

»Cecilie, du bleibst hier«, sagte er. »Versuch, die Waffe zu finden. Wenn sie nicht im Wagen liegt, ist sie womöglich noch am Aussichtsplateau. Viel Glück. Und sorg dafür, dass der Wagen nach Borg zur technischen Untersuchung kommt.«

Ole führte Birk zu der Stelle, die ihnen der Zeuge gezeigt hatte. Die anderen folgten ihm.

Am Waldrand blieb Ole stehen, der Hund setzte sich und sah zu ihm hoch. Der Polizist zeigte die Richtung an und gab das Kommando: »Such, Birk!«

Das ließ Birk sich nicht zweimal sagen. Wenn er arbeiten durfte, war er der glücklichste Hund der Welt. Birk war im Dezember des Vorjahres nach einem tödlichen Autounfall außerhalb von Fjellberghavn in Oles Leben getreten. Ole und sein Stab hatten den Hund gefunden, der völlig verschreckt auf der Fahrbahn umherlief, und hatten sich seiner angenommen. Der Hund hing vom ersten Moment an Ole, und seither waren die beiden unzertrennlich.

Bei den Aufräumarbeiten an der Unfallstelle hatten sie im Fahrzeugwrack Papiere gefunden, aus denen hervorging, dass der Hund Birk hieß und er und sein Besitzer auf dem Nachhauseweg von einem Gehorsamkeitswettbewerb gewesen waren, bei dem der Hund den ersten Preis gewonnen hatte. Ole erkannte, dass er darauf aufbauen musste. Daher hatte er sich zu einem Kurs angemeldet, bei dem er die Hundetrainerin Hilde kennen lernte – seine neue Liebe.

Mit einem Satz lief Birk los und nahm die Fährte auf. Ole gab ihm Leine und folgte ihm in das Gestrüpp hinein, Vangen und sein Mitarbeiter gleich hinterher. Vor sich hielt jeder seine schussbereite MP5.

Ole war gespannt. Gut möglich, dass auch Birk sich mal irrte, er war schließlich kein professioneller Polizeihund. Aber Birk lief so zielstrebig in den Wald hinein, dass man ihn am besten einfach gewähren ließ. Die Nase des Hundes klebte am Boden, und in dem unwegsamen Gelände war es nicht leicht, mit ihm Schritt zu halten.

Anders Vangen und sein Mitarbeiter folgten Ole und Birk, so gut es ging. Dabei behielten sie die Umgebung genauestens im Auge. Nach etwa fünf Minuten stoppte Birk an einer Schlammpfütze. Sie blieben stehen und betrachteten den Abdruck einer Schuhsohle. Birk legte sich hin und sah Ole erwartungsvoll an.

»Gunnar, geh zum Wagen zurück und hol die Ausrüstung«, wies Vangen seinen Mitarbeiter an. »Foto, Vermessung und Gipsabdruck.«

Der Polizist machte kehrt, während Ole und Vangen die Suche fortsetzten. Die Spur führte allmählich nach rechts und verlief dann parallel zur Schnellstraße, die sie in der Ferne zwischen den Bäumen erkennen konnten. Birk riss und zerrte an der Leine, Ole und sein Kollege hetzten hinterher. Nach weiteren zehn Minuten waren sie völlig außer Atem. Das war Konditionstraining pur.

Kurz darauf führte die Spur erneut nach rechts, und zu ihrer Überraschung sahen sie die Schnellstraße jetzt direkt vor sich. Im nächsten Moment waren sie aus dem Wald heraus und auf einem anderen Rastplatz. Birk blieb stehen, schnüffelte ein wenig am Boden, ging ein paarmal im Kreis, setzte sich und bellte laut. Ole lobte ihn.

Er wandte sich zu seinem Kollegen.

»Die Spur endet hier«, stellte er fest und sah sich um.

»Der Verdächtige hatte hier vermutlich einen Wagen stehen.«

»Es spricht einiges dafür«, meinte Vangen und zeigte auf Spuren im Schotter. Ein Fahrzeug hatte von dort aus heftig beschleunigt.

Die beiden Polizisten wechselten enttäuschte Blicke. Beiden war klar: Der Mörder hatte die erste Runde gewonnen.

Kapitel 5

Ole rief Eva per Funk auf, erzählte von der missglückten Spurensuche und bat sie, eine Fahndung durchzugeben. Anschließend rief er Cecilie an, sie möge ihn abholen.

Während er wartete, wählte er die Nummer des kommissarischen Polizeipräsidenten Arne Bårdsen, um ihn über den letzten Stand der Dinge zu informieren.

Bårdsen hörte ihm schweigend zu.

»Ist Polizeichef Vangen bei Ihnen?«, fragte er.

»Ja.«

»Gut.« Bårdsen hielt kurz inne. »Reservieren Sie in der Pension Fjellberg einen Raum für eine Pressekonferenz um 18 Uhr. Ich möchte, dass Sie beide dabei sind.« Nach einer kurzen Pause fügte er hinzu: »Das ist vielleicht ein ungünstiger Zeitpunkt, um Sie darüber zu informieren, aber ich habe soeben erfahren, dass Polizeipräsident Berge verstorben ist. In einer Stunde geht die Pressemitteilung raus.«

Ole schluckte. Der allseits unbeliebte Polizeipräsident war im Juni plötzlich kollabiert, und kurz danach hatten sie erfahren, dass er an einem bösartigen Gehirntumor litt. Er hatte die Operation knapp überlebt und lag seither im Koma. Kaum ein Jurist oder Polizeibeamter im Bezirk hatte sich ihn zurückgewünscht, und die meisten verspürten jetzt vermutlich eine gewisse Erleichterung, nahm Ole an. Ihm ging es zumindest so, musste er sich eingestehen, obwohl er dem Mann natürlich nicht den Tod gewünscht hatte.

»Es war offenbar eine sehr aggressive Krebsart«, ergänzte Bårdsen. »Die Ärzte konnten nichts mehr für ihn tun. Wir werden in den nächsten Tagen eine Gedenkfeier ausrichten. Informieren Sie bitte Vangen?«

»Ja. Und die Beerdigung?«

»In einer Woche, nehme ich an.«

»Wie geht es dann weiter?«

»Sein Posten wird jetzt ausgeschrieben«, antwortete Bårdsen. »Das wird sicher ein langwieriger Prozess. Ich möchte jedenfalls nicht so lange warten und werde jetzt schon um eine Ablösung bitten. Genug ist genug.«

»Sie werden sich also nicht um den Posten bewerben?«

»Nein.« Bårdsen wirkte zugeknöpft. »Ich tauge nicht für diese Rolle. Zu viel Repräsentation. Ich bin am liebsten operativ tätig und möchte in meine frühere Position als Vizepräsident zurück.«

»Dann bekommen wir also noch einmal übergangsweise einen neuen Polizeipräsidenten, bis der Posten endgültig besetzt ist?«

»Es sieht so aus, ja, aber das sollte relativ rasch über die Bühne gehen.«

»Verstehe …« Ole schluckte. Schon wieder ein neuer Chef, auf den sie sich einstellen mussten. Und das ausgerechnet jetzt.

»Informieren Sie also bitte Vangen. Wir bleiben in Verbindung«, sagte Bårdsen und legte auf.

Kurz danach war Radio 1 in der Leitung. Ole improvisierte in aller Eile ein Telefoninterview und verwies für weitere Fragen an die Polizeistation in Fjellberghavn. Dabei betonte er auch, wie wichtig Hinweise aus der Bevölkerung seien. Die Redaktion des Regionalsenders versprach, die Nachricht innerhalb der nächsten halben Stunde zu bringen.

Radio 1 war nicht der einzige Sender, der sich für den Fall interessierte; innerhalb kürzester Zeit gab Ole einigen regionalen und überregionalen Sendern kurze Interviews. Es konnte nicht schaden, die Bevölkerung zur Mitarbeit aufzurufen.

Die Polizeibeamten vermaßen die Autospuren, fotografierten sie und informierten Eva. Das Telefon in der Polizeistation stand nicht still, aber keiner der eingehenden Anrufe brachte einen entscheidenden Hinweis. Einige Zeugen gaben zwar an, den Mörder gesehen zu haben, aber für eine detailliertere Beschreibung reichte es dann doch nicht. Einer hatte einen blauen Lieferwagen auf dem Rastplatz gesehen, konnte aber keine näheren Angaben zum Kennzeichen machen.

Eine Stunde später traten Cecilie und Ole den Rückweg nach Fjellberghavn an. Hinten im Kombi saß Birk und beobachtete alles mit größter Aufmerksamkeit, bereit für seinen nächsten Einsatz. Neben dem Käfig lag ein frischer Gipsabdruck von der Fußspur des Mörders im Wald. Außer den Reifenspuren war dies ihr bislang einziger konkreter Anhaltspunkt.

Kapitel 6

Sie kamen zurück an den Tatort, als die Techniker und der Gerichtsmediziner gerade ihre Arbeit beendeten. Joakim Zahns sterbliche Überreste würden in Kürze zur

Obduktion ins Krankenhaus gebracht werden. Gehweg und Rinnstein wurden gereinigt, die Absperrung entfernt und die Straße zum Krankenhaus wieder freigegeben. Zumindest äußerlich bemühte man sich, in Fjellberghavn die alte Ordnung so gut wie möglich wiederherzustellen.

Jemand legte einen Strauß Blumen auf den nassen Gehweg. Etwas später lag dort noch ein Bukett, und nach einiger Zeit war auf dem Gehweg kein Durchkommen mehr. Menschen versammelten sich am Tatort, man zündete Kerzen an und stellte sie zwischen die Blumen. Die Leute unterhielten sich nur flüsternd. Wut und Verzweiflung hatten sich auf ihren Gesichtern breitgemacht.

Ole versammelte seine Mitarbeiter und ging den Fall Punkt für Punkt mit ihnen durch. Die Techniker nahmen den Gipsabdruck, den Film und die Maße der Reifenspuren zur näheren Analyse mit ins Labor nach Borg. Die Ergebnisse würden frühestens am nächsten Tag vorliegen.

In der Böschung unter dem Aussichtsplateau hatten sie schließlich ein Jagdgewehr der Marke Winchester gefunden. Auch das wurde sofort ins Labor gebracht. In der Zwischenzeit setzten sie die mühsamen Sucharbeiten rund um das Zelt und am Abhang darunter fort. Mit deren Abschluss war kaum vor dem späten Abend zu rechnen. Erst dann würden die Ermittlungen in eine neue Phase eintreten – denn erst wenn alle Puzzleteile vorlagen, konnte man beginnen, sich einen Überblick über das Ganze zu verschaffen. Noch war daran nicht zu denken. Sie würden sich in Geduld üben müssen.

Alle verfügbaren Kräfte wurden darangesetzt, die telefonisch eingegangenen Hinweise zu systematisieren, und Ole wies an, die Personen zurückzurufen, von denen ausführlichere Einzelheiten benötigt wurden. Er sah auf die Uhr. Fünf vor eins. Seit dem Mord waren vier Stunden vergangen. Es war längst an der Zeit, Joakim Zahns Familie zu kondolieren.

Er stand auf. »Cecilie«, sagte er, »komm doch bitte mit zur Familie Sørensen, ja?«

Das Haus der Zahnarztfamilie in Utsikten terrasse war neu und modern: ein weißer Bau, dessen Walmdach mit weinrot glasierten Ziegeln eingedeckt war – der einzige sichtbare Luxus, zumindest von außen. Das Haus lag ganz oben am Plateau, und zwischen den Büschen und Bäumen konnte man eine unglaubliche Aussicht erahnen. Eine Garage stand im rechten Winkel zum Haus auf einem kleinen kiesbestreuten Vorplatz.

Sie parkten draußen auf der Straße und gingen durch ein offenes Tor, überquerten den Platz und läuteten.

Aus dem Haus war ein aufgeregtes Bellen zu hören. Nach einiger Zeit ging die Tür einen Spalt auf, und eine blonde Frau in den Vierzigern schaute zaghaft heraus. Als sie den Polizeichef erkannte, öffnete sie ganz. Ihre Augen waren rot und verquollen.

Sie nahm den kläffenden Pudel auf den Arm und versuchte ihn zu beruhigen. »Es ist vermutlich die Uniform, die ihr Angst macht«, sagte sie mit einem matten Lächeln. »Bitte, kommen Sie herein.«

Sie trat zur Seite und wies ihnen höflich den Weg. Ole tätschelte den Pudel vorsichtig, als er an ihr vorbeiging, und als der Hund mit dem Schwanz wedelte, ließ sie ihn herunter, und er trottete zu seinem Korb.

Ole stellte die beiden Frauen einander vor und drückte der Witwe dann mit einem mitfühlenden Lächeln sein Beileid aus. Marianne Sørensen wirkte selbst in ihrer Trauer elegant, auch wenn sich die Zeichen des Entsetzens in ihrem Gesicht tief eingegraben hatten. Sie dankte Ole mit einem leichten Nicken.

»Wir sitzen im Wohnzimmer, meine Söhne und ich«, sagte sie leise. »Kommen Sie herein.«

Das Wohnzimmer wirkte außerordentlich großzügig und war rund um einen imposanten Natursteinkamin gebaut worden. Durch zwei große Fenster hatte man einen herrlichen Blick direkt auf das Hafengebiet, die vorgelagerten Inseln und das offene Meer. Vor einem Sessel stand ein Fernglas auf einem Stativ.

Zwei Jungen erhoben sich, als sie eintraten, der eine etwa zwölf, der andere vielleicht vierzehn Jahre alt, soweit Ole das abschätzen konnte.

»Das ist Mads«, sagte Marianne Sørensen und deutete mit einer Handbewegung auf den jüngeren der beiden, »und das ist Birger.«

Sie begrüßten sich jeweils mit einem Händedruck und setzten sich. Der jüngere Sohn hatte rote, verquollene Augen, der ältere wirkte etwas gefasster.

»Haben Sie das Schwein gefasst?«, fragte Mads mit einer Stimme, die vor mühsam unterdrücktem Zorn zitterte.

Ole schüttelte den Kopf und fasste kurz den Stand der Ermittlungen zusammen.

»Ich wäre gern schon früher gekommen«, fügte er vorsichtig hinzu, »aber solange der Täter frei herumläuft …«

»Natürlich«, nickte Marianne Sørensen. »Der Pfarrer war schon hier und einer Ihrer Kollegen. Gundersen, glaube ich, hieß er.«

»Polizeimeister Morten Gundersen, ja.« Ole nickte. »Sehr gut.« Er wählte seine Worte mit Bedacht, als er fortfuhr. »Ich glaube, ich spreche im Namen aller Einwohner von Fjellberghavn, wenn ich mein tiefstes Mitgefühl zum Ausdruck bringe«, sagte er. »Das hier geht uns allen sehr nahe.«

Er erzählte von den Bergen von Blumen und von den

trauernden Menschen am Tatort. Wieder traten Tränen in Marianne Sørensens Augen. Sie versuchte etwas zu sagen, aber es gelang ihr nicht. Ihr älterer Sohn legte beschützend den Arm um ihre Schulter.

Ole wartete, bis sie sich wieder etwas gefangen hatte.

»Marianne«, sagte er ruhig und zog eine Visitenkarte aus seiner Brusttasche. »Wir werden bis auf Weiteres einen Streifenwagen vor Ihrem Haus stationieren. Ich hoffe, das ist auch in Ihrem Sinne.«

Er überreichte ihr seine Karte.

»Ich stehe zur Verfügung, ganz egal, wann ihr mich braucht«, sagte er. »Wenn irgendjemand das Bedürfnis hat zu reden, ruft an. Und wenn es mitten in der Nacht ist. Wir werden euch, so gut es geht, auf dem Laufenden halten.«

Marianne Sørensen betrachtete die Karte und legte sie vor sich auf den Tisch. Ein angestrengtes Lächeln glitt über ihr Gesicht. »Das ist sehr freundlich von Ihnen«, sagte sie schluchzend. »Vielen Dank.«

Der Polizeichef überlegte einen Augenblick. »Bevor wir gehen, habe ich noch ein paar kurze Fragen an Sie«, sagte er vorsichtig. »Ist das in Ordnung?«

Sie nickte. »Selbstverständlich.«

Er fuhr fort: »Wir suchen nach einer Person, Mann oder Frau, Alter dreißig bis fünfzig, bekleidet mit ...«

Er warf Cecilie einen hilfesuchenden Blick zu.

»... einer dunklen Schirmmütze und einer Jeansjacke«, ergänzte sie. »Diese Person hat vermutlich einen blauen Lieferwagen gefahren und war im Besitz eines Jagdgewehrs vom Typ Winchester.«

»Genau.« Ole nickte. »Ihr müsst nicht hier und jetzt darauf antworten, aber denkt mal darüber nach, vielleicht fällt euch ja jemand ein, auf den die Beschreibung zutreffen könnte.«

Die drei sahen einander an.

»Spontan fällt mir niemand ein«, antwortete Marianne Sørensen. »Ein Jagdgewehr, sagten Sie?«

Ole nickte.

»Heißt das, der Mörder ist ein Jäger?«, kam die Frage von Birger, dem älteren der Jungen.

»Nicht unbedingt«, antwortete Ole. »Aber das gehört zu den Punkten, die wir als Erstes prüfen werden.«

»Gab es in letzter Zeit irgendwelche ungewöhnlichen Vorfälle?«, warf Cecilie ein. »Hat euch jemand bedroht?«

Sie sahen einander erneut an, dann huschte ein Lächeln über Marianne Sørensens Gesicht.

»Wir haben keinen einzigen Feind auf der Welt«, antwortete sie, »aber jetzt, wo Sie fragen, fällt mir ein, Joakim hat da tatsächlich ein paar seltsame Briefe bekommen ...« Sie stand auf.

»Er hat ein paarmal erwähnt, dass irgend so ein Verrückter ihm Drohbriefe geschickt hat«, erklärte sie und ging zu einem großen Schreibtisch hinüber. »Ich war besorgt, aber er hat nur gelacht über diesen Spinner und mich gebeten, nicht weiter darüber nachzudenken. Ich glaube, er wollte sie aufbewahren, nur so zum Spaß. Wahrscheinlich hat er sie hier in der Schublade, mal sehen.«

Ole folgte ihr zum Schreibtisch.

»Haben Sie sie gelesen?«

»Nein. Er hat mir gesagt, ich solle mich nicht weiter darum kümmern, und daran habe ich mich gehalten. Ich hatte es schon ganz vergessen. Bis jetzt, als Sie danach gefragt haben.«

Sie öffnete die Schublade, suchte eine Weile und zog dann einen großen weißen Umschlag hervor.

»Hier ist er, glaube ich«, sagte sie. »Er hat ihn sogar beschriftet: *Briefe von Hans Hansen*. Ja genau, das sind sie.« Sie gab ihm den Umschlag.

»Darf ich sie mir mal ansehen?« Die Witwe nickte. Ole

ging zurück und setzte sich. Er öffnete den Umschlag und schüttelte den Inhalt heraus: vier handschriftliche Briefe und vier separate Kuverts.

»Ich nehme an, die hat nur Ihr Mann angefasst?«, fragte er, und Marianne Sørensen nickte.

»Ich frage wegen der Fingerabdrücke«, erklärte er und schob den obersten Brief an den Kanten vorsichtig zur Seite. Dann las er laut vor:

Zahnarzt Joakim Sørensen

Ich habe gehört, dass du ein Mörder bist, und wie lange machst du das schon? Du hast am 21. Juli 1999 versucht, einen Mord zu begehen, aber du bist damit nicht durchgekommen. Du bist ein Trottel, daran besteht kein Zweifel. Wenn du es noch einmal versuchst, kriegst du das Messer zu spüren.

Hans Hansen

Ole sah auf. Die Anwesenden starrten auf den Brief. Er schob ihn behutsam zur Seite und griff nach dem zweiten Brief, den er ebenfalls laut vorlas:

Zahnarzt Joakim Sørensen

Du bist ein Mörder, weißt du das? Wag es nicht noch einmal, dann setzt es Prügel. Wie lange treibst du es schon als Mörder? Du bist ein großer Trottel. Du bist ein Arschloch. 1998 hast du versucht, einen Mord zu begehen. Und dann am 21. Juli 1999 noch einmal. Aber probier es noch einmal, dann kriegst du eins aufs Maul! Ja, du wohnst in Utsikten terrasse, also fühl dich bloß nicht so sicher. Du hast ja deine Praxis in der Havnegata, und an diesen Orten kann schon mal scharf geschossen werden.

Hans Hansen

»Scharf geschossen?« Marianne Sørensen wurde blass. »Davon hat Joakim nie etwas erzählt!« Sie sah ihre Söhne erschrocken an. »Habt ihr davon gewusst?«

Sie schüttelten den Kopf.

Ole schob Brief Nummer zwei zur Seite, so dass der dritte zum Vorschein kam. Er war kurz und bündig, ohne Anrede oder Einleitung:

Ich bin bald in der Havnegata, um dir den Schädel einzuschlagen!

JOAKIM ZAHN IST HOMO!

»Hm«, sagte Ole nachdenklich, »hier kommt er mit einer neuen Provokation.«

»Homo? Papa?« Mads vergaß für einen Moment seine Trauer und lachte laut auf. »Papa ist doch nicht homo, oder?«

»Nein, Mads, das ist er ganz entschieden *nicht*«, entgegnete seine Mutter.

Ole schob sich den letzten Brief zurecht und las vor:

Joakim Zahn ist homosexuell!

Beim nächsten Mal mit offenen Karten!

Du bist wohl nicht ganz richtig im Kopf, wenn du da rumgehst und Leute umbringst und selbst leben willst. Du warst es, der Per Bergesen 1998 umgebracht hat. Und dann hast du dich am 21. Juli 1999 an einem Mord versucht. Du bist ein Zahnarztmörder. Und außerdem bist du HOMOSEXUELL.

Mit offenen Karten beim nächsten Mal!

Du HOMO!

Ole sah sich die Umschläge vorsichtig an. Zwei waren auf die übliche Weise mit selbstklebenden Briefmarken, Namen und Adressen versehen und trugen einen Stempel. Das Datum war kaum zu entziffern, aber das würden die Techniker schon herausfinden. Auf den letzten beiden Umschlägen stand groß HOMO vor dem Namen. Ansonsten sahen sie aus wie die anderen beiden.

Ole schob die Briefe und Kuverts in den großen Umschlag zurück.

»Wir werden sie umgehend auf Fingerabdrücke überprüfen«, sagte er. »Aber sagen Sie, Marianne, warum in aller Welt ist Ihr Mann damit nicht zu uns gekommen, um Anzeige zu erstatten?«

Die Witwe zuckte mit den Achseln. Auch die letzte Farbe war aus ihrem Gesicht gewichen. »Gute Frage ...« Sie sah ihn verzweifelt an. »Er hat ja nur darüber gelacht und es gar nicht ernst genommen. Joakim glaubte immer an das Gute im Menschen. Oder vielleicht wollte er es nicht ernst nehmen? Es war nicht immer so leicht, aus ihm schlau zu werden.«

»Das Datum, das in den Briefen immer wieder vorkommt, der 21. Juli 1999«, warf Cecilie ein, »könnt ihr versuchen, euch an diesen Tag zurückzuerinnern?«

»Das könnte sehr wichtig sein«, ergänzte Ole.

Marianne Sørensen wirkte ratlos. »Das ist so lange her«, sagte sie, »wer in aller Welt kann sich so weit zurückerinnern?«

Ole überlegte. »Führt jemand von euch zum Beispiel ein Tagebuch?«

»Nein«, sagte Marianne, und auch ihre Söhne schüttelten die Köpfe.

»Wir werden ein paar Zeitungsausgaben von diesem Tag organisieren, vielleicht hilft euch das gedanklich auf die Sprünge«, fuhr Ole fort. »Versucht in der Zwischenzeit, euch zu erinnern. Wir werden Joakims Sekretärin kontaktieren und sie bitten, einen Blick in seine alten Terminkalender zu werfen. Eines noch: Die Presse kann sehr aufdringlich sein, auch gegenüber den Angehörigen von Opfern. Es ist wichtig, dass ihr die Leute an uns verweist und keine Auskünfte erteilt. Irgendwo da draußen sitzt ein Mörder und verfolgt alles. Solange die Ermittlungen laufen, muss die Polizei kontrollieren, was an die Öffentlichkeit gelangen darf und was nicht.«

Marianne Sørensen begleitete sie zur Tür.

»Danke«, sagte sie leise. »Von mir werden die Medien nichts erfahren.«

Als sie wieder im Auto saßen, klingelte das Handy. Es war Eva.

»Ole«, sagte sie, »ich habe Doktor Lundekvam aus dem zweiten Stock hier bei mir sitzen. Er hat in letzter Zeit einige unangenehme Briefe erhalten und ist sich nicht sicher, wie er sich verhalten soll.« Sie hielt einen Augenblick inne und fügte dann hinzu: »Er sagt, sie sind mit Hans Hansen unterschrieben. Sagt dir der Name etwas?«

Kapitel 7

»O ja, der Name sagt mir in der Tat etwas.« Ole schluckte. »Sorg dafür, dass irgendjemand die Briefe an Lundekvam auf Fingerabdrücke untersucht. Wie viele hat er denn bekommen?«

»Drei.«

»Aha.« Ole überlegte, während er den Volvo aus der Sykehusgata herausmanövrierte und links abbog. Joakim Sørensen war also nicht der Einzige, der diese Drohbriefe erhalten hatte. Möglicherweise war nun auch Doktor Lundekvam in Gefahr?

Am Tatort in der Sykehusgata sah er, wie sich zahlreiche Menschen zwischen Blumen und flackernden Kerzen unterhielten. »Eva«, sagte er, »Joakim Zahn hat ebenfalls solche Briefe erhalten. Lundekvam könnte also in Gefahr sein. Bring ihn in mein Büro und sag ihm, dass er dort auf mich warten soll. Kopier die Briefe, bevor du sie weitergibst. Ich möchte sie lesen.«

So wie Joakim Sørensen war auch Sigurd Lundekvam in den Vierzigern. Auch er hatte eine Praxis im Stockwerk über der Polizeistation in der Havnegata 1 gemietet, in dem riesigen weißen Holzhaus, das Ole Vik einige Jahre zuvor gekauft hatte. Im selben Stockwerk hatte auch ein Steuerberater seine Büros. Ole selbst lebte in einer geräumigen Wohnung in der obersten Etage, mit Blick über den Hafen und die vorgelagerten Inseln. Von dort aus hatte er den denkbar kürzesten Weg zur Polizeistation im ersten Stock. Im Erdgeschoss befand sich ein Lebensmittelgeschäft.

Jahrelang hatte Ole seine ganze Freizeit in den Umbau dieses Hauses gesteckt – er stand mit jedem einzelnen Balken auf Du und Du. Das Haus war ein Schmuckstück aus alter Zeit, und Ole hatte sich mit Leib und Seele für eine authentische Restaurierung eingesetzt. Das Ergebnis konnte sich sehen lassen.

Sigurd Lundekvam erhob sich, als sie eintraten.

»Hallo, Sigurd.« Ole und Cecilie drückten ihm die Hand.

»Wir setzen uns an den Besprechungstisch«, schlug Ole vor. »Möchten Sie Kaffee? Tee?«

Der Arzt schüttelte den Kopf. Er war klein und gedrungen und hatte dunkles, kräftiges Haar. Unter dem offenen Arztkittel trug er eine weiße Hose und ein hellblaues T-Shirt.

»Ich kann nicht lange bleiben«, antwortete er mit seiner warmen, tiefen Stimme, die so gut zu diesem ruhigen, ausgeglichenen Menschen passte. »Die Patienten warten.«

»Wir beeilen uns.« Ole bat Sigurd und Cecilie, Platz zu nehmen, und ließ sich selbst auf einen Stuhl fallen.

»Ich weiß, dass der Zeitpunkt für mein Anliegen etwas unglücklich gewählt ist«, sagte der Arzt leise. »Aber irgendwie ist mir bei der Sache nicht ganz wohl. Das ist jetzt schon der dritte Brief dieser Art. Schauen Sie sich das mal an, und entscheiden Sie, ob man das ernst nehmen muss.«

Eva kam mit den kopierten Briefen herein. Ole breitete sie auf dem Tisch aus. Dann las er laut vor:

Doktor Sigurd Lundekvam:

Du bist ein Scheißmörder, weißt du das? Wie oft hast du versucht, jemanden umzubringen? Du bist ein großer Trottel. Du bist ein Arschloch. Du hast am 12. Februar 1999 einen Mord versucht, aber damit bist du nicht durchgekommen. Du kannst es ja noch einmal wagen, dann kriegst du das Messer zu spüren.

Hans Hansen

»Hm, noch ein Datum, dem wir nachgehen müssen«, bemerkte Cecilie.

Ole nickte. »Der Wortlaut ist ähnlich, und die Handschrift ist die gleiche«, ergänzte er. »Das stammt mit Sicherheit von ein und derselben Person.«

Sigurd Lundekvam sah sie fragend an.

»Ich erklär Ihnen das später.« Ole nahm den nächsten Brief zur Hand.

Doktor Lundekvam:

Du bist wohl nicht ganz richtig im Kopf, so wie du dich herumtreibst und Leute umbringst. Du bist ein Doktormörder, weißt du das? Wie kannst du glauben, dass du leben darfst, wenn du anderen den Tod wünschst? Du bist ein großer Idiot. Du hast am 12. Februar 1999 einen Mord versucht, aber jetzt ist Schluss. Du wohnst ja in der Villaveien und hast deine Praxis in der Havnegata, und da kann es schon mal heiß hergehen. Auch scharfe Schüsse können fallen.

Hans Hansen

Ole griff zum dritten und letzten Brief und fuhr ohne weitere Unterbrechung fort:

Doktor Lundekvam ist pädo!

PÄDOSCHWEIN!

Beim nächsten Mal mit offenen Karten! Du hast am 12. Februar 1999 einen Mord versucht. Du bist ein Doktormörder! Ein Pädoschwein. Ich bin bald in der Havnegata, um dir ein Brandmal aufzudrücken!

Pädophiles Schwein! Beim nächsten Mal mit offenen Karten!

Hans Hansen

Ole schob die Kopien von sich und sah auf. »Wann haben Sie diese Briefe bekommen?«

Der Arzt runzelte die Stirn. »Also, der erste kam vor vierzehn Tagen, glaube ich. Die anderen kamen einer nach dem anderen, der letzte am Samstag.«

Ole notierte auf einem Block mit. »Um es Ihnen zu erklären, Sigurd«, sagte er. »Auch Joakim Zahn hat solche Briefe erhalten. Seine Frau hat uns das gerade erzählt.«

Der Arzt sah sie bestürzt an. »Vom selben Absender?«

»Sieht so aus, ja.«

»Sie meinen also ...«, Sigurd Lundekvam hielt kurz inne, »... dass die Briefe von Joakims Mörder kommen?« Als ihm die Konsequenzen klar wurden, rieb er sich über das Gesicht, das mit einem Schlag aschfahl geworden war. »Glauben Sie, ich könnte ... dass ich ...?«

»Noch wissen wir nicht einmal, ob der Verfasser dieser Briefe überhaupt etwas mit der Sache zu tun hat. Aber wir müssen zunächst einmal davon ausgehen. Warum sind Sie nicht schon früher damit zu mir gekommen?«, fragte Ole.

»Ich dachte, das sind irgendwelche Kinder, die mir einen Streich spielen wollen.« Der Arzt sah Ole schockiert an. »Ehrlich gesagt, etwas anderes ist mir gar nicht in den Sinn gekommen … bis jetzt. Ich meine, wir wohnen in Fjellberghavn! Hier schließt man ja nicht einmal die Türen ab!«

»Tja, ab sofort sollten wir das besser tun, so wie's aussieht.« Ole schwieg und dachte nach. Wenn derjenige, der die Briefe geschrieben hatte, wirklich etwas mit dem Fall zu tun hatte, war Sigurd Lundekvam in Lebensgefahr. Und seine Familie ebenfalls. Um kein Risiko einzugehen, mussten der Arzt und seine Familie umgehend unter Polizeischutz gestellt werden. Wie sollten sie das alles schaffen? Ole strich sich nachdenklich über den Bart. Schließlich erhellte sich seine Miene: »Ich habe bei mir im dritten Stock einen Gasteflügel eingerichtet«, sagte er. »Holen Sie sofort Ihre Familie und ziehen Sie dort bis auf Weiteres ein.«

Sigurd Lundekvam starrte ihn völlig entgeistert an. Noch bevor er protestieren konnte, unterbrach Ole ihn mit einer entschlossenen Handbewegung.

»Da gibt es nichts zu diskutieren«, sagte er bestimmt und lächelte freundlich. »Ich muss Sie unter Personenschutz stellen, doch wir haben momentan einfach nicht genügend Leute für jeden Ihrer Angehörigen. Arbeitet Ihre Frau außer Haus?«

»Nein, sie ist Hausfrau.«

»Haben Sie Kinder?«

»Äh, ja, einen Sohn.«

»Wie alt ist er?«

»Zehn.«

»Dann muss er umgehend hierhergebracht werden.«

»Ja, ja, ich verstehe.« Der Arzt überlegte kurz. »Aber eigentlich … Die Schule beginnt erst nächste Woche, und Petter ist diese Woche bei meinen Schwiegereltern in Borg. Da ist er doch sicher? Meine Frau Dorte ist auf der Hütte.«

»Können Sie sie telefonisch erreichen?«

»Ja, auf dem Handy.«

»Rufen Sie sie an, und erklären Sie ihr die Situation. Ich schicke eine Streife vorbei und lasse sie abholen. Machen Sie ihr bitte klar, dass es momentan keine Alternative gibt, aber versuchen Sie gleichzeitig, sie nicht unnötig zu erschrecken, okay?« Ole lächelte – er wusste, wie schwierig das werden würde.

Der Arzt nickte und sah Ole fassungslos an. »Ich begreife einfach nicht, was ich getan haben kann, das ... das jemanden dazu bewegen könnte, mich umzubringen?«

»Hoffen wir, dass wir das ganz schnell klären können«, sagte Ole und steckte die Briefe in seine Brusttasche. »In der Zwischenzeit können Sie sich und uns helfen, indem Sie versuchen, sich zu erinnern. Der Briefschreiber erwähnt zum Beispiel ein Datum: den 12. Februar 1999. Bitte versuchen Sie sich zu erinnern, was Sie an diesem Tag gemacht haben. Beruflich und privat. Fragen Sie auch Ihre Frau.«

Sigurd Lundekvam zuckte mit den Schultern. »Können *Sie* sich so weit zurückerinnern?«, fragte er.

»Ja«, antwortete Ole, »wenn man mir droht, mich umzubringen, dann kann ich das.«

Die Gästewohnung betrat man von Oles geräumigem Wohnzimmer aus. Die Tür war aus massiver Eiche und sowohl mit einem gewöhnlichen Schloss als auch mit einem Sicherheitsschloss ausgestattet. Die Wohnung bestand aus einem schlicht eingerichteten, etwa dreißig Quadratmeter großen Wohnzimmer mit Radio und Fernseher, zwei Schlafzimmern mit Etagenbetten und einem

Bad sowie einer kleinen Küche. Ein Regal im Wohnzimmer war randvoll mit Büchern und Zeitschriften bestückt. Kein Luxus, aber eine komfortable Unterkunft für kürzere Aufenthalte.

Die Wohnung wurde nicht oft benutzt. In der Regel diente sie als Unterkunft für Familie und Freunde und ab und zu als Zufluchtsort für Frauen, die Schutz vor ihren gewalttätigen Ehemännern suchten.

Ole führte den Arzt herum und erklärte ihm, wo er Bettwäsche, Konserven, Kaffee und andere Utensilien finden würde. Danach bat er ihn, eine Einkaufsliste zusammenzustellen und telefonisch an Eva durchzugeben. Zum Schluss gab er ihm ein Handy.

»Bitte telefonieren Sie nur damit«, sagte er, »dann können Sie sicher sein, dass man Sie nicht ortet. Als Erstes rufen Sie jetzt Ihre Sprechstundenhilfe an und bitten sie, einen Blick in die Patientenkartei zu werfen.«

»Die Daten sind alle im Computer.«

»Umso besser. Sie möge bitte den 12. Februar 1999 heraussuchen. Ich brauche die Namen aller Patienten, die an diesem Tag in Ihrer Praxis waren.«

»Die Namen meiner Patienten?« Der Arzt hatte plötzlich einen abweisenden Gesichtsausdruck. »Das geht nicht«, sagte er entschieden. »Ich unterliege der ärztlichen Schweigepflicht, das müssen Sie bitte verstehen.«

Ole hatte keine Zeit für Diskussionen. »Es tut mir leid, aber darauf können wir jetzt keine Rücksicht nehmen«, sagte er scharf. »Seien Sie so gut und helfen Sie uns. Der Mörder läuft frei herum, wir haben wirklich keine Zeit für falsche Rücksichtnahmen! Wir müssen ihn aufhalten, bevor das nächste Unglück geschieht.«

Der Arzt blieb schweigend sitzen, und seine Kiefermuskeln spannten sich. »Tut mir leid, aber dann müssen Sie mir schon einen Gerichtsbeschluss vorlegen«, sagte er. »Ich muss die Privatsphäre meiner Patienten schützen. Das gehört zu meinem Job.«

Ole breitete verzweifelt die Arme aus. »Sie schützen die Privatsphäre Ihrer Patienten – wir schützen Leben! Aber gut – wie Sie wollen. Dann bitten Sie Ihre Sprechstundenhilfe, alle Termine für heute und morgen abzusagen, die Praxis zuzusperren und nach Hause zu gehen. Sie muss aus dem Gebäude raus. Wenn sie fragt, sind Sie an einem sicheren, nicht näher genannten Ort, der weder sie noch sonst jemanden etwas angeht, klar?«

Sigurd Lundekvam schaute irritiert hoch und nickte. »Ich habe verstanden – aber sind Sie sicher, dass Sie nicht ein bisschen übertreiben?«

Der Polizist lächelte betrübt. »Fragen Sie Marianne Sørensen, wie sie das sieht«, sagte er.

Auf dem Weg die Treppe hinunter rief er Bårdsen an und bat ihn, den Gerichtsbeschluss auf schnellstem Weg zu beschaffen. In der Polizeistation angekommen, blieb er am Empfang bei Eva stehen und brachte sie auf den neuesten Stand. »Wir legen noch eine weitere kurze Arbeitsbesprechung ein«, sagte er. »Ruf bitte Joakim Zahns Sekretärin an.«

Sie nickte.

»Wir benötigen die Namen aller Patienten, die am 21. Juli 1999 in seiner Praxis waren«, fuhr er fort. »Bitte sie, alle alten Terminkalender und Datenarchive durchzugehen.«

Der Stab versammelte sich zur Lagebesprechung um den Konferenztisch in Oles Büro. Rasch trugen sie zusammen, was es an neuen Informationen gab, doch entscheidende Hinweise waren nicht dabei. So konzentrierte sich Ole vorerst darauf, das weitere Vorgehen mit ihnen zu besprechen und die nächsten Schritte zu veranlassen.

Sie wollten die Runde gerade auflösen, da begann Birk nervös im Zimmer auf und ab zu laufen. Der Border-Collie hatte die Ohren angelegt und kroch aufgeregt am Boden entlang. Plötzlich bellte er so laut auf, dass alle in ihren Stühlen zusammenfuhren. Zuerst einmal, dann noch einmal. Im nächsten Augenblick ging der Feueralarm los.

Ole blickte auf. Das hatte ihm gerade noch gefehlt. Er hielt kurz inne, dann stand er auf.

»Raus aus dem Gebäude«, sagte er. »Wenn es ein Fehlalarm ist, treffen wir uns gleich wieder hier. Jetzt erst mal alle raus hier, los!«

Sie stießen in der Tür mit Eva zusammen.

»Es brennt! Unter der Eingangstür dringt schon der Rauch herein!« Sie musste schreien, um das rhythmische Heulen der Sirene zu übertönen.

Ole fluchte. »Ruf die Feuerwehr an und bestätige den Alarm«, befahl er, lief an ihr vorbei in den Empfang und riss die Eingangstür auf. Glühend heißer Benzindunst schlug ihm entgegen, und dicker Rauch wälzte sich in die Räume herein. Im Treppenhaus breiteten sich aggressive Flammen mit donnerartigem Grollen nach oben aus, und es knisterte und krachte im jahrhundertealten, knacktrockenen Gebälk, als ob das Treppenhaus jeden Moment explodieren würde.

Da war nichts mehr zu machen. Ole schlug die Tür mit einem Knall wieder zu und wankte rücklings zurück zum Empfang.

Kapitel 8

Ole blieb stehen. Das Herz schlug ihm bis zum Hals: Der wichtigste Fluchtweg, die Treppe, war blockiert. Sie hatten unzählige Feueralarmübungen gehabt, Gott sei Dank, und die Bewohner des Hauses wussten hoffentlich noch, dass sie die Feuerleiter auf der Rückseite des Gebäudes nehmen mussten.

»Über die Feuerleiter raus, die Treppe können wir nicht mehr benutzen!«, rief er. »Alle raus. Sofort! Das Gebäude kann jeden Moment in die Luft gehen, es wurde wahrscheinlich mit Benzin angezündet!«

»Sollen wir nichts mitnehmen?«, fragte Morten.

»Nein, raus jetzt!« Ole sah zur Tür, wo sich der Rauch durch den Türschlitz presste. »Eva und Cecilie zuerst, dann die anderen, beeilt euch! Und sobald ihr draußen seid, beginnt ihr, die Nachbarhäuser zu evakuieren und das Gebiet abzuriegeln. Los!«

Sie verschwanden. Ole fischte sein Handy heraus und wählte Doktor Lundekvams Mobilnummer. Es klingelte lange, bis der Arzt dranging.

»Sehen Sie zu, dass Sie da rauskommen, Sigurd!«, rief Ole. »Das Feuer breitet sich rasend schnell aus, das Treppenhaus ist nicht mehr begehbar. Nehmen Sie die Feuerleiter auf der Rückseite! Sie kommen nur durch mein Schlafzimmer dorthin.«

Der Arzt hustete.

»Das hab ich schon probiert«, rief er. »Aber die Flammen kommen schon an der Außenwand hoch. Ich bin hier eingesperrt, ich bin verdammt noch mal eingesperrt!« Er hustete erneut, und man konnte hören, dass er kaum noch Luft bekam. »Die ganze Wohnung ist voller Rauch. Ich weiß nicht mehr …«

»Kriechen Sie am Boden entlang und versuchen Sie, auf

die Dachterrasse hinauszukommen!« Ole nahm aus dem Augenwinkel wahr, dass die anderen aus dem Hinterzimmer zurückgelaufen kamen. »Ich werde dem Einsatzleiter Bescheid geben, dass Sie dort oben sind!«

Er legte auf und drehte sich zu den anderen um. Im Hintergrund konnte er hören, wie die laut tobenden Flammen im Treppenhaus das Heulen der Sirene zu übertönen begannen.

»Ole, wir kommen hier nicht raus«, rief Eva. »Wir sitzen fest!«

Ole sah sich um. Auch der Empfangsbereich hatte sich inzwischen mit dickem Rauch gefüllt, der durch unzählige Ritzen und Öffnungen quoll und sich wie ein Teppich an der Decke sammelte.»Zurück in mein Büro!«, rief er. »Dort warten wir an den Fenstern auf die Feuerwehr. Eine andere Idee hab ich auch nicht!«

Sie liefen vornübergebeugt ins Büro des Polizeichefs und schlossen die Tür hinter sich. Auch dort quoll bereits dicker schwarzer Rauch durch die Ritzen herein. Sie bedeckten notdürftig Mund und Nase mit dem, was sie gerade zur Hand hatten, und krochen am Boden entlang zu den Fenstern.

Ole hustete. »Nicht öffnen, bevor es absolut nötig ist, wir dürfen dem Feuer keinen Sauerstoff zuführen! Jeder von euch ruft jetzt ein Büro im zweiten Stock an. Versucht herauszufinden, wie viele Personen in welchem Raum festsitzen. Sie sollen alle zu den Fenstern gehen, sie geschlossen lassen und warten, bis die Feuerwehr kommt. Keine unnötigen Fluchtversuche durch das Treppenhaus! Lasst die Leitungen offen, damit wir fortlaufend kommunizieren können. Nehmt eure Handys. Das Festnetz wird bald ausfallen.«

Ole wählte den Notruf der Feuerwehr und wurde zum Feuerwehrchef durchgestellt. Er hörte im Hintergrund bereits die Sirene und stieß einen Seufzer der Erleichterung aus. Sie waren auf dem Weg.

»Hier Polizeichef Vik, wie weit seid ihr noch entfernt?«, rief er.

»Wir sind gleich da«, antwortete der Einsatzleiter. »Wie ist die Situation?«

»Kritisch. Das Feuer breitet sich rasend schnell aus, ist vermutlich mit Benzin gelegt worden. Ich schätze, dass das Gebäude in wenigen Minuten lichterloh brennt«, antwortete Ole. »Alle Fluchtwege sind versperrt. Soweit ich weiß, hat bisher niemand – außer vermutlich das Ladenpersonal im Erdgeschoss – das Gebäude verlassen können.«

»Verstehe«, antwortete der Einsatzleiter. »Geben Sie mir einen Überblick. Wie viele Personen sind im Haus, und wo genau befinden sie sich?«

»Auf meiner Dachterrasse im dritten Stock steht ein Mann, den Sie zuerst herunterholen müssen. Er hat absolute Priorität!« Ole überlegte. »Im zweiten Stock halten sich vermutlich zwei Personen in den Büros des Steuerberaters auf, eine in der Arztpraxis und eine in der Zahnarztpraxis. Wie hoch die Anzahl der Besucher und Patienten ist, kann ich nicht sagen, meine Kollegin recherchiert das gerade.« Er krümmte sich vor Husten. »Beginnen Sie bei der Evakuierung unbedingt mit dem Mann im dritten Stock, dann holen Sie die Leute aus dem zweiten – wir hier im ersten Stock könnten notfalls auch einen Sprung aus dieser Höhe überleben.«

»Keine Sorge, wir holen Sie alle raus«, meinte der Feuerwehrchef. »Können Sie sagen, wo das Feuer Ihrer Meinung nach begonnen hat und in welche Richtungen es sich ausbreitet?«

»Begonnen hat es vermutlich im Treppenhaus im Erdgeschoss. Es breitet sich rasend schnell im Haus nach oben aus.«

»Ist Ihr gesamter Stab eingesperrt?«

Ole wusste, warum der Feuerwehrchef diese Frage stellte. Das geschah nicht bloß aus Sicherheitsgründen. Bei einem Großbrand war es Aufgabe der Polizei, das Gebiet abzuriegeln, den Verkehr umzuleiten und die Nachbarn zu alarmieren. Jetzt mussten die Feuerwehrleute auch diese Aufgabe übernehmen.

»Ja«, sagte er.

»Ich werde die Feuerwehr in Ro und Hallberg um Verstärkung bitten«, sagte der Einsatzleiter. »Vergessen Sie nicht, dass die Kohlenmonoxidvergiftung und der Sauerstoffmangel jetzt in der ersten Phase die größte Gefahr darstellen. Der Rauch sammelt sich an der Decke und breitet sich von dort nach unten aus. Ihr müsst notfalls am Boden entlangkriechen, dort bekommt ihr immer noch am besten Luft. Achtet vor allem auf den dicken, schwarzen Rauch. Der besteht in der Regel aus unverbrannten Brandgasen, die bei Sauerstoffzufuhr sofort explodieren können, zum Beispiel wenn die Fenster geöffnet werden oder bersten. Okay?«

»Danke für die Hinweise«, sagte Ole und legte auf.

Im selben Augenblick war ein Knall zu hören. Dann ging das Licht aus. Das Heulen der Sirene hielt noch ein paar Sekunden an, dann verstummte auch diese. Durch die Tür hörten sie deutlich, wie sich die Flammen in die Rezeption hineinfraßen. Das Atmen fiel immer schwerer, der Rauch brannte in den Augen.

Morten winkte Ole zu.

»Im zweiten Stock haben sich alle im Büro des Steuerberaters versammelt!« Er musste rufen, um den Lärm der Flammen zu übertönen, und wurde immer wieder von Hustenkrämpfen geschüttelt. »Sie knoten jetzt die Vorhänge zusammen und werden sich daran abseilen!«

Die Sirenen der Feuerwehrfahrzeuge näherten sich,

und Ole zögerte einen Moment. »Bitte sie zu warten, Morten!«, brüllte er zurück. »Die Einsatzkräfte sind jeden Moment hier! Es ist zu gefährlich!«

»Ich werde es versuchen, aber die sind in heller Panik!«, rief der Polizist zurück.

»Umso wichtiger, sie zurückzuhalten! Tu, was du kannst. Arne, ruf den Feuerwehrchef an und gib ihm den Standort der Leute im zweiten Stock durch.«

Plötzlich hatte Ole das Gefühl zu ersticken. Punkte tanzten vor seinen Augen, und ihm wurde schwindlig. Das Feuer hatte den ganzen Sauerstoff verbraucht, der giftige Rauch würde sie umbringen. Sie durften jetzt auf keinen Fall das Bewusstsein verlieren. Sie brauchten Luft, Luft – und zwar sofort. Aber wenn sie jetzt ein Fenster öffneten? Würden die Brandgase explodieren? Wie es aussah, hatten sie keine Alternative. Seine Kollegen husteten und keuchten, dass ihm angst und bang wurde. Dann sah er das erste Feuerwehrfahrzeug vor dem Haus anhalten. Entschlossen riss er das Fenster auf.

Der Luftstoß schlug herein wie eine Orkanböe. Die Bürotür hinter ihnen wurde aufgerissen, dann war ein ohrenbetäubender Knall zu hören, gefolgt von einem schauerlichen Dröhnen aus dem Empfang, als die Brandgase explodierten.

»Alle Fenster auf!« Ole gelang es nur mit Mühe, die Tür zuzuschlagen. Er winkte sie alle an ihren Platz. »Los, an die Fenster, atmet tief ein und macht euch zum Sprung bereit! Die Feuerwehr ist schon da, haltet noch ein bisschen durch!«

Ole beugte sich hinaus und schnappte gierig nach Luft. Unten auf dem Gehweg sah er Wenche Sunde eifrig fotografieren. Er fluchte innerlich.

Der Feuerwehrchef erteilte seine Befehle, und ein Drehleiterwagen wurde in Position gebracht, während sich die Atemschutzträger bereit machten. Die Drehleiter wurde langsam ausgefahren. Zwei Männer mit Atemschutz fuhren mit nach oben. Gegen die Wand der Zahnarztpraxis im zweiten Stock sowie zur Polizeistation wurden Leitern gelehnt, so dass die meisten der eingeschlossenen Personen rasch und effektiv auf den Gehweg heruntergelotst werden konnten.

Ole verließ als Letzter das Büro. Mit Birk unter dem Arm bewegte er seinen korpulenten Körper ruhig die Leiter hinunter und setzte den Hund auf dem Gehweg ab. Er füllte seine Lungen mit Luft, dann hob er den Blick zur Dachterrasse. Sie war vollständig in Rauch gehüllt.

Eva kam zu ihm herüber. Schweigend griff sie nach seinem Arm, und zusammen starrten sie hinauf. Die Drehleiter verschwand im dicken Rauch und tauchte weiter oben wieder auf. Ole hatte einen dicken Kloß im Hals. Sein Lebenswerk stand in Flammen, wie ein gigantisches Sonnwendfeuer. Der Anblick war unwirklich. Sein Zuhause – alle seine persönlichen Dinge und Erinnerungen, alles, was er besaß, wurde vor seinen Augen ein Raub der Flammen. Auch die Polizeistation, Dokumente, Berichte, Computer, Archive, Beweisunterlagen, die Arzt- und Zahnarztbüros – alles würde in wenigen Minuten für immer vernichtet sein.

Er schob den Gedanken von sich. Noch schwebte Lundekvam in Lebensgefahr. Ole fischte sein Handy heraus und wählte dessen Nummer.

Er landete direkt auf der Mailbox.

Ole fluchte laut und versuchte es noch einmal. »Geh ran, geh ran, Mensch, verdammt!«

Wieder nur die Mailbox.

»Keine Verbindung?« Eva starrte ihn mit großen Augen an.

»Nein.« Die Antwort kam mit einem Stöhnen. Ole spürte, wie sich ihm der Hals zuschnürte.

Plötzlich war oben vom Dach ein Donnergrollen zu hören, dann erleuchtete ein enormer Funkenregen den braun-roten Rauch von innen heraus. Die Flammen schlugen durch das Dach und den Rauch wie ein gigantischer Feuerpilz. Durch die Menge der Gaffer ging ein Raunen.

Eine Sekunde später taumelte eine menschliche Gestalt wie eine Lumpenpuppe aus dem Rauch hervor, wankte an der Drehleiter vorbei – und stürzte über die Brüstung in die Tiefe.

Fassungslos starrten sie auf den Körper, der mit einem dumpfen Aufprall auf dem Gehweg landete. Die Menge schrie entsetzt auf, dann war es still. Nur wenige Sekunden darauf explodierte das Munitionslager der Polizeistation.

Die Salven skandierten Doktor Lundekvams Tod.

Kapitel 9

»War das Sigurd?« Eva klammerte sich zitternd an Oles Arm.

Ole nickte. »Ich – ich wollte, dass er bei mir da oben sicher ist«, flüsterte er. »O Gott ...«

Er verfolgte mit abwesendem Blick den Rettungswagen, der mit heulender Sirene zur Gestalt auf dem Gehweg vorfuhr. Dann sah er auf das Gebäude. Oben im Empfang schlugen die Flammen aus den Fenstern. In seinem Büro sah er Lichtschimmer im Rauch, dann schlugen auch dort die Flammen heraus. Ole schloss die Augen, in einer kurzen, verwirrten Hoffnung, der Anblick wäre verschwunden, wenn er sie wieder öffnete.

Eva sah ihn an und wusste genau, was er dachte.

»Das hier schaffen wir zusammen, Ole«, sagte sie. »Du weißt, dass du auf uns alle zählen kannst.«

Ole lächelte, während seine Gedanken und Gefühle verrücktspielten. Es flimmerte vor seinen Augen. Von einem Augenblick zum anderen hatte er sein Zuhause verloren: privat und beruflich. Die Folgen waren noch gar nicht abzuschätzen. Wie hatte das alles geschehen können? Was für ein Ungeheuer war das denn, das in Fjellberghavn wütete? Es bestand kein Zweifel daran, dass es sich um Brandstiftung handelte, der Benzingeruch im Treppenaufgang war unverkennbar gewesen. Aber gab es auch einen Zusammenhang zwischen dem Brandanschlag und dem Mord heute Morgen? Der Gedanke war naheliegend. Und er würde es verdammt noch mal herausfinden!

Um sie herum hantierten die Feuerwehrleute mit Schläuchen und Rohren.

»Das Gebäude ist nicht mehr zu retten, wir müssen uns darauf konzentrieren, ein Übergreifen der Flammen zu verhindern«, hörten sie die scharfen Kommandos des Einsatzleiters.

Ole drehte sich weg. Er musste etwas tun, er musste sich kümmern, schon allein, um Abstand zu gewinnen. Zunächst rief er seine Leute zu sich, um sich zu vergewissern, dass sie unverletzt waren.

»Cecilie und Morten, ihr riegelt das Gebiet ab und observiert die Gegend«, befahl er mit heiserer Stimme. »Und du, Arne, vergewisserst dich, dass alle Leute sicher herausgekommen sind.«

Sie verschwanden. Ole wandte sich an Eva. Sie war ganz schwarz vom Ruß, ihr Gesicht, die Kleidung – vermutlich sah er selbst nicht viel anders aus.

»Du hast Recht, Eva«, sagte er. »Das stehen wir gemeinsam durch.«

Vom Haus war ein erneutes Donnergrollen zu hören, und die Funken stoben in einer riesigen Wolke hoch. Ole konnte nicht hinsehen. Er musste sich zusammenreißen, sich konzentrieren. Weitermachen. Lösungen finden. Schon allein, um nicht den Verstand zu verlieren.

»Hast du dein Handy dabei?«, fragte er.

Eva nickte.

»Ruf in Borg an und schlag Alarm. Bitte sie, mit allen verfügbaren Mannschaften auszurücken, wir brauchen alle Hilfe, die wir bekommen können. Dann gehst du bitte zu Martha Strand von der Pension Fjellberg und mietest ein ganzes Stockwerk an. Wir richten dort eine provisorische Polizeidienststelle ein. Versuch bitte irgendwie, die notwendigsten Möbel zu organisieren, dann müssen wir uns um die Computeranlage kümmern. Beim Einrichten wird Martha dir sicher helfen. Meinst du, du kommst zurecht?«

»Natürlich.«

Ein Sanitäter kam zu ihnen herüber und bot ihnen Sauerstoff in einem der Rettungswagen an. Sie nahmen das Angebot dankend an und folgten ihm zum Wagen, während sie gleichzeitig versuchten, die Ausführungen des Sanitäters über die Zusammenhänge zwischen Kohlenmonoxid, Sauerstoff und Hämoglobin sowie die Gefahr innerer Erstickungen weitestgehend zu ignorieren. Der Sanitäter wollte sie ins Krankenhaus zu einem gründlichen Check-up mitnehmen. Sie hätten außerdem ein starkes Trauma erlitten. Ob sie vielleicht mit einem Krisenteam sprechen wollten?

Sie sahen sich an und lehnten das Angebot fürs Erste dankend ab.

Der Sanitäter ging, und Ole wandte sich wieder an Eva.

»Ich möchte tatsächlich, dass du sobald wie möglich diesen Check-up machst«, sagte er. »Die anderen auch.

Aber jetzt müssen wir erst mal dafür sorgen, dass wir die Dinge hier wieder unter Kontrolle bekommen. Hältst du noch ein bisschen durch?«

»Ja«, sagte sie entschieden.

»Danke, Eva. Weißt du, wer im Präsidium in Borg für die EDV zuständig ist?«, fragte er, und Eva nickte. Ole kratzte sich am Kopf. »Das alles ist für mich ja ein Buch mit sieben Siegeln, wie du weißt«, fügte er hinzu, »aber sind wir nicht, wie sagt man da, mit Borg verlinkt?«

»Unsere Anlage wird täglich mit einem Server in Borg synchronisiert, ja.«

»Das heißt, dort sind alle unsere Daten gespeichert?«

»Ja, da geht nichts verloren, nicht mal, wenn wir ausbrennen.« Sie lächelte. »Ich habe noch eine manuelle Synchronisierung durchgeführt, als der Alarm losging.«

»Eva, du bist großartig«, seufzte er erleichtert. »Ruf den EDV-Chef an und fordere umgehend neue Computer für uns an. Sag ihm, dass die Ausrüstung mit einer der Streifen heruntergeschickt werden muss, zusammen mit einer entsprechenden Anzahl Computerexperten, um sie sofort zu installieren.«

Eva verschwand, und Oles Blick fiel wieder auf den Toten. Morten hatte die Kontrolle übernommen. Das musste genügen. Er wusste nicht, ob seine Kräfte ausreichen würden, um zum Toten hinüberzugehen. Die Verzweiflung über den Tod des Arztes schnürte ihm wieder die Kehle zu.

Wenche Sunde von der ›Fjellbergposten‹ kam und umarmte ihn. »Es ist schrecklich, Ole«, sagte sie mit zitternder Stimme, und er konnte sehen, dass sie geweint hatte. »Zuerst Joakim und jetzt Sigurd. Unfassbar!« Sie musterte Ole mit einer Mischung aus Neugier und Mitgefühl. »Und dann das Haus – wie schaffen Sie es eigentlich, nach all dem noch auf den Beinen zu sein? Gehören Sie nicht eigentlich ins Krankenhaus?«

»Keine Ahnung.« Ole brummte. »Wenn Sie Fragen haben, fragen Sie schnell«, sagte er. »Es gibt hier einiges zu erledigen, das werden Sie sicher verstehen.«

»Selbstverständlich.« Sie klopfte auf die Kamera. »Ich habe hier einige echte Volltreffer.«

Er packte sie an der Schulter. »Hören Sie. Ich habe Sie von dort oben gesehen. Seien Sie bitte so gut und setzen Sie die Bilder respektvoll ein, ja?«, herrschte er sie an. »Keiner von meinen Leuten wird in kompromittierender Weise abgebildet, ist das klar? Und keine Tränendrüsengeschichte als Aufmacher, verstanden?«

»Was haben Sie da gesagt ... Tränendrüsen ...?«

»Sie wissen schon, was ich meine. Und jetzt entschuldigen Sie mich bitte.«

Sie zuckte mit den Achseln. »Okay. Sie machen Ihren Job, ich meinen«, entgegnete sie kühl und zückte einen Notizblock. »Es handelt sich hier um Brandstiftung, hab ich das richtig verstanden?«

Ole wollte schon gehen, fasste dann aber doch in aller Knappheit zusammen, was geschehen war. Die Sache mit den Drohbriefen sparte er jedoch aus ermittlungstaktischen Gründen aus.

Wenche Sunde sah mitgenommen aus, hob aber die Kamera und wedelte mit der Hand herum: »Stellen Sie sich bitte so hin, dass ich ein Foto machen kann von unserem verrußten Mann für Sicherheit und Ordnung – einverstanden?«

Er stellte sich mit dem Rücken zum Gebäude. Hinter sich hörte er das Feuer wüten und toben.

»Havnegata Nummer 3 steht jetzt auch in Flammen«, hörten sie eine aufgeregte Jungenstimme in einiger Entfernung rufen.

Die Worte versetzten Ole einen Stich.

Als die Redakteurin fertig war, ging er die Havnegata hoch, mit einem verschreckten Birk an den Fersen. Aus dem Augenwinkel sah er, dass Arne und Cecilie voll im Einsatz waren. Als ranghöchster Polizist von Fjellberghavn musste aber auch er sich den Anwohnern zeigen.

Man grüßte ihn mit Schulterklopfen und aufmunternden Worten. Aber in Fjellberghavn regierte das Chaos: Die gesamte malerische Häuserreihe entlang der Hauptstraße war nun vom Feuer bedroht. Wenn sie die Flammen nicht bald gebannt hätten, wäre der ganze Ortskern in Gefahr.

Ole winkte seine Leute zu sich und hielt mitten auf der Havnegata eine kurze Lagebesprechung ab. Hinter sich hörte er Teile seines Hauses in sich zusammenstürzen.

Fjellberghavn war ein Katastrophengebiet.

Kapitel 10

Ole bat zuerst Arne um einen Bericht. Der versicherte, dass alle Personen aus dem Gebäude evakuiert worden waren. Danach vergewisserte Ole sich, dass seine Mitarbeiter sich ebenfalls einer Sauerstoffbehandlung unterzogen hatten, bevor er sie über ihren provisorischen Stützpunkt in der Pension Fjellberg informierte.

»Stellt eine Liste zusammen, was ihr an Büromaterial und Geräten braucht«, fügte er hinzu, »und gebt Eva Bescheid. Vieles können die Kollegen vielleicht schon aus Borg mitbringen. Und jetzt will ich eine kurze Zusammenfassung. Cecilie, fang an.«

Sie nickte. »Ich bin alle Gebäude bis zur Kreuzung mit der Hauptstraße durchgegangen«, sagte sie. »Die sind jetzt menschenleer. Dann habe ich mit einigen Augenzeugen gesprochen ...« Sie wischte sich eine steife Haarlocke aus dem Gesicht und sah auf ihren Block hinunter. »Ein paar Leute haben unabhängig voneinander ein Moped beziehungsweise einen kleinen Motorroller am Haupteingang beobachtet«, fügte sie hinzu und blätterte in ihrem Block. »Das Fahrzeug verschwand die Havnegata hoch, als der Feueralarm losging.«

»Haben sie den Fahrer sehen können?«

»Ja, aber die Person trug einen Helm, das Gesicht war nicht zu erkennen. Eine schlanke Person mit schwarzer Windjacke und blauen Jeans.«

»Das stimmt mit meinen Informationen überein«, warf Arne ein. »Eine erwachsene Person. Zerschlissene Jeans, weiße Sportschuhe.«

»Mann oder Frau?«

»Lässt sich nicht sagen.«

»Und das Kennzeichen, hat das jemand notiert?«

»Jedenfalls keiner von meinen Zeugen«, sagte Cecilie.

»Dito«, ergänzte Arne.

»Und der Motorroller? Gibt es dazu nähere Einzelheiten? Farbe? Marke?«

Beide schüttelten den Kopf.

»Morten, was hast du in Erfahrung bringen können?« Ole drehte sich zu dem Polizisten um.

Der sonst so dynamische und schlagfertige Kollege sah erschöpft aus. Morten war 25 und arbeitete seit Februar bei ihnen. Er machte in der Regel nicht viel Aufhebens um sich, sondern arbeitete ruhig und zuverlässig vor sich hin. Ole hatte schnell erkannt, dass Morten gut im Bereich der zivilen Rechtspflege einzusetzen war – ein nicht zu unterschätzender Teil ihrer Arbeit.

»Ich habe Doktor Lundekvam identifiziert.«

Morten wischte sich über das Gesicht. Ole überkam

ein heftiges Schuldgefühl. Er durfte seine Leute nicht zu hart antreiben, ohne für eine entsprechende ärztliche Aufsicht zu sorgen, das war unverantwortlich. Aber er musste es tun. Zumindest eine kleine Weile noch.

»Ein entsetzlicher Anblick«, fuhr Morten fort. »Sein Gesicht war fast bis zur Unkenntlichkeit verbrannt. Wenn er den Sturz überlebt hätte, wäre er sicher seinen Brandverletzungen erlegen. Er hatte keine Chance.« Morten holte tief Luft. »Dann habe ich mit den Markthändlern gesprochen. Einem von ihnen ist ebenfalls der Motorroller aufgefallen, als er sich dem Haus näherte. Der Fahrer hatte zwei große Taschen links und rechts vom Gepäckträger hängen.«

»So groß, dass Benzinkanister hineingepasst hätten?«

»Ja. Der Händler sah …« Morten hielt inne und hustete heftig. »… er sah die Person um die Ecke und in den Hinterhof hinein gehen, mit einer der Taschen in der Hand«, fuhr er angestrengt fort. »Sie sah schwer aus, es kann also gut ein Benzinkanister darin gewesen sein, ja.«

»Hat der Händler mitbekommen, was diese Person im Hinterhof gemacht hat?«

»Nein, er war damit beschäftigt, seinen Stand herzurichten. Als der Feueralarm einige Zeit später losging, war der Roller schon weg.«

»Okay, Morten. Sonst noch was?«

»Nein, nichts von Bedeutung«, antwortete der Beamte. »Ich habe die Namen der Augenzeugen notiert. Wir werden sie dann der Reihe nach aufs Revier bestellen und ihre Aussagen aufnehmen und systematisieren.«

Ole nickte. »Ja, das wird Zeit kosten. Aber wir bekommen Hilfe aus Borg«, antwortete er. »Und ihr fahrt jetzt einer nach dem anderen ins Krankenhaus, um euch durchchecken zu lassen. Sprecht euch ab. Die ersten

Mannschaften aus Borg kommen gleich und können hier übernehmen. Wir treffen uns sobald wie möglich in der Pension.«

Sein Telefon klingelte, und er sah auf dem Display, dass es seine Liebste war. Sein Herz machte einen kleinen Sprung, dann drückte er auf den Knopf.

»Ja, hallo?«, sagte er, als ob heute der alltäglichste aller Alltage war.

»Ole, bist ... bist du das?« Hildes Stimme zitterte. »Ich habe gerade im Radio gehört, was passiert ist. Es hieß, dass ein Mann umgekommen ist, ich bin völlig außer mir! Ich kann den Rauch bis hier oben sehen. Ist ... ist mit dir alles in Ordnung, mein Schatz?«

»Aber ja! Du brauchst dir um mich keine Sorgen zu machen«, antwortete Ole ruhiger, als er sich eigentlich fühlte. Er hätte natürlich längst anrufen und Bescheid geben sollen, dass ihm nichts passiert war, aber er hatte bisher einfach keine Zeit gehabt. Oder besser: Er hatte nicht daran gedacht. Natürlich musste ihr das rücksichtslos vorkommen, aber er hatte jetzt Wichtigeres zu tun. Er sah ihr Gesicht vor sich, wie sie mit Sicherheit dort stand, mit dem Handy in der Hand, die Hunde um sich geschart, in ihrer Arbeitsmontur mit einer Werbung für irgendein Tierfuttermittel. Eine Frau voller Lebensfreude – aber jetzt mit einer höchst berechtigten Sorgenfalte in ihrem runden, freundlichen Gesicht. Dennoch fühlte er sich insgeheim gestört.

»Na«, lautete Hildes skeptische Antwort, »da wär ich mir nicht so sicher. Wer ist denn der Tote? Einer von deinen Leuten?«

»Der Name wird später bekannt gegeben.«

»Ich verstehe. Was ist mit deinem Haus?«

»Völlig ausgebrannt.«

»O nein! Wohnung, Büros – alles?«

»Ja«, sagte Ole kurz angebunden. Er wollte kein Mitgefühl. Zumindest nicht jetzt.

Er holte tief Luft. »Das ist alles zu ersetzen, mein Schatz«, fügte er hinzu und wusste im selben Moment, dass er es nicht so meinte. Aber der Gedanke an all die persönlichen Dinge, die er verloren hatte, die Erbstücke und Erinnerungen, liebevoll im Laufe eines langen Lebens gesammelt, musste er jetzt verdrängen.

»Hast du denn was zum Anziehen?«, fragte Hilde besorgt.

»Ich komme vorläufig mit der Uniform aus«, antwortete er lapidar.

»Und wo wirst du wohnen?« Ihre Stimme klang ein bisschen schriller als sonst.

»Ich nehme mir ein Zimmer in der Pension. Wir haben dort auch schon ein provisorisches Büro eingerichtet.«

Es wurde still am anderen Ende. »Du weißt, dass du auch bei mir wohnen kannst.« Sie verstummte erneut, dann fügte sie vorsichtig hinzu: »Wäre das nicht besser?«

»Nein. Das glaube ich nicht.«

Ole war jetzt ziemlich kurz angebunden. Hilde drängte schon lange darauf, dass er auf ihrem kleinen Hof oben in Ramnes einzog, aber er hatte bisher immer eine Ausrede gefunden. Irgendwie wollte er ihre Beziehung nicht auf die nächste Ebene bringen. Noch nicht.

Im Juni hatten sie einen Liebesurlaub in Parga verbracht. Es war himmlisch gewesen. Sie hatten sich sehr wohl miteinander gefühlt, daran bestand kein Zweifel. Eng umschlungen waren sie den Strand entlanggewandert, hatten nackt im Mondschein gebadet und sich in den Wellen geliebt.

Ja, Hilde war wunderbar. Aber jetzt waren sie wieder zurück in ihrem Alltag. Einem Alltag, der schon im Normalfall zu wenig Stunden hatte und der ihm gerade die wohl größte Katastrophe bescherte, die je über Fjellberghavn – und auch über ihn persönlich – hereingebrochen war. Jetzt galt es, sich ausschließlich darauf zu konzentrieren. Und auf nichts anderes. Er musste die Person finden, die Fjellberghavn terrorisierte. Deshalb fügte er mit fester Stimme hinzu: »Hilde. Ich muss jetzt Schluss machen. Ich schließe mich in der Pension ein, bis alles vorbei ist. Wir reden später.«

Es wurde still am anderen Ende, und ihm war klar, dass er sie verletzt hatte. »Hör zu: Ich liebe dich, aber ich muss hier erst mal Ordnung schaffen, verstehst du?«

Dann legten sie auf, und er fühlte sich noch mieser als zuvor.

Anschließend rief er Pfarrer Mikalsen an, der an diesem schrecklichen Tag eine weitere Todesbotschaft zu überbringen hatte. Hinter sich hörte Ole das Feuer toben und prasseln, aber er zwang sich, nicht hinzusehen. Dem Geruch konnte er sich jedoch nicht entziehen – dem beißenden Gestank nach verbranntem, wasserdurchtränktem Holz, der sich in die Nasenlöcher bohrte und sich dort festsetzte.

In der Ferne hörte er einen herannahenden Hubschrauber. Die überregionale Presse war also auch schon unterwegs. Bald würde die ganze Ortschaft ausgiebig aus der Luft gefilmt und fotografiert werden. Der Albtraum von Fjellberghavn war auf dem Weg in die Wohnzimmer ganz Norwegens.

Die Pension Fjellberg sah aus wie ein überdimensionales Bootshaus. Sie lag am Meeresrand, nur eine Minute zu Fuß von der Polizeistation, auf der gegenüberliegenden Seite von dem pulsierenden Markt und Hafen. In der Sommersaison war sie ein Insidertipp für Städter und andere Gäste, die ihren Urlaub gerne am Meer verbrachten, aber jetzt, gegen Ende August, knapp vor Schulbeginn, war der größte Andrang vorbei, und es fanden fast nur noch Kurse und Konferenzen dort statt.

Martha Strand, die Eigentümerin der Pension, war eine engagierte und energische Frau in den Vierzigern, die den Betrieb rund zehn Jahre zuvor von ihrem Vater übernommen hatte. Aus einem baufälligen Bootshaus hatte sie mit unermüdlichem Einsatz das moderne und einträgliche Gästehaus geschaffen, das heute an dieser Stelle stand. Seit dieses Werk vollbracht war und kein weiteres Wachstumspotenzial mehr versprach, suchte die geschäftstüchtige Frau nach neuen Herausforderungen. Dank ihres komplexen Netzwerks mischte sie in Fjellberghavn ohnehin schon lange mittelbar und unmittelbar in der Lokalpolitik mit. Und bei der kommenden Kommunalwahl im September trat sie nun erstmals als Bürgermeisterkandidatin der rechtsliberalen Fremskritts-Partei an. Glaubte man den Umfragen, stand ihr ein Erdrutschsieg bevor.

Martha Strand hatte keine Kinder. Aber mit ihr im Betrieb arbeitete ihr Mann Arvid, der sich allerdings kaum aus dem Schatten seiner prominenten Frau herausbewegte. Martha war die Chefin, das wusste jeder. Mit ihrem festen, zielstrebigen Blick und ihrem gewinnenden Lächeln nahm sie viele potenzielle Wähler für sich ein – und anderen Parteien systematisch die Stimmen weg.

Die Türen zur Pension öffneten sich automatisch, und Ole betrat die Rezeption zusammen mit Birk, der gemächlich hinter ihm hertrottete. Die Böden waren aus schwarzem und rot-braunem Schiefer und die Wände aus weißem Mauerwerk mit dunkel gebeiztem Gebälk. In einer Ecke war ein ausrangiertes Ruderboot dekorativ hochkant aufgestellt worden.

Ole wurde von Arvid Strand begrüßt, der ihn gleich in den zweiten Stock hinaufführte. Arvid war ein paar Jahre älter als seine Frau, und der Polizeichef kannte ihn als gemütlichen und umgänglichen Kerl. Per Funk erfuhr Ole, dass die erste Streife aus Borg in wenigen Minuten eintreffen würde. Cecilie bat sie, sich an sie zu wenden.

Ole begrüßte Martha Strand kurz und dankte ihr für ihre spontane Hilfsbereitschaft. Sie antwortete mit einem großzügigen »Gern geschehen, gebt Bescheid, wenn ihr etwas braucht«, und widmete sich gleich wieder der Einrichtung der provisorischen Polizeibüros. Dann war sie für einen kurzen Augenblick ganz die Politikerin und fügte verschmitzt hinzu: »Sie wissen ja, welche Partei sich dafür einsetzt, die Ressourcen der Polizei zu erhöhen?«

Natürlich wusste Ole das. Aber deshalb die Fremskritts-Partei wählen? Das hatte er noch nie über sich gebracht. In diesem Jahr würde er es aber vermutlich doch tun – indem er Martha Strand seine Stimme gab. Denn Martha war einzigartig. Sie würde eine hervorragende Bürgermeisterin abgeben. Er hätte sie nahezu unabhängig von ihrer Parteizugehörigkeit gewählt.

Die Telefone standen nicht still. Organisatorisches, Hinweise aus der Bevölkerung, Zeugenaussagen, Terminvereinbarungen – Ole ging mit dem Handy am Ohr durch die halbfertigen Räume und antwortete und notierte, während er gleichzeitig versuchte, beim Einräumen zu helfen. Bislang hatte es keine weiterführenden Hinweise aus der Bevölkerung gegeben, die meisten Zeugenaussagen bestätigten im Großen und Ganzen lediglich das, was sie ohnehin schon wussten.

Um Viertel vor sechs trafen der kommissarische Polizeipräsident Arne Bårdsen und Polizeichef Anders Vangen ein. Die Anspannung stand ihnen ins Gesicht geschrieben. Bårdsen bestand darauf, Ole von der Pressekonferenz freizustellen, aber Ole weigerte sich. Ihm war es wichtig, der Presse, und damit den Leuten in Fjellberghavn, eine gewisse Sicherheit zu vermitteln. Spekulationen wollte er unter allen Umständen vorbeugen. Sie hatten noch eine Viertelstunde bis zur Pressekonferenz. Ole nutzte die ersten zehn Minuten, um seine Kollegen zu informieren, und die letzten fünf, um sich einigermaßen präsentabel zurechtzumachen.

Pressekonferenzen fanden meist im Konferenzraum der Pension im Untergeschoss statt. Als die drei Vertreter der Polizei eintraten, war der Raum bereits bis zum letzten Platz mit Journalisten gefüllt. Für einen kurzen Moment fiel Oles Blick auf die Fernsehkameras verschiedener Sender, die er in der Eile nur teilweise zuordnen konnte. Er hieß die Anwesenden willkommen und übergab das Wort an Bårdsen. Aus dem Augenwinkel sah er, dass die kleinen roten Lämpchen, die die laufende Aufnahme anzeigten, an allen Fernsehkameras leuchteten. Die Atmosphäre im Raum war bis zum Äußersten gespannt.

Bårdsen kam ohne Umschweife zur Sache. »Ich werde jetzt eine detaillierte Schilderung der heutigen Ereignisse in Fjellberghavn geben«, sagte er ernst. »Anschließend werden Sie Gelegenheit haben, Fragen zu stellen, aber ich behalte mir das Recht vor, diese Konferenz nach einer halben Stunde zu beenden. Also: Heute Morgen um fünf vor neun wurde ein Mann an der Kreuzung Utsikten terrasse und Sykehusgata erschossen …«

Er brauchte eine Viertelstunde für die Schilderung und schloss mit der Einladung an die Presse zu einer offenen Zusammenarbeit. Ole hörte konzentriert zu. Er wusste, was von ihnen erwartet wurde. Wenn sie den Fall nicht innerhalb kürzester Zeit lösten, würden Sensationsjournalisten Schlagzeilen voll endloser Spekulationen produzieren und ihre eigenen Ermittlungen aufnehmen. Durch die

Einladung zur Zusammenarbeit aber würde die Polizei zumindest noch für eine Weile die Kontrolle über das Geschehen behalten. Das war jedenfalls Bårdsens Hoffnung.

Ole gab zu verstehen, dass die Fragerunde beginnen konnte. Ein Mann mit glatt rasiertem Schädel erhob sich.

»Petterson von ›VG‹«, sagte er. »Polizeichef Vik, ist es richtig, dass Sie der Eigentümer des Hauses sind, das abgebrannt ist?«

»Ja«, sagte Ole.

»Und Sie haben selbst im obersten Stock gewohnt, ist das auch richtig?«

»Auch das ist richtig, ja.«

»Sie haben also in diesem Feuer alles verloren, was Sie besitzen?«

Oles Miene verhärtete sich. »Kein Kommentar«, sagte er. »Würden Sie sich bitte auf Fragen von öffentlichem Interesse konzentrieren. Bitte sehr.« Er zeigte auf eine Frau, die die Hand gehoben hatte.

»Ich habe noch eine Frage«, unterbrach der Journalist von ›VG‹ und fuhr fort, ohne auf ein Zeichen zu warten: »Dieser Arzt, der im Feuer umkam, Doktor Lundekvam, ist aus dem dritten Stock gestürzt, richtig?«

»Das entspricht den Tatsachen, ja«, sagte Ole.

»Aber hatte er seine Praxis nicht im zweiten Stock?«

»Doch, hatte er.«

»Was hatte er dann im dritten Stock zu suchen? War dort nicht Ihre Wohnung?«

»Er suchte vermutlich Zuflucht vor dem Feuer auf meiner Dachterrasse, als letztem möglichem Fluchtweg«, antwortete Ole. »Alle Umstände rund um das Feuer und Doktor Lundekvams tragischen Tod werden derzeit routinemäßig untersucht. Der Nächste bitte.« Ole zeigte erneut auf die Journalistin. »Ja bitte?«

»Kristiansen von ›Dagbladet‹«, stellte sie sich vor. »Sagen Sie, Polizeichef Vik, wie konnte das Gebäude so rasch abbrennen? Waren die Brandschutzbestimmungen erfüllt? War das Gebäude zum Beispiel mit Sprinkleranlagen ausgestattet?«

Ole wollte antworten, aber Bårdsen ergriff das Wort.

»Wir sollten hier zwei Dinge auseinanderhalten«, sagte er entschieden. »Im Moment steht weder die Privatperson noch der Hauseigentümer Ole Vik vor Ihnen, sondern Polizeichef Ole Vik. Die Polizei ermittelt so professionell und zügig wie immer, in diesem Fall werden die Ermittlungen von einem anderen Polizeibezirk übernommen. Haben Sie weitere Fragen?«

Die übrigen Fragen waren rasch beantwortet, und abschließend nutzte Bårdsen die Gelegenheit, um die Presse über Polizeipräsident Berges Tod zu informieren.

Nach Abschluss der Pressekonferenz löste sich die Versammlung rasch auf. Zwei Fernsehsender baten Ole um ein Interview im Freien, mit den Löscharbeiten in der Havnegata im Hintergrund. Ole stimmte zu, unter der Voraussetzung, dass man seine private Rolle außen vor ließ.

Im Hintergrund stürzte auch Havnegata Nummer 3 ein – wie zuvor beim Polizeihaus blieb von dem Gebäude nichts weiter übrig als ein rauchender, rot glühender Haufen Kohle. Die Gebäude hinterließen eine dunkle, klaffende Wunde in der weißen Häuserreihe, so als sei Fjellberghavn gestürzt und hätte sich einen Zahn ausgeschlagen.

Kapitel 11

Im zweiten Stock arbeiteten Eva, Martha Strand und ihr Personal unter Hochdruck daran, funktionierende Büros zu schaffen. Das Ganze nahm langsam Gestalt an: Hotelbetten und Nachttische waren aus den sechs hintersten Räumen im Flur entfernt und durch Tische und Stühle ersetzt worden. Eva zeigte und erklärte: je ein Raum für jeden Kollegen, das Eckzimmer für Ole, ein Konferenzraum und der Empfang ganz vorn. Da sie nicht alle Räume benötigten, war ein Tischler gerade dabei, im Flur eine Trennwand zu dem für die Polizeiwache vorgesehenen Bereich zu errichten. Ole war beeindruckt, was sie in der kurzen Zeit bewerkstelligt hatten, und überschlug sich fast mit seinem Lob.

»Ich habe Telenor erreicht«, sagte Eva. »Sie sind mit einer neuen Telefonanlage auf dem Weg hierher. Wir behalten die alten Nummern. Vorübergehend haben sie unsere Hauptnummer auf die Zentrale der Pension umgeschaltet.«

Ole klopfte ihr dankbar auf die Schulter. »Gut. Dann kannst du ja jetzt ins Krankenhaus fahren und dich durchchecken lassen.«

Er nahm sein Handy, rief Cecilie an und bat sie, den Transport zu organisieren.

»Warst du denn schon im Krankenhaus?«, fragte er sie.

»Nein, noch nicht«, antwortete sie. »Arne war zuerst da, und während er dort wartete, kamen die Leute heraus, die im zweiten Stock eingesperrt gewesen waren, einer nach dem anderen: Man hat sie alle krankgeschrieben. Da ist er dann wieder gegangen. Morten fährt auch nicht. Das geht jetzt einfach nicht – wir können uns doch jetzt nicht krankschreiben lassen, Ole? Und wir wollen auch nicht widerrechtlich arbeiten. Also bleiben wir erst mal hier.«

Ole verstummte. Was Cecilie sagte, war natürlich richtig. Andererseits stand ihrer aller Gesundheit an erster Stelle. Und er trug als ihr Vorgesetzter die Verantwortung für sie.

»Ich schätze deine und Mortens Einstellung, Cecilie«,

sagte er. »Aber ihr könnt nicht eure Gesundheit aufs Spiel setzen. Schlimmstenfalls muss das Präsidium unsere Arbeit übernehmen. Wer weiß, was ihr eingeatmet habt. Ihr fahrt jetzt beide dort hinauf. Das ist eine Dienstanweisung. Klar?«

Es wurde still am anderen Ende. »Ich fahre später vorbei«, sagte sie schließlich. »Ich muss erst noch auf die fünfzehn Kollegen in fünf Streifenwagen aus Borg warten, um sie einzuweisen.«

»Ruf den Ranghöchsten an, informiere ihn, so gut es geht, und lass die Arbeit durch ihn koordinieren.«

»Das hab ich schon gemacht«, kam die Antwort postwendend.

Ole lachte kurz auf. »Das glaub ich dir aufs Wort. Gib mir den aktuellen Stand, bevor du gehst.«

»Zwei Streifen sind im Fahndungseinsatz. Der Rest startet gerade eine Tür-zu-Tür-Aktion in ganz Fjellberghavn. Wir fragen die Leute, ob sie etwas gesehen haben, ob sie jemanden kennen, der der Beschreibung des Rollerfahrers entspricht, ob jemand etwas über einen blauen Lieferwagen weiß, ob sie jemanden aus dem Jägermilieu kennen, der zum Tatverdächtigen im Alter zwischen dreißig und fünfzig passen könnte. Wir konzentrieren uns vorläufig auf diese paar Fragen.«

Ole seufzte zufrieden. »Du hast das alles hervorragend im Griff, Cecilie«, sagte er. »Aber ich mache mir Sorgen um deine Gesundheit. Fahr jetzt bitte ins Krankenhaus, wir reden später weiter.« Sein Tonfall ließ keinen weiteren Widerspruch zu.

Er betrat sein provisorisches Büro und schloss die Tür hinter sich. Eva klopfte an und kam herein.

»Bist du nicht im Krankenhaus?« Er lächelte etwas überrascht.

Ihr Blick flackerte. »Ich muss erst noch ...«

»Hm, du hast mit Cecilie gesprochen, nicht wahr?« Er sah sie durchdringend an. »Vergiss nicht die Sache mit dem Hämoglobin. Ich habe kein Interesse daran, dass du aufgrund falsch verstandener Loyalität im Langzeitkrankenstand landest, verstanden?«

»Verstanden.« Sie machte eine drollige Grimasse, wie immer, wenn sie eine schlagfertige Antwort parat hatte. »Ich hätte fast gesagt ... nein, das schickt sich jetzt nicht«, sagte sie und lächelte schelmisch. »Eigentlich wollte ich dir mitteilen, dass die EDV-Leute aus Borg jetzt hier sind. Sie laden gerade unten die Geräte ab.«

Ole schmunzelte. Wie Eva es schaffte, auch jetzt noch ihren Humor zu bewahren, war ihm ein Rätsel.

»Gut«, sagte er, »es wird höchste Zeit, dass hier etwas weitergeht.« Er sah sich um. So wie die meisten Hotelzimmer war der Raum mit Teppichboden ausgelegt, und das Bett, das in einer Ecke gestanden und nun hinausgetragen worden war, hatte hässliche Abdrücke hinterlassen. An der einen Wand war ein Bücherregal aufgestellt worden. Es war leer, genauso wie er sich selbst in diesem Moment fühlte, und dasselbe galt für den Schreibtisch – ein ganz gewöhnlicher Konferenztisch mit kunststoffbeschichteter Platte, davor ein einfacher Holzstuhl.

Sie folgte seinem Blick und las seine Gedanken.

»Gemütlich?«

»Sehr.« Er lachte. »Atmosphäre ist das, was man sich selbst schafft, oder?« Er schüttelte den Kopf. »Das wird hier nicht leicht, ohne meine Zigarren.«

»Ja, die sorgen auf jeden Fall für Atmosphäre«, entgegnete sie.

Ole warf ihr einen herausfordernden Blick zu. »War sonst noch was?«

Er ging zur Rezeption hinunter, als sich die EDV-Leute und die Monteure der Telefongesellschaft in seinem Büro zu schaffen machten. Er musste jetzt seine Gedanken sammeln und System in die Arbeit bekommen. Den Anfang des roten Fadens finden, mit dem er beginnen konnte, das Knäuel zu entwirren. Außerdem musste er sich schleunigst mit seinem Versicherungsvertreter in Verbindung setzen. Aber auch das würde warten müssen. Wenn er ehrlich sein sollte, fühlte er sich hundeelend. Er fragte sich, ob es den anderen auch so schlecht ging.

Im Erdgeschoss blieb er an der Rezeption stehen, um einen Anruf entgegenzunehmen. Während er sprach, fiel sein Blick auf ein hübsches kleines Mädchen in einem geblümten Sommerkleid, das an einem Klapptisch neben dem Schlüsselbrett saß und große Schnörkel auf ein Blatt Papier zeichnete. Im linken Arm hielt es einen gelben Teddybären.

Die Rezeptionistin bemerkte seinen Blick, als er das Gespräch gerade beendete, und lächelte so, wie nur eine stolze Mutter lächeln kann. Das Mädchen drehte sich zu ihm um und sah ihn mit großen Augen an.

Ole schmunzelte ihm freundlich zu. »Bist du heute mit deiner Mama bei der Arbeit?«

Das Mädchen nickte ernst, drehte sich wieder um und zeichnete weiter.

Die Frau sah etwas betreten aus. »Jetzt antworte dem Mann schön, Bente«, ermahnte sie ihre Tochter.

»Ja«, kam es mit glockenheller Stimme.

»Was zeichnest du denn da?« Ole beugte sich vor und guckte interessiert auf das Blatt.

Das Mädchen hob ihm das Bild entgegen. Darauf war ein etwas unregelmäßiges Haus zu sehen, mit roten Farbklecksen an den Fenstern und über das Dach hinaus. Ganz oben hatte sie schwarze Schnörkel spiralförmig nach oben gezeichnet.

»Das Feuer«, sagte sie stolz.

»Das ist aber eine schöne Zeichnung. Und wer ist das?« Ole zeigte auf ein rundes Gesicht, das in einem der Fenster zu sehen war.

»Das ist Roger«, sagte sie. »Er ist vielleicht tot geworden.«

»Roger?«

»Ja. Und das hab ich auch gezeichnet.« Sie hielt ein neues Blatt hoch, und Ole sah es sich an.

»Das ist auch Roger«, sagte sie und zeigte auf ein Strichmännchen, das neben einem anderen, liegenden Strichmännchen stand. »Ich und Papa haben es gesehen. Und der Roger auch. Und das ist der, der tot ist.«

»Der Zahnarzt?« Ole richtete den Blick auf die Mutter.

Sie nickte mit sorgenvoller Miene. »Bente war am Wochenende bei ihrem Vater, und heute Morgen waren sie auf dem Weg in den Kindergarten, als das mit dem Zahnarzt passierte«, erklärte sie, während sie der Tochter liebevoll durchs Haar fuhr. »Ja, ich heiße übrigens Anita – Anita Skeie.« Sie reichte ihm die Hand. »Sie fuhren gerade vorbei, als es passierte. Sie hätte es nicht sehen sollen, so ein kleines Kind, das hätte sie nicht sehen sollen, aber es konnte ja keiner wissen … Und dann noch das Feuer …« Ihre Stimme verkrampfte sich.

»Nein, natürlich nicht, das konnte niemand ahnen.« Ole betrachtete die Frau. Sie war Mitte dreißig, schlank, mit blondem, offenem Haar und rotwangigem Gesicht. Sie trug die Uniform der Pension – blauer Rock und weiße Bluse mit einem dezenten Halstuch. Eigentlich hatte Anita Skeie regelmäßige, schöne Züge, fuhr es Ole durch den Kopf, aber sie wirkte irgendwie abgespannt, als ob das Leben, das sie führte, es nicht immer gut mit ihr meinte.

»Dieser Roger …?« Ole lächelte vorsichtig. »Das ist …?«

»Mein Lebensgefährte.« Die Rezeptionistin lächelte vage. »Er arbeitet hier in der Pension.«

Ole zog den Block hervor. »Sie sind relativ neu hierhergezogen, nicht wahr«, sagte er, »und Ihr Name ist also Anita Skeie.« Er notierte.

»Ja, das stimmt. Und das ist Bente, sie heißt Bøe, so wie ihr Papa.« Sie fuhr ihr wieder zärtlich durchs Haar. Das Mädchen zeichnete eifrig weiter, völlig vertieft in ihre Arbeit, während sie den Teddybären mit der freien Hand fest an sich drückte.

Der Polizist notierte. »Hab ich das richtig verstanden, dass sowohl Ihr Exmann als auch Ihr Lebensgefährte Zeuge dessen waren, was heute Morgen mit dem Zahnarzt passiert ist?«

»Ich nehme es an«, antwortete die Rezeptionistin, »ich habe keinen der beiden gefragt. Um es so auszudrücken: Roger habe ich heute kaum zu Gesicht bekommen, und mit meinem Exmann spreche ich zurzeit so wenig wie möglich.« Sie schielte vorsichtig zu ihrer Tochter hinüber. »Aber er ist Bentes Vater, und das muss ich respektieren. Bente zuliebe.«

Ole notierte. »Wir werden uns mit ihm unterhalten.«

»Ja, tun Sie das.«

Ole richtete den Blick auf das Mädchen und ihre Zeichnungen. »Was zeichnest du jetzt, Bente?«, fragte er neugierig.

»Die Feuerwehrautos natürlich«, sagte sie und hielt die Zeichnung hoch.

»Ist Roger da auch drauf?«

»Natürlich nicht – der ist ja tot«, antwortete sie.

»Im Feuer? War Roger denn im Haus, als es brannte?« Ole sah die Mutter fragend an, die den Kopf schüttelte.

»Lebhafte Kinderfantasie«, sagte sie, gerade noch so

laut, dass ihre Tochter sie nicht hören konnte. Laut fügte sie hinzu: »Bentelein, Roger ist nicht tot, mein Schatz. Er ist doch oben im zweiten Stock mit Martha.«

»Ach so«, antwortete das Mädchen unbeirrt und kritzelte eifrig mit einem roten Farbstift auf ihrem Blatt Papier. »Das war ja auch nicht echt, dass er tot ist, das hab ich nur so erfunden.«

Anita lächelte Ole entschuldigend an. »Sie sollten sich vielleicht mit Roger unterhalten? Er ist hier irgendwo im Haus.«

»Ja, gute Idee.« Ole notierte den Namen auf seinem Block. »Er heißt Roger …?« Er sah sie fragend an.

»… Haug.«

»Haug, gut.« Ole schrieb es auf. »Dann werde ich am besten jetzt gleich mit ihm reden. Könnten Sie ihn für mich ausfindig machen und ihn bitten, zu mir herunterzukommen?«

Kapitel 12

Ole zog sich mit Roger Haug in eine der Sofagruppen in der Eingangshalle zurück. Anita Skeies Lebensgefährte war ein kräftig gebauter Mann um die dreißig, gekleidet in eine blaue Hausmeisteruniform, die so gar nicht zu seinem sonstigen Äußeren passte. Er hatte sich eine Glatze rasiert, und sein Gesicht war markant, mit hohen Wangenknochen und einem etwas stechenden Blick. In beiden Ohren trug er kleine Goldringe.

Ole stellte ein Aufnahmegerät auf den Tisch. Irgendwie kam ihm der Name Haug bekannt vor. Er sah ihn prüfend an, aber es wollte ihm nicht einfallen, woher er den Namen kannte.

»Anita Skeie hat mir erzählt, dass Sie Zeuge des Mordes heute Morgen waren«, begann er ruhig. »Wir sind gerade dabei, die Zeugen zu vernehmen.« Er lächelte freundlich. »Darf ich Sie zuerst um Ihre persönlichen Daten bitten? Sie wurden geboren am …?«

Ole nahm alles auf und erklärte Haug dann die Formalitäten des Zeugenverhörs. Danach drückte er auf den Aufnahmeknopf: »Können Sie kurz beschreiben, wo genau Sie sich heute Morgen befanden, als Joakim Sørensen erschossen wurde?«

Haug warf einen argwöhnischen Blick auf das Gerät, als ob es ihm missfiel, dass das, was er sagte, verewigt werden sollte. »Da bin ich gerade die Sykehusgata hinuntergegangen. Ich war rund fünfzig Meter oberhalb der Kreuzung zur Utsikten terrasse«, antwortete er etwas widerwillig.

»Haben Sie Zahnarzt Sørensen gesehen?«

Er überlegte. »Das hab ich bestimmt, da waren ja einige Leute dort. Mir ist er aber erst aufgefallen, als er umgekippt ist, um es mal so auszudrücken.«

»Und da waren Sie fünfzig Meter weiter oben in der Sykehusgata?«

»Ja, so ungefähr.«

»Erzählen Sie bitte genauer, was Sie gesehen haben.«

»Ich weiß auch nicht …« Er schob die Ärmel der Uniform hoch. Auf dem einen Unterarm kam eine wirre Tätowierung zum Vorschein.

»Also?« Ole starrte neugierig auf die Tätowierung und fragte sich, was sie darstellen sollte. Er konnte es nicht erkennen, kam aber zu dem Schluss, dass die Arbeit kaum von einem professionellen Tätowierungskünstler stammen konnte. Dazu war sie zu grob und zu hässlich.

Roger Haug folgte seinem Blick und strich mit der Hand darüber. »Hamburg«, sagte er grinsend, als ob das alles erklären würde. »Ob ich beschreiben kann, was ich gesehen habe? Tja. Also ich ging da so entlang, in Gedanken ganz woanders, und plötzlich rannten weiter unten einige Leute zusammen, und da lag er. Der Zahnarzt. Aber ich wusste noch nicht, dass er es war.«

»Haben Sie Schüsse gehört?«

»Nein, ich hab nichts gehört.«

»Haben Sie vielleicht den Schützen gesehen?«

»Nein.« Haug fingerte an einem Ohrring. »Es hat etwas gedauert, bis ich kapiert hab, dass da einer erschossen worden war. Nein, ich hab niemanden gesehen.«

»Was ist dann passiert?«

»So 'n Typ, der gesagt hat, er ist Arzt, hat gerufen, dass der Mann tot ist und dass er erschossen wurde. ›Es ist Joakim Zahn, es ist Joakim Zahn!‹, schrie er. ›Ruft die Polizei, jemand muss die Polizei rufen!‹«

Haug grinste, zückte eine Packung Tabak und begann, sich eine Zigarette zu drehen. »Es war wie in einem amerikanischen Actionfilm«, fügte er hinzu. »›Someone call an ambulance! Someone call an ambulance!‹ Sie wissen schon.«

»Ja. Und dann?«

Haug leckte das Blättchen. »Ich hab die Polizei vom Handy aus angerufen und es gemeldet. Das haben übrigens mehrere getan, hatte ich den Eindruck.«

Ole nickte. »Das ist richtig«, sagte er, »aber fahren Sie doch bitte fort.«

Haug überlegte.

»Irgendjemand hat gerufen, dass ein Heckenschütze auf der Lauer liegt. Die Leute kriegten Panik und liefen in alle Richtungen davon. Ich bin mit ein paar anderen in einen Hauseingang auf der anderen Straßenseite gerannt. Das war vielleicht ein Geheule.« Er zückte ein Feuerzeug und zündete sich seine Zigarette an.

»Der Arzt, der den Zahnarzt untersucht hat, wissen Sie, wer das war?«

»Nein.« Haug hielt die Zigarette zwischen Zeigefinger und Daumen, neigte den Kopf zur Seite und inhalierte. »Nie gesehen. Aber ich wohne ja auch erst seit ein paar Monaten hier.«

»Aha. Dann kennen Sie sich also noch nicht so gut aus.«

»Nennen Sie mich einen Saisonarbeiter.« Haug blies Rauch zwischen den Zähnen hindurch. »Ich soll bei einigen Renovierungsarbeiten helfen, dann bin ich hier fertig und mach die Fliege.«

»Ich verstehe. Sie leben mit Anita Skeie zusammen, hab ich gehört?«

»Das ist richtig«, antwortete Haug und saugte mit einem Grinsen an seiner Zigarette.

Ole erwiderte das Lächeln. »Bente, ihre Tochter, hat gerade einen Kopf in einem der Fenster des brennenden Hauses gezeichnet und hat gesagt, dass Sie das sind«, sagte er. »Warum, glauben Sie, hat sie das getan? Waren Sie dort, als es gebrannt hat?«

»Warum sie das getan hat?« Haug blies Rauch zwischen den Zähnen durch und bekam einen nonchalanten Gesichtsausdruck. »Hat das was zu bedeuten? Keine Ahnung. Aber Sie wissen ja, wie Kinder sind. Nein, ich war hier und hab gearbeitet, bis das Feuer ausgebrochen ist. Da bin ich dann rausgerannt, um es mir anzuschauen, so wie alle anderen auch.«

»Okay.« Ole schaltete das Aufnahmegerät aus. »Das war's auch schon. Vielen Dank, dass Sie sich die Zeit genommen haben, Roger.«

Bevor sie auseinandergingen, fragte Ole noch ganz beiläufig: »Wird es nicht schwierig, Fjellberghavn zu verlassen, wo Sie doch hier Ihre Freundin haben?«

Haug grinste breit. »Aber nein, ich verlasse doch Anita

und die Kleine nicht, jetzt, wo ich sie endlich gefunden habe, das wär ja bescheuert. Wir sind unzertrennlich, Anita und ich. Wie bestimmt füreinander. Die kommen beide mit.« Er inhalierte heftig und drückte die Zigarette im Aschenbecher auf dem Tisch aus. »Klar kommt Anita mit«, wiederholte er und stieß den Polizisten kameradschaftlich in die Rippen. »Aber sagen Sie's niemandem. Sie weiß es ja selbst noch nicht.«

Es war Schlag neun, als Ole an der Rezeption vorbeiging, und aus dem Aufenthaltsraum waren gerade die Schlagzeilen der Nachrichtensendung zu hören. Er schaffte es gerade noch rechtzeitig zum Fernseher, um sein lichterloh brennendes Haus aus der Vogelperspektive zu sehen. Er stellte sich vor den Apparat und schaute sich den Bericht an.

»Drama in idyllischem Ferienort – ein Mann erschossen – ein Mann kommt bei einem Brand im Polizeihaus ums Leben«, hörte er die vertraute Stimme der Nachrichtensprecherin Kari Birkeland. Ole lauschte noch zwei weiteren Nachrichten, begleitet von kurzen Filmausschnitten und Kommentaren, und wartete auf den Hintergrundbericht. Birkeland und Nils Gunnar Lie füllten nun den Bildschirm, den Blick lächelnd in die Kamera gerichtet.

»Guten Abend«, begann Lie, »unsere heutige Sendung führt uns zunächst in die kleine Ortschaft Fjellberghavn, wo sich heute dramatische Szenen abgespielt haben.«

Die Gesichter der Sprecher verschwanden. Über den Bildschirm flimmerte nun das Blumenmeer in der Sykehusgata.

Die Reporter fassten die Situation kurz zusammen, während Aufnahmen von verschiedenen Plätzen in Fjellberghavn gezeigt wurden. Ole verfolgte die Sendung schweigend. Ihm wurde schwindlig bei dem Gedanken daran, wie viele Menschen sich gerade jetzt die Nachrichten ansahen. Sicher eine Million, vielleicht sogar mehr. Und alle starrten ihm direkt ins Gesicht. In Nahaufnahme. Das war mehr, als er verkraften konnte.

Er ging wieder in den zweiten Stock hinauf, wo er stehen blieb und sich kurz mit Eva besprach. Birk trottete hinter ihm her, als ob er nicht so recht wusste, wo er hingehörte.

Ole betrat sein neues Büro und nahm Platz zwischen einem Gewirr aus Kabeln, Leitungen und hin und her schwirrenden Monteuren. Als er sich wieder etwas gefasst hatte, rief er die Streifenwagen über Polizeifunk auf und bat um kurze Berichte. Sie meldeten sich einer nach dem anderen, aber etwas wesentlich Neues gab es nicht.

Dann rief er Dorte Lundekvam an. Es ging ihr nicht gut. Pfarrer Mikalsen war bei ihr auf der Hütte gewesen, und sie hatte darauf bestanden, noch über Nacht dort zu bleiben. Ole und sie einigten sich schließlich darauf, sich am nächsten Tag um zehn bei ihr zu Hause in Fjellberghavn zu treffen.

Anschließend rief er seinen Anwalt an und bat ihn, sich um die Angelegenheiten mit der Versicherung und den Mietern zu kümmern. Zum Schluss sprach er mit Martha Strand, denn er hatte keineswegs die Absicht, große Teile ihrer Pension in Beschlag zu nehmen, ohne dafür zu zahlen.

Um Viertel nach zehn fand er endlich Zeit für eine rasche Dusche, dann begann er mit der mühseligen Arbeit, den mittlerweile dicken Stoß der eingegangenen Hinweise und Aussagen durchzugehen. Im Hintergrund schwirrten Durchsagen über Funk hin und her – dann wurde er plötzlich aufgerufen. Ole fuhr zusammen und beantwortete den Aufruf.

»Melde Fund eines Motorrollers, der dem gesuchten

Fahrzeug von der Beschreibung her entspricht«, sagte eine Stimme, die er einem der Beamten aus Borg zuordnen konnte. »Es steht hinter der Shell-Tankstelle oben beim Krankenhaus.«

»Verstanden. Bleiben Sie dort und befragen Sie die Angestellten und Nachbarn, bis wir da sind. Ende.« Er ließ die Sprechtaste los, drückte sie aber gleich wieder. »Fox null-eins an Fox zwei-null«, sagte er und fuhr fort, ohne auf eine Antwort zu warten: »Komm und hol mich ab!«

Kapitel 13

Cecilie wartete schon am Steuer des Volvos auf ihn, als er durch die Tür hinausging. Es war kurz vor elf. Ole brachte Birk im Hundekäfig unter und ließ sich in den Sitz neben ihr fallen.

Sie schaltete in den ersten Gang. »Blaulicht? Sirene?«, fragte sie, während sie die Kupplung losließ.

Ole schüttelte den Kopf und befestigte den Sicherheitsgurt. »Wir sollten die Leute nicht noch weiter beunruhigen. Die haben heute schon genug mitgemacht.«

»Wie du meinst.« Sie zuckte mit den Schultern.

Er betrachtete sie. »Warst du eigentlich inzwischen im Krankenhaus?«

»Ich ... äh ...« Mit den Augen fixierte sie die Brandruinen, auf die sie gerade zufuhren. »Herrgott, wie das hier aussieht«, sagte sie in der Hoffnung, Ole abzulenken. Sie bogen links in die Havnegata ein und starrten wortlos auf das erschütternde Bild, das sich ihnen da bot.

Noch immer standen überall Schaulustige herum. Die halbe Fahrbahn war gesperrt, und zwei Beamte aus Borg sicherten den Brandort und leiteten den Verkehr um. Die Feuerwehr war noch immer mit den Löscharbeiten beschäftigt. Der charakteristische beißende Geruch nach nassem, verbranntem Holz setzte sich sofort aufs Neue in ihren Nasenlöchern fest. Ole hielt den Anblick nicht aus und wandte sich wieder Cecilie zu.

»Warst du?«

Sie warf ihm einen schnellen Blick zu. »Das kann jetzt auch noch ein bisschen länger warten. Und du, Ole, was ist mit dir?«, fügte sie mit einem vorsichtigen, aber herausfordernden Lächeln hinzu. »Warst *du*?«

Er fluchte innerlich. »Du weißt doch: der Kapitän …«, versuchte er sich herauszureden, bemerkte aber selbst, wie idiotisch es klang.

Dann fuhren sie am Blumenmeer in der Sykehusgata vorbei, dort, wo Joakim Sørensen an diesem Morgen ermordet worden war. Es standen noch immer kleine Grüppchen von Leuten herum – eine Art unnachgiebiger, wortloser Protest gegen die Korrumpierung ihres kleinen, unschuldigen Städtchens.

Die Shell-Tankstelle lag strategisch günstig ganz oben bei der Schnellstraße und war über die Villaveien, eine Seitenstraße der Sykehusgata rund fünfzig Meter oberhalb von Utsikten terrasse, mit dem Ortskern und dem lokalen Marktplatz verbunden.

Die Streife stand da und wartete. Sie stiegen aus, und Ole begrüßte die beiden Beamten förmlich.

»Schrecklich, das mit Ihrer Wohnung, Ole«, sagte einer der beiden.

»Wir fühlen mit Ihnen, wir alle aus Borg. Und Sie können auf uns zählen«, ergänzte der andere.

Ole dankte ihnen aufrichtig, und die Beamten führten sie zur Rückseite der Tankstelle, hinter einen Haufen alter Autoreifen.

»Ein Roller der Marke Honda«, sagte einer der beiden Beamten und wies den Weg. »Hier.«

»Haben Sie das Kennzeichen überprüfen lassen?«

Der Polizist nickte. »Wurde heute als gestohlen gemeldet. Gehört einem Mann unten in Brattbakken. Wir haben versucht, ihn telefonisch zu erreichen, aber es antwortet keiner.«

Ole nickte. Der Roller stand angelehnt an eine Mauer, hinter den vielen Autoreifen. Ole nahm ihn genauer in Augenschein. »SFX« stand groß auf der Seite. Der Roller war klein und modern, beinahe futuristisch von der Form her, mit einem flachen Boden für die Beine und einer integrierten Verkleidung zum Schutz der Knie und Beine vor Schmutzspritzern. Lackiert war er in Schwarz und Ocker.

»Fünfzig Kubik und Automatik – ein schnittiges kleines Ding«, bemerkte einer der Polizisten.

»Wenn man damit umgehen kann, ja«, meinte Ole leicht amüsiert, während er das Fahrzeug eingehender untersuchte. »Sieht ziemlich neu aus«, fügte er hinzu.

»Erstzulassung dieses Jahr im Juni«, nickte der Polizist.

Cecilie holte ihren Block hervor und blätterte darin. »Ich habe hier eine Zusammenfassung der Beschreibungen«, sagte sie. »Also, was haben wir da … der gesuchte Roller ist angeblich klein, etwas klobig – von der Farbe her schwarz oder dunkelblau, kombiniert mit einer hellen Farbe, eventuell gelb. Seitlich unter dem Sitz sollen sich ein paar große Buchstaben befinden, wahrscheinlich drei.«

Ole nickte. »Hm. Nur die Taschen fehlen.« Er untersuchte den Gepäckträger, aber es war unmöglich festzustellen, ob dort so etwas angebracht worden war.

»Der Markthändler hat gesehen, dass der Brandstifter eine der Taschen in den Hinterhof getragen hat«, gab Cecilie zu bedenken. »Vielleicht hat er sie in die Flammen geworfen, nachdem er den Brand gelegt hatte?«

»Gut möglich.« Ole wandte sich an die Polizisten aus Borg. »In Ordnung, Jungs. Sorgt dafür, dass der Roller zu den Technikern in Borg gebracht wird. Habt ihr euch hier schon umgehört?«

»Ja, die Angestellten in der Tankstelle haben nichts gesehen«, antwortete einer der Polizisten.

»Auch die Bewohner der beiden angrenzenden Häuser nicht«, ergänzte der andere.

Ole beugte sich vor und hielt die Hand dicht an den Motor. »Kalt«, stellte er fest. »Steht schon eine Weile hier.« Er richtete sich wieder auf und überlegte. »Geht mal zur Seite«, sagte er entschlossen, »ich hole den Hund und lasse ihn nach Spuren suchen.«

Er ging zum Dienstwagen und öffnete den Kofferraum. Birk sprang freudig hinaus und lief schnurstracks an den Straßenrand, um ein Bein zu heben.

»Ole, du bist ein Tierquäler«, kam es lakonisch von Cecilie. »Der Arme. Schau mal, wie dringend er musste!«

»Na ja«, knurrte Ole, während er in der Kiste neben dem Hundekäfig nach der Suchleine wühlte. Schließlich fand er sie und ging zu den anderen zurück. Birk begrüßte alle der Reihe nach mit heftigem Schwanzwedeln. Dann kam die unumgängliche Frage von einem der Polizisten: »Ihr habt einen Hirtenhund als Polizeihund?«

Und Ole gab ihm die Antwort, die er seinem Kollegen Vangen einige Stunden zuvor auch schon gegeben hatte. Dann rief er den Hund zu sich und legte ihm das Geschirr an. Er führte Birk zum Roller und ließ ihn am Boden rund um das Fahrzeug Witterung aufnehmen. Nach einer Weile gab er ihm Leine.

»Such!«, befahl er.

Der Hund lief zunächst scheinbar planlos vor und zurück mit der Nase dicht am Boden, dann nahm er Kurs in die Villaveien hinein. Ole gab ihm mehr Leine und folgte ihm.

»Er hat die Spur gefunden, auf geht's«, rief er den anderen zu. »Cecilie, fordere für alle Fälle Verstärkung an!«

Sie liefen weiter die schmale Straße entlang. Langsam wurde es Nacht. Es war August, und die hellen Sommerabende neigten sich dem Ende zu. Jetzt war es halbdunkel, aber noch angenehm warm. Sie kamen an einigen erstaunten Abendspaziergängern vorbei, deren Hunde Birk nicht die Bohne interessierten. Er war so lange eingesperrt gewesen, dass er vor Arbeitsfreude überschäumte.

Nach rund zweihundert Metern bog der Hund zielstrebig nach links ab und blieb vor einem weißen Gartentor stehen. Er setzte sich, bellte einmal laut auf und sah Ole auffordernd an.

Im Garten hinter dem Zaun lag eine bescheidene, etwas heruntergekommene weiße Holzvilla. Ole öffnete leise das Tor und ließ den Hund weiterschnuppern, während er die Leine straffte. Birk lief eine kleine Treppe hinunter, weiter über einen mit Steinplatten gepflasterten Pfad und schnüffelte sich ganz bis zur Eingangstür vor. Dort setzte er sich wieder hin, und Ole konnte ihn gerade noch rechtzeitig davon abhalten, erneut zu bellen.

»Braver Junge«, flüsterte er und tätschelte ihn, »braver Junge.«

Er nahm den Hund wieder mit hinaus und schloss das Tor hinter sich. Sie zogen sich unauffällig ein Stück die Straße hinunter zurück, um vom Haus aus nicht gesehen zu werden. Ole winkte alle zu sich.

»Ruf die Polizeiwache in Borg an und finde heraus, wer in dem Haus wohnt«, sagte er zu Cecilie. »Villaveien 32, okay? Lass dir Namen und Telefonnummer geben. Am besten auch die Handynummern. Und sie sollen den oder die Namen gleich durchs Strafregister jagen.«

Cecilie trat zur Seite, als der erste Streifenwagen zur

Verstärkung eintraf. Ole befahl Birk: »Platz!«, und rief einen der Polizisten zu sich.

»Ich muss mit Bårdsen reden«, sagte er. »Wir brauchen offizielle Rückendeckung. Und Sie riegeln bitte die Straße auf beiden Seiten ab – da darf absolut niemand vorbei. Dann muss das Haus umstellt werden, damit uns keiner durch die Hintertür entwischen kann. Informieren Sie alle über Funk, dass sie sich in Bereitschaft halten müssen.«

Der Polizist verschwand, und Ole griff zum Handy und wählte die Mobilnummer des kommissarischen Polizeipräsidenten Bårdsen.

Zehn Minuten später hatten alle ihre Positionen bezogen. Ole stellte sich zu Cecilie, und sie gingen die Informationen durch, die sie soeben erhalten hatte. Sie begann mit der Rufnummer. »Sie gehört einem Freddy Østby«, sagte sie. »Gewöhnliche Festnetznummer. In Villaveien 32 sind keine weiteren Teilnehmer registriert.«

»Hat er ein Handy?«

»Ja. Hier sind beide Nummern.« Sie reichte Ole einen Zettel.

Ole überlegte. »Ich glaube, ich weiß, wer er ist«, sagte er. »Er betreibt eine kleine Baufirma. Haben wir etwas gegen ihn vorliegen?«

»Ein paar Kleinigkeiten. Fällige Lohnsteuern nicht gezahlt und so Zeugs. Keine Strafsachen.«

»Danke dir. Ich rufe zuerst die Festnetznummer an. Sorg dafür, dass die Mannschaften bereit sind zum Einrücken, falls das Gespräch abgebrochen wird. Alle, die an diesem Einsatz teilnehmen, wechseln auf Kanal 44.«

Sie nickte und verschwand, und Ole stellte sein Funkgerät um. Dann zog er das Handy aus der Tasche, biss die Zähne zusammen und wählte die Nummer.

Um ihn herum standen die Polizisten und sahen ihm schweigend zu. Keiner beneidete ihn um diese Aufgabe.

Nach einer Weile, die sich wie eine Ewigkeit anfühlte, antwortete eine zaghafte Frauenstimme: »Hallo, hier bei Østby.«

Kapitel 14

»Guten Abend, hier spricht Polizeichef Vik.« Ole begann das Gespräch höflich, aber bestimmt. »Es tut mir leid, dass wir Sie so spät noch stören müssen. Spreche ich mit Frau Østby?«

»Ähm ... ja«, sagte die Frau schleppend, »das stimmt.« Dann schwieg sie lange, und Ole hörte sie schwer atmen. »Wer... wer sind Sie, haben Sie gesagt? Was wollen Sie von uns? Wir sind schon im Bett und ...«

»Hier spricht Polizeichef Vik«, wiederholte Ole. »Ich stehe vor Ihrem Haus und möchte mit Ihnen reden. Sind Sie bitte so freundlich und lassen uns herein?«

»Ins Haus? Jetzt?« Die Stimme der Frau wurde schrill. »Wir sind schon im Bett, wie gesagt. Wer, sagten Sie? Der Polizeichef? Was wollen Sie denn von uns? Wollen Sie uns holen?«

»Das werde ich Ihnen drinnen erklären«, antwortete Ole. »Wer ist noch bei Ihnen?«

»Äh, nur mein Mann und ich. Er schläft, ähm ... sich aus.« Sie lachte entschuldigend. »Sie wissen doch, wie das ist. Es war ja Wochenende, und ...«

»Würden Sie ihn bitte wecken?«, sagte Ole. »Wir möchten mit Ihnen beiden reden.«

»Ja also ...« Ihre Stimme hörte sich gequält an. »Ich weiß nicht, ob ich es schaffe, ihn wachzurütteln. Er ist fast wie im Koma.« Dann fügte sie stockend hinzu: »Was hat der Freddy denn jetzt schon wieder ausgefressen?«

Ole wartete ein wenig, bis sie sich beruhigt hatte. »Frau Østby... wie heißen Sie eigentlich mit Vornamen?«, fragte er vorsichtig.

»Kari«, kam es widerstrebend.

»Okay«, fuhr er fort. »Also, Kari, hören Sie mir bitte genau zu. Wenn es Ihnen nicht gelingt, Ihren Mann zu wecken, dann werde ich es tun oder einer meiner Leute. Ich muss mit Ihnen beiden reden. Machen Sie uns bitte auf?«

»Jetzt?« Sie zögerte lange. »Muss ich? Er wird sich furchtbar aufregen, mein Freddy. Er ist nicht gut zu sprechen, wenn er so drauf ist wie jetzt, das sag ich Ihnen. Was hat er denn getan, dass ihr so ein Trara macht? Warum habt ihr es auf uns abgesehen, ihr alle? Könnt ihr uns nicht in Ruhe lassen?«

»Wir haben es nicht auf Sie abgesehen, wir wollen nur mit Ihnen reden«, sagte Ole. »Aber sagen wir's so: Wenn Sie uns nicht freiwillig öffnen, sind wir gezwungen, uns gewaltsam Zugang zu verschaffen.«

Sie schwieg lange, dann seufzte sie tief. »Ich werde mir nur was überziehen, dann komme ich«, sagte sie.

Ole drückte das Gespräch weg und winkte Cecilie zu sich.

»Sie öffnet freiwillig«, sagte er. »Du gehst mit hinein. Hol dir zwei Mann mit Weste und Waffe, die vorausgehen können, um das Haus zu sichern.«

Er nahm sein Funkgerät zur Hand. »Hier ist Fox null-eins. Sie macht freiwillig auf – wir gehen in wenigen Minuten hinein. Alle behalten ihre Position bei, bis die Aktion endgültig abgeschlossen ist. Haltet euch bereit für weitere Anweisungen.«

Er legte das Gerät wieder in die Halterung und bedeutete Cecilie, ihn zu begleiten. Gemeinsam gingen sie zügigen Schrittes das Straßenstück hoch und beim Tor hinein. Birk lag dort, wo man ihm befohlen hatte zu liegen, nur seine Ohren wackelten wachsam auf und ab. Hier war er in seinem Element. Er würde genau so liegen bleiben, bis man ihn holte, und wenn es Stunden dauerte.

Cecilie und Ole stellten sich jeweils auf eine Seite neben der Tür, und die beiden Polizisten kamen und stellten sich dazu, jeder mit seiner schussbereiten Smith & Wesson. Ole informierte sie über das Telefonat, damit sie wussten, was sie zu erwarten hatten.

Eine Minute verging, dann wurde die Tür von innen aufgesperrt. Sie glitt langsam auf, und eine magere, verhärmte Frau in ihren Vierzigern kam zögernd auf den Treppenabsatz heraus. Sie hatte Hausschuhe an und zog fröstelnd einen Morgenmantel fest um sich, während sie die Anwesenden ängstlich in Augenschein nahm.

»Kari Østby?« Ole begrüßte sie höflich. »Wir müssen routinemäßig leider einige Sicherheitsmaßnahmen treffen«, sagte er. »Bitte bleiben Sie ganz ruhig stehen.«

Er gab Cecilie ein Zeichen, und sie nahm an der Außenkleidung der Frau eine Leibesvisitation vor. Kari Østby stand steif wie ein Stock und starrte die beiden Polizisten an, die in der Tat einen bedrohlichen Anblick boten: ausgerüstet mit Helm, dicken kugelsicheren Westen und Pistolen.

Cecilie richtete sich auf und trat einen Schritt zurück. »Alles okay«, sagte sie.

Ole nickte. »Kari«, sagte er, »wo im Haus befindet sich Ihr Mann?«

»Im … im ersten Stock«, stotterte sie, »im Schlafzimmer. Was glauben Sie denn, dass er getan hat? Warum quälen Sie uns so?« Ihre Stimme war schrill.

»Wir können drinnen darüber reden.« Ole nickte den

Polizisten zu, und die beiden verschwanden wie Schatten im Haus.

»Kari«, sagte er und ergriff ihren Arm, »diese Aktion wurde vom Polizeipräsidenten in Borg angeordnet.«

Die Frau schwankte. »Der Polizeipräsident?« Sie hatte Tränen in den Augen. »Man lässt uns wohl nie in Ruhe. Jetzt muss endlich mal Schluss sein. Wir haben genug Probleme!« Sie begann zu weinen. Ole legte eine Hand auf ihre Schulter, während sie die Tränen trocknete und versuchte, das Schluchzen zu unterdrücken.

»Schläft Ihr Mann?«, fragte er vorsichtig.

Sie nickte schniefend.

»Ist er alkoholisiert?«

»Ja.« Die Verzweiflung stand ihr ins Gesicht geschrieben.

»Wo hat er sich denn betrunken? Wissen Sie das?«

»Irgendwo im Ortszentrum. Alle sind zurzeit hinter uns her. Mein Freddy kriegt das nicht hin. Er hat sich nicht mehr im Griff.« Sie sah Ole hilfesuchend an. »Dagegen komme ich ja wohl nicht an, oder? Gegen König Alkohol? Überhaupt alles? Oder?«

»Nun, da gibt es schon professionelle Hilfe«, sagte Ole mit einem Lächeln, »für diejenigen, die bereit sind, sie anzunehmen. Sagen Sie, wissen Sie, wie Ihr Mann hierhergekommen ist? Zu Fuß?«

»Keine Ahnung. Wahrscheinlich.«

»Wann kam er denn nach Hause?«

Sie überlegte, während sie das Gesicht mit dem Ärmel ihres Morgenmantels abtrocknete. »So um drei, glaube ich«, schniefte sie. »Oder vielleicht war es vier. So in etwa. Ich hab nicht auf die Uhr geschaut.«

»Jetzt am Nachmittag? Waren Sie da zu Hause?«

»Ja. Er war komplett zu und hat scheußliche Sachen gesagt.« Ihre Mundwinkel bebten. »Hatte eine Flasche dabei und hat das Zeug nur so in sich hineingeschüttet. So gegen sechs ist er eingepennt, komplett im Dusel. Ich hab es irgendwie geschafft, ihn ins Bett zu schleppen. Es ist so schrecklich, ich weiß mir nicht mehr zu helfen. Die Firma, alles geht den Bach runter. Alle sind hinter uns her. Wir kommen nicht zur Ruhe.«

Ole warf Cecilie einen kurzen Blick zu.

»Kari«, sagte er, als sie sich wieder etwas gefasst hatte, »gibt es jemanden, der Ihren Mann gesehen haben könnte, als er nach Hause kam? Der uns die Uhrzeit bestätigen kann?«

Sie schniefte und fuhr sich erneut mit dem Ärmel über das Gesicht. »Ja, die Nachbarn vielleicht«, sagte sie und zeigte auf ein Haus auf der anderen Straßenseite. »Die glotzen ja ständig. Weiden sich ja richtig an unserer Misere.«

»Glauben Sie, dass die ihn gesehen haben?«

»Das weiß ich doch nicht. Aber die Hexe da drüben kriegt fast alles mit. Fragen Sie sie.« Ihre Augen funkelten, und die Stimme wurde wieder schriller.

Ole warf einen kurzen Blick auf die Uhr. Es war Viertel vor zwölf. Für einen Besuch sehr spät, aber in diesem Fall unumgänglich.

»Cecilie, organisier jemanden, der dort hinübergeht und sich erkundigt«, sagte er.

»Okay.« Sie nickte kurz und verschwand. Ole nutzte die Gelegenheit, um Kari Østby über den Motorroller und den Grund für ihre Aktion aufzuklären. Sie hörte skeptisch zu.

»Glauben Sie, dass er ihn gestohlen haben könnte?«, fragte Ole abschließend.

Sie zuckte mit den Schultern und schob eine struppige Strähne aus dem Gesicht. »Er macht so viel dummes Zeug im Suff, dass mich nichts überraschen würde. Aber glauben Sie, dass er überhaupt noch imstande gewesen wäre, den Roller zu fahren?«

»Betrunkene schaffen oft die unglaublichsten Dinge«, sagte Ole. »Wir müssen gegebenenfalls froh sein, dass weder er noch andere dabei zu Schaden gekommen sind. Sagen Sie mir, bewahren Sie Benzinkanister hier bei sich auf dem Grundstück auf?«

»Benzinkanister? Was sollen wir denn damit? Sie glauben doch nicht, dass Freddy…?« Ihre Züge verhärteten sich. »Lassen Sie uns in Ruhe! Warum seid ihr immer hinter uns her?«

»Es war nur eine Frage«, sagte Ole beschwichtigend. »Wir sind in keinster Weise hinter Ihnen her. Sie haben also keine hier?«

»Nein.«

Die Polizisten kamen wieder heraus und nahmen die Helme ab.

»Ihr könnt reingehen«, sagte einer der beiden. »Wir konnten den Kerl wachrütteln, aber er ist gleich wieder eingeschlafen. Es ist gänzlich unmöglich, mit ihm zu reden, bevor er seinen Rausch ausgeschlafen hat.«

»Sonst gibt es niemanden im Haus?«

»Nein.«

»Okay, ich danke Ihnen.« Ole überlegte. »Kari«, sagte er, »gehen Sie ruhig hinein und setzen Sie sich, ich komme gleich nach.«

Er nahm sein Funkgerät zur Hand. »Hier ist Fox nulleins. Das Haus ist gesichert. Warten Sie auf weitere Anweisungen.«

Er zog sich auf die Straße zurück. Cecilie und der Polizist kamen zu ihm herüber. Zwischen zwei Ziersträuchern am Ende eines Gartenweges sah er die beiden Kollegen mit den Nachbarn sprechen, dann wurde die Tür geschlossen, und die beiden kamen rasch zu ihnen zurück.

Ole sah sie erwartungsvoll an. »Und?«

»Volltreffer. Freddy Østby ist um zehn nach halb vier nach Hause gekommen«, sagte einer der beiden Polizisten. »Die Frau war sich bei der Uhrzeit ganz sicher, weil sie gerade mit dem Müll hinausgegangen war, als er kam. Sie hatte sich gewundert, dass er schon nach Hause kam, und dann noch stockbesoffen. Deshalb hat sie auf die Uhr geschaut.«

»Wann wurde das Feuer gelegt?«, fragte Ole, an Cecilie gewandt.

»Viertel vor vier«, antwortete sie.

»Richtig«, sagte Ole grimmig. »Ich musste es auch aus deinem Mund noch hören. Nun, Kollegen«, fügte er hinzu, »wir sind auf der falschen Fährte. Cecilie, blas die Aktion ab und bestell die Streifen in einer Viertelstunde zum Rapport in die Pension Fjellberg.«

Er drehte sich um und ging mit raschen Schritten zu Kari Østby hinein. Sie musste dringend beruhigt werden.

Als er wieder herauskam, gab er Birk das Freikommando und lobte ihn. Dann durfte der Hund mit dem Absperrband spielen, als Belohnung für seinen Einsatz.

Aber den Polizeichef konnte niemand aufmuntern. Ein weiterer Einsatz war ergebnislos verlaufen.

Die Mannschaften waren schon alle an ihrem Platz, als Ole den Raum betrat. Als er zum Podium hinaufging und sich zu ihnen umdrehte, erhoben sich alle wie auf Kommando. Dann begann einer zu klatschen, dann noch einer und noch einer, bis der Applaus zusehends in einen Trampelbeifall überging.

Achtung war etwas, worum man sich verdient machen musste.

Kapitel 15

Als Ole um etwa drei Uhr früh in sein Zimmer in der Pension kam und sich aufs Bett warf, war er viel zu aufgedreht, um zu schlafen. Tausend Gedanken schossen ihm gleichzeitig durch den Kopf. Er musste so vieles verarbeiten, noch dazu war an diesem schrecklichen Tag alles in höllischem Tempo abgelaufen. Das war eine absolute Ausnahmesituation. Sie wurden von einem Täter auf die Folter gespannt, der alle Fäden in der Hand zu halten schien und erschreckend wenig Spuren hinterließ. Was würde als Nächstes passieren? Welche Möglichkeiten hatten sie, ihn zu stoppen? Es war Oles Aufgabe, weiteres Unglück zu verhindern. Aber wie? Er konnte nirgendwo ein Muster erkennen. Bestand überhaupt eine Verbindung zwischen dem Mord und dem Feuer? Waren es zwei Täter oder nur einer? Hatten sie es mit einem Verrückten zu tun? Eines zumindest schien klar: Der oder die Täter waren unberechenbar.

Andererseits schienen der Mord und der Brandanschlag erschreckend gut geplant. Hätte ein Verrückter das durchziehen können? Und: War es wahrscheinlich, dass zwei so schwere Verbrechen unabhängig voneinander an ein und demselben Tag in dem kleinen, unschuldigen Fjellberghavn stattfanden?

In der Nacht musste Ole sich zweimal übergeben. Das Erbrochene war schwarz. Danach wälzte er sich im Bett herum und versuchte vergeblich, wieder einzuschlafen. Zu sehr rasten seine Gedanken im Kopf hin und her. Um sechs hielt er es nicht mehr aus und stand auf. Es war Dienstagmorgen, keine 24 Stunden nach dem schwärzesten Tag in der Geschichte Fjellberghavns.

Arne Bårdsen kam am Morgen zusammen mit den Mannschaften wieder zurück. Er hatte saubere Uniformen dabei. Während der Besprechung saß der kommissarische Polizeipräsident oben auf dem Podium neben Ole, als eine Art Sicherheitsfaktor, bereit, nötigenfalls juristische Beschlüsse direkt an Ort und Stelle zu fassen.

Die Aufgaben wurden verteilt. Einige Teams wurden darangesetzt, weitere Zeugen einzuberufen und deren Aussagen zu systematisieren, andere sollten den Spuren und Zeugenaussagen nachgehen, die bereits vorlagen. So würden die Teile des komplizierten Puzzles Stück für Stück zusammengesetzt werden.

Um Viertel vor zehn brachen Ole und Cecilie zu Dorte Lundekvam auf, und Bårdsen fuhr zurück nach Borg. Als Ole ging, vereinbarte er mit seinem Stab, um ein Uhr die nächste Lagebesprechung abzuhalten. Bis dahin hätten sie hoffentlich weitere Erkenntnisse gewonnen. Zugleich bat er Eva, für zwei Uhr einen Termin mit der ärztlichen Leitung der Psychiatrie im Krankenhaus zu vereinbaren. Es war nicht auszuschließen, dass es sich bei dem Täter um einen Patienten handelte.

Wie die Østbys wohnten auch die Lundekvams in der Villaveien, aber viel weiter die Straße hinunter, im Haus Nummer 90. Die Liegenschaften hier waren neuer und exklusiver als die etwas heruntergekommenen Häuser am Anfang der Straße, und das Haus der Familie Lundekvam war keine Ausnahme. Es thronte am Hang an der oberen Seite der Straße wie ein Adlernest in Naturstein, oberhalb einer geräumigen Doppelgarage mit Toren aus teurem Redwood-Holz.

Ein ziviler Streifenwagen mit zwei Polizisten in Zivil stand diskret auf der gegenüberliegenden Straßenseite geparkt. Ole nickte ihnen zu, als er mit dem Volvo in die

Garageneinfahrt einbog und dort parkte. Bevor er ausstieg, öffnete er die Seitenfenster ein wenig, damit Birk in seinem Käfig genug Luft bekam.

Cecilie stellte sich neben ihn. »Fantastisches Anwesen, Ole«, sagte sie beeindruckt. »Vielleicht an der Zeit, meine Wohnung zu wechseln?«

»Und hierher zu ziehen?«, fragte Ole amüsiert. »Da musst du wohl auch deinen Tarifvertrag wechseln, liebe Kollegin.«

Sie lachte, als sie die Treppe zum Haus hinaufgingen. »Ja, ja, träumen darf man wohl noch.« Sie warf ihre Lockenpracht in den Rücken und blinzelte gegen die Sonne zum Haus hinauf.

»Ja, das kostet nichts.« Ole drückte den Klingelknopf. Ein ovales Messingschild teilte ihnen mit, dass hier Petter, Dorte und Sigurd Lundekvam wohnten. Es klickte im Schloss, dann wurde die Tür geöffnet.

Die Frau in der Türöffnung war in den Vierzigern und trug eine eng anliegende blaue Jeans, helle Sommerschuhe und eine lose über die Hüfte fallende Bluse. Ole kannte sie von zahlreichen Begegnungen im Treppenhaus des Polizeihauses: eine attraktive Frau, mit fülligem kastanienbraunem Haar, das ihr offen bis zu den Schultern reichte, hohen Wangenknochen und einer Nase, die ihr eine gewisse aristokratische Note verlieh. Ihre Augen waren rot und verquollen. Sie bemühte sich um ein Lächeln, als sie die beiden sah.

»Da sind Sie ja«, sagte sie leise und trat zur Seite, um sie hineinzulassen. »Das ist gut. Treten Sie ein.«

Sie gab ihnen die Hand, und Cecilie und Ole drückten ihr Beileid aus.

»Sie haben ja auch einiges abgekriegt«, sagte Dorte Lundekvam nachdenklich und führte sie in eine große Eingangshalle mit Schieferplatten auf dem Boden und schweren Paneelen an den Wänden. Große Fensterflächen sorgten dafür, dass der Raum trotzdem nicht düster wirkte. Alles hier strahlte Exklusivität aus.

»Wollen wir uns vielleicht ins Wohnzimmer setzen?« Dorte Lundekvam wies ihnen den Weg, und die beiden gingen voran durch eine offene, zweigeteilte Glastür in einen großen Raum mit edlem Eichenparkett und Wänden in zarten Farben. Vor einem weißen Kamin stand eine kleine Sitzgruppe mit einem Eisbärenfell auf dem Boden. Die größere Sofagarnitur stand an der Wand im gegenüberliegenden Teil des Raumes und war aus Eiche und Leder. Der Tisch war gedeckt, in der Mitte thronten eine Kuchenplatte und eine Vase mit drei frischen roten Rosen.

»Nehmen Sie doch bitte Platz«, sagte Dorte Lundekvam. »Ich habe Kaffee und Tee gemacht. Bin gleich wieder da.«

Sie verschwand durch eine Tür, und Ole und Cecilie setzten sich und sahen sich um. Die Wände waren mit Kunst bedeckt. Durch ein großes Panoramafenster konnten sie die Dächer der Häuser unten in Utsikten terrasse erkennen, mit dem Meer im Hintergrund, teilweise verdeckt durch eine niedrige Wolkendecke.

»Wunderschöne Rosen«, bemerkte Cecilie. »Drei. Du weißt, was das bedeutet, Ole?«

Er nickte. »Dein für immer«, sagte er leise.

Dorte Lundekvam kam zurück. Sie folgte ihren Blicken.

»Die sind von ihm«, sagte sie und strich zärtlich über die Blumen. Ihre Augen waren feucht. »Der letzte Strauß«, fügte sie hinzu, und man spürte, wie sehr sie sich beherrschen musste, um nicht in Tränen auszubrechen. »Ich werde sie trocknen und aufhängen.«

Sie schenkte Kaffee und Tee ein und nahm ihnen gegenüber Platz. Ole setzte sie über die Formalia der Vernehmung ins Bild und wies darauf hin, dass sie zur Wahrheit verpflichtet sei. Anschließend stellte er das kleine Aufnahmegerät vor sich auf den Tisch und sprach die Formalitäten aufs Band. Dann holte er die Kopien der Drohbriefe hervor. Sie waren, durch eine glückliche Fügung des Schicksals, während des Feuers in der Brusttasche seiner Uniform geblieben – die Originale waren verbrannt, zusammen mit den Briefen an Joakim Zahn.

»Dorte, wussten Sie, dass Ihr Mann Drohbriefe erhalten hat?«, eröffnete er die Vernehmung.

»Erst seit gestern. Sind das die hier?« Sie nahm die Briefe an sich. »Sigurd rief an und erzählte mir davon, als die Nachricht von Joakim Zahn bekannt wurde«, fügte sie hinzu. »Ich war diejenige, die darauf bestand, dass er sofort zur Polizei hinuntergehen solle.«

Sie blätterte sie durch, und plötzlich traten ihr Tränen in die Augen, doch sie versuchte, Haltung zu bewahren.

»Was steht hier?« Sie sah entsetzt auf. »Pädoschwein? Herrgott, mein Sigurd? Was … was für eine Unverfrorenheit.«

Ole nickte.

»Das ist ja lächerlich«, ergänzte Dorte Lundekvam mit entrüstetem Blick. »Was ist denn das für ein krankes Hirn?«

»Das werden wir herausfinden«, sagte Ole. »Der Verfasser verweist auf ein Datum – den 12. Februar 1999. Können Sie uns helfen und an dieses Datum zurückdenken? Versuchen Sie sich zu erinnern, was Sie alle an diesem Tag getan haben. Ob etwas Besonderes vorgefallen ist.«

»Februar ’99?« Sie musterte ihn, als fragte sie sich, ob er noch ganz zurechnungsfähig sei. »Das ist so lange her. Das kann ich wirklich nicht.«

Ole nahm einen Schluck Kaffee. »Versuchen Sie es zumindest. Das Datum spielt möglicherweise eine entscheidende Rolle. Könnten Sie bitte die Unterlagen Ihres Mannes durchgehen? Die Steuererklärung für 1999 zum Beispiel, oder irgendwelche privaten Terminkalender? Die Fantasie walten lassen?«

Ein Schatten glitt über Dorte Lundekvams hübsches Gesicht. »Ich muss es wohl versuchen«, sagte sie kurz. Sie blieb einen Augenblick regungslos sitzen. »Das Einzige, was ... vielleicht ...«

»Ja?«

Sie zuckte mit den Schultern. »Nein, ich dachte an die Patientenkartei in seiner Praxis, aber die ist wohl im Feuer verbrannt.«

»Ich fürchte, ja«, sagte Ole.

»Hatte er sie vielleicht im Computer?«, warf Cecilie ein.

Dorte Lundekvam zuckte erneut mit den Schultern. »Um ehrlich zu sein, ich habe keine Ahnung, wie Sigurd seine Arbeit organisierte.«

»Hat er Papiere und Unterlagen hier zu Hause aufbewahrt?«

»Nein.«

»Fallen Ihnen noch andere Orte ein, an denen er so etwas aufbewahrt haben könnte?«

Dorte Lundekvam überlegte. »Beim Buchhalter vielleicht. Ich werde mal fragen. Und beim Steuerberater.« Sie hielt inne. »Ach nein – dessen Büro ist ja auch abgebrannt«, fügte sie kopfschüttelnd hinzu.

»Sie haben einen Sohn, ja?«

Sie nickte. »Petter. Er ist bei meiner Mutter.«

»Wie alt ist er?«

»Zehn.« Sie sah ihn verunsichert an. »Tut das irgendwas zur Sache?«

Ole begegnete ihrem Blick. »Reine Routine«, sagte er mit einem höflichen Lächeln. »Wie hat er es aufgenommen?«

»Er hat es noch nicht verstanden«, erwiderte sie mit einem traurigen Lächeln. »Zum Glück hat Sigurd viele gute Kollegen, die uns helfen. Einer davon ist Kinderpsychiater.«

»Gut. Sagen Sie mir, Dorte, wenn Sie gründlich nachdenken, fällt Ihnen da irgendetwas Ungewöhnliches ein, was in letzter Zeit vorgefallen ist? Haben Sie zum Beispiel merkwürdige Anrufe bekommen? Haben sich unbekannte Menschen in der Nachbarschaft aufgehalten?«

Dorte Lundekvam dachte lange nach. Sie nahm einen Schluck von ihrem Tee, stellte die Tasse aber gleich wieder ab, als sie merkte, dass er bereits kalt war.

»Nein«, sagte sie matt. »Mir fällt nichts ein.«

Ole wartete ein wenig, während er die Arztgattin diskret musterte. Sie wirkte müde und mitgenommen.

»Schaffen Sie noch ein paar Fragen?«

»Ich schaffe alles, was nötig ist«, sagte sie mit einem überraschend scharfen Unterton. »Diese Person muss gefunden werden. Was ich dazu beitragen kann, trage ich bei. Das ist das Mindeste, was ich für Sigurd tun kann.«

Ole lächelte anerkennend. »Wir wissen das zu schätzen«, sagte er. »Und noch dazu in dieser Situation.«

Dorte Lundekvam lächelte. »Danke.« Sie hob fast unmerklich die Schultern. »Wir sind starke Frauen in unserer Familie, das liegt uns, in aller Bescheidenheit, in den Genen«, sagte sie und bekam einen bittersüßen Ausdruck im Gesicht. »Wissen Sie übrigens, was das Leben mit sogenannten starken Frauen macht?«, fragte sie und sah von einem zum anderen. »Mit Frauen, die alles schaffen sollen? Immer mit allem Erfolg haben sollen? Die mit allem fertig werden sollen, mit Mann, Kindern, Arbeit und Karriere, Haus und Heim? Die alle möglichen Lasten auf ihren Schultern tragen sollen?«

»Ich höre«, meinte Ole.

»Sie verausgaben sich und sitzen zum Schluss da und starren an die Wand«, fuhr sie fort, »oder sie entwickeln unerklärliche Schmerzen in ihren Muskeln und Gelenken und funktionieren irgendwann einfach nicht mehr. Oder sie können plötzlich vor Angst die eigenen vier Wände nicht mehr verlassen. Hinter vielen starken Fassaden liegen Schicksale, die Außenstehende sich nicht vorstellen können. Mein Mann hat sich sehr intensiv damit auseinandergesetzt. Mit dem, was hinter den schönen Fassaden liegt.« Ihre Stimme klang plötzlich gequält. »Zum Glück für mich.«

Ole brummte bestätigend. »Eine gute Beschreibung dieses Phänomens unserer Zeit«, sagte er und warf einen raschen Blick zu Cecilie hinüber. Er überlegte. »Meine nächste Frage betrifft den Mord an Joakim Sørensen«, sagte er. »Er wurde mit einem Scharfschützengewehr erschossen, möglicherweise einem Jagdgewehr. Kennen Sie einen Jäger?«

»Jemanden, der wehrlose Tiere erschießt und das als Sport bezeichnet? Nein, so jemanden kenne ich ganz bestimmt nicht.« Ihre Augen blitzten.

Ole zuckte zusammen, überrascht über ihre heftige Reaktion. Sie bemerkte das, und ihre Augen funkelten. »Sie haben da einen wunden Punkt getroffen, wissen Sie«, fügte sie versöhnlich hinzu. »Ich könnte Ihnen jetzt einen langen Vortrag über sogenannte Männersportarten halten, aber ich werde es Ihnen ersparen. Zumal Sie vermutlich ohnehin nicht meiner Meinung sind, so wie die meisten Männer.«

»Als Polizist habe ich auch keine Meinungen zu liefern,

sondern Fakten«, sagte Ole diplomatisch, während er bei sich dachte, dass es doch auch viele weibliche Jäger gab. Aber er behielt den Gedanken für sich. Laut sagte er: »Kannten Sie Joakim Sørensen?«

Dorte sah ihn traurig an. »Wir waren gute Bekannte, wir vier. Es ist ... das ist ... einfach schrecklich ...« Jetzt brach sie in Tränen aus und griff nach einer Serviette. »Bitte entschuldigen Sie«, sagte sie mit tränenerstickter Stimme, während sie sich die Augen trocknete. »Ich bin nicht so gefasst, wie ich vielleicht ... wirke.«

Ole schwieg und wartete, bis sie sich einigermaßen wieder gefangen hatte. War es für den Fall von Bedeutung, dass die vier gute Bekannte waren? Es war auf jeden Fall ein neuer Anhaltspunkt.

Dorte Lundekvam faltete die Serviette zusammen und legte sie auf den Teller. »Fragen Sie ruhig weiter«, sagte sie. »Es geht schon wieder.«

»Wir sind bald fertig.« Ole lächelte verständnisvoll. »Wir haben eine Beschreibung der Person, die das Feuer gelegt hat. Cecilie wird sie Ihnen vorlesen, und ich bitte Sie, genau zuzuhören.«

Er wandte sich an seine Kollegin, die in den vor sich liegenden Papieren blätterte. Sie zog ein Blatt heraus und las die Beschreibung laut vor.

»Kennen Sie jemanden, auf den diese Beschreibung zutrifft?«, fragte Ole.

»Nein.« Dorte Lundekvam schüttelte den Kopf. »Die Beschreibung ist aber auch ein bisschen vage«, sagte sie. »Ich kenne auf jeden Fall niemanden, dem so ein Roller gehört.«

»Kennen Sie denn jemanden, der einen blauen Lieferwagen besitzt?«

»Nein, tut mir leid.«

»In Ordnung. Vielen Dank. Ich denke, wir lassen es

jetzt gut sein.« Ole schaltete das Gerät ab. »Möchten Sie die Aufnahme hören und autorisieren?«

Dorte schüttelte den Kopf. »Das ist nicht nötig.«

Ole bat sie, ihre Autorisierung auf Band zu sprechen, dann packte er das Aufnahmegerät ein, erhob sich und reichte ihr seine Visitenkarte. »Ich stehe zu Ihrer Verfügung«, sagte er. »Sie können mich jederzeit anrufen. Die Polizisten vor dem Haus bleiben zu Ihrer Sicherheit bis auf Weiteres hier. Eines noch – das habe ich auch Marianne Sørensen gesagt: Die Presse kann sehr aufdringlich sein. Der Mörder kämmt wahrscheinlich alle Zeitungsberichte durch, um auf dem Laufenden zu sein. Was diese Person wissen darf und was nicht, muss von uns freigegeben werden. Kommentieren Sie den Fall daher bitte nicht, auch nicht, wenn Wenche Sunde oder andere eifrige Journalisten Fragen stellen.«

Als sie auf dem Weg hinaus waren, griff Dorte plötzlich nach seinem Arm und hielt ihn zurück. Ihr Gesicht war schmerzlich verzerrt.

»Es gibt eine Sache, zu der ich gern eine ehrliche Antwort hätte, bevor Sie gehen«, sagte sie mit belegter Stimme. »Glauben Sie … glauben Sie, dass er gelitten hat?«

Ole stellte sich vor sie hin und sah ihr in die Augen. »Nein, Dorte«, sagte er. »Ihr Mann war sofort tot.« Er sah sie mitfühlend an. »Zumindest darüber brauchen Sie sich keine Sorgen zu machen.«

Vor dem Haus tauschten Cecilie und Ole Blicke aus. Sigurd Lundekvam hatte zuerst gegen Rauch und giftige Gase gekämpft. Dann hatte er versucht, einem um sich greifenden Flammenmeer zu entkommen, bis die unerträgliche Hitze ihn vor die Wahl stellte, entweder bei lebendigem Leib verbrannt oder vier Stockwerke tiefer auf dem Asphalt zerschmettert zu werden. Er hatte sich für Letzteres entschieden. Da musste er bereits entsetzliche Verbrennungen erlitten haben.

Ab und zu war eine Notlüge die bessere Wahl.

Oles Handydisplay zeigte eine Nachricht an.

»Hallo, Ole«, war Hildes sanfte Stimme zu hören. »Ich habe etwas Kleidung und Verschiedenes für dich zusammengepackt. Es wäre schön, wenn wir uns treffen könnten. Am besten vor zwei, dann gönne ich mir nämlich eine Doppelstunde in Marias Wellness-Salon. Du weißt schon, der in der Hovedgata. Rufst du mich an?«

Kapitel 16

Cecilie und Ole nahmen ihren Mittagsimbiss im Speisesaal der Pension ein. Cecilie legte sich ein paar Brotscheiben und etwas Käse auf den Teller. Nach zwei Bissen schob sie das Essen wieder weg.

»Ich habe null Appetit«, sagte sie.

Ole verdrückte normalerweise zu dieser Tageszeit fünf bis sechs Scheiben Brot mit unzähligen fantasievollen Belagvarianten. Heute war auch er nicht hungrig. Er nahm an, dass es den anderen Kollegen ähnlich erging, sie hatten alle mehr oder weniger starke Rauchvergiftungen erlitten. Jetzt quälte ihn der Gedanke, dass bislang keiner von ihnen beim Arzt gewesen war, trotz ausdrücklicher Anweisung. Zugleich musste er sich eingestehen, dass er bewusst ein Auge zugedrückt hatte, da er in seiner ganzen bisherigen Laufbahn noch nie so sehr auf seinen Stab angewiesen gewesen war wie jetzt. Aber er trug nun mal die Verantwortung für sie.

»Hab auch keinen Appetit«, brummte er und erhob sich.

Cecilie starrte ihn verdattert an. Ole Vik ohne Appetit! Das hatte sie noch nie erlebt.

Um ein Uhr versammelte sich der Stab im provisorischen Besprechungsraum der neuen Polizeiwache. Das vollkommen leer geräumte Hotelzimmer war mit zwei Reihen Konferenztischen und einfachen Stühlen ausgestattet worden. Das Telefon hatte jemand in der Eile auf das Fensterbrett gestellt. Das Ganze war primitiv, aber funktionell – das musste vorläufig reichen.

Sie legten ihre Mappen auf den Tisch und setzten sich. Während sie begannen, ihre Notizen zu sortieren, informierte Ole sie über das Gespräch mit Dorte Lundekvam.

»Gibt es sonst noch was Neues?«, schloss er.

»Ja, ich hab da etwas.« Morten hob die Hand. »Die Mordwaffe, die gestern in der Böschung unterhalb vom Aussichtsplateau im Gebüsch gefunden wurde, ist identifiziert. Es handelt sich tatsächlich um ein Jagdgewehr der Marke Winchester, und die Suche nach dem Eigentümer läuft auf vollen Touren. Es wurden inzwischen noch zwei Patronenhülsen gefunden. Kaliber 308. Die Leute mussten klettern, um da überhaupt heranzukommen.«

»Gut. Sonst noch etwas?«

Keiner antwortete.

»Dann fasse ich zusammen. Cecilie, schreib bitte mit. Ich beginne mit dem Zeugen, der uns telefonisch informierte. Derjenige, der angab, dass der Schuss vom Pynten gekommen sein muss. Ist er vernommen worden?«

Arne Thorsen hob den Zeigefinger. Er und Morten bildeten das Juniorteam der Polizeistation, Arne war der Jüngere der beiden. Während der 25-jährige Morten auf eine abgeschlossene Ausbildung und zwei Jahre Erfahrung in einem Polizeirevier in Nordnorwegen verweisen konnte, hatte Arne bislang keine formale Ausbildung genossen. Das kleine, rothaarige Energiebündel war mit seinen 22 Jahren im Januar als Vertretung eingestellt worden. Ole verfügte mit dem jungen Mann über einen besonderen Trumpf in der präventiven Arbeit mit Kindern und Jugendlichen. Dasselbe galt für den Kontakt zum Drogenmilieu, zu dem die anderen Mitarbeiter der Polizeistation so gut wie keinen Zugang fanden, der Arne aber offenstand. Er genoss das Vertrauen der Elendsten der Elenden.

Für den jungen Mann gab es keine Stellenbeschreibung, da er in einer Position beschäftigt war, die offiziell nicht existierte. Ole hatte die Anstellungsformalitäten umgangen, indem er die Stelle als »befristet« deklarierte. Allerdings mussten auch solche Anstellungen nach einem halben Jahr auf vertragliche Füße gestellt werden, und diese Frist war im Juni ausgelaufen. Ole hatte im Stillen gehofft, dass Arnes Antrag auf Aufnahme in die Polizeischule stattgegeben würde, zumal Ole dem Antrag ein vor Lobeshymnen strotzendes Empfehlungsschreiben beigelegt hatte. Zur großen Enttäuschung aller war dem Antrag jedoch einige Tage vor Ablauf der Frist ein abschlägiger Bescheid erteilt worden. Das hatte Ole in eine schwierige Situation gebracht, die er vorübergehend so gelöst hatte, dass er Arne als Sommervertretung einstellte. Am 28. August drohte jedoch das endgültige Aus. Da würde die Angelegenheit vor die zuständige Einstellungskommission kommen. Bis dahin blieb ihm noch genau eine Woche. Ole hatte sich bislang noch keine Strategie gegenüber der Kommission zurechtgelegt und musste sich wohl darauf gefasst machen, den Jungen gehen zu lassen.

Morten und Arne waren befreundet und bildeten ein großartiges Team, wobei sich Morten als geduldiger Lehrmeister erwiesen hatte. Jetzt saß die »Sommervertretung« da und referierte.

»Ja«, sagte Arne. »Er wurde vernommen. Sowohl er als auch die anderen Zeugen. Sie hatten nichts Neues beizutragen.«

»In Ordnung. Was ist mit dem Zelt oben auf dem Plateau, wissen wir darüber mehr?«

Arne zuckte mit den Achseln. »Ein kleines Trekkingzelt.«

»Wir wissen noch nicht, wo es herkommt«, fügte Morten hinzu, »aber G-Sport in der Hovedgata ist der einzige Laden in Fjellberghavn, der diesen Artikel verkauft.«

»Wurde es dort als gestohlen gemeldet?«

»Nein, aber wir haben den Filialleiter gebeten, darüber nachzudenken, an wen er so ein Zelt verkauft hat. Er meinte, dass G-Sport sämtliche Verkäufe mit einem eigenen Code erfasst und er daher Tag und Uhrzeit für alle Verkäufe solcher Zelte herausfinden kann.«

»Sehr gut«, antwortete Ole. »Wann bekommen wir eine Antwort?«

»Wenn der Filialleiter das mit der Zentrale geklärt hat. Das kann etwas dauern, eventuell ein paar Tage.«

Ole nickte. »Wir wissen also, dass der Heckenschütze das Zelt als Versteck benutzte«, sagte er. »Getarnt im Gelände konnte der Täter in aller Ruhe dort liegen und sein Ziel ungestört anvisieren.«

»Um anschließend die Waffe und die Hülsen einfach den Abhang hinunterzuwerfen – und sich aus dem Staub zu machen«, ergänzte Arne.

»Wir haben zwei Hülsen gefunden, das bedeutet, dass zwei Schüsse abgefeuert wurden«, fuhr Ole fort. »Wissen wir dazu etwas mehr?«

Morten antwortete mit einem raschen »Ja« und zog ein Blatt Papier aus dem Stapel. »Hier. Die Techniker haben einen Querschläger in einem Baum gefunden. Die Kugel hat offenbar auch eine Spur im Asphalt hinterlassen, wo sie zuerst aufgeprallt ist. Die Techniker gehen davon aus, dass der Heckenschütze beim ersten Versuch sein Ziel verfehlt hat.«

»Wurden auf den Hülsen Fingerabdrücke gefunden?«

»Nein. Aber sowohl die Hülsen als auch die Winchester und das Zelt werden noch auf DNA untersucht.«

»Gut.« Ole lächelte zufrieden. »Dann zu dem Zeugen, der gesehen hat, wie die Person die Stufen vom Plateau zum Parkplatz hinauflief«, sagte er. »Was haben wir da?«

Morten nickte. »Den Taxifahrer haben wir bereits vernommen«, sagte er. »Er konnte aber keine weiteren Details beitragen. Er hat aus großer Entfernung eine Person gesehen, möglicherweise einen Mann zwischen dreißig und fünfzig, mit Schirmmütze und Jeansjacke.«

»Okay.« Ole warf einen Blick in seine Notizen. »Gilt das auch für den Zeugen, der ihn in den Wald laufen sah?«

»Leider ja, auch dessen Vernehmung hat keine neuen Erkenntnisse zu Tage gebracht.«

»Schade. Nun, dann haben wir noch den Toyota. Hat jemand mit dem Eigentümer in Lunde gesprochen?«

»Ja, ich«, sagte Cecilie. Sie schob sich das Haar hinter die Ohren. »Das war ein junger Mann namens Håkon Hansen. Er war total fertig, der Arme, das war nämlich sein erstes Auto. Ihr wisst ja, wie das ist mit Jungs und Autos. Er hatte den Wagen leichtsinnigerweise mit laufendem Motor abgestellt, während er in einem Laden ein Video zurückgab. Er war nur einen Augenblick weg gewesen, und als er wieder herauskam, sah er das Auto um die Ecke verschwinden.«

»Konnte er den Dieb sehen?«

»Nein.«

»Haben wir nach Zeugen gefahndet, die ihn oder sie gesehen haben könnten?«

»Das haben wir, aber es hat sich bisher keiner gemeldet«, antwortete Cecilie.

Ole kratzte sich am Bart. Er wurde langsam ungeduldig. So kamen sie nicht weiter. Genau genommen standen sie ohne eine einzige konkrete Spur da. Sie mussten irgendeinen Anhaltspunkt finden, und das bald.

Er seufzte entmutigt. »Kommen wir zur nächsten Frage.« Er überlegte und warf einen Blick in die Unterlagen. »Die Techniker haben uns für heute eine Antwort wegen des Schuhabdrucks versprochen. Haben wir da schon was gehört?« Ole blickte fragend in die Runde.

»Nein.« Die Antwort kam wie aus einem Mund.

»Auch nicht zu dem ausgebrannten Auto?«

»Nein.«

»Okay. Morten, bitte doch Eva sofort nach der Besprechung, bei den Technikern nachzuhaken. Die sollen uns schon mal Zwischenergebnisse liefern. Dann haben wir noch die Drohbriefe. Als es brannte, hatte ich durch Zufall die Kopien der Briefe an Lundekvam in der Tasche, die sind also erhalten geblieben und können von einem Schriftexperten untersucht werden. Aber die Originale an Joakim Zahn sind weg. Vor dem Feuer hatte ich Eva gebeten, sie einem von euch zu geben, um sie auf Fingerabdrücke zu untersuchen. Was ist dabei rausgekommen?«

Arne schüttelte den Kopf. »Hatte noch keine Zeit«, murmelte er entschuldigend.

Ole fluchte innerlich. »Okay. Wissen wir noch etwas über den Roller?«

»Ja«, sagte Arne, und sein Gesicht hellte sich auf. »Es handelt sich wahrscheinlich um eine Honda SFX oder Yamaha BWS. Der Roller dort oben an der Shell-Tankstelle war eine Honda. Wir haben die Zulassungsstelle kontaktiert und eine Liste aller in der Gemeinde Fjellberghavn angemeldeten Roller angefordert. Man hat uns eine Rückmeldung im Laufe des Nachmittags versprochen. Darüber hinaus haben wir den Inhaber der Tankstelle gebeten, die Videoaufnahmen durchzugehen. Die Kameras sind auf jede einzelne Zapfsäule gerichtet. Falls der Tatverdächtige die Kanister dort aufgefüllt hat, haben wir ein Bild von ihm.«

Ole lächelte. »Gut, Arne. Wann hast du die Antwort?«

»Jeden Moment.«

»Prima.« Ole schlug mit der Hand auf den Tisch. »Jetzt nimmt das Ganze doch etwas Gestalt an. Falls er mit Karte bezahlt hat, haben wir ihn.«

»Oder wir finden ihn über das Kennzeichen«, ergänzte Cecilie. »Wir können übrigens das Gebiet für die Suche nach dem Fahrer einschränken. Der Roller wurde beobachtet, wie er vom Polizeihaus wegfuhr und die Havnegata hinauf verschwand. Er wurde von mehreren Personen sowohl in der Hovedgata als auch an verschiedenen Stellen in der Sykehusgata beobachtet. Danach hat ihn keiner mehr gesehen.«

»Wir haben das ganze Gebiet von hier bis zum Krankenhaus hinauf durchkämmt, ohne andere Roller zu finden außer dem, der an der Tankstelle oben stand«, sagte Morten.

»Auch Garagen und Parkplätze?«

»Ja.«

»Und die Seitenstraßen? Øvregata, Utsikten terrasse, Villaveien, Brattbakken?«

»Gecheckt. Nichts.«

»Was ist mit dem Parkplatz am Krankenhaus?«

»Den auch.«

»Okay, dann müssen wir auf die Listen warten. Wie steht's mit Zeugen? Hat sich jemand gemeldet?«

»Viele«, antwortete Morten. »Bei der Hausbefragung der Bewohner in der Umgebung haben wir mit einigen gesprochen, die diverse Rollerbesitzer hier in Fjellberghavn kennen. Wir gehen diesen Hinweisen gerade nach, und ich schlage vor, dass wir sie mit den Listen abgleichen, sobald diese eintreffen.«

»Einverstanden. Nächste Frage: Auf dem Rastplatz bei Osberg wurde ein blauer Lieferwagen gesehen. Gibt es dazu etwas Neues?«

»Den hat nur ein Zeuge gesehen, sonst niemand«, sagte Arne. »Ich habe ihn telefonisch vernommen. Er ist Vertreter und war auf der Durchreise. Er glaubt einen Ford Transit gesehen zu haben, aber er war sich nicht sicher.«

»Wurden die Reifenspuren analysiert?«

»Ja, aber damit ist keine hundertprozentige Identifizierung möglich, weder des Fahrzeugs noch der Automarke.«

»Nein, aber wir können einige ausschließen.« Ole überlegte. »Wir sollten zuerst die Spurweite verschiedener Transit-Modelle prüfen«, sagte er. »Arne, du kümmerst dich gleich im Anschluss an die Besprechung darum.«

Der junge Mann nickte, und Ole fuhr fort: »Und jetzt zu den Briefen. Wir haben zwei Daten als Anhaltspunkte: den 21. Juli 1999 in den Briefen an Joakim Sørensen und den 12. Februar 1999 in denen an Sigurd Lundekvam. Eigentlich wollte ja Joakims Sprechstundenhilfe gestern noch zu uns herunterkommen, aber da ist wegen des Brandes leider nichts daraus geworden. Ich hatte gehofft, dass sie in ihren Terminkalendern dieses Datum prüfen könnte. Dasselbe hatten wir auch mit Sigurd Lundekvams Unterlagen vor. Dort brauchten wir allerdings einen Gerichtsbeschluss, das hat uns aufgehalten.«

»Dann ist das also gelaufen«, sagte Arne. »Was machen wir jetzt?«

»Ich werde mit den beiden Sprechstundenhilfen sprechen«, antwortete Ole. »Vielleicht haben sie ja noch irgendetwas auf Diskette. Ich habe auch die beiden Witwen gebeten, sich an diese Daten zurückzuerinnern.«

Er blätterte in den Unterlagen. In dem Moment, als er wieder das Wort ergreifen wollte, klopfte es an der Tür, und Eva kam herein. Alle sahen auf.

»Leute«, sagte Eva erregt, »es tut mir leid, euch unterbrechen zu müssen, aber mir schwant Schreckliches. Ich habe gerade die Post geöffnet, und du kannst dir nicht vorstellen, von wem du einen Brief bekommen hast, Ole.«

»Na, dann spann uns doch nicht länger auf die Folter«, drängte Ole. »Wer hat mir denn geschrieben?«

Eva schluckte, dann sagte sie entsetzt: »Hans Hansen!«

Kapitel 17

Am Tisch herrschte lähmende Stille.

Ole gewann die Fassung als Erster wieder. »Ein Drohbrief? An mich?« Er starrte sie ungläubig an.

»Ja, an dich. Und du ahnst nicht, was er da schreibt!«

»Zum Teufel damit.« Ole verdrehte die Augen. »Mach bitte für jeden eine Kopie. Arne, du gehst mit. Sobald Eva fertig ist, untersuchst du die Originale auf Fingerabdrücke. Und Tempo bitte!«

»Ja, ja, ja.«

Eva verließ den Raum mit Arne auf den Fersen. Die vier Ermittler blieben schockiert zurück.

Ole holte tief Atem. »Weiter geht's«, fuhr er fort. »Um den Brief kümmern wir uns nachher.« Er blätterte in den Unterlagen. »Mal sehen, wo waren wir ... Ja, ich möchte die Personenbeschreibungen mit euch durchgehen. Wenn wir das, was wir über den Heckenschützen wissen, mit dem, was wir über den Rollerfahrer haben, vergleichen, stimmen die Beschreibungen weitgehend überein, nicht wahr?«

Die anderen nickten.

»Den Eindruck hab ich auch«, meinte Ole. »Cecilie, der Ordnung halber: Du hast die Beschreibungen. Lies sie bitte vor. Fang mit dem Heckenschützen an.«

Sie lächelte. »Das hab ich inzwischen im Kopf. Wahrscheinlich männlich, unauffälliger Körperbau, Alter zwischen dreißig und fünfzig. Bekleidet mit dunkler Schirmmütze und Jeansjacke.«

»Genau. Und dafür haben wir zwei Zeugen, richtig?«

»Richtig. Die beste Beschreibung haben wir bis jetzt von dem Zeugen, der ihn in den Wald laufen sah. Der Taxifahrer konnte die Person nur als Schatten in großer Entfernung erkennen.«

Ole nickte. »Und die Beschreibung des Rollerfahrers?«

»Erwachsene Person, schlank. Schwarze Windjacke, abgenutzte blaue Jeans, weiße Turnschuhe«, antwortete sie. »Die Kleidung stimmt nicht überein, der Rest ist so allgemein, dass er passt.«

»In Ordnung.« Ole betrachtete die Papiere vor sich, schob sie zusammen und legte sie in die Mappe. »Ich glaube, wir sind jetzt erst mal durch«, sagte er. »Wir haben es mit zwei Fällen zu tun, und immer mehr deutet darauf hin, dass es sich um ein und denselben Täter handelt. Die aussagekräftigsten Hinweise bisher sind die Briefe und die Beschreibungen der Zeugen.«

Cecilie blieb nachdenklich sitzen und klopfte mit dem Kugelschreiber gegen die Tischplatte. Ole kannte sie und wusste, dass sie etwas auf dem Herzen hatte.

»Cecilie, was gibt's?«

»Na ja, Ole.« Sie sah ihn besorgt an. »Als Nächsten hat er offenbar dich im Visier. Wir müssen vorsichtig sein. Zwei Menschen hat er bereits umgebracht, beide hatten diese Drohbriefe erhalten. Solltest du nicht lieber von der Bildfläche verschwinden?«

»Danke für deine Fürsorglichkeit«, antwortete Ole, »aber die Polizei kann sich nicht verstecken. Lesen wir doch erst mal den Brief.« Er lächelte. »Danach haben wir eine einmalige Gelegenheit, ihn auf frischer Tat zu ertappen. Wir können endlich in die Offensive gehen!«

Die Tür ging auf, und Eva stürmte herein. »Verdammter Brief«, fluchte sie gestresst. »Ich musste bis in die Rezeption hinunter, um einen Kopierer zu finden.« Sie schnitt eine Grimasse, während sie die Kopien verteilte.

Auf dem Weg hinaus blieb sie in der Tür stehen. »Ole, ich werde versuchen, das Datum mit Borg abzuklären.«

»Äh … das Datum?«

»Ja, das Datum im Brief.« Sie sah ihn an, als ob er schwer von Begriff sei. »Auch unsere Computerdaten von 1998 sind in Borg gespeichert.«

Die Polizisten nahmen ihre Kopien zur Hand und vertieften sich darin. Ole studierte sein Exemplar. Der Brief war auf einem linierten Block geschrieben, und die Handschrift war dieselbe wie beim letzten Mal:

Polizeichef Ole Vik,

was glaubst du eigentlich, wer du bist, dass du Leute herumkommandierst? Du hast am 17. Juli 1998 einen Mordversuch unternommen. Du bist ein Mörderschwein! Ihr habt es gestern Abend versucht, seid aber nicht weit gekommen! Du Polizistenschwein! Ein Bullenschwein, das bist du! Du glaubst vielleicht, dass du sicher bist, dort, in der Pension? Dass dein Augenstern in der Hovedgata sicher ist? Ich weiß, wo ihr alle seid, und heute wird es so richtig krachen in Fjellberghavn! Was heute passiert, ist deine Schuld, du Arschloch! Du bist ein Mörderschwein, und jetzt bekommst du die Strafe für das, was du getan hast!

Hans Hansen

Ole kratzte sich am Ohr und las den Brief noch einmal durch, bevor er ihn beiseitelegte und sich erhob. Er ging zur Tür und öffnete sie.

»Eva«, rief er in den Flur hinaus. »Ruf das Krankenhaus an und gib Oberarzt Petersen von der Psychiatrischen Abteilung Bescheid, dass er in fünf Minuten abgeholt wird. Wir haben eigentlich um zwei Uhr einen Termin bei ihm, aber er muss sofort kommen. Und er soll Doktor Torgersen mitbringen!«

»Wird gemacht«, hörten sie Evas Stimme von draußen.

Ole nahm wieder Platz. »Wir müssen ein für alle Mal klären, ob diese Briefe vielleicht von einer psychisch kranken Person stammen könnten«, sagte er. »Morten, du holst die beiden Psychiater ab.«

Der Polizist verschwand.

»Diesmal droht er uns allen.« Ole schüttelte bedächtig den Kopf. »Wir werden von einem Schauplatz zum anderen gehetzt, wie die letzten Trottel.«

»Leute, wie sollen wir ›heute‹ interpretieren, wenn der Brief gestern aufgegeben wurde?«, warf Cecilie ein.

Sie studierten den Brief schweigend.

»Das geht aus dem Text hervor«, sagte Ole. »Zuerst schreibt er: ›Ihr habt es gestern Abend versucht, seid aber nicht weit gekommen‹, dann betont er zum Schluss, dass das, was heute geschehen wird, die Strafe dafür ist, was ich gestern getan habe. ›Heute‹ ist also heute, fürchte ich.«

»Er ist inkonsequent«, bemerkte Cecilie. »Zuerst schreibt er, ›ihr habt es versucht‹, und im nächsten Satz, dass *du* dafür büßen musst, Ole. Warum wirst *du* dafür zur Verantwortung gezogen, was *ihr* versucht habt?«

Ole zuckte mit den Schultern. »Schwer zu sagen. Der Typ scheint unberechenbar. Wobei ich keinen Moment daran zweifle, dass er versuchen wird, die Drohung in die Tat umzusetzen. Unsere Aufgabe besteht darin, das zu verhindern, und das schaffen wir nur, indem wir ihn finden. Am besten, bevor er es versucht.«

Cecilie blätterte in den Briefen. »Der Typ muss ja von allen guten Geistern verlassen sein. Ole, hast du einen Augenstern in der Hovedgata?«

»Tja, wenn ich das wüsste …« Ole ging nicht näher darauf ein. Alle, die ihn kannten, wussten, dass Cecilie seine engste Mitarbeiterin war. Ihre Wohnung lag in der Hovedgata, und er hatte daraus bereits geschlossen, dass sie der »Augenstern« sein müsse, da er niemand anderen kannte, der dort wohnte. Aber das behielt er für sich. Es bestand keine Notwendigkeit, sie zu beunruhigen. Stattdessen sagte er, um vom Thema abzulenken: »Cecilie, hak bei den Technikern nach wie besprochen und mach Druck bei Telenor.«

Gleich danach kam Arne und berichtete, dass der Brief keine Fingerabdrücke aufweise und nicht frankiert worden sei.

Ole seufzte resigniert. »Das hab ich mir gedacht. Heute geschrieben und in unser Postfach gelegt«, sagte er und griff zum Hörer. Es war an der Zeit, Polizeipräsident Arne Bårdsen über die jüngsten Entwicklungen zu informieren.

Oberarzt August Petersen, Leiter der Psychiatrischen Abteilung im Landeskrankenhaus, war ein beleibter Mann Anfang sechzig, mit fülligem, zurückgekämmtem Haar und einer Lesebrille, die so weit vorn auf der Nase saß, dass sie jederzeit abzustürzen drohte. Sein Kollege, der Psychiater Gunnar Torgersen, war zwanzig Jahre jünger als er, mager und hatte schütteres Haar.

Sie setzten sich an den Konferenztisch, und nachdem die beiden Ärzte Ole und seinen Mitarbeitern ihr Mitgefühl für die schrecklichen Ereignisse ausgedrückt hatten, bot Ole ihnen einen Kaffee an. Ohne weitere Umschweife erläuterte er dann kurz die Sache mit den Drohbriefen.

»Ich muss Sie um absolute Diskretion bitten, da es sich hierbei um Informationen handelt, die noch nicht veröffentlicht wurden«, bat er sie eindringlich. »Die Briefe an den Zahnarzt sind dem Feuer zum Opfer gefallen, aber ich habe Kopien der Briefe an Doktor Lundekvam und des Schreibens an mich. Ich benötige eine rasche Einschätzung von Ihnen, ob sie eventuell von einer psychisch kranken Person stammen. Wenn ja, könnte es doch durchaus sein, dass die Person bei Ihnen in Behandlung war oder ist. Vielleicht liefert Ihnen die Handschrift oder die Ausdrucksweise einen Hinweis?«

Oberarzt Petersen betrachtete Ole über den Brillenrand hinweg. »Schauen wir uns die Sachen doch mal an«, meinte er dann.

Ole legte alle Kopien auf den Tisch und sortierte sie chronologisch. Die beiden Ärzte lasen schweigend.

Ole erhob sich. »Wir haben den Text der Briefe an Joakim Sørensen rekonstruiert«, sagte er. »Ich hole ihn.« Als er die Tür öffnete, blieb er abrupt stehen, um nicht mit Eva zusammenzustoßen.

»Ole«, sagte sie hektisch, »da ist ein Anruf für dich! Er hat sich nicht vorgestellt, aber ich bin mir ganz sicher, dass *er* es ist.«

»*Er*?« Ole starrte sie verständnislos an.

»Ja, *er*.« Eva starrte zurück, als fragte sie sich, was da so schwer zu begreifen sei. »Hans Hansen natürlich!«

Kapitel 18

Ole erstarrte. Dann riss er sich zusammen. »Stell den Anruf durch und bitte Cecilie, Telenor zu kontaktieren. Die müssen den Anruf orten! Und Eva, lass das Band mitlaufen!«

Er ging rasch in den Raum zurück.

»Wir haben unter Umständen den Briefschreiber am Telefon«, rief er den Ärzten zu, »ich will Sie beide unbedingt dabeihaben!«

Er schnappte sich sein Telefon vom Fensterbrett und stellte es auf den Tisch vor sich. Als es klingelte, ließ er sich auf seinen Stuhl fallen und drückte auf den Lautsprecherknopf, während er im Stillen Telenor dafür dankte, dass sie ihm dasselbe Modell wie bisher zur Verfügung gestellt hatten. Sonst hätte er keine Ahnung gehabt, wo er drücken musste.

»Hallo, hier spricht Polizeichef Vik!«, sagte er laut und bestimmt. »Mit wem spreche ich?«

Es war ganz still am anderen Ende. Im Lautsprecher war nichts zu hören. Die drei starrten auf das Telefon, dann hörten sie leise Atemgeräusche und eine heisere, eindeutig verstellte Stimme: »Hast du meinen Brief bekommen?«

»Ich bekomme viele Briefe«, sagte Ole neutral. »Wer spricht?«

»Du weißt, wer spricht«, sagte die Stimme. »Du bist ein Mörder, und heute werdet ihr alle dafür büßen, was du getan hast!«

Ole wählte seine Worte mit Bedacht.

»Alle?«, fragte er vorsichtig. »Bin ich allein nicht genug?«

Ein heiseres Lachen war zu hören. »Das ist ja gerade die Strafe, verstehst du das denn nicht, du Nervensäge? Jetzt müssen viele wegen deiner Fehler leiden! Und die Dämonen werden ein für alle Mal ausgetrieben!«

»Das verstehe ich nicht.« Ole atmete schwer. »Können Sie mir nicht erklären, was ich getan habe? Ich verspreche, dass ich die Konsequenzen tragen werde. Aber hören Sie auf mit diesem Wahnsinn. Lassen Sie doch nicht unschuldige Menschen leiden!«

»Aufhören?« Die Stimme wurde schrill. »Das darf ich nicht!«

»Wer verbietet es Ihnen?«

Die Stimme verstummte erneut. Am anderen Ende war nur noch schwerer Atem zu hören. Dann war die Stimme wieder da, genauso verstellt, genauso heiser wie vorher: »Weißt du, was passiert, wenn eine Kiste Dynamit explodiert, du Mörder?«

Ole schluckte.

»Dann weißt du jetzt, was euch erwartet. Denk daran, es ist deine Schuld! Bald wird es knallen in Fjellberghavn! Um Punkt drei! Die Uhr tickt!«

»Wo?« Ole spürte, wie Verzweiflung in ihm hochstieg. »Jetzt kommen Sie doch zur Vernunft! Es gibt für alles eine Lösung! Lassen Sie uns reden, verdammt!«

Einen kurzen Augenblick noch hörten sie den Anrufer in den Hörer atmen, dann folgte ein Klick in der Leitung, und die Verbindung war getrennt.

»Hallo!« Ole wusste längst, dass er vergebens rief. Mit einem Stöhnen legte er auf und betätigte die Gegensprechanlage.

»Eva, war auf dem Display eine Nummer zu sehen?«

»Nein, es war eine unterdrückte Nummer.«

»Konnte das Gespräch geortet werden?«

»Ich weiß noch nicht. Cecilie spricht gerade mit Telenor. Ich habe versucht, das Gespräch aufzunehmen, mal sehen, ob es geklappt hat. Unsere Anlage ist noch nicht so weit. Hier herrscht ja noch immer das reinste Chaos.«

»Ich weiß, Eva, dich trifft keine Schuld«, antwortete Ole verzweifelt. »Bring uns das, was du hast, und trommle umgehend die Kollegen zusammen.«

»Okay, Ole!«

Er ließ sich auf seinen Stuhl fallen. Die beiden Ärzte betrachteten ihn mit einer Mischung aus Skepsis und Entsetzen. Ole warf einen beunruhigten Blick auf die Uhr. Es war zehn nach zwei. Ihnen blieben noch fünfzig Minuten.

Er griff sich frustriert an den Kopf. »Konnten Sie die Stimme erkennen?«

»Ich zumindest nicht.« Der Oberarzt sah seinen Kollegen an. »Und du, Gunnar? Du bist ja mehr im direkten Kontakt mit den Patienten als ich.«

»Die Stimme war verstellt«, antwortete der Psychiater. »Ich kann nicht sagen, dass ich sie wiedererkannt habe, nein. Ich konnte nicht einmal erkennen, ob es ein Mann oder eine Frau war. Du?«

»Nein. Und Sie, Ole?« Oberarzt Petersen wandte sich fragend an Ole, der den Kopf schüttelte.

»Ich auch nicht, leider.«

Die anderen strömten herein und setzten sich rund um den Tisch. Ole brachte sie in Kurzform auf den neuesten Stand.

»Konntest du bei Telenor etwas erreichen, Cecilie?«

»Sie rufen in ein paar Minuten zurück.«

Eva kam herein und stellte ein kleines Bandaufnahmegerät auf den Tisch.

»Wir hatten Glück, es hat geklappt«, sagte sie und drückte auf den Startknopf. Das makabre Gespräch erfüllte erneut den Raum, und alle lauschten mit todernster Miene.

Während das Band lief, trommelte Ole rastlos mit den Fingern auf dem Tisch. Die Gedanken rasten ihm durch den Kopf. Eine Kiste Dynamit enthielt 25 Kilo. Damit würde man das ganze Zentrum in die Luft sprengen können. Der Explosion würde ein gewaltiges Feuer folgen, größer noch als beim letzten Mal. Der ganze Ort würde in Schutt und Asche gelegt werden, zahllose Menschen konnten sterben. Wie ernst mussten sie eine derartige Drohung nehmen?

Als Ole die Ereignisse des Vortages Revue passieren ließ, kam er rasch zu dem Schluss: Die Bedrohung war im höchsten Maße real. Es gab genügend Fanatiker, Terroristen oder eben auch total Verrückte, denen sämtliche Maßstäbe verrutscht waren.

Er warf einen Blick auf seine Armbanduhr: dreizehn nach zwei. Er musste handeln. Der Ort musste evakuiert, alle Menschen in Sicherheit gebracht werden. Wie sollten sie das in so kurzer Zeit schaffen? Fliegeralarm? Radiodurchsage? Aber wo sollten die Leute hin? Der Ort war zwar klein, gemessen an der Einwohnerzahl, aber von der Fläche her relativ groß. Konnte er sicher sein, dass er die Leute aus der Gefahrenzone herausholte und sie nicht hineinschickte? Die Bombe konnte überall hochgehen, also war eine Evakuierung nicht sinnvoll. Sie hatten also nur eine Wahl: Sie mussten die Bombe finden, bevor sie hochging. Die Alternativen rasten innerhalb von Sekunden durch seinen Kopf.

»Sollen wir evakuieren?«, fragte Cecilie.

»Nein.« Er erklärte rasch, weshalb. »Wir müssen die Bombe finden. Passt auf: Cecilie, du versammelst die Mannschaften unverzüglich zum Rapport unten im Konferenzsaal. Sorg dafür, dass alle Fahrzeuge einsatzbereit sind. Wer mit dem eigenen Auto zur Arbeit gekommen ist, soll auch das zur Verfügung stellen. Bereite die Leute darauf vor. Versuch herauszufinden, welche Firmen Dynamit verwenden oder produzieren. Der Briefschreiber muss Zugang zu Dynamit haben, und wir müssen wissen, woher. Außerdem brauchen wir Hilfe von einem Experten, um den Sprengstoff zu entschärfen. Morten, Arne, ihr helft den anderen. Wir sehen uns unten. Auf geht's!«

Sie stürmten los.

Ole sah erneut auf die Uhr. Eine weitere Minute war vergangen. Die beiden Ärzte starrten ihn an.

»Der Ordnung halber: Wir sind uns einig, dass es sich hier um eine psychisch kranke Person handelt?«, fragte er.

Der Oberarzt nickte. »Davon würde ich ausgehen, ja«, sagte er. »Was meinst du, Gunnar?«

»Absolut«, antwortete der Psychiater. »Wir haben es offensichtlich mit einem Menschen zu tun, der die Realität nicht mehr im Griff hat. Der Hinweis, dass er offenbar irgendwie von jemandem gelenkt wird, kann auf Schizophrenie hindeuten – dass er Befehle empfängt – von Menschen, Dämonen oder sonst wem.«

»Schizophrene Menschen leiden oft unter ausgeprägten Wahnvorstellungen und lassen sich von inneren Stimmen leiten«, erklärte Petersen. »Wir könnten es hier mit einer paranoiden, schizophrenen Person zu tun haben. Diese Patienten werden häufig von Wahnvorstellungen beherrscht, begleitet von Halluzinationen und Wahrnehmungsstörungen ...«

Ole hob die Hand, um ihn zu unterbrechen.

»Für medizinische Details haben wir jetzt keine Zeit«, sagte er bestimmt. »Worauf ich hinauswill, ist, dass die Person in diesem Fall wahrscheinlich bei Ihnen als Patient erfasst ist, eventuell auch als ehemaliger Patient. Ich brauche eine Namensliste aller Patienten, Männer und Frauen. Ich bin mir nämlich nicht sicher, ob der Anrufer tatsächlich ein Mann war. In Ordnung?«

Torgersen warf seinem Chef einen unsicheren Blick zu. »Dürfen wir das denn?«, fragte er.

Petersen lächelte matt. »In dieser Situation? Haben wir denn eine Alternative?«, fragte er. »Um wie viele Patienten geht es da in etwa, glaubst du, Gunnar?«

Der Psychiater überlegte. »So schwere Fälle? Im ganzen Bezirk? Tja – von mehreren hundert diagnostizierten Fällen geht es hier vielleicht um zehn oder fünfzehn –

möglicherweise zwanzig.« Er stutzte ein wenig. »Aber da brauche ich die Hilfe vom Personal«, fügte er hinzu. »Ich habe die Namen nicht im Kopf.«

Ole schob ihm das Telefon zu.

»Geben Sie Eva die Liste, wenn Sie fertig sind«, sagte er und erhob sich. »Danke einstweilen.«

Er versuchte, Hilde anzurufen. Das hätte er schon längst tun sollen, aber er hatte keine Zeit gehabt. Doch jetzt musste er sie warnen, dafür sorgen, dass sie aus der Gefahrenzone heraus und nach Ramnes kam.

Er landete direkt auf ihrer Mailbox. Mit einem frustrierten Fluch brach er die Verbindung ab – er durfte keine Zeit mehr verlieren. Es ging um viele Menschenleben.

Draußen am Empfang saß Eva am Telefon. Sie legte in dem Moment auf, als Ole sich zu ihr stellte.

»Das war Telenor«, erklärte sie. »Es wurde ein Handy mit Prepaidkarte benutzt. Die Basisstation ist Vardefjell hier in Fjellberghavn, sie deckt den Großteil des Ortes ab.«

»Danke, Eva.« Ole holte tief Atem, wandte sich abrupt um und ging zum Besprechungsraum zurück. Dort steckte er den Kopf zur Tür hinein.

»Sie können sich auf die Liste der Patienten aus dem Gebiet Fjellberghavn konzentrieren«, rief er den Ärzten zu. »Das sollte das Ganze beschleunigen.«

Auf dem Weg ins Untergeschoss sah er auf die Uhr. Es war Viertel nach zwei. Ihnen blieb noch eine Dreiviertelstunde.

Kapitel 19

Ole hatte mit der Besprechung bereits begonnen, als die letzten Mannschaften in den Konferenzsaal hereinströmten.

»Hört zu!«, rief er mit kraftvoller Stimme. »Die Lage ist ernst. Wir werden sofort ausrücken, ich fasse mich kurz.«

Er brachte seine Leute schnell auf den letzten Stand.

»Sollen wir die Innenstadt evakuieren?«, kam die Frage aus dem Saal.

»Nein.« Ole betrachtete sie entschlossen. »Das schaffen wir nicht bis drei Uhr. Wir müssen das Dynamit bis dahin finden und entschärfen. Wir verteilen uns in Zweiergruppen auf alle verfügbaren Autos und kämmen die Stadt Meter für Meter, Gebäude für Gebäude durch. Polizeiobermeisterin Cecilie Hopen, die Fjellberghavn wie ihre Westentasche kennt, koordiniert die Verteilung. Wer kann private Fahrzeuge zur Verfügung stellen?«

Vier Hände schossen in die Höhe.

»Sehr gut. Ihr vier, schnappt euch euren jeweiligen Partner und geht schon mal zur Tür. Wie viele Dienstwagen und Mannschaften haben wir zur Verfügung?« Er sah zu Cecilie hinüber.

»Sechs Autos, einschließlich der unsrigen«, antwortete sie rasch. »Ein Wagen steht außerdem bei Dorte Lundekvam. Du hast insgesamt zwanzig Personen zur Verfügung.«

»Gut. Lass den Volvo hier. Arne, du bleibst da und unterstützt Eva. Ihr anderen, stellt euch in Zweierreihen neben Cecilie auf.«

Er wartete, bis die Reihen sich formiert hatten.

»Eine Kiste Dynamit hat zwangsläufig eine gewisse Größe, und das ist unser Vorteil«, fuhr er laut fort. »Der Sprengstoff kann in der Originalverpackung, einer Tasche oder einem Koffer untergebracht sein. Er kann auch in einem Auto versteckt worden sein. Wenn wir in den Gebäuden nichts finden, müssen wir uns geparkte Autos vornehmen. Beginnt in diesem Fall mit denjenigen, die am verdächtigsten aussehen. Brecht sie auf, falls es euch nötig erscheint. Das Dynamit kann auch in einem Boot im Hafen liegen.«

»Einsatz mit Sirene und Blaulicht?«, warf jemand ein.

»Nein. Führt die Aktion so unauffällig wie möglich durch. Wir dürfen unter keinen Umständen eine Panik verursachen. Wir müssen in Betracht ziehen, dass sich der Täter in der Nähe der Bombe aufhält, um sie zu zünden. Achtet also auf Personen, die sich ungewöhnlich verhalten, und haltet Ausschau nach Kabeln und Geräten, die zur Sprengung von Dynamit verwendet werden können. Wir nehmen gerade Kontakt zu einem Experten auf und geben weitere Anweisungen per Funk durch, sobald wir mit ihm gesprochen haben.«

Ole machte eine kurze Pause, während Cecilie und die anderen die Mannschaften gruppierten.

»Ihr werdet nun neun Gruppen bilden, denen jeweils ein bestimmtes geografisches Gebiet zugewiesen wird«, rief er. »Wir schalten alle auf Kanal 44. Meldet euch über Funk mit Code und Gruppennummer, damit wir sofort wissen, aus welchem Gebiet ihr euch meldet. Ich werde mich mit Fox null-eins melden, Eva Lien mit Fox. Cecilie, gib Bescheid, sobald die Gruppen fertig sind.«

Die Polizistin nickte. »Du kannst jetzt mit der Verteilung der Gebiete anfangen«, rief sie zurück. »Ich notiere.«

»Gut. Gruppe eins und zwei nehmen sich das Gemeindehaus und Umgebung vor. Gruppe drei untersucht die Pension und anschließend den Marktplatz und den Hafen«, sagte er. »Gruppe vier nimmt sich die Havnegata vor, Gruppe fünf und sechs Hovedgata und Sykehusgata, Gruppe sieben und acht das Krankenhaus und Gruppe neun die Shell-Tankstelle und Umgebung.«

Er wartete. »Alles klar, Cecilie?«

»Ja!«

»Gut! Eva Lien koordiniert den Funk zusammen mit Arne Thorsen. Viel Glück!«

Ole warf erneut einen Blick auf die Uhr.

Es war fünf vor halb drei.

Ole versuchte nochmals, Hilde anzurufen, landete aber auch diesmal wieder auf der Mailbox. Mit einem Stich in der Brust ging er zur provisorischen Wachstube hoch und steckte den Kopf zur Tür des Besprechungsraums hinein.

»Ist die Liste fertig?«

Der Oberarzt saß konzentriert am Telefon, sein Kollege sah auf.

»Noch nicht«, antwortete er. »Wir müssen rund dreihundert Patientenkarteien durchgehen. Die Diagnosen sind unterschiedlich, sowohl von der Art als auch vom Schweregrad her. Das braucht etwas Zeit.«

»Zeit haben wir am allerwenigsten«, sagte Ole kurz. »Bitte beeilen Sie sich!«

Er ging in sein Büro zurück und rief Arne Bårdsen an. Das hätte er natürlich längst tun sollen, aber wann?

Der Jurist hörte ihm wortlos zu.

»Was ist, wenn die Bombe hochgeht, bevor ihr sie findet?«, wollte er wissen.

»Dann haben wir ein Problem«, meinte Ole ehrlich.

»Nein, dann haben *Sie* ein Problem.« Für einen Moment wurde es still am anderen Ende, dann war Bårdsen wieder da, mit einem leicht versöhnlichen Unterton, so als ob er seinen Ausbruch bereute: »Also, Sie haben meine volle Unterstützung. Sie haben Gott sei Dank eine große Mannschaft zur Verfügung, und ich werde Sie nicht länger aufhalten. Informieren Sie mich fortlaufend. Viel Glück!«

Eva rief ihm über die Gegensprechanlage zu: »Ole, sie haben aus Borg angerufen! Die Analyse vom Schuhabdruck ist fertig. Turnschuhe, die genaue Größe ist schwer festzustellen, aber vermutlich 38 – also eine typische Damengröße. Die Schuhsohle konnte nicht zugeordnet werden, da der Abdruck zu schlecht war.«

»Danke, Eva. Gib das über Funk an die Mannschaften durch.«

Das Telefon klingelte. Jetzt ging es Schlag auf Schlag. Mit einem grimmigen Blick griff er zum Hörer.

»Vik!«

»Shell station speaking«, sagte eine muntere Männerstimme. »Wir haben da 'n paar Super-Videoaufnahmen, die Sie sich unbedingt anschauen sollten.«

»Vom Roller?« Ole richtete sich auf.

»Ja, von dem auch, und von einer Frau, die Benzin in zwei Kanister füllt.«

»Eine Frau? Sind Sie sich sicher?«

»So sicher wie's Amen in der Kirche.« Der Mann lachte derb. »Ich weiß doch, wie 'ne Frau ausschaut.«

»Ist die Aufnahme so gut, dass man die Frau beschreiben kann?«

»Also echt, das ist das reinste Passbild. Die steht an der Kasse und bezahlt, mit Hüftschwung und Titten und allem, was dazugehört. Ziemlich dürr, das schon, und nicht mehr ganz taufrisch. Ich hätte wissen müssen, dass da irgendwas im Busch ist. Sie hat den Helm auf. Wer geht denn bitte mit Helm zum Zahlen?«

Ole holte tief Luft. »Kann man das Gesicht erkennen?«

»Nein. Sie hat doch den Helm auf.«

»Können Sie das Kennzeichen am Roller erkennen?«

»Sorry, der steht verkehrt rum.«

»Schade.« Ole überlegte. Die Videoausrüstung der Polizeistation war dem Feuer zum Opfer gefallen. Er war also gezwungen, zur Tankstelle hinaufzufahren, um das Band zu sehen.

»Ich bin sofort da«, sagte er und legte auf.

Auf dem Weg hinaus schaute er noch einmal im Besprechungsraum vorbei.

»Sie können sich bei der Liste auf weibliche Patienten konzentrieren«, informierte er die beiden Ärzte.

»Gut«, antwortete Torgersen. »Geben Sie uns noch etwas Zeit, dann haben wir's.«

Auf dem Weg zur Tankstelle rief die Redakteurin Wenche Sunde an. Ole wies das Gespräch ab. Es gab nichts, was er ihr jetzt erzählen konnte. Sie würde sich mit einem Besetztzeichen abfinden müssen.

Eva rief unmittelbar danach an.

»Ole«, sagte sie, »ich habe Kontakt zu einem leitenden Ingenieur von der Straßenverwaltung. Er kennt sich mit Dynamit bestens aus und ist auf dem Weg hierher, um uns zu helfen.«

»Sehr gut«, sagte Ole. »Gib per Funk durch, dass er zur Verfügung steht. Ist Cecilie mit der Übersicht fertig geworden, bevor sie los ist?«

»Nein. Arne und ich haben das übernommen und arbeiten zwischen den Anrufen daran. Es gibt tatsächlich etliche kleine und große Firmen, die Zugang zu Dynamit haben, wie's aussieht.«

»Gib Bescheid, wenn ihr fertig seid.«

Er trocknete sich die Stirn. Der Schweiß rann in Strömen an ihm herab. Auf dem Weg zur Tankstelle hinauf kam er an einem Dienstwagen nach dem anderen vorbei. Ole war froh, dass die Aktion so diskret durchgeführt wurde, um die Bewohner nicht zu beunruhigen. Aber: Würden sie es rechtzeitig schaffen?

Er sah auf die Uhr. Fünf nach halb drei.

Gleich danach saß er in einem winzigen Büro und betrachtete die Aufnahme von einer Person mit schwarzer Windjacke, blauen Jeans und Helm, die auf einem Roller ins Bild fuhr und neben einer der Zapfsäulen stehen blieb. Die beiden Taschen befanden sich auf dem Gepäckträger, genau so, wie die Zeugen es beschrieben hatten. Mit ruhigen Bewegungen stieg die Gestalt ab und begann, Benzin in die darin verborgenen Kanister zu füllen.

Ole beugte sich zum Bildschirm vor.

»Ich frage mich, was das für eine Marke ist«, sagte er, »können Sie es sehen?«

»Sie meinen den Roller?« Der Tankwart starrte angestrengt auf den Bildschirm. »Das ist eine Honda«, sagte er entschieden.

»Das erkennen Sie so?« Ole sah ihn überrascht an.

»Na logisch.« Er grinste breit. »Hab in Borg für 'n Motorradhändler gearbeitet. Hondavertreter.«

»Verstehe. Sie haben auch Aufnahmen aus dem Laden, sagten Sie?« Ole musste aufs Tempo drücken.

»Sure, Sheriff.« Der Tankwart drückte auf einige Knöpfe, und das Bild wechselte. Sie sahen plötzlich direkt auf eine Gestalt hinunter, die den Laden betrat und zur Kasse ging. Sie hatte den Helm auf, so wie er es geschildert hatte. Mit einer raschen Bewegung öffnete die unbekannte Person den Reißverschluss der Jacke und steckte die Hand in die Innentasche, um das Geld herauszuholen.

»Sehen Sie den Vorbau, Sheriff?« Der Tankwart lachte. »Nö, das da ist kein Mann. Das ist echte Ware. Aber ansonsten ist an dem dürren Gestell nicht viel dran«, urteilte er.

»Geben Sie mir bitte das Band«, sagte Ole bestimmt.

»Ja, sure …«

Während der Tankwart das Gerät ausschaltete und die Kassette herausnahm, läutete Oles Handy. Er ging nach draußen und nahm den Anruf entgegen.

»Hier ist Petersen«, sagte die Stimme des Oberarztes. »Wir haben eine Liste mit drei Frauen aus Fjellberghavn und Umgebung, alle mit diagnostizierter schwerer Schizophrenie. Die detaillierte Krankengeschichte der einzelnen Frauen liegt uns zwar noch nicht vor, aber ich kann …«

»Geben Sie mir nur die Namen!«, unterbrach ihn Ole.

»Ja, ja, ich lese sie alphabetisch vor: Jenny Abrahamsen, 55 Jahre alt, Turid Markussen, 30, und Kari Østby, 49. Mehr haben wir vorerst nicht gefunden, aber wir können die Kartei noch einmal durchgehen.«

Ole fluchte leise. »Das wird nicht nötig sein«, antwortete er. »Können Sie den letzten Namen wiederholen?«

»Ja, äh … das war, äh … Kari Østby.«

Ole verstummte. In seinem Kopf schien sich alles zu drehen. Was war er für ein Idiot! Konnte er wirklich einen derartig gravierenden Fehler begangen haben? War es Kari Østbys Spur, der Birk am Vorabend gefolgt war, und nicht die ihres Mannes? War das möglich? Er schluckte und verfluchte sich selbst. Natürlich war es möglich. Es war sogar sehr wahrscheinlich. Hatte sie nicht mehrmals gesagt, dass sie sich von ihnen verfolgt fühlte? Und zwar in einem ganz konkreten Sinn? Doch, das hatte sie, aber er hatte es einfach ignoriert.

»Prüfen Sie ihr Krankheitsbild und rufen Sie mich rasch wieder an«, sagte er heiser. »Vielen Dank einstweilen.«

Er legte auf und griff zum Funkgerät.

»Fox null-eins an alle Einheiten«, sagte er mit fester Stimme. »Die gesuchte Person ist identifiziert. Es handelt sich um Kari Østby. 49 Jahre alt, schlank bis dünn, helles, struppiges Haar, schmales, fast hageres Gesicht. Verheiratet mit dem Bauunternehmer Freddy Østby. Seine Firma befindet sich in der Tverrgata und hat vermutlich Zugang zu Dynamit. Gruppe fünf fährt zur Firma und überprüft die Räumlichkeiten. Brecht ein, falls erforderlich. Verstanden?«

Er ließ die Taste los, und für einen Moment war im Funkgerät nur ein Rauschen zu hören.

»Verstanden«, hörte er Cecilies Stimme.

Ole blieb stehen und hielt kurz inne. Dann drückte er erneut auf die Sprechtaste.

»Fox null-eins an Fox«, sagte er. »Verschaff dir eine Liste aller Fahrzeuge, die auf Freddy und Kari Østby zugelassen sind. Wir brauchen Kennzeichen, Marken, Modelle, Jahrgänge und Farben. Schnell!«

»Verstanden«, bestätigte Eva, »ich melde mich wieder.«

»Danke. Ich fahre direkt zur Wohnung der Verdächtigen in Villaveien 32 und bitte um Unterstützung der Gruppe neun. Bitte um Bestätigung!«

Es rauschte im Lautsprecher. »Gruppe neun antwortet, wir fahren umgehend zu Villaveien 32.«

»Bestätigt.«

Ole nahm die Videokassette entgegen, die ihm der Tankstellenmitarbeiter überreichte. »Danke«, sagte er mit einem hastigen Lächeln.

Auf dem Weg hinaus machte er einen weiteren vergeblichen Versuch, Hilde zu erreichen. Er warf einen unruhigen Blick auf die Uhr. Es war zehn nach halb drei. Die Zeit verrann wie Sand in einem Stundenglas.

Eva rief in dem Moment an, als Ole sich in den Wagen setzte.

»Auf Freddy Østbys Firma ist ein Ford Transit Modell

1999 zugelassen«, sagte sie. »Das Kennzeichen ist Sierra-sierra fünf-null-zwei-zwei-drei.«

»Ein blauer Transit?«

»Nein, ganz so einfach ist es nicht, mein Lieber«, zwitscherte Eva, als ob sie sich über das Wetter unterhielten. »Laut Zulassungspapieren ist er rot. Darüber hinaus ist auf Kari Østby ein Volkswagen Polo Modell 2000 zugelassen, Kennzeichen Sierra-sierra sieben-sieben-drei-zwei-fünf. Der ist allerdings blau.«

»Danke, Eva.« Ole startete den Volvo und legte einen Gang ein. »Gib das sofort über Funk durch. Beide Fahrzeuge müssen so rasch wie möglich gefunden werden.«

Er beendete das Gespräch und lenkte den Polizeiwagen vom Tankstellengelände. Als er in die Villaveien einbog, hörte er, wie Eva die Fahrzeugdaten zur Fahndung durchgab.

Die Gedanken rasten ihm durch den Kopf. Eine unauffällige Frau mittleren Alters wie Kari Østby war also ein Rollerdieb. Diese Möglichkeit war ihm nicht in den Sinn gekommen, das musste er gestehen, und das hatte seinen Weitblick blockiert. In dem ganzen Wirbel hatte er sich komplett auf ihren versoffenen Ehemann eingeschossen. Und sie selbst hatte dazu beigetragen, wenn er es sich recht überlegte. »Was hat der Freddy denn jetzt schon wieder ausgefressen?«, hatte sie gefragt. Dass er sich davon hatte täuschen lassen, war allerdings keine Entschuldigung.

Ein roter, schäbiger Ford Transit stand vor dem Zaun zum heruntergekommenen Haus des Ehepaares Østby. Ole fuhr daran vorbei und parkte den Volvo etwas weiter hinten als Absperrung quer über die Straße. Als er ausstieg, kamen die Kollegen in einem der anderen Dienstwagen angefahren. Ole wies ihnen einen Platz an, mit dem sie die Straße im entsprechenden Abstand auf der anderen Seite blockieren sollten.

Sie versammelten sich vor dem weißen Gartentor. Im Hintergrund hörten sie Cecilie durchsagen, dass in den Räumlichkeiten der Firma Østby nichts Verdächtiges gefunden worden sei.

»Mensch, wir haben nicht mehr viel Zeit.« Ole nahm die Umgebung in Augenschein. »Wir müssen eingreifen. Habt ihr Waffen und Ausrüstung dabei?« Er sah den älteren der beiden Kollegen an, ein Polizist Anfang dreißig.

»Ja, haben wir«, lautete die Antwort. »Brauchen wir die Westen?«

»Ich fürchte ja. Untersucht zuerst den Ford. Danach knöpfen wir uns das Haus vor.«

Während er auf sie wartete, schob er einen schnellen Anruf an Bårdsen ein. Die Situation konnte eskalieren, er musste sich zumindest formal Rückendeckung verschaffen.

»Danke, dass Sie mich auf dem Laufenden halten«, sagte Bårdsen. »Ich sitze hier neben dem Telefon, falls Sie mich brauchen sollten.«

Die Kollegen winkten Ole zu sich. Sie hatten die Hecktür des Lieferwagens geöffnet und untersuchten gerade den Inhalt.

Ole war in Sekundenschnelle bei ihnen.

»Der Schlüssel steckte in der Tür«, sagte der Polizist. »Sehen Sie mal!«

Er folgte seinem Blick. An den Seiten und an der hinteren Wand des Laderaums waren Regale eingebaut, in denen einst Werkzeug und Geräte ordentlich und systematisch verstaut gewesen waren. Jetzt lag alles in einem wilden Durcheinander auf dem Boden verstreut. Die Kollegen hatten ein wenig davon beiseitegeschoben und ein paar graue Pappkartons mit der Aufschrift DYNO EXPLOSIVES zum Vorschein gebracht.

»Dynamit!«, rief einer der beiden erschrocken.

Ole fluchte laut. Die Gedanken rasten wild durch seinen Kopf, während er versuchte, die Kisten zu zählen. Es waren vier Stück zu jeweils 25 Kilo. Er wusste zwar nicht viel über Dynamit, aber so viel war klar: Sollte diese Menge explodieren, stünde in der näheren Umgebung kein Stein mehr auf dem anderen. Die Folgen der Detonation würden möglicherweise sogar Teile des Zentrums zerstören – wie viele Menschen ihr Leben oder ihre Gesundheit verlieren würden, darüber mochte Ole jetzt lieber nicht nachdenken.

»Achtung, Zugriff auf das Haus: jetzt«, sagte er zu einem der Polizisten. »Wir können nicht warten, bis jemand öffnet. Sollte sich die Frau im Haus befinden, nehmen Sie sie fest. Ist nur der Ehemann da, finden Sie heraus, wo seine Frau ist. Bringen Sie ihn her, und wenn Sie ihn tragen müssen. Los jetzt, ich komme gleich nach.«

Der Polizist rannte los, und Ole wandte sich an den Kollegen.

»Evakuieren Sie die Nachbarhäuser«, befahl er. »Erklären Sie die Situation und versuchen Sie, jemanden zu finden, der Ihnen dabei helfen kann, weitere Personen zu warnen.« Er warf einen Blick auf die Armbanduhr. »Uns bleiben gerade mal zehn Minuten.«

Er griff zum Funkgerät. »Fox null-eins an alle Einheiten, hört genau zu: Wir haben den gesuchten Ford Transit vor dem Haus Villaveien 32 gefunden. Das Fahrzeug hat circa hundert Kilo Dynamit geladen. Die Suche nach dem Polo hat hiermit höchste Priorität, denn darin könnten weitere Sprengladungen versteckt sein. Fox muss sofort den Sprengstoffexperten hierherschicken. Sobald er im

Auto ist, soll er mich anrufen und erste Anweisungen geben.«

»Fox bestätigt und meldet sich zurück.«

Als Ole die Sprechtaste mit einem kurzen, dankbaren Gedanken an seine grundsolide Mitarbeiterin wieder losließ, hörte er, wie die Eingangstür zum Østby-Haus eingeschlagen wurde. Aus dem Augenwinkel sah er, wie der andere Kollege mit Personen im Nachbarhaus sprach und dabei wild gestikulierte.

Er sah beunruhigt auf die Uhr. Fünf vor drei. Eiskalte Schauer liefen ihm über den Rücken. Wo blieb denn jetzt dieser Sprengstoffexperte?

Das Telefon klingelte, es war eine unbekannte Nummer.

»Vik«, antwortete er.

»Petersen hier«, sagte die Stimme des Oberarztes. »Ich habe Kari Østbys Unterlagen vor mir liegen.«

»Wir haben fünf Minuten, bis die Bombe hochgeht«, antwortete Ole. »Können Sie sich kurzfassen?«

»Ich werde mich bemühen«, antwortete Petersen. »Hier ein paar Stichworte: War immer wieder im Krankenhaus, hat früher schon Drohbriefe geschrieben, vor rund zehn Jahren, damals unter dem Nachnamen Blom und in Borg, was uns anfangs in die Irre geführt hat. War eindeutig psychotisch und auch über mehrere Jahre zwangsweise eingewiesen. Zeitweise suizidal. Mehrere Selbstmordversuche. Die Medikation hat bei ihr in den letzten Jahren gut angeschlagen, und vor zwei Jahren hat sie geheiratet. Am Montag hat sie darauf bestanden, dass meine Assistentin sie mehrmals angerufen und gebeten hätte, die Medikamente nicht einzunehmen, weil sie giftig seien. Den Rest können wir später nachholen.«

»In der Tat, ich danke Ihnen«, sagte Ole und legte auf. Das Telefon klingelte erneut. Nochmals eine unbekannte Nummer.

»Hier spricht Ingenieur Brå«, meldete sich eine ausgewachsene Männerstimme. »Ich bin auf dem Weg zu Ihnen. Sie haben Probleme mit einem Sprengstoff, wurde mir gesagt?«

»Das ist richtig«, antwortete Ole. »Wir stehen hier mit einem Ford Transit voller Dynamit und haben keine Ahnung, wie wir uns verhalten sollen.«

»Ich bin über die Bombendrohung informiert«, sagte der Ingenieur. »Wie viel Dynamit befindet sich im Fahrzeug?«

»Vier Kisten.«

»Hm – also hundert Kilo. Haben Sie diese Menge in einem geparkten Auto gefunden?«

»Ja.«

»Grundgütiger, das ist doch heller Wahnsinn«, kam es entsetzt. »Aber nun gut, zur Sache: Dynamit hält einiges aus und explodiert erst, wenn es einem kräftigen Stoß ausgesetzt oder mit Hilfe einer Sprengkapsel ausgelöst wird, entweder elektrisch oder durch Zünden einer Zündschnur. Können Sie so etwas sehen?«

»Nein«, antwortete Ole, »die Kisten sind ungeöffnet.«

»Hm, dann sind sie vermutlich noch originalverpackt und unangetastet. Sehen Sie irgendwelche Kabel?«

»Nein.«

Es wurde still am anderen Ende. »Dann besteht meines Erachtens keine Gefahr«, kam es nach einer kurzen Pause. »Ich biege jetzt in die Villaveien ein und bin gleich da.«

»Sehr gut«, sagte Ole und beendete das Gespräch.

Er lehnte die Hecktür des Wagens vorsichtig an und nahm Kurs auf das Haus. Der Experte hatte lediglich bestätigt, was er bereits ahnte: dass der Lieferwagen nicht ihr Ziel war. Sie suchten nicht vier Kisten Dynamit, die explodieren konnten, sondern nur eine.

Als er den Windfang betrat, hörte er laute Stimmen aus einem der weiter hinten gelegenen Räume. Er folgte dem Lärm und stand gleich darauf in einem Wohnzimmer mit abgenutzten Möbeln und grellen Tapeten. Die Luft war zum Schneiden dick und stand vor Zigarettenqualm. Ein übler Gestank nach Alkohol und Schweiß schlug ihm entgegen.

Ein bärtiger Mann in schmuddelig weißem T-Shirt und vergilbten, ausgebeulten Boxershorts hing in einem Lehnsessel, ein Polizist stand über ihn gebeugt. Aus seinem Mund drangen wüste Beschimpfungen.

Ole ging direkt auf ihn zu.

»Freddy«, herrschte er ihn an. »Ich bin Polizeichef Vik. Wo ist Ihre Frau?«

»Rrraaus!«, lautete die Antwort, dicht gefolgt von heftigen Flüchen.

»Komplett hinüber«, bemerkte einer der Polizisten mit einem vielsagenden Blick.

»Holen Sie einen Krug mit eiskaltem Wasser«, befahl Ole. »Beeilen Sie sich!«

Er beugte sich vor, packte Freddy Østby an den Schultern und zog ihn aus dem Sessel.

»Wo ist Ihre Frau?«, schrie er ihm ins Gesicht und schüttelte den Betrunkenen wie eine Lumpenpuppe. »Antworten Sie!«

Doch aus dem Mann war in diesem Zustand nichts herauszubekommen. Ole ließ ihn wieder fallen, und Freddy Østby sank wie ein Sack in den Sessel.

Der Kollege kam mit einem Krug Wasser. Ole nahm ihn und zögerte nicht lange; irgendwie mussten sie den Kerl wachbekommen. Nachdem er ihm eine kalte Dusche verpasst hatte, packte er ihn wieder an den Schultern.

»Hören Sie zu!«, donnerte er und zog ihn noch mal hoch. »Ihre Frau droht, Fjellberghavn mit Dynamit in die

Luft zu sprengen. Mit *Ihrem* Dynamit. Wir müssen wissen, wo sie ist. Viele Menschenleben sind in Gefahr, verstehen Sie das?« In seiner Verzweiflung schüttelte er ihn so heftig, dass Østby nach Luft schnappte und ihn mit wässrigen Augen anstarrte.

»Polizeiterror«, schnaubte er, »Bullennnschweine, verschwwwindet, verdammt ...«

Der Polizist kam mit einem weiteren Krug voll Wasser. Ole nickte kurz und hielt den Mann etwas von sich weg. Vielleicht würde es diesmal wirken.

»Wo ist sie?«, wiederholte Ole mit seiner kräftigen Stimme.

»Keine Ahnung.« Freddy Østby kam langsam zu sich. »Die ist doch total durchgeknallt.« Die Worte gingen wieder in ein unverständliches Gelalle über, dann fügte er aggressiv hinzu: »Sie ist jedenfalls nicht hier, Gott sei Dank, verdammtes ... die iss total plemplem, das Weibsstück.« Seine Mundwinkel zitterten plötzlich, als wollte er jeden Moment in Tränen ausbrechen.

Ole hielt ihn in einem eisernen Griff an den Schultern fest. »Freddy, wie viele Kisten Dynamit liegen draußen in Ihrem Wagen?«

Der Blick des Mannes klarte auf. »Fünf«, antwortete er. »Warum? Der ist abgesperrt. Aber es schert sich auch sonst kein Schwein um so 'ne alte Kiste.« Die Stimme kippte. »Lass los«, fauchte er und versuchte sich loszureißen.

Ole lockerte den Griff, und Freddy Østby stolperte rücklings in den Sessel zurück.

»Bewahren Sie die Zündkapseln und den Zündapparat auch im Wagen auf?«

»Schchert euch zum ...«

Ole beugte sich zu ihm hinunter. »Ja oder nein?«

»Ja!«, bellte er.

Ole richtete sich auf.

»Mit dem kommen wir nicht mehr weiter«, sagte er resigniert. Er überlegte einige Sekunden und entschied dann: »Wir nehmen ihn zur Ausnüchterung mit und vernehmen ihn später. Dieser Mann hat sicher einiges zu erklären.« Zu Freddy Østby gewandt sagte er: »Wir schicken jemanden, der Ihnen die Tür repariert.«

Draußen auf der Straße begrüßte Ole kurz den Ingenieur, der gerade den Transit untersuchte. Tore Brå war ein untersetzter Mann um die fünfzig, mit kräftigem Haar und einem Bart, der über die Oberlippe herunterhing und sie vollständig verdeckte. Er erwiderte Oles Gruß mit einem Kopfschütteln.

»Dynamit auf diese Weise aufzubewahren ist doch der helle Wahnsinn«, entrüstete er sich, während er sich über den Bart strich. »Es ist einfach unglaublich. Aber immerhin fehlen Zündkapseln und Zündapparat.«

Ole und der Polizist tauschten entsetzte Blicke aus. »Das hab ich befürchtet. Sie hat sie mitgenommen«, stellte Ole fest. »Zusammen mit einer ganzen Kiste Dynamit.«

Es rauschte im Funkgerät, dann war Cecilies hohe, klare Stimme zu hören: »Gruppe fünf an alle Einheiten. Wir haben den gesuchten Polo gefunden. Er steht in einer Garage im Hinterhof zwischen Hovedgata 10 und 12.«

Die Worte ließen Ole das Blut in den Adern gefrieren. Von allen Adressen war er auf diese am wenigsten gefasst. Marias Wellness-Salon. Hildes Termin. Sein »Augenstern«. Jetzt verstand er. Nein, bitte nicht. Mit einem zitternden Finger drückte er die Sprechtaste. »Hier Fox null-eins«, antwortete er, und man merkte, dass ihm das Sprechen schwerfiel. »Sagtest du Hovedgata 10 und … 12?«

»Bestätige, ja.«

Er verstummte. Ihm war, als hätte sein Körper jegliches Gefühl verloren, als wäre jeder Muskel plötzlich gelähmt. Er spürte, wie seine Knie weich wurden, und machte einen Schritt zur Seite.

»Ist die gesuchte Frau zu sehen?«, stieß er hervor.

»Negativ«, lautete die Antwort.

Ole schwankte. Sein Pulsschlag hörte sich wie Donner in seinen Ohren an. Er hatte eine grausame Entscheidung zu treffen: Sollte er wirklich Cecilie und den Kollegen der Gruppe fünf dort hineinschicken? Oder den Rückzug befehlen und Hilde und all die anderen Menschen in den umliegenden Gebäuden sich selbst überlassen?

Vom Rathaus her durchbrach ein schweres »Donnng – donnng – donnng« die Stille.

Es war genau drei Uhr.

Kapitel 20

Ole fühlte sich selten um Lösungen verlegen, aber genau das war jetzt der Fall. Wie er dort stand, mitten in der Villaveien, mit dem Funkgerät in der Hand, hatte er das Gefühl, man zöge ihm den Boden unter den Füßen weg. Die Alternativen rasten ihm durch den Kopf, schufen aber lediglich Chaos. Er musste handeln, eine Entscheidung treffen, und die wäre in jedem Fall fatal.

Dies war einer jener Augenblicke, in denen man jedes Gefühl für Raum und Zeit verlor. Als das Rauschen im Funkgerät seine Gedanken unterbrach, konnte er genauso gut eine halbe Stunde wie eine Minute dort gestanden haben. Tatsächlich waren gerade erst ein paar Sekunden vergangen.

»Gruppe fünf an Fox null-eins mit einer Ergänzung«, meldete Cecilies Stimme. »Wir haben eine tote Frau gefunden, die der Beschreibung der gesuchten Person entspricht.«

Ole holte tief Luft und drückte auf die Sprechtaste. »Details, bitte.«

»Wir haben sie eben erst entdeckt und melden uns umgehend zurück, sobald wir mehr wissen.«

»Könnt ihr eine Bombe sehen?«

»Negativ.«

»Verstanden.« Oles Gehirn arbeitete unter Hochdruck: Wenn Kari Østby tot war, konnte sie zwangsläufig das Dynamit nicht zünden. Aber hatte sie nicht am Telefon gesagt, die Uhr ticke bereits? Doch, das hatte sie. Warum explodierte die Bombe dann nicht? War sie falsch programmiert worden? War sie defekt?

Cecilie war wieder da. »Die Frau hat sich am Ende der Garage an einem Balken im Dachstuhl erhängt. Sieht nach Selbstmord aus, sie ist definitiv tot.«

Ole trommelte mit den Fingern auf dem Funkgerät. Zahllose Überlegungen wirbelten ihm durch den Kopf. Cecilie hatte Recht. Aber warum sollte sich Kari Østby so etwas Qualvolles antun und sich erhängen, wenn eine Zeitbombe sie kurz danach in die Luft sprengen würde? Andererseits war sie psychisch krank und ohne Bezug zur Realität. Außerdem hatte sie schon einige Selbstmordversuche hinter sich.

Er sah auf die Uhr. Die Zeit war bereits um. War das alles nur falscher Alarm gewesen? Sie durften jetzt keinen Fehler machen – und vor allem kein Risiko eingehen. Entschlossen drückte er auf die Sprechtaste.

»Fox null-eins an alle Einheiten!«, rief er. »Gruppe fünf zieht sich im Laufschritt aus dem Gebiet zurück. Ich wiederhole: im Laufschritt! Zusammen mit Gruppe sechs beginnt ihr mit der Evakuierung der Hovedgata. Fox ruft die Bewohner in Hovedgata 10 und 12 an und ordnet die sofortige Evakuierung an. Sorgt dafür, dass jemand den Feueralarm in den Gebäuden auslöst, um die Evakuierung zu beschleunigen. Haltet größtmöglichen Abstand zum Polo und verwendet das Megafon. Gruppe sieben und Gruppe acht sperren die Hovedgata auf beiden Seiten ab, Gruppe vier macht dasselbe mit der Havnegata. Schickt jeden weg, der sich in der Gegend befindet. Die übrigen Gruppen bleiben, wo sie sind, und halten sich in Bereitschaft.«

Abschließend brach er die Evakuierung in der Villaveien ab und befahl dem Polizisten, den Lieferwagen bis zur vollständigen Entladung zu bewachen. Er fuhr sich über die Stirn. Sie war klatschnass. Er sah, wie seine Hand zitterte.

Im Hinterhof zwischen Hovedgata 10 und 12 standen Cecilie und ihr Kollege aus der Gruppe fünf und lauschten Oles Anweisungen. Auch in Cecilies Kopf jagte ein Gedanke den anderen. Sie warf einen raschen Blick auf die Uhr: Die Frist war verstrichen, und nichts war geschehen. Die Frau war tot. Das Dynamit hatte sie nicht gezündet. Aber es konnte sich immer noch um eine Zeitbombe handeln, und der Hinweis auf das Dynamit war vielleicht nur ein Ablenkungsmanöver. Jeder konnte sich die Anleitung zum Bau einer Zeitbombe aus dem Internet holen.

Cecilie sah sich um. Was nun geschah, lag allein in ihren Händen – sie waren vor Ort, um eine Katastrophe zu verhindern. Unfassbar viele Menschenleben standen auf dem Spiel. Sie konnten jetzt nicht einfach davonlaufen. Nein, das kam gar nicht in Frage, auch wenn Ole es angeordnet hatte. Er hatte ja keine andere Wahl.

Cecilie und ihr Kollege sahen sich an: Ja, sie mussten eingreifen. Ohne zu zögern gingen sie auf den Polo zu …

Oben in der Villaveien schloss Ole den Ford Transit ab und nahm den Schlüssel in Verwahrung. An beiden Absperrungen hatten sich in der Zwischenzeit lange Autoschlangen gebildet, und viele fragten entnervt, was da los sei. Ole antwortete, so gut er konnte, und versuchte, die Gemüter zu beruhigen. Sein Magen krampfte sich zusammen, während er sich geistig auf eine Explosion einstellte, die alles Bisherige in den Schatten stellen würde. Der Sprengsatz konnte jeden Moment im Zentrum hochgehen und nicht nur seine Lebensgefährtin, sondern auch seine engste Mitarbeiterin und viele, viele andere unschuldige Menschen in den Tod reißen. Er hatte getan, was in seiner Macht stand, aber es hatte nicht gereicht. Ole war, als ob er unaufhaltsam an den äußersten Rand einer Schlucht geschoben würde. Er hatte sich mit aller Kraft dagegen gewehrt, aber es hatte nichts genützt. Und jetzt spürte er den schrecklichen Sog im Bauch, während er fiel und fiel, den Abgrund hinunter und der Katastrophe entgegen.

Ole stand da wie gelähmt.

Erst Cecilies Stimme riss ihn aus der Erstarrung: »Gruppe fünf an Fox null-eins. Ole: Wir haben sie! Die Bombe ist entschärft! Im Kofferraum des Polos lag ein grauer Pappkarton mit der Aufschrift DYNO EXPLOSIVES mit allem, was dazugehört. Die Bombe war tatsächlich aktiviert.«

Ole traute seinen Ohren nicht. »Cecilie! Seid ihr okay?«, fragte er bewegt und zwang sich, ruhig zu klingen. »Heißt das, es – es ist vorbei?«

»Ja. Es sieht so aus. Wir haben die Verbindungskabel entfernt. Die Uhr ist stehengeblieben.«

Ole rang nach Luft. Nur langsam sickerte die Information in sein Bewusstsein. Es fiel ihm schwer zu glauben, was er gerade gehört hatte. Cecilie und ihr Kollege hatten sich über seine Anweisungen hinweggesetzt und Russisches Roulette mit ihrem Leben gespielt. Ein Wechselbad der Gefühle machte sich in ihm breit: Schock und Erleichterung, aber auch Dankbarkeit und Achtung vor dem Mut seiner Kollegen.

»Verstanden«, antwortete er schließlich. »Hatte die Bombe einen Zeitzünder?«

»Ja«, lautete die nüchterne Antwort.

»Pass auf«, antwortete Ole heiser, »ihr zieht euch unverzüglich aus dem Hinterhof zurück und beginnt mit der Evakuierung der Hovedgata zusammen mit Gruppe sechs. Alle Einheiten machen weiter wie bisher, wir dürfen kein Risiko eingehen, bevor die Sprengstoffexperten vor Ort waren.«

Er ließ die Sprechtaste mit einem Seufzer los.

Ingenieur Brå stand neben ihm. Er hatte aufmerksam zugehört.

»Grundgütiger«, sagte er, »Ihre Leute haben echt Mut.«

Ole nickte und spürte, wie ihm die Tränen kamen.

»Auf geht's!«, bemühte er sich um einen sachlichen Ton.

Der Ingenieur strich sich über den Bart. »Na, dann mal los.«

Ole hätte nun eigentlich auf die Sprengstoffexperten aus Oslo warten müssen. Aber er war sich ziemlich sicher, dass von dem Dynamit im Polo keine Gefahr mehr ausging, deshalb nahm er Brås Angebot dankbar an. Die Alternative wäre gewesen, den Ausnahmezustand in Fjellberghavn über Stunden aufrechtzuerhalten, während sie auf die Experten aus Oslo warteten.

Auf dem Weg hinunter rief Ole das Polizeipräsidium in Borg an und forderte einen Pathologen sowie die Spurensicherung an. Auch ein noch so offensichtlicher Selbstmord bedurfte einer gründlichen Untersuchung. Während er und seine Mitarbeiter warteten, würden sie den gerufenen Arzt ablösen, den Tatort sichern und erste Ermittlungen einleiten.

Als er an der Polizeisperre der Kreuzung Sykehusgata und Hovedgata vorbeifuhr, begegnete er den Blicken vieler Menschen, die an ihm vorbeihasteten, um sich in Sicherheit zu bringen. In ihren Gesichtern stand die blanke Angst, und das gefiel ihm gar nicht. Die Menschen in Fjellberghavn durften keine Angst haben, sie sollten sich sicher fühlen. Dafür war er da, das war sein Job, er allein trug dafür die Verantwortung. Aber in den letzten beiden Tagen war alles schiefgelaufen.

Unauffällig sah er sich nach Hilde um, konnte sie aber nirgendwo entdecken.

Er parkte den Volvo in der Hovedgata und stieg in dem Moment aus, als Ingenieur Brå mit seinem Wagen direkt hinter ihm zu stehen kam. Aus den beiden großen Holzgebäuden schrillten die Feuersirenen, aber es war kein Mensch mehr zu sehen.

Sie versammelten sich auf dem Gehweg, und Cecilie kam zu ihnen herüber. Ole legte ihr seine Hand auf die Schulter und sah ihr tief in die Augen. Sie wusste, was er ihr sagen wollte, dafür bedurfte es keiner Worte.

»Funk Eva an und bitte sie, herauszufinden, wem die beiden Gebäude gehören«, sagte er schließlich zu ihr. Dann wandte er sich an den Ingenieur: »Sie warten bitte noch hier.«

Er ging allein in den Hinterhof. Die Garage befand sich am Ende des Hofes und war eher ein langgestreckter Schuppen mit fünf Kipptoren, der Hovedgata 10 mit 12 verband. Eines der Tore stand offen, und sein Blick fiel auf den blauen Polo, dessen Hecktür weit geöffnet war.

Vorsichtig näherte er sich dem Fahrzeug, während er die Umgebung genau im Auge behielt. Er vertraute Cecilie, bewegte sich aber trotzdem mit größter Vorsicht. Hundertprozentige Gewissheit gab es nie.

Er hob den Blick. Zu beiden Seiten des kleinen Hinterhofs ragten die zwei alten weißen Holzhäuser vier Stockwerke in die Höhe. Ihn schauderte. Die Folgen einer Explosion hier waren nicht auszudenken.

Im nächsten Augenblick stand er vor dem kleinen Wagen und starrte in den Kofferraum. Der graue Karton war offen. Oben auf den aufgestapelten Dynamitpatronen lag ein alter Wecker von der Sorte, die so laut tickte, dass jede Form von Nachtruhe undenkbar war. Am Ende der beiden Zeiger waren jeweils Kabel befestigt, die über eine Batterie mit einer Sprengkapsel mitten im Dynamithaufen verbunden waren. Gruppe fünf hatte gute Arbeit geleistet: Sie hatten die Kabel abgezogen, die Uhr tickte nicht mehr. Ole hörte das Geräusch nur noch in seinem Kopf. Der Wecker war nachgegangen: Der große Zeiger stand auf der Elf …

Behutsam vergewisserte er sich, dass Batterie und Sprengkapsel keinen Kontakt mehr hatten, und dankte dem Schicksal, dass Kari Østby bei der Einstellung der Zeit so schlampig gewesen war. Sie hatte sich um rund fünf Minuten vertan. Fünf Minuten, die für Hunderte von Menschen in Fjellberghavn den Unterschied zwischen Leben und Tod bedeuteten. An diesem Tag hatte nur Kari Østby ihr Leben gelassen.

Er nahm sein Funkgerät zur Hand. »Cecilie, du kannst Brå jetzt hereinschicken«, sagte er. »Hol dir den Koffer und die Ausrüstung und komm nach. Nimm auch die Kamera mit.«

Ole ging vorsichtig zur Toten hinüber. Cecilie und ihr Kollege hatten sie in aller Eile vom Strick befreit und auf den Boden gelegt, doch für Erste Hilfe war es bereits zu spät gewesen. So weit weg vom offenen Tor war es ziemlich dunkel, schließlich fand er einen Schalter, um das Licht anzumachen.

Er erkannte Kari Østby sofort, auch wenn ihr Gesicht verzerrt war. Der Plastikstrick war zu einer einfachen Schlinge geknotet worden, der sich tief in ihren Hals eingeschnitten hatte, und der Kopf lag nunmehr in einem unnatürlichen Winkel zum Körper, so als wären die Nackenwirbel gebrochen. Die Augen waren groß und starr aus den Höhlen herausgetreten, und aus dem weit aufgerissenen Mund hing die Zunge schlaff heraus.

Sie trug eine schwarze Windjacke, eine verwaschene blaue Jeans und weiße Sportschuhe. Die Zeugenbeschreibungen waren erstaunlich präzise gewesen.

Ole riss sich von diesem bedrückenden Anblick los und nahm die Umgebung näher in Augenschein. Neben ihr auf dem Boden lag eine umgestürzte Leiter.

Er hörte, wie sich die anderen näherten, und ging ihnen entgegen.

»Gehen Sie dort bitte nicht hinein«, sagte er zum Ingenieur, »den Anblick der Toten sollten Sie sich ersparen. Cecilie, sobald Brå bestätigt, dass von dem Dynamit keine Gefahr mehr ausgeht, fotografierst du den Kofferraum und dessen Inhalt und danach die Tote.«

Er ging in den Hof hinaus und holte das Handy hervor. Es war an der Zeit, dem Chef Bericht zu erstatten. Danach rief er Wenche Sunde an und berichtete knapp, was der Öffentlichkeit mitgeteilt werden sollte. Den Selbstmord erwähnte er nicht. Auch die Briefe ließ er außen vor. Sein Bauch sagte ihm, dass er es besser lassen sollte.

Um 17 Uhr versammelte Ole die Mannschaften zur Nachbesprechung. Sie alle waren gezeichnet von den Ereignissen der letzten Stunden.

Ole ging den Fall Punkt für Punkt durch und fasste das Wesentliche zusammen. Dann richtete er ein paar sehr persönliche Worte an seine Mannschaft.

»Ihr wart in den letzten beiden Tagen starken Belastungen ausgesetzt, besonders heute«, sagte er. »Wir sind darauf geschult, viel auszuhalten, aber wir sind trotzdem Menschen, und das ist auch gut und richtig so. Wir müssen in Krisensituationen perfekt funktionieren – aber wir sind keine Maschinen. Und daher dürfen wir nicht hart werden, mitleidlos oder gefühlskalt. Wir müssen uns den Erfahrungen der letzten Tage stellen. Wir waren äußersten Belastungen ausgesetzt, und ich möchte, dass niemand von euch daran nachhaltig zerbricht. Daher ist für euch alle – nein: für uns alle – eine Gesprächstherapie angeordnet worden. Die Teilnahme daran ist verpflichtend – betrachtet es als Dienstanweisung.«

Er hielt kurz inne und warf einen Blick in die Runde. Sie alle hörten aufmerksam zu.

»Wisst ihr: Als Polizisten müssen wir auch in schwierigen Situationen Mut und Tatkraft zeigen«, sagte er mit Nachdruck. »Und das kostet Kraft. Ein feiger Polizist ist eine Schande für unseren Berufsstand. Aber es gibt eine Grenze. Ein paar von euch haben heute Nachmittag Mut und Tatkraft gezeigt, die weit hinausgehen über die Erwartungen an euch als Polizisten. Trotz der Gefahr für ihr eigenes Leben hat Gruppe fünf gehandelt und eine praktisch unmögliche Situation im Alleingang gelöst. Was die zwei gemacht haben, ist unfassbar. Ihr habt nicht nur Fjellberghavn vor einer Katastrophe bewahrt, ihr habt zahllose Menschenleben gerettet. Nicht auszudenken, was passiert wäre ohne euch. Ich bin unsagbar stolz auf euch.

Stolz und dankbar, mit Menschen wie euch zusammenarbeiten zu dürfen.«

Im Saal war es für einen Moment totenstill, dann begann jemand zu klatschen. Spontan erhoben sich alle und brachten den Helden des Tages ihre Ovationen. Oles Blick fiel auf Cecilie, die neben ihrem Kollegen aus Borg saß und die Huldigung verlegen entgegennahm. Ihre Augen waren feucht.

Ole spürte, dass auch ihn die Rührung zu übermannen drohte. Er sollte das Kapitel nun wohl so bald wie möglich abschließen und zur Tagesordnung übergehen. Das wäre für alle Beteiligten das Beste. Der Albtraum war vorbei.

Draußen am Empfang warf er einen Blick auf sein Handy. Das Display zeigte zwei Kuverts.

Er rief die Mailbox an.

»Hier spricht August Petersen«, hörte er die Stimme des Oberarztes. »Es geht um Kari Østby. Nach unseren Informationen wurde Zahnarzt Sørensen gesten Morgen um kurz vor neun Uhr erschossen. Ich rufe an, um Ihnen mitzuteilen, dass Frau Østby laut unserem Personal und unseren Aufzeichnungen gestern um acht in der Früh einen Termin bei uns hatte. Sie war pünktlich da und verließ die Abteilung nicht vor zehn Uhr.«

Kapitel 21

»Stimmt irgendetwas nicht?« Cecilie betrachtete ihren Chef, der mit dem Handy am Ohr wie angewurzelt dastand.

»Kari Østby hat ein wasserdichtes Alibi für den Mord an Joakim Zahn!«, stieß Ole hervor.

Cecilie starrte ihn ungläubig an, während sie die Tragweite des Gesagten zu ermessen suchte. »Das bedeutet, dass wir…«

»… noch mal ganz von vorn anfangen müssen!«

Ole wiederholte, was der Oberarzt ihm aufs Band gesprochen hatte.

»Wir haben es also mit zwei Fällen und zwei Tätern zu tun?« Sie sah ihn fragend an, als ob sie es nicht wahrhaben wollte. »Der eine wurde gefasst, der andere – läuft frei herum?« Sie wurde blass. »Herrgott noch mal, ich dachte, es wäre endlich vorbei.«

»Ja. Das dachte ich auch.« Ole lächelte steif. Er warf einen Blick auf die Uhr. Fünf nach sechs. Er überlegte kurz. Die Verstärkung war auf dem Weg zurück nach Borg. Die einzige Hilfe, die ihnen noch zur Verfügung stand, waren die Techniker oben in der Hovedgata, und die hatten alle Hände voll zu tun. Außerdem gehörten auch Ole und seine Mitarbeiter längst nach Hause.

»Sollen wir sie bitten umzudrehen?«, schlug Cecilie vor.

Ole überlegte. »Warten wir bis morgen Früh«, antwortete er. »Gib Eva Bescheid und bitte sie, noch ein bisschen hierzubleiben. Sie soll in der Pension ein Essen für uns bestellen. Hol die anderen. Wir treffen uns in einer Viertelstunde im Besprechungsraum.«

Dann hörte er sich die andere Nachricht an. »Ich habe dich heute Vormittag wegen deiner Kleidung angerufen«, sagte Hildes Stimme. »Mir ist klar, dass du jetzt sehr viel um die Ohren hast, aber melde dich, wenn du Zeit hast. Vielleicht kann ich dich ein bisschen entlasten. Es gibt doch sicher wahnsinnig viel zu erledigen. Ich liebe dich.«

Ole überkamen heftige Gewissensbisse. Er würde sie ganz sicher später anrufen.

Stattdessen meldete er sich bei Bårdsen. Sie vereinbarten, auch für den Rest des Abends in Kontakt zu bleiben, und der Jurist bot ihm erneut die Unterstützung aller Mannschaften an. Sie besprachen die Notwendigkeit, die Kripo einzuschalten, und einigten sich darauf, damit zu warten, bis sie einen besseren Überblick gewonnen hatten.

In dem kleinen, spartanisch eingerichteten Besprechungsraum herrschte eine angespannte Stimmung. Ole fühlte sich alles andere als wohl in seiner Haut. Seine Mitarbeiter waren vollkommen erschöpft, und sie alle hätten längst zur Kontrolle ins Krankenhaus gehört, statt hier eine weitere Schicht zu schieben, deren Ausmaße noch keiner abschätzen konnte. Am meisten Sorgen machte er sich um Cecilie.

»Wir stehen vor einer neuen Herausforderung«, sagte Ole ruhig, »aber bevor ich beginne, möchte ich dir etwas sagen, Cecilie. Du bist unsere große Heldin, und ich bin stolz auf dich. Aber du musst alles, was du durchgemacht hast, so bald wie möglich aufarbeiten.«

»Warum das denn?« Ihre Augen blitzten.

»Weil ich darauf bestehe.« Oles Tonfall ließ keinen Widerspruch zu. »Ein Krisenteam erwartet dich in einer halben Stunde oben im Krankenhaus. Wir anderen fahren später auch dorthin.«

Sie erkannte, dass weiteres Protestieren sinnlos war, und nickte.

Dann musste Ole seine Leute wohl oder übel über die neuesten Entwicklungen informieren. Er erzählte kurz von Kari Østbys Alibi für den Montagmorgen.

»Die neue Situation stellt hohe Anforderungen an uns«, fuhr er fort. »Wir haben zwei nervenaufreibende Tage hinter uns. Jetzt waren wir alle darauf eingestellt, den Fall ad acta legen zu können. Wir haben erleichtert aufgeatmet und uns zurückgelehnt – und jetzt das. Ja, Kari Østby steckt hinter dem Feuer, und sie hat sicher auch die Drohbriefe geschrieben. Aber das ist auch schon alles. Es ist noch nicht vorbei, meine Lieben, es hat womöglich gerade erst begonnen.«

Er blickte von einem zum anderen. »Wir müssen die Karten völlig neu mischen. Stellt euch bitte darauf ein«, fügte er hinzu.

Er zog ein Blatt Papier zu sich und fischte einen Kugelschreiber aus der Brusttasche.

»Also«, begann er. »Bei den Technikern muss nachgefasst werden, ebenso beim Pathologen. Morten, du kümmerst dich darum. Wir müssen über alle Umstände rund um den Tod von Kari Østby genauestens informiert werden.«

Morten nickte. »Du meinst, es ist nicht sicher, dass es Selbstmord war?«

»Ja, solange wir wissen, dass ein Mörder frei herumläuft, müssen wir auch das in Betracht ziehen«, sagte Ole entschieden. »Wir müssen erneut eine Befragung aller Bewohner der Hovedgata durchführen. Es gibt in den beiden Gebäuden viele Fenster zum Innenhof hinaus. Jemand könnte etwas gesehen haben.«

»Ich kümmere mich auch darum«, sagte Morten. Ole nickte.

»Sehr gut. Natürlich brauchen wir wieder Unterstützung aus Borg. Gleich morgen Früh werde ich zwei Mann anfordern. Ich habe Eva gebeten, die Eigentümer der Häuser Hovedgata 10 und 12 zu kontaktieren. Wir müssen wissen, wem die Garage gehört. Arne, du hakst da nach. Dann muss Freddy Østby zur Ausnüchterung hergebracht werden. Sobald er wieder ansprechbar ist, muss Pfarrer Mikalsen ihm die Nachricht vom Tod seiner Frau überbringen. Danach wird Østby vernommen. Das wird kaum vor morgen möglich sein, aber ich muss alles über den Krankheitsverlauf seiner Frau erfahren.«

»Und wo sollen wir ihn unterbringen?«, wollte Cecilie wissen. »Wir haben ja keine Zellen mehr.«

»Er muss nach Borg gebracht werden«, antwortete Ole. »Wir nehmen ihn fest wegen vorschriftswidriger Lagerung von Sprengstoff und fahrlässiger Mittäterschaft bei einem Anschlag. Die Juristen finden dann schon die entsprechenden Paragraphen.«

Die Polizistin notierte.

»Cecilie, leite eine Hausdurchsuchung bei den Eheleuten Østby ein«, fuhr Ole fort. »Such nach Beweisen dafür, dass Kari Østby tatsächlich die Briefe geschrieben hat. So, dann haben wir noch den Schuhabdruck aus dem Wald ...«

Ole hielt kurz inne. Die Tür ging auf, und eine strahlende Martha Strand kam herein, einen Servierwagen vor sich herschiebend. Sie trug dieselbe Uniform wie Anita Skeie an der Rezeption. Während sie schwungvoll Teller und Gläser verteilte, fiel Ole auf, wie elegant sie selbst in dieser Uniform wirkte. Sie hatte etwas an sich, etwas, das selbst eine langweilige Uniform zu einem eleganten Kostüm machte. Ole ertappte sich dabei, wie er sie sich als Frau an seiner Seite vorstellte. Aber er rief sich sofort wieder zur Ordnung. Sie war ja schließlich glücklich mit ihrem Arvid verheiratet. Und er hatte Hilde.

»Essen für meine Helden.« Martha Strand stellte zwei große Platten mit belegten Broten auf den Tisch. »Bedaure, dass weder Räumlichkeiten noch kulinarische Genüsse unseren Helden angemessen sind«, sagte sie und lachte, »aber das ist nun mal das, was wir Ihnen bieten können.«

»Wenn man im Einsatz ist, schmeckt jedes Essen – überall«, scherzte auch Ole, während er den Hals nach den Tabletts reckte. »Das sieht doch herrlich aus! Wir sind Ihnen sehr dankbar für Ihre Unterstützung, Martha«, strahlte er sie an. »Wir wissen gar nicht, wie wir uns erkenntlich zeigen können.«

Martha Strand stemmte die Arme in die Seite und lachte: »Ihr könnt gern eure Stimme für mich abgeben«, sagte sie. »Und dann könnt ihr allen erzählen, wie sich Martha Strand in dieser Krise eurer angenommen hat.«

Auf dem Weg hinaus blieb sie in der Tür stehen. »Das gehört wohl auch zur Politik«, sagte sie leichthin. Dann schmunzelte sie und verschwand mit dem Servierwagen zur Tür hinaus.

»Mein Gott, wie berechnend«, bemerkte Arne, sobald sie die Tür hinter sich geschlossen hatte.

»Na ja«, sagte Ole, »vergiss nicht, dass gerade Wahlkampf ist. Wer die Gunst der Öffentlichkeit für sich gewinnt, gewinnt die Wahl. So ist das nun mal, ob es einem gefällt oder nicht. Aber das war natürlich nur ein Scherz. Martha ist schwer in Ordnung. So, jetzt schauen wir mal, wo waren wir stehen geblieben ... genau, der Schuhabdruck im Wald. Was ich sagen wollte: Er gehört zweifellos zu der tatverdächtigen Person, Größe 38.«

»Eine Damengröße«, ergänzte Cecilie.

»Ja, vermutlich.« Ole verteilte Colaflaschen auf dem Tisch. »Aber sicher ist es nicht. Es gibt auch Männer mit kleinen Füßen, oder?«

»Oder Jugendliche«, warf Morten ein, während er sich ein Brot auf den Teller legte.

»Ich bezweifle, dass ein so durchgeplanter Mord wie der an Joakim von einem Jugendlichen begangen wurde«, meinte Ole. »Ich neige eher zu der Auffassung, dass wir nach einer Frau suchen.« Er machte sich eine Notiz und fuhr fort: »Andererseits deuteten die ersten Beobachtungen darauf hin, dass die Tatperson männlich war.«

»Möglicherweise männlich war«, korrigierte Cecilie.

Alle nickten zustimmend.

»Dann kommen wir jetzt zur nächsten Spur, der wir nachgehen müssen.« Ole nahm einen Schluck von seiner Cola. »Der blaue Lieferwagen. Arne, du kümmerst dich darum. Frag bei Avis und anderen Autovermietungen nach. Verschaff dir einen Überblick über alle zum besagten Zeitpunkt vermieteten blauen Lieferwagen und deren Mieter. Geh bis zu einer Woche zurück. Konntest du schon die Reifenspuren mit den verschiedenen Ford-Transit-Modellen abgleichen?«

»Ich war gerade dabei, als die Bombendrohung eintraf«, verteidigte sich der junge Mann. »Ich mache gleich weiter.«

»Gut. Es geht allen so, dass sie mit der Arbeit hinterherhinken, du brauchst dir also keine Vorwürfe zu machen, Arne. Ich werde Eva bitten, die Kfz-Zulassungsstelle zu kontaktieren. Das hätten wir auch schon längst machen müssen – aber wann?«

Cecilie erhob sich. »Ich muss gehen. Mein Gehirn muss zur Behandlung. Es soll formatiert oder gescannt oder was weiß ich was werden.«

Ole sah sie durchdringend an. »Tu's für dich, meine Heldin«, sagte er.

»Na, ich weiß nicht«, antwortete sie und ging zur Tür.

Sie stieß fast mit Eva zusammen, die gerade hereinschoss. Cecilie blieb neugierig stehen, denn Evas Gesichtsausdruck nach zu schließen gab es wichtige Neuigkeiten.

»Ihr Lieben, eben hat einer der Techniker angerufen, sie sind mit der Analyse der Winchester fertig«, sagte sie, während sie sich in gewohnter Manier am Türrahmen festhielt, um jederzeit zurücksprinten zu können.

Sie sahen sie gespannt an, und Eva fuhr fort: »Die Registrierungsnummer war intakt. Das war ein Volltreffer, das Gewehr ist auf einen gewissen Marius Bøe registriert, Adresse: Brattbakken 5, Fjellberghavn.«

Für einen Moment konnte Ole den Namen nicht zuordnen, dann fiel es ihm wieder ein. »Du meine Güte«, sagte er, »das ist doch der Exmann von Anita Skeie.«

Kapitel 22

Alle Blicke waren auf Ole gerichtet.

»Wer in aller Welt ist Anita Skeie?« Arne stellte die Frage, die allen auf der Zunge lag.

»Die Rezeptionistin hier in der Pension«, antwortete Ole und erhob sich. »Eva«, fügte er hinzu, »prüf bitte, ob Bøe vorbestraft ist.«

»Aber Ole, das hab ich doch schon längst getan«, entgegnete sie mit gespielter Entrüstung. »Der Mann hat eine blütenweiße Weste.«

»Gut.« Ole zögerte. »Nun, blütenweiß hin oder her, wir werden ihm wohl mal einen Besuch abstatten.« Sein Blick wanderte wieder zu Eva zurück. »Anita Skeie hat einen Lebensgefährten namens Roger Haug. Prüf bitte auch das Vorstrafenregister der beiden, wenn du schon dabei bist.«

Eva verschwand, und er wandte sich wieder den anderen zu. Er überlegte, wen er mitnehmen sollte. Eigentlich hatte keiner von ihnen Zeit. Sein Blick fiel auf Cecilie. Sie stand da, und er sah ihr an, dass sie jetzt nicht ins Krankenhaus fahren würde.

»Okay, wir verschieben deinen Terminplan um eine Stunde«, seufzte er. »Komm, Cecilie, fahren wir.«

Draußen hatte es zu schütten begonnen. Dicke, regenschwere Wolken zogen vom Meer herein und legten sich über den leidgeprüften Ort, als wollte Mutter Erde mit einer schützenden Decke den Albtraum lindern.

Als sie an der Brandstelle vorbeifuhren, stank es immer noch penetrant nach feuchtem, verkohltem Holz.

So wie Villaveien und Utsikten terrasse war auch Brattbakken eine Seitenstraße der zum Krankenhaus führenden Sykehusgata. Die Abzweigung lag knapp oberhalb der Hovedgata, verlief zunächst geradeaus und fiel dann nach einer engen Kurve steil zu einem Wendeplatz hin ab. Auch hier säumten kleine Einfamilienvillen und Reihenhäuser mit gepflegten Gärten die Straße.

Marius Bøe wohnte in der Kurve. Nummer 5 war ein älteres, saniertes Einfamilienhaus mit einer Garage und einem gepflegten, von einem Lattenzaun umgebenen Garten. Hinter der Rückseite des Hauses konnten sie die Ecke eines Hundegeheges erkennen.

Sie parkten vor der Garage und eilten mit hochgestelltem Jackenkragen in strömendem Regen durch ein knarrendes, schmiedeeisernes Tor. Auf dem Kiesweg, der auf beiden Seiten von Rasenflächen gesäumt war, rannten sie bis zur Haustür vor.

»Hoffen wir, dass er zu Hause ist«, meinte Ole fröstelnd und musterte ein großes Messingschild. Bøe Trading stand darauf. Er drückte auf den Klingelknopf. Eine Weile rührte sich nichts.

»Die Familie ist vermutlich gerade beim Abendessen«, bemerkte Cecilie mit einem Blick auf die Uhr.

Ole nickte. »Oder sie machen schon ihr Verdauungsnickerchen.«

Schließlich öffnete ein schlanker Mann mittleren Alters die Tür. Hinter ihm tauchten zwei englische Setter auf.

»Marius Bøe?« Ole lächelte höflich.

»Ja, richtig.« Der Mann sah sie neugierig an.

»Ich bin Polizeichef Vik, und das ist Polizeiobermeisterin Hopen«, stellte Ole sie beide vor. »Wir würden uns gern mit Ihnen unterhalten.«

»Worum geht es denn?«

»Das muss ich Ihnen vielleicht nicht hier draußen im Regen erklären«, sagte Ole bestimmt. »Dürfen wir eintreten?«

»Ja, ja – selbstverständlich.« Bøes Gesicht öffnete sich zu einem Lächeln. Ole schätzte, dass er um die fünfzig sein musste, recht attraktiv, und man konnte ihn durchaus für jünger halten. Sein Haar war noch vollständig erhalten, ohne eine Andeutung von Grau, und sein Körper wirkte durchtrainiert und sportlich.

»Tut mir leid«, fügte er hinzu, »aber ich war gerade etwas überrascht. Es geschieht nicht jeden Tag, dass die Polizei bei mir vor der Tür steht.«

Er trat zur Seite und bat sie in den kleinen Windfang hinein.

»Wir können uns auch ins Wohnzimmer setzen«, sagte Bøe dann und wies mit dem Arm den Weg. »Jetzt bin ich aber doch ein wenig beunruhigt. Hat Ihr Besuch etwa mit dieser ganzen Aufregung um Joakim Zahn und dem Feuer und allem zu tun?«

»Ja«, antwortete Ole kurz.

Sie ließen sich auf einer schlichten Sofagarnitur vor einem weißgetünchten Kamin in dem kleinen, gemütlichen Wohnzimmer nieder. Ole kam gleich zur Sache: »Gestern Vormittag wurde der Zahnarzt Joakim Sørensen auf dem Weg in seine Praxis erschossen«, sagte er. »Die Tatwaffe liegt uns vor. Es handelt sich um ein Jagdgewehr der Marke Winchester. Und Sie sind als dessen Eigentümer registriert.«

»Wie bitte? Ich?« Marius Bøe wurde kreidebleich. »Das ist unmöglich.«

»Aber Sie besitzen ein solches Gewehr?« Ole betrachtete ihn eingehend.

»Ja, das schon, aber …«

»Bewahren Sie es in einem verschlossenen Waffenschrank auf?«

»Äh … Waffenschrank? Das ist doch nur vorgeschrieben, wenn man mehr als vier Waffen hat. Ich versteh das alles nicht.«

Er sprang von seinem Sessel auf. »Warten Sie einen Moment«, rief er und lief hinaus.

Gleich darauf war er wieder zurück.

»Das Gewehr ist weg!« Er starrte sie ungläubig an. »Das kann ja wohl nicht wahr sein! Es ist nicht mehr da!« Er sank wieder in seinen Sessel. Seine Hände zitterten.

»Wo bewahren Sie es denn auf?«, fragte Ole.

»Im Vorzimmerschrank, zusammen mit der Jagdausrüstung und zwei weiteren Gewehren.« Er starrte sie verständnislos an. »Das ist unmöglich. Das gibt es nicht.«

»Offenbar doch.« Ole lächelte höflich. »Haben Sie darauf geachtet, die Waffen ordnungsgemäß getrennt von Magazin und Munition aufzubewahren?«

»Jaa … also …« Bøe sah aus, als wollte er am liebsten im Boden versinken.

Ole musterte ihn erneut. »Wer weiß außer Ihnen, dass Sie die Winchester im Vorzimmerschrank verwahren?«

»Niemand. Absolut niemand.«

»Was ist mit Angehörigen? Sind Sie verheiratet?«

Marius Bøe vergrub das Gesicht in seinen Händen. Dann sah er auf und schüttelte den Kopf. Die Verzweiflung stand ihm ins Gesicht geschrieben.

»Ich bin geschieden und lebe allein«, antwortete er. »Herrgott, das ist ja furchtbar. Und ich, ich habe hier gesessen und Radio gehört und über den Idioten gewettert, der seine Knarre nicht unter Kontrolle hat. Es ist mir nicht im Traum eingefallen, bei mir nachzusehen, so sicher war ich mir. Sie glauben doch nicht … Sie meinen doch nicht, dass ich es war, der Joakim Zahn erschossen hat?«

»Nein«, antwortete Ole entschieden. »Sie waren doch am Tatort unten in der Sykehusgata mit Ihrer Tochter, als es geschehen ist, oder?«

»Äh … ja, genau.« Bøe sah ihn perplex an. »Ich bin gerade vorbeigefahren, das stimmt. Woher wissen Sie das?«

Ole lächelte. »Sie werden an einem der kommenden Tage zu einer offiziellen Zeugenvernehmung aufs Revier bestellt. Jetzt möchten wir uns erst mal nur einen Überblick verschaffen. Besitzen Sie eigentlich ein kleines, grünes Trekkingzelt?«

Marius Bøe stutzte kurz. »Nein«, sagte er.

»In Ordnung.« Ole bedeutete Cecilie, dass sie mitschreiben solle.

»Wir brauchen erst mal Ihr Geburtsdatum«, sagte er.

Bøe gab es stotternd an.

»Sie wohnen allein, sagen Sie«, fuhr Ole fort. »Wer sonst hat Zugang zu Ihrem Haus?«

»Nun …« Bøe runzelte die Stirn. »Da gehen viele ein und aus.« Er sah sie verwirrt an. »Aber da bin ich ja dabei«, ergänzte er. »Ich hätte es selbstverständlich gesehen, wenn jemand die Winchester genommen hätte.«

»Wann haben Sie die Waffe das letzte Mal in Ihrem Schrank gesehen?«

»Vor einer Woche vielleicht. Es ist mir überhaupt nicht in den Sinn gekommen, dass jemand sie stehlen könnte. Ich verstehe das alles nicht.«

Ole nickte. »Wer sind denn die Leute, die da aus und ein gehen? Gäste? Freunde? Familie?«

»Hauptsächlich Kunden«, antwortete Bøe. »Ich betreibe eine Importfirma und habe einen Lagerraum im Keller.«

»Befindet sich dieser Raum in der Nähe des Vorzimmerschrankes?«

»Äh, nein, eigentlich nicht ...« Er verstummte.

»Und die Familie?«

»Die kommt nicht so oft. Ich habe eine Schwester und einen Bruder. Und einen alten Vater.«

»War von denen irgendjemand in letzter Zeit hier?«

»Nein.«

»Haben Sie eine Freundin, die Sie ab und zu besucht? Eine Lebensgefährtin?«

»Nein, nein.« Er schüttelte heftig den Kopf. »Ich bin zurzeit Single.«

»Niemand sonst?« Ole starrte ihm kritisch in die Augen. »Denken Sie nach, Marius. Was ist mit Anita, Ihrer Exfrau?«

Marius Bøe wurde blass. »Die kennen Sie auch?« Er schob eine dicke Haarlocke weg, die ihm ins Gesicht gefallen war.

»Selbstverständlich.« Ole lächelte und beugte sich hinunter, um den Hund zu tätscheln, der sich zu ihm gesellt hatte. »Ist sie ab und zu hier?«

»Ja«, sagte er leise. »Ich ... ich hatte nicht gewagt, es zu sagen. Hatte Angst, dass man sie wegen irgendetwas verdächtigen würde. Sie ist oft hier. Sie und meine Tochter.«

»Bente?«

»Ja.«

»Sind die beiden manchmal auch hier, wenn Sie nicht da sind?«

Er nickte fast unmerklich.

»Wenn Sie mit Kunden unten im Lagerraum sind?«

»Ja, gelegentlich schon. Sie und meine Tochter kommen und gehen, wann sie möchten, aber das passiert jetzt nicht mehr so oft. Sie machen, was sie wollen. Ich finde das ganz in Ordnung, der Kleinen wegen. Bente ist mein Ein und Alles.«

»Wie ist die Beziehung zu Ihrer Exfrau?«

Marius Bøe hatte plötzlich einen reservierten Ausdruck im Gesicht. »Nun, wir sind geschieden ...«

»Sie meinen, die Beziehung ist angespannt?«

Bøe suchte die richtigen Worte. »Wie soll ich sagen ... sie ist eher von Gleichgültigkeit geprägt.« Er lächelte entschuldigend. »Das ist wohl meistens so?«

»Sie ist wesentlich jünger als Sie?«

»Ja, das ist richtig ...« Marius Bøe lächelte verlegen und schob erneut eine Locke aus dem Gesicht. Seine Augen funkelten plötzlich. »Aber das geht doch die Polizei nichts an?«

»Wir haben es hier mit einem Mord zu tun. Da geht die Polizei ziemlich vieles an, wenn sie mit dem Eigentümer der Tatwaffe spricht.«

Marius Bøe sank in sich zusammen. »Verstehe. Gut. Also, ich war bereits über vierzig, als wir uns kennen lernten, und ich hielt mich für ewig jung und viril, weil es mir gelungen war, bei einer jüngeren Frau zu landen. Dann stellte sich heraus, dass sie eigentlich nur ein unreifes Kind war – ein Mädchen auf der Suche nach einer Vaterfigur. Der Altersunterschied betrug fünfzehn Jahre. Können Sie sich das vorstellen?« Er lachte und öffnete die Arme in einer verlegenen Geste, als wollte er unterstreichen, wie unangenehm berührt er war. »Das war wahrscheinlich der Grund für unser Scheitern.«

Die Worte trafen Ole wie ein Schlag ins Gesicht. »Meinen Sie?«, fragte er verdutzt. Zwischen ihm und Hilde lagen ebenfalls fünfzehn Jahre. Was war schon dabei?

Cecilie warf ihm einen Blick von der Seite zu und übernahm: »Aber was Bente angeht, kommen Sie beide gut zurecht?«

»Ja, an und für sich schon. Aber Anita lässt sich mit den merkwürdigsten Typen ein. Lässt sie ihr Leben kontrollieren. Der letzte Kerl, mit dem sie was hatte, hat ihr nicht gutgetan.«

»Wie meinen Sie das?« Ole hatte sich wieder gefangen.

»Er war gewalttätig«, sagte Bøe. »Ein richtiger Psychopath von der ganz üblen Sorte. Anita hat sich in der Zeit sehr verändert, wurde still und verschlossen. Verlor den Kontakt zu Freunden, sogar zur Familie. Sie wissen ja, man macht sich schnell ein Bild von solchen Typen. Man erkennt die Zeichen, nicht wahr? Der Kerl hat sie misshandelt. Und er übte eine unheimliche Macht über sie aus.«

Ole sah ihn überrascht an. »Ihre Tochter lebte also in einem gewalttätigen Umfeld?«

»Ja, und ich bin deshalb vor Angst fast verrückt geworden. Ich konnte nachts nicht mehr schlafen.« Marius Bøe sah ihn bedrückt an. »Es war eine schreckliche Zeit. Ein falsches Wort von mir, und Anita brach sofort den Kontakt ab. Ich wusste nicht mehr ein noch aus. Zum Glück ist das jetzt vorbei.«

»Haben Sie an Bente auch eine Veränderung festgestellt?«

»Und wie.« Bøe kämpfte hörbar gegen einen Kloß im Hals. »Sie wurde ebenfalls ganz still und verschlossen. Sie hat sich komplett verändert.«

»Hat er sie geschlagen, glauben Sie, so wie er Anita geschlagen hat?«

Marius Bøe schüttelte langsam den Kopf. »Das glaube ich nicht. Aber sie hat wohl vieles gesehen, was ihr besser erspart geblieben wäre. Das an sich ist schon schlimm genug. Aber warum fragen Sie?«

»Wie gesagt: Sie sind der Eigentümer der Tatwaffe. Das bedeutet, dass wir all Ihre persönlichen Beziehungen klären müssen. Wir suchen nach einem Motiv, das für irgendjemand stark genug ist, um einen Mord zu begehen, und das muss jemand sein, der Zugang zu Ihrem Jagdgewehr hatte. Deshalb frage ich.«

Bøe lächelte skeptisch. »Sie meinen also, dass irgendjemand Joakim Sørensen erschossen hat, weil Anita von ihrem Freund misshandelt wurde?«

Ole schüttelte heftig den Kopf. »Nein, natürlich nicht. Aber wir müssen uns einen Überblick über die Personen in Ihrem Umfeld verschaffen. Ein Motiv kann in einem komplizierten Puzzlespiel vergraben liegen, dessen Teile auf den ersten Blick gar nicht zusammenpassen. Haben Sie eigentlich daran gedacht, das Jugendamt zu verständigen?«

»Ja, aber so weit bin ich nicht mehr gekommen.« Marius Bøe wand sich in seinem Sessel. »Ich wusste ehrlich gesagt nicht, was ich tun sollte. Anita war auf diesem Ohr taub. Ging immer gleich in die Defensive und knallte den Hörer auf die Gabel, wenn ich bei ihr anrief.«

»Sie taten also nichts, um den beiden zu helfen?«

»Doch, doch!« Bøe nickte. »Zum Schluss schon.«

»Und was?«

Marius Bøe schüttelte langsam den Kopf. »Ich habe sie aus der Beziehung rausgeholt«, antwortete er. »In einer verzweifelten Rettungsaktion.«

»Wie das?«

»Das ist eine lange Geschichte.« Marius holte tief Luft, bevor er fortfuhr: »Anita rief eines Abends an, nachdem sie verprügelt worden war, und bat mich um Hilfe. Sie war völlig am Ende. Ich fuhr los und holte sie mitten in der Nacht ab, während der Kerl seinen Rausch ausschlief. Dann habe ich sie hierher nach Fjellberghavn gebracht. Der langen Rede kurzer Sinn: Ich habe Anita einen Job und eine Wohnung besorgt. Das habe ich vor allem für Bente getan.«

»Wissen Sie, wie Anitas Freund hieß?«

»Gute Frage …« Marius Bøe legte seine Stirn erneut in Falten. »Könnte es Roger gewesen sein?« Er überlegte. »Ja, ich glaube, so hieß er. Roger.«

Ole richtete sich auf. »Haug?«

Marius dachte eine Zeit lang nach. »Jaa – das dürfte stimmen«, antwortete er zögernd. »Sie kennen ihn?« Er lachte sarkastisch. »Aus Ihrem Strafregister? Sieht aus wie so ein tätowierter Anarchist.«

Ole überhörte die Frage. »Wie geht es Ihrer Tochter jetzt? Besser?« Er dachte an den Vortag zurück. In seiner Erinnerung sah er das kleine Mädchen, das hinter dem Tresen saß und Roger in dem brennenden Polizeihaus zeichnete. »Er ist vielleicht tot geworden«, hatte sie gesagt und ihren gelben Teddybären an sich gedrückt. Hatte sie damit einen heimlich gehegten Wunsch zum Ausdruck bringen wollen?

»Ich weiß nicht, was ich sagen soll.« Bøe zuckte mit den Achseln. »Es dauert wohl seine Zeit, bis man über so etwas hinwegkommt …«

Ole überlegte. Bøe hatte offenbar keine Ahnung, dass seine Exfrau wieder mit Haug zusammen war. Dass der sie aufgespürt und sogar den Großteil des Sommers mit ihr verbracht hatte. Er fragte sich, ob er Bøe darüber informieren sollte, und kam zu dem Schluss, dass er nicht umhinkonnte.

»Roger Haug arbeitet in der Pension Fjellberg«, sagte er. »Er und Ihre Exfrau sind offenbar wieder zusammen.«

Marius Bøe wurde kreidebleich. Ole konnte förmlich sehen, wie die Gedanken in seinem Kopf kreisten.

»O Gott, nein«, presste er schließlich hervor. »Er ist hier in Fjellberghavn?«

»Ja.«

Mit einem Schlag war es ganz still im Raum.

»Er hat sie also gefunden? Das erklärt, warum sie mich kaum mehr besuchen.« Bøe schlug mit der Hand auf die Armlehne. »Dieser Bastard! Was soll ich verdammt noch mal tun?«

»Sie machen jetzt gar nichts«, antwortete Ole. »Ich werde mit Anita sprechen und mir ein Bild von der aktuellen Situation machen. Bei Verdacht auf häusliche Gewalt leiten wir entsprechende Ermittlungen ein und informieren die Jugendfürsorge. Das ist jetzt unser Job. Denken Sie lieber darüber nach, wer Ihr Gewehr gestohlen haben könnte. Und denken Sie gründlich nach.«

Bøe zuckte mit den Achseln. »Wie gesagt – ich habe keine Ahnung.«

»Könnte Anita es genommen haben?«

»Anita?« Bøe schüttelte heftig den Kopf. »Um den Zahnarzt zu erschießen? Warum in aller Welt sollte sie das tun? Sie weiß ja nicht einmal, wer er ist.«

»Wer sonst könnte es genommen haben, Bøe?« Ole erhob seine Stimme. »Sie haben doch eben gesagt, dass sonst niemand hier war.«

»Ich weiß es nicht, wirklich nicht.« Bøe klang verzweifelt. »Ich habe keine Ahnung.«

»Haben Sie die Waffe vielleicht jemandem zukommen lassen?« Ole starrte ihm in die Augen. »Das wäre ja dann die einzige Möglichkeit.«

»Nein!«, rief Bøe. »Glauben Sie, ich spiele Ihnen etwas vor? Ich weiß es nicht!«

Ole ließ ein paar Sekunden verstreichen, bevor er fragte: »Sie sagten, Anita und Bente sind schon mal alleine hier, während Sie mit Kunden unten im Keller zu tun haben?«

»Ja, ab und zu.«

»Hat Anita einen eigenen Schlüssel?«

»Schlüssel?«

»Ja, zu Ihrem Haus?«

»Also ...« Marius Bøe runzelte die Stirn. Er schwieg lange, dann hob er den Blick und starrte Ole verzweifelt an. »Ich traue mich fast nicht, es laut zu sagen, aber Sie werden sehen, das ist wahrscheinlich des Rätsels Lösung«, sagte er leise.

»Und zwar?«

Marius Bøe wand sich verlegen in seinem Sessel. »Ja, also ... hier in Fjellberghavn schließt doch niemand seine Türen ab, oder?«

Es war kurz vor acht. Ole fuhr Cecilie endlich zum Krankenhaus und setzte sie dort ab. Anschließend fuhr er ein Stück weiter Richtung Ramnes und fand einen Waldweg, wo Birk herumtollen konnte. Er brauchte auch selbst etwas frische Luft.

Nach wie vor wehte eine steife, ungemütliche Brise, und es goss wie aus Kübeln. Große, harte Tropfen trommelten auf das Autodach und klatschten auf die Schotterstraße. Er zog die Uniformmütze zum Schutz tief in die Stirn und ging ein Stück in den Wald hinein, während der Hund um ihn herumscharwenzelte. Birk genoss den Ausflug sichtlich. Regen und Wind machten ihm nichts aus.

Aber auch Ole empfand das Wetter als wohltuend. Wäre er nicht so aufgedreht gewesen, hätte er stehenden Fußes einschlafen können. Die schweren Regentropfen, die ihm ins Gesicht peitschten und langsam den Hals hinunter- und unter seinen Jackenkragen hineinrannen, taten ihm gut.

Er holte eine seiner kostbaren Partagas hervor und versuchte sie anzuzünden. Keine Chance. Er steckte sie seufzend wieder in die Tasche zurück. Stattdessen begann er Stöckchen für Birk zu werfen. Er musste nachdenken. Was konnte Marius Bøe mit dem Fall zu tun haben? Welches Motiv könnte er haben, den Zahnarzt zu erschießen?

Tja. Das würde allenfalls Sinn machen, wenn er geglaubt hatte, auf Roger Haug zu schießen. Vielleicht hatte er gewusst, dass Haug Anita gefunden hatte, und mit wachsender Ohnmacht zusehen müssen, wie seine Tochter immer weiter zerstört wurde? Den Drang verspürt, irgendetwas zu unternehmen, als letzten Ausweg, um sie zu retten? Weil Haug sie und ihre Mutter überall finden würde, ganz egal, wo sie hinzogen? Doch, doch, Marius Bøe hatte zweifellos ein Motiv.

Aber war es möglich, Haug mit dem Zahnarzt zu verwechseln? Vom Typ her: nein. Aber von der Kleidung her? Dem mussten sie nachgehen. Doch Marius und seine Tochter hätten sich beide im Auto in der Sykehusgata befunden, als Joakim erschossen wurde, hatte seine Exfrau gesagt. Und Anita? Steckten die beiden unter einer Decke? Hatte sie ihm ein falsches Alibi verschafft? Vielleicht. Auf jeden Fall war Anita eine Person, die sie genauer unter die Lupe nehmen mussten. Und Roger? Was konnte er noch auf dem Gewissen haben? Und zu guter Letzt: Wer hatte die Winchester gestohlen? War sie überhaupt gestohlen worden, oder hatte Marius sie jemandem gegeben? Und welche Rolle spielte Kari Østby bei alledem?

Fragen über Fragen, und er hatte keine einzige Antwort. Ole fühlte sich allein durchs Grübeln völlig erschöpft. Die letzten beiden Tage waren schrecklich, vielleicht die schlimmsten seines Lebens gewesen. Er hatte einfach nicht mehr die Kraft, sich das Gehirn weiter zu zermartern. Ausgepowert, das war er, zum Umfallen erschöpft. Er sah auf die Uhr: neun. Zeit, endlich Feierabend zu machen.

Als sie wieder im Auto saßen, machte es sich Ole auf seinem Sitz bequem. Er musste versuchen, positiv zu denken. Durchzuatmen. Mit den Scheibenwischern auf vollen Touren und Placido Domingo im CD-Player begann er, aus vollem Hals zu singen. Das klang zwar nicht sonderlich schön, aber es war ohnehin niemand da, der ihn hören konnte, außer dem armen Birk.

Langsam wurde er hungrig. An der Shell-Tankstelle blieb er stehen und kaufte einen Hotdog für sich und zwei Wiener Würstchen für Birk.

»Wie läuft's mit der Frau vom Video?«, wollte der Tankwart wissen. »Die dürre mit dem Vorbau.«

»Tja, die haben wir gefunden«, sagte Ole. »Äh … geben Sie mir bitte ordentlich Kartoffelsalat, ja?«

Der Tankwart legte die Wurst ins Brötchen und füllte reichlich Salat auf den Teller. »Und damit ist der Fall gelöst, und alle sind glücklich und zufrieden?«

»Wir werden sehen. Ist Senf und Ketchup drauf? Danke. Was macht das?« Er wühlte in seinen Taschen nach Geld.

»Fünzig Kronen. Wer war sie?«

Ole gab ihm das Geld. »Steht morgen alles in der Zeitung. Danke noch mal, dass Sie uns verständigt haben, das hat uns sehr geholfen.«

Oles Appetit war wieder da. Draußen im Auto verschwand der Hotdog im Nu, und er bereute umgehend, nicht gleich mehr gekauft zu haben. Neben ihm auf dem Beifahrersitz lagen die zwei Würstchen in Papier. Für Birk waren sie noch zu warm. Er warf einen verstohlenen Blick darauf. Wie herrlich die rochen. Ein kleiner Bissen nur …?

Er biss einmal herzhaft zu. Dann noch einmal und noch einmal, und die Wurst war weg. Er zögerte einen Augenblick, dann war auch die zweite verschwunden.

Ole knüllte das Papier zusammen und steckte es in die Tasche der Seitentür.

Mit einem schuldbeladenen Blick in den Rückspiegel startete er den Motor.

Kapitel 23

Ole begann die Morgenbesprechung einige Minuten nach acht. Rund um den Tisch in dem spartanisch eingerichteten Hotelzimmer waren vier müde, abgespannte Gesichter zu sehen. Morten umklammerte einen dampfenden Becher Kaffee mit beiden Händen und versuchte aufzuwachen. Arne hatte sich eine Flasche Cola geschnappt, während Cecilie wie gewohnt an ihrem Tee nippte. Zwei temporeiche Tage begannen ihre Spuren in den Gesichtern zu hinterlassen.

Ole nahm sich einen Keks vom Tablett. »Also. Fassen wir zusammen«, sagte er, während er an dem Keks kaute. Er sah von einem zum anderen. »Morten?«

Der Polizist nickte. »Die Techniker und der Pathologe sind gestern mit ihrer Arbeit in der Hovedgata fertig geworden.« Er blätterte in seinen Unterlagen und nippte an seinem Kaffee. »Wir haben einen vorläufigen, mündlichen Bericht. Er bestätigt, dass Kari Østby tatsächlich Selbstmord begangen hat.«

»Hm.« Ole nickte.

»Eine Streife hat Freddy Østby gestern Abend abgeholt«, fuhr Morten fort. »Ich nehme an, er befindet sich derzeit noch in einer Ausnüchterungszelle in Borg.«

»Gut. Dann müssen wir uns mit seiner Vernehmung noch etwas gedulden.«

Morten nickte.

»Keine Rückmeldungen von G-Sport?«

»Nein.«

»Bleib dran.« Ole nahm einen Schluck aus einem Kaffeebecher, der noch größer war als der von Morten. Er stellte ihn mit einem zufriedenen Seufzer wieder ab. »Dann hätten wir die Garage in der Hovedgata. Wissen wir mittlerweile, von wem sie gemietet wurde?« Er richtete den Blick auf Arne.

»Sie gehört zur Hovedgata 10«, antwortete dieser, »und wird von den Angestellten benutzt. Stellplatz vier, wo der Polo stand, ist zurzeit nicht vergeben. Er war einer Person zugewiesen, die nicht mehr dort arbeitet, und der Hauseigentümer ist gerade dabei, einen Nachfolger zu bestimmen.«

»War das Garagentor versperrt?«

»Nein. Die Tore werden in der Regel nicht abgeschlossen.«

»In Ordnung. Sonst noch etwas?«

»Ja, die Reifenspuren auf dem Rastplatz dürften zu einem Ford Transit passen«, antwortete Arne. »Zumindest zum Radstand des letzten und vorletzten Modells. Aber wir können nicht mit hundertprozentiger Sicherheit bestätigen, dass es sich um so einen Wagen handelt.«

»Irgendwelche Neuigkeiten bezüglich blauer Lieferwagen?«

»Die Autovermieter melden sich im Laufe des Vormittags zurück.«

»Gut. Sonst noch etwas?«

»Nein.« Arne klappte seine Mappe zu.

»Cecilie?«

Sie nickte. »Anita Skeie hat mit einem aktenkundigen Gewalttäter zusammengewohnt«, sagte sie betroffen. »Eva hat mir gestern Abend diesen Bericht gegeben.« Sie hielt ein Blatt Papier hoch. »Das Übliche. Sie hat Roger Haug zweimal angezeigt, aber beide Male die Anzeige zurückgezogen.«

»Dann hatte Bøe also Recht.« Ole schüttelte nachdenklich den Kopf. »Er zeigte sich besorgt um seine Tochter. Ist Haug vorbestraft?«

»Eine Verurteilung wegen häuslicher Gewalt in einer früheren Beziehung. Ihm wurde auch sexueller Missbrauch von Kindern vorgeworfen. Das Verfahren wurde jedoch eingestellt. Wir müssen uns unter Umständen ernsthaft Sorgen um die kleine Bente machen«, fügte sie hinzu.

Ole schloss die Augen und rieb sich mit der Hand über das Gesicht. Die Bartstoppeln stachen ihn auf der Handinnenfläche. Sexueller Missbrauch. Das hatte ihm gerade noch gefehlt. Er lehnte sich zurück und legte die Hände flach auf den Tisch. »Sonst noch etwas, Cecilie?«

»Nein.«

»Gut, dann müssen wir jetzt als Erstes mit Anita Skeie sprechen. Cecilie, du holst sie gleich nach der Besprechung. Sie soll heraufkommen. Dann ist Freddy Østby dran. Arne oder Morten, einer von euch redet mit Borg. Wenn Freddy nüchtern genug ist, soll er von einer Streife hergebracht werden.«

Er erhob sich. »Gehen wir's an. Ich möchte fortlaufend auch über die scheinbar unbedeutendsten Entwicklungen informiert werden«, sagte er bestimmt. »Los geht's.«

Ole ging in sein Büro und setzte sich, um die angehäufte Post und andere Fälle durchzusehen, an denen sie gerade arbeiteten.

Cecilie steckte den Kopf zur Tür herein. »Anita Skeie kommt, sobald sie an der Rezeption abgelöst wird«, sagte sie. »Ich gebe dir Bescheid, wenn sie da ist.«

»Gut.«

Arne kam ein paar Minuten später herein. »Ich habe sensationelle Neuigkeiten – willst du sie hören?«

Ole wies auf den Besucherstuhl. »Schieß los.«

Arne schloss die Tür hinter sich und ließ sich auf den Stuhl fallen. Ole hatte ein schlechtes Gewissen. In wenigen Tagen musste er vor der Einstellungskommission für die Zukunft des Jungen bei der Polizei kämpfen. Er hatte weder einen Plan noch die Zeit, sich einen zurechtzulegen, so wie sie zurzeit unter Druck standen. Wie sollte er das schaffen? Er wusste nicht einmal, ob er überhaupt die Zeit finden würde, vor der Kommission zu erscheinen. Es war zum Verzweifeln, denn er verspürte den dringenden Wunsch, diesen eifrigen jungen Mann zu behalten und dafür zu sorgen, dass er sobald wie möglich auf die Polizeischule kam.

»Hast du schon von Blåen gehört?« Arnes Gesicht strahlte vor Eifer, wie so häufig bei jungen und frischgebackenen Polizisten – jenen Anfängern, deren Illusionen von der rauen Wirklichkeit noch nicht zerstört worden sind.

»Der Autovermietung mit lauter blauen Umzugsautos?«

»Genau. Eine kleine Firma in Lunde.« Arne schnitt eine Grimasse. »›Wer mehr bezahlt, ist selber schuld‹«, zitierte er grinsend. »Ein billiges Schlagwort für ein billiges Produkt.«

»Zweihundert Kronen pro Tag für einen in die Jahre gekommenen Lieferwagen, ja, ich kenne die Firma. Schieß los.«

»Die Pension Fjellberg hat am Freitag so einen Wagen gemietet.«

»Einen Ford Transit? Die Pension?« Ole starrte ihn verdutzt an.

»Ja. Er wurde von Roger Haug abgeholt und am Montag irgendwann am Vormittag zurückgebracht. Der Schlüssel wurde in einem Spalt in der Wand hinterlegt.«

»Wissen wir, wer ihn zurückgebracht hat?«

»Nein.«

Ole überlegte. »Warum in aller Welt hat uns keiner der Angestellten etwas davon gesagt, wir haben doch dezidiert nach blauen Lieferwagen gesucht? Kannst du mir das verraten?«

»Nein«, antwortete Arne. »Vielleicht sollten wir sie fragen?«

»Da kannst du Gift darauf nehmen«, sagte Ole spitz und drückte auf den Knopf der Gegensprechanlage. »Eva«, rief er, »erkundige dich, ob Martha Strand im Haus ist. Ich muss mit ihr reden. Mit ihrem Mann auch. Bitte die beiden, zu mir heraufzukommen, ja?«

Eva bestätigte.

Ole ließ den Knopf los. »Arne, hol bitte Roger Haug herauf«, sagte er. »Nimm Morten mit. Ich erwarte Anita Skeie jeden Moment und werde dann erst mal mit ihr beschäftigt sein.«

Eva meldete sich im Lautsprecher.

»Ole«, sagte sie, »Martha Strand ist in Oslo. Ihr Mann hat, laut Auskunft der Rezeptionistin, auf ihrer Hütte in Ramnes zu tun. Cecilie hat eine Mitteilung für dich. Sie sitzt hier bei mir zusammen mit Anita Skeie und wartet auf dich.«

»Schick sie herein.«

Während Arne sich auf die Suche nach Roger Haug machte, betrat Anita Skeie den Raum wie ein Schatten, mit Cecilie im Gefolge, und setzte sich auf den Besucherstuhl.

Ole erhob sich und nickte freundlich.

»Cecilie, setz dich bitte hier auf meinen Platz und übernimm das Protokoll«, sagte er mit einem Seitenblick zu Anita. »Wenn ich das machen würde, säßen wir bis zum Abend hier.«

Er zog einen Stuhl zu sich heran und setzte sich neben Anita Skeie, während Cecilie den PC hochfuhr. Er sah zu ihr hinüber. »Kann's losgehen?«

»Ja.«

»Gut.« Er nickte. »Cecilie Hopen tippt jetzt unser Gespräch direkt in den PC. Kennen Sie Ihre Pflichten als Zeugin?«

»Äh – nein.« Anita schüttelte den Kopf.

Ole klärte sie über die Wahrheitspflicht und die Straffolgen bei falscher Zeugenaussage auf. Er ging vorsichtig vor, da sie nervös, fast ein wenig ängstlich wirkte. Cecilie gab die Personalien ein, dann konnte die Vernehmung beginnen.

»Anita«, hob er an. »Wie Sie vielleicht gehört haben, fahnden wir nach einem blauen Lieferwagen der Marke Ford Transit. So ein Fahrzeug soll am Wochenende hier in der Pension benutzt worden sein. Wissen Sie etwas davon?«

»Nein ...« Sie sah ihn fragend an, als ob sie sich wunderte, warum ihn das so interessierte. Mit einer unbeholfenen Bewegung schob sie eine blonde Locke aus dem Gesicht und hinter das Ohr. Ole sah sich in seinem ersten Eindruck vom Vortag bestätigt: Sie wirkte müde und abgespannt, mit dunklen Ringen unter den Augen und einem flackernden Blick. Aber hinter der abgekämpften Maske verbargen sich regelmäßige, schöne Züge. Ole dachte bei sich, dass sie eigentlich eine hübsche Frau war, und er verstand durchaus, dass Marius Bøe ihr einst erlegen war.

»Sollte ich das?«, fügte sie verwirrt hinzu.

»Nicht unbedingt«, antwortete Ole. »Sie wissen also nichts davon?«

»Nein.« Die Rezeptionistin sah ihn verängstigt an. »Äh, darf man hier rauchen?«

»Aber sicher«, sagte Ole mit einem freundlichen Lächeln. Er wollte gern, dass sie sich etwas entspannte. Um das Rauchverbot scherte er sich ohnehin kaum. Sie waren nicht umsonst so weit draußen auf dem Land. »Cecilie, irgendwo bei dir steht ein Aschenbecher«, fügte er hinzu und reckte den Hals. »Da, neben dem Computer.«

Sie fand ihn und schob ihn zu Anita hinüber, die sich eine Zigarette ansteckte. Ole fühlte sich versucht, ihr mit einer seiner Havannazigarren Gesellschaft zu leisten, ließ es aber bleiben. Zigarren sorgten doch meist für dicke Luft – im wahrsten Sinne des Wortes.

Stattdessen fuhr er fort: »Von Blåen, dieser Autovermietung in Lunde, haben wir erfahren, dass Ihr Lebensgefährte am Freitag so einen Wagen abgeholt hat.«

»Roger?« Anita Skeie nahm einen tiefen Zug. »Das wusste ich nicht.«

»War am Wochenende irgendetwas Besonderes los, weshalb ein Lieferwagen angemietet werden musste?«, fragte er und fügte mit einem beruhigenden Lächeln hinzu: »Wir werden Martha und Arvid Strand dieselbe Frage stellen, keine Sorge. Und Ihrem Lebensgefährten auch.«

»Ich weiß nicht so recht … sie haben den Dachboden aufgeräumt …«, erwiderte die Rezeptionistin mit einem zaghaften Lächeln, während sie den Rauch durch ihre Zähne blies. »Roger hat einiges an Gerümpel zur Müllhalde gebracht. Ob sie dafür einen Mietwagen hatten – nein, das weiß ich wirklich nicht. Ich habe auch nicht darüber nachgedacht. Ich arbeite drinnen an der Rezeption, nicht draußen.«

Ole wartete ein wenig, bis Cecilie mit dem Tippen fertig war.

»Wir werden jetzt das Thema wechseln«, sagte er. »Anita, Ihr Exmann, Marius Bøe, hat uns gesagt, dass Sie und Bente oft bei ihm zu Besuch sind. Kooperieren Sie beide gut, was Bente betrifft?«

»Na ja, das ist eher so ein bisschen auf und ab«, antwortete sie.

»Hat Ihr Exmann ein gutes Verhältnis zu Ihrer Tochter?«

»Er vergöttert sie. Marius ist ein guter Vater, deshalb bin ich so oft bei ihm. Auch wenn sich meine Begeisterung in Grenzen hält.«

»Warum das?«

Sie warf ihm einen resignierten Blick zu. »Er ist so belehrend.«

»Ihr Exmann gibt an, dass Sie jetzt nicht mehr so oft kommen wie früher«, fuhr er fort. »Gibt es dafür einen besonderen Grund?«

Ein Schatten glitt über Anita Skeies Gesicht. »Sagt er das?«

»Ja.«

Ihre Augen flackerten. »So ein Unsinn.«

Ole schwieg, während er sie musterte. Sobald sie mit Aspekten in ihrem Leben konfrontiert wurde, die offenbar von Roger Haug kontrolliert wurden, wurde sie besonders nervös. Das verstärkte seinen Verdacht, dass sie sich in einem Abhängigkeitsverhältnis befand. Aber momentan musste er sich auf den Mordfall, und nur darauf, konzentrieren. »Marius ist Jäger«, fuhr er daher fort. »Wissen Sie darüber etwas?«

Anita Skeie lehnte sich vor und klopfte die Asche von der Zigarette. »Nein, damit begann er erst, nachdem ich ihn verlassen hatte«, antwortete sie. »Typisch Marius: Wenn er etwas tut, dann mit Leib und Seele.« Sie lächelte matt. »Zwei Hunde. Bente ist natürlich begeistert.«

»Hat er Jagdwaffen im Haus, wissen Sie das?«

»Ja – das muss er wohl ...« Sie nahm wieder einen tiefen Zug aus der Zigarette und kräuselte nachdenklich die Stirn. »Ist das bei Jägern nicht so üblich?«

»Wissen Sie, wo er die Waffe aufbewahrt?«

»Nein.« Sie schob das Haar erneut mit einer unsicheren, fast linkischen Bewegung hinter das Ohr. »Und ich will es auch gar nicht wissen.«

»Bekommt Ihr Exmann viel Besuch? Zum Beispiel von einer Freundin? Oder Lebensgefährtin?«

»Nicht soweit ich weiß.«

»Fallen Ihnen noch andere Personen ein, die zu ihm kommen?«

»Tja – die Kunden vielleicht? Und die Putzfrau natürlich.«

»Die Putzfrau?« Ole sah sie überrascht an.

»Marius hasst Hausarbeit.« Ihre Stimme klang irritiert. »Das bekam ich zu spüren, als ich mit ihm verheiratet war. Im Haushalt rührt er keinen Finger.«

»Wissen Sie, dass er eine Putzfrau hat, oder nehmen Sie es bloß an?«, fragte Ole.

»Nein, das weiß ich«, antwortete sie. »Ich bin ihr schon begegnet.«

»Wie heißt sie?«

»Keine Ahnung.« Sie drückte die Zigarette im Aschenbecher aus. »Hab nie gefragt. Und es interessiert mich auch nicht. Ich mache meinen Haushalt selbst.«

Sie sah Ole von der Seite an, und man merkte ihr deutlich an, dass sie sich etwas entspannt hatte. Ihm fiel auf, dass sich die Konturen eines charmanten Wesens auftaten.

»Nein, da müssen Sie ihn schon selbst fragen«, fügte sie mit einem matten Lächeln hinzu.

»Das werde ich«, sagte Ole, und während er darauf wartete, dass Cecilie mit dem Tippen nachkam, erhob er sich und drückte auf den Knopf der Gegensprechanlage.

»Eva«, rief er, »sorg dafür, dass jemand bei Marius Bøe anruft. Wir brauchen den Namen seiner Putzfrau.«

»Jawohl«, kam die Antwort.

»Ich brauche außerdem eine Erklärung dafür, warum er mir von der Putzfrau nichts gesagt hat, als ich bei ihm war«, fügte er hinzu und ließ den Knopf los.

Er nahm wieder Platz und überlegte.

»Wir wechseln noch einmal das Thema«, sagte er. »Sagen Sie mir, Anita, wie gut kannten Sie den Zahnarzt Joakim Sørensen?«

»Ist das der, der erschossen wurde?« Sie fuhr zusammen. »Warum fragen Sie mich danach?«

»Weil wir alle danach fragen.«

»Ich kenne ihn überhaupt nicht.« Sie bekam wieder den nervösen Ausdruck im Gesicht und starrte auf einen Punkt zwischen der Tischplatte und der Bodenleiste an der Wand hinter ihm – oder auch irgendwo in der Luft dazwischen. Ole war sich nicht sicher.

»Ich wusste nicht einmal, dass es ihn gab, bevor er erschossen wurde«, fügte sie hinzu. »Alle reden von ihm, so als ob er ein Gott war oder so was.«

»Nun, er wurde erschossen, und so etwas ist, gelinde gesagt, in unserem friedlichen Städtchen eher ungewöhnlich«, bemerkte Ole trocken. »Die Leute sind aufgebracht, der Mord ist natürlich *das* Thema. Und der Zahnarzt war tatsächlich sehr beliebt. Ich habe noch eine Frage, die ich allen stelle, das möchte ich betonen: Wo befanden Sie sich am Montagmorgen zwischen halb neun und circa zehn Uhr?«

Sie wurde blass, und ihre vermeintliche Entspannung war mit einem Schlag dahin.

»Ich war zu Hause«, sagte sie misstrauisch. »Ich hatte frei.«

»Haben Sie in diesem Zeitraum mit jemandem gesprochen, der bestätigen kann, dass Sie zu Hause waren?«

»Ist es das, was Sie ein Alibi nennen?« Anita Skeie warf den Kopf nervös in den Nacken. »Nein, ich habe mich ausgeschlafen. Roger ist früh gegangen, und Bente war bei Marius. Ich bin kurz vor elf aufgestanden, und da habe ich die Nachrichten im Radio gehört. Es war ganz unwirklich.«

»Erinnern Sie sich, was Ihr Lebensgefährte an diesem Morgen trug?«

»Ich weiß nicht … er hat einen langen Mantel und ein paar Jacken. Die trägt er abwechselnd. Ich habe ihn nicht gesehen, als er das Haus verließ, da hab ich geschlafen.«

Ole überlegte. »Gut. Kommen wir zur nächsten Frage: Welche Schuhgröße haben Sie?«

Anita Skeie wurde sehr ernst, und einen kurzen Augenblick sah sie ihn an, dann wich ihr Blick wieder flackernd aus. »Ich habe es nicht getan!«, sagte sie mit flehender Stimme.

»Sie stehen nicht unter Verdacht, Anita. Sie werden als Zeugin vernommen und sonst nichts.« Er warf einen Blick auf ihre Füße. »Also: welche Schuhgröße?«, brummte er gutmütig.

»38.«

»Gut.« Ole verstummte auf ein Zeichen von Cecilie hin. Während er wartete, überlegte er noch mal kurz und kam zu dem Schluss, dass sie fertig waren. »Dann beenden wir den formellen Teil«, sagte er und schob die Unterlagen zusammen. »Während Cecilie das Protokoll noch einmal durchliest und zur Unterzeichnung ausdruckt, möchte ich mich noch kurz formlos mit Ihnen unterhalten, Anita.«

»Worüber denn?« Sie zuckte richtiggehend zusammen.

»Über das Wohl Ihrer Tochter.«

»Bente?« Sie sah ihn verständnislos an. »Worauf wollen Sie hinaus? Dass ich eine schlechte Mutter bin?«

»Nein! Nein!« Ole hob beschwichtigend beide Hände. Ihm fiel wieder ein, was Bøe bezüglich des In-die-Defensive-Gehens gesagt hatte. Hier war Vorsicht angebracht.

»Anita«, begann er. »Ich bin überzeugt, dass Sie Bente eine gute Mutter sind. Als ich gestern mit Ihnen unten in der Rezeption sprach, erzählten Sie mir, dass Sie hierher gezogen sind, weil Sie wollten, dass Ihre Tochter näher bei ihrem Vater ist.« Er lächelte wohlwollend. »So denken eben gute Mütter«, fügte er hinzu. »Sie stellen die Bedürfnisse der Kinder über ihre eigenen.«

Anita nickte.

»Sie erzählten mir auch, dass Ihr Lebensgefährte, Roger, hier wohnt«, fuhr Ole fort. »Aber ist es nicht so, dass er viel später als Sie hergezogen ist?«

Sie wich seinem Blick aus.

»Hatten Sie versucht, vor ihm zu flüchten?«, fügte er vorsichtig hinzu. »Und dann fand er Sie?«

Sie schwieg weiterhin.

Ole beschloss, etwas direkter zu werden: »Okay, anders ausgedrückt: Sie haben Roger zweimal wegen tätlicher Gewalt angezeigt. Beide Male haben Sie die Anzeige zurückgezogen. Warum haben Sie das getan? Hat er Sie eingeschüchtert?«

»Nein!« Sie schrie beinahe. »Das … das war ein Missverständnis. Wir hatten uns gestritten. Ich war wütend und wollte mich rächen und … und …« Ihre Stimme versagte.

»Anita«, fuhr Ole fort. »Häusliche Gewalt ist nicht irgendein Delikt, besonders dann nicht, wenn Kinder im Spiel sind. Sie können fürs Leben gezeichnet sein.«

»Es ist nichts«, flehte sie mit tränenerstickter Stimme. »Ich schwöre es. Es war dumm von mir. Ich bereue es zutiefst.« Sie sah ihn verzweifelt an, aber hinter den Tränen konnte Ole auch Angst erkennen.

»Mussten Sie nicht hierher nach Fjellberghavn flüchten, Anita – mitten in der Nacht, nachdem Sie von Roger misshandelt worden waren?« Ole wiederholte die Frage, diesmal etwas direkter.

»Nein! Wer sagt das?« In ihren Augen stand die blanke Angst geschrieben.

»Ihr Exmann. Hat er Ihnen nicht geholfen? Hat er nicht Sie und Ihr Kind abgeholt?«

»Sagt er das?«

»Ja.«

»Er lügt! Er will mir Bente wegnehmen! Warum reden Sie so mit mir?«

»Weil Sie ein Kind haben.« Ole legte eine Hand auf ihren Arm. »Und weil der Kindsvater Besorgnis zum Ausdruck gebracht hat«, fügte er hinzu. »Hatten Sie Kontakt mit dem Jugendamt dort, wo Sie früher wohnten?«

Anita antwortete nicht, sondern starrte vor sich hin, abgekämpft und blass. Sie sah plötzlich deutlich älter aus, fand Ole.

»Nun, das lässt sich leicht herausfinden«, sagte er. »Wir machen jetzt Schluss, aber ich muss Sie noch darüber informieren, dass die Polizei in solchen Fällen auch von sich aus Ermittlungen in die Wege leiten und eingreifen kann. Wir möchten Ihnen helfen, Anita, und wir möchten Bente helfen. Wir wissen nur zu gut, wie schwierig es für eine Frau ist, sich allein einem gewalttätigen Mann entgegenzustellen, vor allem wenn sie Angst um ihr Kind hat. Deshalb möchte ich noch einmal betonen, dass Sie sicher sind. Ich habe hier etwas, das Sie sich durchlesen sollten.« Er holte einen Faltprospekt hervor. »Hier in dieser Broschüre gibt es ein paar Punkte, die Sie interessieren dürften.« Er schob ihr den aufgeschlagenen Prospekt zu. »Einer Person, die in der Familie Gewalt anwendet, kann auch dann ein Besuchsverbot auferlegt werden, wenn keine Anzeige gegen sie vorliegt. Darüber hinaus können Sie zu Ihrem Schutz auch einen Taschenalarm bekommen.«

Anita Skeie blätterte abwesend in der Broschüre. Sie schien außer sich und erfasste sichtlich nichts von dem, was darin geschrieben stand.

»Ich weiß, Sie fühlen sich jetzt unter Druck gesetzt«, fuhr Ole fort. »Aber es geht auch um das Wohl Ihres Kindes.«

Anita Skeie brach plötzlich in Tränen aus. »Nehmt mir mein Kind nicht weg«, schluchzte sie. »Bitte!« Sie bebte am ganzen Körper.

Ole wartete geduldig, bis sie sich wieder etwas beruhigt hatte.

»Niemand will Ihnen Bente wegnehmen«, sagte er schließlich. »Aber wenn die Ermittlungen unseren Verdacht bestätigen, dass Sie einen Gewalttäter decken, müssen Sie damit rechnen, dass die Jugendfürsorge Sie für ungeeignet befindet, Bentes Sicherheit zu gewährleisten. In diesem Fall würde Ihnen tatsächlich das elterliche Sorgerecht entzogen. Die Alternative wäre, dass Sie handeln, um Ihre Tochter und sich selbst zu schützen. Verstehen Sie?«

»Roger hat nichts getan!« Ihre Stimme gellte durch den Raum. »Er hat nichts getan!« Sie sank vornüber auf den Tisch, die Arme über den Kopf geschlagen. Ole tat der Anblick bis in die Seele weh. Diese arme Frau war so verängstigt, dass er sie nicht mehr weiter drängen wollte. Und ihm lief die Zeit davon.

Er warf einen raschen Blick auf die Uhr. Warum musste immer alles auf einmal passieren? Der Stress lastete schwer auf seiner Brust. Als würde er vor einem durchgegangenen Rennpferd fliehen und versuchen, nicht unter dessen Hufe zu geraten. Strengte er sich nicht mit aller Kraft an, würde er auf jeden Fall niedergetrampelt werden.

»Wir machen jetzt Schluss«, sagte er, als sie sich wieder beruhigt hatte. Er legte ihr behutsam eine Hand auf die Schulter. »Wir werden eine Lösung finden, Anita, das verspreche ich Ihnen.«

Als sie kurz danach das Büro gemeinsam verließen, stießen sie im Flur mit Roger Haug zusammen. Ole konnte ihm direkt ins Gesicht sehen und so aus nächster Nähe beobachten, wie er vor seiner verweinten Lebensgefährtin stehen blieb. In Haugs Kopf schien es blitzschnell zu arbeiten. Sein Gesicht verzog sich für einige Sekunden zur Grimasse. Die Augen verdunkelten sich, und er starrte Anita so hasserfüllt an, dass sie den Blick senkte. Ole sah unauffällig zu ihr hinüber. Sie zuckte zusammen. Ihr Blick flackerte. Sie murmelte eine Entschuldigung, schlüpfte geduckt an ihnen vorbei und verschwand.

Eva trat in den Flur heraus.

»Marius Bøe lässt Sie grüßen«, sagte sie. »Er hatte die Putzfrau einfach vergessen und entschuldigt sich bis dort hinaus.«

»Ach, vergessen. Und? Wie heißt sie?« Ole sah sie ungeduldig an.

»Kari Østby«, antwortete Eva.

Kapitel 24

Ole setzte sich mit Cecilie zusammen, um all die neuen Informationen zu verarbeiten. Er trommelte rastlos auf die Tischplatte.

»Die Sache mit Anita geht mir nicht aus dem Kopf«, sagte er. »Es gibt so viele üble Typen auf dieser Welt.«

Cecilie nickte. »Arme Frau. Aber siehst du irgendeinen Zusammenhang?«

»Mit unserem Fall?« Ole zuckte mit den Achseln. »Ich bin mir nicht sicher. Hinter einem so genau geplanten Mord wie dem an Joakim steckt sicher ein außergewöhnlich starkes Motiv. Das war ja kein Mord im Affekt. Da waren gewaltige Kräfte am Werk. Kräfte, wie wir sie möglicherweise im Verhältnis zwischen Anita, Roger und Marius vorfinden. Und dann haben wir auch noch die Drohbriefe von Kari Østby, die zufällig Marius' Putzfrau war und zufällig Zugang zu der Winchester hatte. Der Mord am Zahnarzt wurde ja in diesen Drohbriefen angekündigt, das Feuer möglicherweise auch. Was mir vorhin einmal in den Sinn kam: Könnte diese kranke Frau nicht auch von jemandem benutzt worden sein?«

»Wie meinst du das?« Sie sah ihn fragend an.

»Nun, das war nur so ein Gedanke. Aber mal im Ernst: Es wäre doch praktisch, die Schuld an einem Mord einer geistig verwirrten Person in die Schuhe zu schieben, die strafrechtlich nicht zur Verantwortung gezogen werden kann, oder? Die sogar so weit geht, dass sie einen Mord durch Brandstiftung begeht? Meinst du nicht?«

»Nein. Das Feuer wurde am Tag des Mordes gelegt, am Nachmittag, das konnte der Mörder nicht vorhergesehen haben. Und Kari hatte nur ein Alibi für den Montagmorgen.«

Ole nickte. »Ja, ja. Aber dass sie ein Alibi für den Mord hatte, ist dem echten Täter vielleicht gar nicht bekannt. Und das Feuer könnte ja auch tatsächlich von Kari gelegt worden sein, unabhängig vom Mord an Joakim. Vielleicht hätte sie das Haus so oder so in Brand gesteckt.«

»Du meinst, Sigurd Lundekvam war unter Umständen das Opfer der Tat einer psychisch kranken Frau?«

»Ja.«

»Und die Bombendrohung?«

»Dito.« Ole sah sich um. »Wo ist mein Kaffee …?« Er

erhob sich und ging zur Tür. »Soll ich dir eine Tasse Tee mitbringen?«

»Ja, bitte.«

Er verschwand und kam mit zwei dampfenden Bechern zurück. Den einen schob er zu ihr hinüber.

Cecilie sah ihn nachdenklich an. »Du glaubst also, dass die Fälle nichts miteinander zu tun haben?«

Ole setzte sich und nahm einen Schluck von seinem Kaffee. »Doch, aber eher indirekt. Das ist zumindest meine Theorie. Sigurds Tod könnte wie gesagt die unglückselige Folge des Werkes einer kranken Frau sein. Die Sache mit der Bombe ebenso. Trotzdem sagt mir etwas, dass Kari Østby auch im Mordfall am Zahnarzt eine Schlüsselrolle zukommt. Ihr Name taucht überall auf. Ich glaube einfach nicht, dass das reiner Zufall ist.«

»Deiner Theorie zufolge versucht also jemand, sie zum Sündenbock zu machen, verstehe ich das richtig?«

Ole nickte. »So was in der Richtung. Der Mörder wusste vielleicht über ihre Krankheit Bescheid und versuchte diesen Umstand auszunutzen, indem er den Mordverdacht gezielt auf sie lenkte. Er wusste vielleicht sogar, dass sie Briefe schrieb. Die raffiniert geplante Durchführung des Mordes an Joakim, das gestohlene Auto, das Zelt, die Vorbereitungen oben im Gelände beim Ausblicksplateau bis hin zur Flucht, das brennende Auto zur Vernichtung von Spuren und nicht zuletzt die Flucht zu Fuß durch den Wald zu einem weiteren Fahrzeug … Das alles sagt mir, dass wir es mit einer überdurchschnittlich gewieften Person zu tun haben. Einem hochintelligenten Strategen.« Er unterstrich seine Worte mit einer ausladenden Armbewegung.

»Wenn das so ist, müssen wir uns ja womöglich noch auf ganz andere Sachen gefasst machen.« Cecilie sah ihn nachdenklich an.

»Ich fürchte, ja. Aber wie gesagt, das sind reine Spekulationen.«

Ole rollte einen Kugelschreiber zwischen den Fingern. »Um den Faden von vorhin weiterzuspinnen: Vielleicht wusste Marius schon seit geraumer Zeit, dass Roger Anita und Bente wieder kontrollierte? Die Tatwaffe führt direkt zu ihm. Sowohl er als auch Anita hatten Zugang zur Waffe. Und vielleicht hat er einfach den Falschen erwischt? Hier hätten wir jedenfalls eine direkte Verbindung. Und ein Motiv. Was meinst du?«

»Das sehe ich auch so.« Cecilies Blick wurde hart. »Außerdem finde ich, dass wir das Jugendamt alarmieren sollten, Ole. Roger Haug wurde schon einmal wegen sexuellen Missbrauchs eines Kindes angezeigt. Was ist, wenn er die kleine Bente missbraucht hat, und ihre Mutter weiß davon, schafft es aber nicht, ihn zu stoppen? Und hat deshalb Marius eingeschaltet, dem es ebenfalls nicht gelungen ist, ihn zu stoppen?«

»Dem sollten wir auf alle Fälle nachgehen.« Ole erhob sich. »Leg los.«

Sie nickte und verschwand in ihrem Büro. Er hätte gern gewusst, wie es ihr am Vorabend beim Krisenteam im Krankenhaus ergangen war, aber das musste warten. Stattdessen steckte er den Kopf zur Tür hinaus und rief Eva am Empfang zu: »Hast du die Eheleute Strand erreicht?«

»Nein«, lautete die Antwort kurz und bündig.

»Sonst irgendetwas?«

»Nein.«

»Wo ist Haug – drinnen bei Arne oder bei Morten?«

»Bei Morten.«

»Dann findest du mich dort. Sag mir Bescheid, wenn Freddy Østby da ist.«

Arne saß an Mortens PC, Morten und Roger Haug hatten jeweils auf einem Stuhl an der gegenüberliegenden Seite des Tisches Platz genommen. Haug erhob sich höflich, als Ole den Raum betrat. Er lächelte und streckte ihm die Hand entgegen, als begegnete er einem alten Freund.

Ole erwiderte reserviert seinen Gruß. »Guten Tag nochmals«, sagte er, um daran zu erinnern, dass sie gerade eben im Flur von Angesicht zu Angesicht gestanden hatten. Aber Roger hatte Ole im Flur offenbar gar nicht bemerkt.

»Wie weit seid ihr?« Ole lehnte sich über Arnes Schulter und schaute auf den Bildschirm.

»Wir sind mit den Formalitäten durch und wollten gerade beginnen«, antwortete Arne.

»Dann mach ich weiter. Morten, hilf bitte Cecilie. Sie sagt dir, worum es geht. Ihr müsst rasch zu Ergebnissen kommen.«

Ole setzte sich auf Mortens Platz. Während er sich im Geiste die Fragen zurechtlegte, musterte er Roger. Er sah aus wie ein Skinhead, fand er – abgesehen von der Arbeitsuniform.

Ole räusperte sich und begann: »Wissen Sie, ob die Pension am Wochenende einen Mietwagen hatte?«

»Ja«, antwortete er, »wir haben groß ausgemistet. Warum?«

Ole überging die Gegenfrage. »Wer hat ihn gemietet?«

»Ich. Arvid hat mich darum gebeten. So einen Ford vom Blåen, die sind am billigsten.« Er grinste breit. »Bei Martha muss man nämlich ganz schön aufpassen, wissen Sie«, fügte er hinzu, »die ist ein richtiger Pfennigfuchser.«

Ole erwiderte sein Lächeln nicht. »Haben Sie den Wagen auch wieder zurückgebracht?«

»Nein.«

»Wer dann?«

Haug zuckte mit den Achseln. »Keine Ahnung, ich war es zumindest nicht.«

»Wir fahnden seit knapp drei Tagen nach einem blauen Lieferwagen, warum haben Sie das nicht gemeldet?« Ole nutzte die Gelegenheit, so wütend auszusehen, wie er sich tatsächlich fühlte.

»Gemeldet?« Haug starrte ihn verdutzt an. »Nö, das hab ich nicht mitgekriegt. Dass Sie nach so einem Wagen fahnden, meine ich.«

»Lesen Sie denn keine Zeitung? Hören Sie kein Radio?«

Haug schnaubte. »Die Lokalzeitung und den Regionalsender?« Er lachte verächtlich und ließ die andere Seite seines Wesens aufblitzen. »Der Scheiß interessiert mich nicht.«

Ole bemühte sich, die Beherrschung zu bewahren. »Wer hat Ihnen beim Ausmisten geholfen?«

»Niemand.«

»Niemand?« Ole wand sich auf seinem Stuhl. »Nun gut, andersrum gefragt: Wer sonst wusste Bescheid, dass die Pension einen blauen Lieferwagen gemietet hatte?«

Roger zuckte mit den Achseln. »Nur ich hab damit gearbeitet. Aber wer ihn gesehen haben könnte? Keine Ahnung.«

»Wo lag denn der Schlüssel?«

»An der Rezeption.«

»Und der Wagen, wo stand der?«

»Im Hof.«

»Wo ihn alle in der Pension sehen konnten?«

Haug stutzte kurz. »Ja, zumindest diejenigen, die dort zu tun haben.«

»Und wer ist das?«

»Keine Ahnung. Die den Müll ausleeren und so, vielleicht. Waren entgegennehmen. Da müssen Sie Martha fragen.«

Ole wartete auf Arne, der bedeutet hatte, dass er mit der Texterfassung nicht hinterherkam.

»Blåen hat an die zwanzig Fahrzeuge«, sagte Roger Haug, während sie warteten. »Sind Sie sicher, dass Sie genau den Wagen suchen, wo es doch überall wimmelt von denen?«

»Nein. Wir prüfen einen nach dem anderen.«

Arne war wieder so weit.

»Roger, Sie haben ausgesagt, dass Sie am Montagvormittag zu Fuß am Tatort in der Sykehusgata vorbeikamen. Was hatten Sie an?«

»Am Montag?« Er grübelte. »Das weiß ich wirklich nicht mehr. Ich wechsle zwischen Jacke und Mantel ab. Manchmal gehe ich auch in der Arbeitsuniform. Am Montag? Keine Ahnung.«

»Tragen Sie ab und zu einen langen Sommermantel?«

»Ja.«

»Welche Farbe hat der?«

Haug zuckte mit den Achseln. »Beige.«

»Könnten Sie den am Montag getragen haben?«

»Ich weiß es nicht, sagte ich doch schon!« Rogers Gesicht verfinsterte sich.

Ole begegnete seinem Blick. »Die Frage ist wichtig. Sind Sie bitte so freundlich und denken genau nach?«

Roger Haug verstummte kurz. »Entweder den Mantel oder eine schwarze Lederjacke.«

»Aber Sie wissen nicht mehr, welches der beiden Kleidungsstücke Sie trugen? Auch wenn Sie scharf nachdenken?«

»Nein!«

»Gut. Fahren wir fort. Welche Schuhgröße haben Sie?«

»42.«

»Sind Sie vorbestraft?«

Haugs Gesicht verschloss sich so plötzlich, als ob eine Klappe heruntergefallen wäre. »Und wenn schon, was hat das mit dem Fall zu tun?«

»Beantworten Sie einfach die Frage.«

»Wenn Sie mir nicht erklären wollen, warum Sie mich das fragen, werde ich auch nicht antworten«, entgegnete er etwas zu laut.

»Sind Sie in der Vergangenheit einmal wegen eines Gewaltverbrechens verurteilt worden?«

Roger saß mürrisch da, ohne zu antworten.

»Sind Sie wegen sexuellen Missbrauchs eines Kindes angeklagt worden?«

»Die Anklage war falsch!« Haug zuckte aggressiv. »Das Verfahren wurde eingestellt.«

»Das wissen wir. Hat Anita Sie zweimal wegen häuslicher Gewalt angezeigt?«

»Wie gesagt: Was hat das mit dem Fall zu tun?« Roger verzog das Gesicht wie vorhin, als er seiner Lebensgefährtin gegenüberstand. »Das war verdammt noch mal ein Missverständnis. Das dumme … äh, ja – sie hat die Situation falsch verstanden.«

»Zweimal?«

»Ja. Fragen Sie Anita doch selbst.« Haug erhob sich. »Ich hab keine Lust, mich weiter traktieren zu lassen«, sagte er.

Er wandte sich zum Gehen, aber Ole stand auf und hielt ihn zurück.

»Wir sind mit dem Protokoll noch nicht fertig«, sagte er. »Arne, lösch alles, was nach dem Lieferwagen gesagt wurde. Wir können das bei der nächsten Vernehmung nachholen.« Er fixierte Haug mit dem Blick. »Und da werden Sie nicht mehr als Zeuge vernommen«, betonte er. »Wie wollten Sie übrigens Ihre Lebensgefährtin gerade nennen? Das dumme Huhn?«

Haug brach in höhnisches Gelächter aus. »Jetzt mal vorsichtig«, sagte er und drohte mit dem Zeigefinger. »Ich wollte sagen: ›Das Dumme war, dass sie die Situation falsch verstanden hat.‹ Und dabei bleibe ich.« Sein Blick verfinsterte sich. »Das lass ich mir nicht bieten. Ich bin hergekommen, um zu helfen, nicht, um wie ein Stück Dreck behandelt zu werden.«

»Das war doch sehr löblich«, sagte Ole. »Dass Sie helfen wollten, meine ich.«

Arne druckte das Protokoll aus, und Haug unterschrieb es wütend. Ole begleitete ihn zur Tür.

»Der große Bruder hat Sie im Auge«, sagte er. »Denken Sie daran, was immer Sie vorhaben. Sie sind jetzt in Fjellberghavn, und hier nehmen wir die Dinge ernst. Danke, dass Sie gekommen sind.«

Ole ließ sich auf seinen Stuhl fallen. Er war direkt in die Falle getappt und hatte sich dazu verleiten lassen, etwas Unüberlegtes zu sagen. Leute wie Roger Haug verstanden sich hervorragend darauf, die Schwächen anderer auszunutzen und sich außerdem höchst glaubwürdig herauszureden, das hätte er wissen müssen.

Als Nächster an der Reihe war Freddy Østby, der im Flur saß und wartete. Ole ging hinaus, schüttelte ihm zur Begrüßung die Hand und drückte ihm sein Beileid aus. Sie blieben kurz stehen und unterhielten sich über seine Frau und das, was geschehen war.

»Gehen wir ins Büro«, sagte Ole anschließend und wies ihm höflich den Weg.

Der gescheiterte Bauunternehmer murmelte ein raues »Danke schön« und ging auf unsicheren Beinen voran. Der Gestank nach Alkohol und Schweiß füllte den Raum, als er sich auf den Besucherstuhl setzte. Sein Gesicht sollte vermutlich ein Lächeln darstellen, während er Arne etwas steif zunickte.

»Guten Morgen.« Arne nickte reserviert zurück.

Ole betrachtete seinen Besucher. Die Bartstoppeln waren bereits einige Tage alt und überzogen seine untere Gesichtshälfte wie ein schmutziger, grau-schwarzer Schatten. Østbys Augen waren rot unterlaufen, der Blick trüb, und auf seinem Kopf standen ihm kräftige blonde Büschel zu Berge, als ob er seit Ewigkeiten keine Haarbürste mehr gesehen hätte.

»Möchten Sie einen Kaffee oder etwas anderes zu trinken haben?«, fragte Ole.

»Na ja, so ein richtig starker schwarzer Kaffee wär jetzt nicht verkehrt.«

Ole steckte den Kopf zur Tür hinaus und bat Eva, sich darum zu kümmern. Dann nahm er neben Freddy Platz.

»Ich möchte nur sagen – also, ja, dass mir das alles furchtbar leidtut«, sagte Freddy Østby mit belegter Stimme. Er sah Ole flehentlich an. »Sie müssen mir verzeihen«, fuhr er fort. »Ich war in letzter Zeit nicht mehr ich selbst, verstehen Sie. Kari auch nicht. Wir hatten beide zu kämpfen.«

»Ich verzeihe Ihnen gern, aber ich muss mich trotzdem an das Gesetz halten«, antwortete Ole. »Ihnen wird vorgeworfen – und Sie erhalten das im Laufe des Tages auch noch schriftlich –, dass Sie Dynamit vorschriftswidrig aufbewahrt haben. Ihre Frau hätte dadurch beinahe eine ungeheuerliche Tat begangen, die wir gerade noch in letzter Sekunde vereiteln konnten. Unsere Juristen prüfen derzeit, ob Sie sich der Mittäterschaft schuldig gemacht haben, aber darauf komme ich später noch zurück. Zunächst einmal möchte ich Sie als Zeuge im Fall gegen Ihre Frau befragen. Auch wenn sie tot ist, müssen wir in diesem Fall ermitteln und alle Umstände klären. Verstehen Sie, was ich Ihnen sage?«

»Ja, ja.« Freddy Østby hob beschwichtigend die Hände. »Ich bin für Sie wie ein offenes Buch«, sagte er müde. »Tun Sie, was Sie für richtig halten.«

Arne machte sich am PC bereit, und Eva kam mit dem Kaffee herein, dann waren sie so weit. »Wie lange kannten Sie Ihre Frau?«, hob Ole behutsam an.

Freddy Østby schlug die Beine übereinander. Der frei herabhängende Fuß begann plötzlich unkontrolliert zu zittern, so dass er verlegen wieder in die ursprüngliche Stellung zurückwechselte.

»Ja – äh – das sind jetzt wohl so an die drei Jahre«, antwortete er. »Wir haben vor zwei Jahren geheiratet.« Sein aufgedunsenes Gesicht nahm traurige Züge an. »Das war nicht unbedingt die beste Entscheidung meines Lebens«, fügte er hinzu, fast ein wenig entschuldigend.

»Warum das?«

Østby hob die Kaffeetasse mit zittrigen Händen. »Ich konnte doch nicht ahnen, dass das Weibsstück komplett verrückt war, oder?«

»Nein?«

»Na ja, sie war bloß eine schöne, unglaublich schöne Frau. Ich hatte eine gescheiterte Ehe hinter mir. War einsam, unglücklich, suchte Trost in der Flasche ab und an.« Er schielte betrübt zu Ole hinüber. »Dann tauchte Kari auf, wie eine Sonne in meinem Leben. Ich warf die Flasche weg und war wie neu. Ja, das kommt bei mir so in Schüben«, fügte er hinzu und starrte schweigend auf die Tischplatte, als ob er in sich ginge und hier und jetzt mit sich ins Reine kommen wollte. Schließlich sah er wieder auf. »Aber jetzt ist verdammt noch mal Schluss«, sagte er und schüttelte sich. »Ich hab ’nen ordentlichen Schrecken abgekriegt. Ab jetzt gibt’s für mich nur noch Wasser.«

Ole wartete ein wenig auf Arne.

»Sie sind also Quartalstrinker, verstehe ich das richtig?«, fragte er.

Freddy Østby nickte und verzog im selben Moment das Gesicht mit einem derart leidenden Ausdruck, als verursachte die kleinste Kopfbewegung größte Schmerzen.

»Ich rutsche ab und an da hinein«, sagte er. »Aber keine Angst, ich hab das unter Kontrolle. Es passiert nur dann, wenn mir was über den Kopf steigt. So ab und an«, wiederholte er.

»Wann haben Sie denn zum ersten Mal gemerkt, dass Ihre Frau krank war?«

Freddy nahm einen Schluck von seinem Kaffee. Er sah elend aus, und Ole konnte ihm anmerken, dass er sich sehr am Riemen reißen musste, um sich auf dem Stuhl zu halten.

»Es kam so nach und nach.« Er überlegte lange. »Begann mit kleinen Dingen, etwa, dass sie Angst vor Leuten hatte. Dass sie Schatten im Garten sah und so Zeug. Ich lachte bloß. Nahm es nicht so ernst. Dann hatte sie vor etwa einem Jahr eine ganze Zeit lang heftige Angstattacken. Sie behauptete, dass jemand mit ihr spreche und ihr wichtige Dinge auftrage. Dass sich Dämonen versammelten, um sie zu holen. Das war richtig unheimlich. Und dann, mitten in dieser ganzen Hölle, die immer schlimmer wurde, versuchte sie plötzlich, sich das Leben zu nehmen.«

»Sie war also schon länger selbstmordgefährdet?«

»Ja, sie hat versucht, sich zu erhängen, aber der Strick ist gerissen.« Østby lachte heiser. »Sie schlug sich im Fallen den Kopf und verlor das Bewusstsein. Ich fand sie und brachte sie ins Krankenhaus. Dort erzählte sie mir, dass sie auf Befehl von inneren Stimmen gehandelt hatte. Erst da erkannte ich, womit sie zu kämpfen hatte, die arme Haut. Sie war schizophren und war viele Jahre zuvor eingewiesen worden, auch zwangsweise. Aber davon hatte sie mir nie etwas gesagt.«

»Sie heirateten sie also, ohne zu wissen, dass sie psychisch krank war?«

»Ja, aber das hätte ich auch dann getan und ihr geholfen. Aber dazu hätte ich es erst mal wissen müssen, nicht wahr? Dann wäre es mir leichter gefallen, sie zu verstehen.« Er lachte resigniert. »Es ist alles andere als leicht, das kann ich Ihnen versichern, eine Frau zu verstehen, die sich von eingebildeten Dämonen beherrschen lässt und für keine Hilfe empfänglich ist.«

»Das glaube ich Ihnen. Wussten Sie, dass Ihre Frau Drohbriefe geschrieben hat?«

»Nein.« Freddys rot unterlaufene Augen weiteten sich. »Im Ernst? An wen denn?«

»An verschiedene Leute in Fjellberghavn, auch an mich. Wir können uns nachher darüber unterhalten. War Ihre Frau nur zeitweise krank, oder war das ein Dauerzustand?«

»Zeitweise.« Freddy sah in seine leere Tasse. »Äh, glauben Sie, ich könnte noch so einen Kaffee haben?«, bat er vorsichtig. »Und vielleicht auch ein Glas Wasser? Ich möchte mich nicht beschweren, aber mein Mund ist total ausgetrocknet.«

Ole öffnete die Tür und rief die Bestellung an Eva hinaus.

»Sie war also nur zeitweise krank?« Er nahm wieder Platz. »Nicht permanent?«

»Ja, in der Zeit, seit ich sie kannte, waren es zwei Schübe. Dazwischen war sie auch schwierig, wenn auch nicht direkt verrückt. Aber eine Ehe war das nicht. Ich sollte jetzt wohl Trauer verspüren, aber...« Er rieb sich mit einem trockenen, kratzenden Geräusch über das bartstoppelige Kinn. »... aber ich verspüre hauptsächlich Erleichterung. Als hätte man mir eine schwere Last von der Seele genommen. Es war die Hölle. Meinen Sie, ich bin krank, wenn ich so denke?«

»Wir reagieren alle auf unsere Weise«, erwiderte Ole.

Freddy Østby lachte resigniert.

Ole fuhr fort: »Freddy, können Sie uns das Krankheitsbild Ihrer Frau beschreiben, so wie Sie es in letzter Zeit erlebten?«

»Tjaa ...« Freddy runzelte die Stirn. »Sie war nicht mehr ganz bei Sinnen, und es wurde immer schlimmer. Obendrein weigerte sie sich plötzlich, ihre Medizin zu nehmen – sie glaubte, es sei Gift! Jemand aus dem Krankenhaus habe sie mehrmals angerufen und sie gewarnt, behauptete sie.«

»Wirklich?« Ole richtete sich auf. »Haben Sie das dem Krankenhaus mitgeteilt?«

»Ja, aber sie hätten nicht angerufen, sagten sie. Ich bin einmal mit ihr hin ... am Montag war das, glaube ich. Habe sie damit geködert, dass sie eine andere Medizin bekommen würde, die nicht giftig sei. Glauben Sie, das war leicht?« Er verdrehte die Augen. »Ha, das war die reinste Hölle. Sie war ja nicht krank, wissen Sie. Nein, ich war es, der krank war. Ganz zu schweigen von all den Ärzten.«

»Könnte jemand anderer angerufen haben?«

»Tjaa ...« Freddy dachte angestrengt nach. »Jetzt, wo Sie fragen – sie hat einige merkwürdige Anrufe bekommen. Die haben sie schier um den Verstand gebracht.«

»Wissen Sie, wer da anrief?«

»Nein.«

»Haben Sie nicht nachgefragt?«

»Nein, sind Sie verrückt? Das hätte sie mir doch nie gesagt.«

»Wann war das?«

»Hm. Es begann im letzten Monat, glaube ich. Im Juli. Danach kam immer wieder mal ein Anruf.«

»Und zu welcher Tageszeit?«

»Abends.«

»Hat sie denn am Montag eine neue Medizin verschrieben bekommen?«

»Nein, man teilte ihr mit, sie solle die nehmen, die sie hatte. Dann sagten sie noch, dass vom Krankenhaus niemand angerufen habe und dass ihre Medizin natürlich kein Gift sei. Und sie bekam einen neuen Termin.«

»Nahm sie danach ihre Medizin wieder ein?«

Freddys Augen wurden feucht. »Nein«, sagte er. »Danach wurde es noch schlimmer. Die Ärzte waren nur darauf aus, sie in die Irre zu führen, meinte sie. Sie alle steckten mit den Dämonen unter einer Decke. Ich weiß nicht, aber ich hatte den Eindruck, dass sich ihr Zustand durch den Besuch im Krankenhaus sogar noch verschlechterte. Sie hat sie alle komplett um den Finger gewickelt. Kari besaß die unglaubliche Gabe, plötzlich kerngesund zu wirken, wenn es darauf ankam.«

Das konnte Ole aus eigener Erfahrung nur zu gut bestätigen. »Hatten Sie den Eindruck, dass sich ihre Angst gegen bestimmte Personen richtete? Oder hatte sie Angst vor irgendeinem Ereignis?«

»Sie hatte vor allem und vor jedem Angst …«

Eva kam mit Kaffee und einem Krug Wasser herein. Sie schenkte Freddy ein Glas ein, das der mit einem dankbaren Seufzer nahm und gierig leerte. Er zitterte so stark, dass er es mit beiden Händen halten musste.

Eva füllte gleich nach. Ole bemerkte, wie ihr Gesicht den ganz speziellen Ausdruck annahm, der in der Regel einem spitzen Kommentar voranging. Er warf ihr einen warnenden Blick zu, und sie deutete ihn richtig und schenkte schweigend Kaffee ein.

Freddy Østby leerte auch das zweite Glas Wasser auf ex. Als er sich wieder setzte, fuhr er sich mit dem Handrücken über den Mund.

»Jesus, ich bitte um Entschuldigung«, stöhnte er.

»Kein Problem. Wo waren wir?« Ole wandte sich an Arne.

Dieser las den letzten Absatz vor.

Freddy fuhr fort: »Sie hörte auf innere Stimmen. In ihren Augen war ein Komplott im Gange. Viele Leute waren daran beteiligt, allesamt Dämonen, und nur sie wusste Bescheid, denn sie stand mit höheren Mächten in Verbindung. Sie war auf Erden auserwählt worden, sagte sie mehrmals. Die Einzige, die sie aufhalten konnte.«

»Glauben Sie, dass die Stimmen bestimmte Namen nannten?«

»Ja.« Freddy leerte ein weiteres Glas Wasser. »Und Gebäude. Die Dämonen hatten einen Ort, wo sie sich versteckten. Sie hegte zum Beispiel gewaltige Aggressionen gegenüber dem Polizeihaus, hatte ich den Eindruck. Sie faselte etwas von wegen, dass sie sich dort versammelten, diese Leute, und sich als Polizisten, Ärzte und Zahnärzte ausgaben, die keiner verdächtigen würde. ›Die Verräter müssen ausgelöscht werden‹, sagte sie immer wieder. Oder: ›Das Rattenloch muss ausgeräuchert werden.‹« Er lächelte verzweifelt. »Ich dachte nicht im Traum daran, dass sie es ernst meinte«, fügte er hinzu. »Wer hätte das denn ahnen können?«

»Hat sich ihre Aufmerksamkeit auch auf andere Gebäude gerichtet?«

»Ja«, antwortete Freddy, »jetzt, wo Sie fragen. Da war noch irgendwas mit einem Haus in der Hovedgata. Ich habe damals nicht weiter darauf geachtet, ich wusste ja nicht, wie ernst es ihr war, sorry.« Er kratzte sich am Kopf, bemerkte, dass Haarbüschel in alle Richtungen zu Berge standen, und versuchte vergeblich, sie mit einer unbeholfenen Bewegung glatt zu streichen. »Es tut mir wirklich leid, aber ich habe das alles nicht kommen sehen.«

»Was geschehen ist, ist geschehen.« Wenn Freddy Østby nicht so stockbesoffen gewesen wäre, dachte Ole bei sich, hätte er vielleicht eingreifen können. Aber er behielt den Gedanken für sich. Laut fragte er: »Könnte sie Hovedgata 10 und 12 gemeint haben?«

»Keine Ahnung.«

Ole fasste in Gedanken noch mal zusammen, während Arne mit dem Protokoll nachzog.

»Wissen Sie, ob Ihre Frau ihre Zwangsvorstellungen mit einem speziellen Datum verband?«, fuhr er fort.

Freddys Miene erhellte sich. »Ja. Sie war von Datumsdingen richtiggehend besessen. Wie kommen Sie darauf?«

Ole schmunzelte. »Noch stellen wir die Fragen.«

»Sie sammelte Zahnarztterminkarten und so Zeug. Alles, was irgendwo ein Datum drauf hatte. Dann setzte sie sich hin und arbeitete damit, blätterte in Kalendern und lauter solchen Sachen, die sie aufbewahrte. Keine Ahnung warum. Aber ich versuchte wirklich, sie dazu zu bringen, sich helfen zu lassen«, fügte er verzweifelt hinzu. »Sogar mehrmals. Am Montag bat ich die Ärzte, eine Zwangseinweisung in Erwägung zu ziehen. Es war natürlich scheiße, so was vorzuschlagen, aber ich wusste nicht mehr ein noch aus.«

»Was sagten die Ärzte dazu?«

»Sie sagten, dass sie das nicht so ohne Weiteres entscheiden könnten. Kari hat sie um den kleinen Finger gewickelt, wie ich schon sagte.«

»Was geschah, nachdem Sie das Krankenhaus verlassen hatten?«

»Wir fuhren nach Hause. Dort begann sie wieder zu spinnen, schlimmer als je zuvor. Sie begann auch mich zu beschimpfen und zu verdächtigen. Ich hielt es nicht mehr aus und ging. Schloss mich in der Firma ein. Es wurde mir einfach zu viel. Das Fass war übergelaufen. Ich hatte das Gefühl, mit dem Kopf gegen die Wand zu rennen, ganz egal, was ich tat.«

»Was haben Sie in der Firma gemacht?«

»Was glauben Sie?« Freddy sah ihn betreten an. »Ich habe mich volllaufen lassen. Das ... das war wie eine Erlösung von dieser ganzen Scheiße. Ich ... hatte ja keine Chance, lauter Sackgassen überall. Auch das Geschäft geht den Bach hinunter, das macht das Ganze nicht besser.«

»Wegen Ihrer Alkoholprobleme?«

Freddy Østby druckste ein wenig herum. »Wer beauftragt schon einen Baumeister, der säuft? Würden Sie das tun?« Er lachte heiser. »In einem Ort voller morscher Holzhäuser ging es mit meinem Geschäft immer weiter bergab, das muss man sich mal vorstellen.«

Ole wartete erneut auf Arne.

»Wechseln wir das Thema«, fuhr er fort, als sein Mitarbeiter so weit war. »Glauben Sie, dass Ihre Frau in der Lage war, einen Motorroller zu fahren?«

»Aber ja!« Freddys Gesicht öffnete sich zu einem breiten Grinsen. »Sie hatte immer einen Roller, bis vor einem Jahr. Da tauschte sie ihn gegen einen Gebrauchtwagen ein.«

»Den blauen Polo?«

»Ja.«

»Was für ein Roller war das?«

»Eine Honda.«

»Hm …« Ole überlegte. »Freddy, glauben Sie, dass Ihre Frau es geschafft hätte, so einen Roller zu stehlen? Ich meine, ob sie das technische Wissen dazu hatte?«

Freddy Østby schlürfte seinen Kaffee, stellte die Tasse wieder ab und fuhr sich mit dem Handrücken über den Mund. »Ja, das würde mich nicht wundern.« Er hielt kurz inne. »Kari hat ständig irgendwo rumgeschraubt, sie war so gesehen nicht besonders feminin, hehe, wenn Sie wissen, was ich meine.«

Ole wartete auf Arne.

»Wechseln wir nochmals das Thema«, sagte er dann. »Arbeitete Ihre Frau außer Haus?«

»Ja, sie hat für einige Leute geputzt.«

»Wissen Sie, für wen?«

»Nein – das waren zu viele.« Er dachte nach. »Ich kann's rausfinden, wenn Sie möchten.«

»Tun Sie das. Sagt Ihnen in dem Zusammenhang der Name Marius Bøe etwas?«

Freddy schüttelte den Kopf. »Ich mach eine Liste, vielleicht taucht der Name irgendwo auf.«

»Gut«, antwortete Ole. »Dann sind wir bald fertig.« Er wartete auf Arne. »Sagen Sie: Haben Sie zu Hause Benzinkanister?«

»Ja, draußen im Schuppen. Zweimal zehn Liter. Ich habe unten im Hafen ein kleines Boot liegen.« Sein Blick verdüsterte sich plötzlich. »Ach du liebes bisschen«, fügte er entsetzt hinzu, »Sie meinen … sie hat vielleicht *die* verwendet, um das Feuer zu legen?«

»Wann haben Sie die Kanister zuletzt gesehen?« Ole ignorierte die Gegenfrage.

»Tja … so vor einer Woche vielleicht. Da bin ich zum Fischen raus. Aber die Kanister waren so gut wie leer, als ich sie in den Schuppen zurückstellte.«

Ole nickte. »Ja. Sie hat sie an der Tankstelle aufgefüllt.«

Er wandte sich an Arne. »Das Letzte nimm bitte nicht zu Protokoll«, sagte er. »Okay, Freddy, eine letzte Frage: Sie ist leider sehr persönlich, aber ich muss sie Ihnen stellen. Glauben Sie, dass sich Ihre Frau selbst das Leben nahm?«

»Ja, das glaube ich«, antwortete Freddy düster. »Die Stimme in ihrem Kopf hat es ihr wohl befohlen, so wie beim letzten Mal.«

»Dann machen wir jetzt Schluss«, sagte Ole. »Vielen Dank, Freddy. Sie waren uns eine große Hilfe.«

In einem Raum hinter der Rezeption standen Anita Skeie und Roger Haug einander gegenüber, sie mit gebeugtem Kopf, er hoch aufgerichtet und mit finsterem Blick.

»Worüber hast du denn mit der Polizei geplaudert?«, fragte er mit eiskalter Stimme und stieß ihr die Faust gegen die Schulter. »Antworte, verdammt noch mal, ich rede mit dir!«

»Bitte, Roger, ich habe ihm nichts gesagt«, flehte sie.

»Glaubst du, ich bin dumm? Glaubst du das?« Wieder stieß er sie an der Schulter, diesmal wankte sie einen Schritt zurück. »Ich habe dich etwas gefragt!«

»Nein«, sagte sie mit dünner Stimme. »Ich glaube nicht, dass du dumm bist, Roger.« Sie hob den Blick und lächelte tapfer. »Natürlich tu ich das nicht.«

»Nein? Wie lange warst du dort drinnen? Fünf Minuten? Zehn Minuten? Eine Viertelstunde?«

»Zehn Minuten vielleicht ...«

»Und da hast du nichts gesagt?« Er trat ganz nah an sie heran. »Du hast also dort gesessen und die Wand angestarrt? Du lügst doch wie gedruckt, glaubst du, ich merke das nicht?«

»Nein!« Ihre Stimme war kaum hörbar. »Entschuldige, Roger, aber es war nicht ganz leicht, und ...«

»Leicht?« Er schnaubte verächtlich. »Gibt es irgendetwas, was dir leichtfällt? Du bist so was von scheißerbärmlich, es ist doch echt zum Kotzen.« Er fuchtelte mit dem Zeigefinger vor ihrem Gesicht herum.

»Bitte, Roger, bitte, sei nicht böse, ich konnte doch nicht gut nein sagen, wenn die Polizei mit mir reden wollte.«

»Konntest du nicht? Warum nicht?« Roger musterte sie von oben bis unten, wie sie geduckt vor ihm stand. Seine Augen waren voller Verachtung und blinder Wut. Wie konnte sie es wagen? Wie konnte sie ihn so verraten? Sie hatte jetzt eine Situation herbeigeführt, die er nicht kontrollieren konnte.

Er spürte, wie ihm eine zitternde Angst den Rücken hochlief, und wurde noch wütender. Was hatte sie ausgelöst? Was hatte sie dem fetten Idioten gesagt? Welche Absprachen hatten sie hinter seinem Rücken getroffen? Damit machte sie alles kaputt! Alles! Verdammte Scheiße! Er durfte die Kontrolle nicht verlieren, unter keinen Umständen. Das würde ihn ruinieren, ihm alles nehmen, er wäre ein Niemand, ein Nichts. Dazu hatte keiner das Recht, keiner. Und sie schon gar nicht! Deshalb musste er ihr einen Denkzettel verpassen, und zwar einen kräftigen, denn sie hatte es offenbar immer noch nicht kapiert.

»Gott, bist du erbärmlich«, schnaubte er.

Sein Blick fiel auf die Broschüre, die aus ihrer Uniformtasche hervorstand. Sie folgte seinem Blick und versuchte fieberhaft, sie in die Tasche zurückzustopfen, aber zu spät. Er riss sie an sich.

»Was ist das?«

Er studierte die Broschüre, ohne ein Wort zu sagen. Seine Kiefermuskeln spannten sich, und das Gesicht verfinsterte sich zusehends, je weiter er las. Dann sah er auf. Seine Augen funkelten hasserfüllt.

»Sieh mal an, so ist das also. Die versteckte häusliche Gewalt, wie? Der Polizei melden? Darüber habt ihr also zehn Minuten lang geredet, du und dieser fette Kerl? Und das bezeichnest du als nichts?«

»Er hat sie mir gegeben. Ehrenwort, Roger. Wir haben nicht geredet über das.«

»Das?« Wieder beugte er sich ganz nah zu ihrem Gesicht. »Was für ein ›Das‹?«

Anita wusste plötzlich nicht mehr, was sie antworten sollte. Tränen rannen ihr die Wangen herunter. »Bitte, Roger«, bettelte sie.

Sie bettelte vergeblich. Im nächsten Augenblick traf seine Faust sie mit voller Wucht in den Bauch. Sie knickte stöhnend ein und taumelte gegen die Wand. Dann sank sie zu Boden und blieb dort wimmernd liegen. Roger stellte sich breitbeinig über sie. Er musste ihr einen Denkzettel verpassen. Musste! Mit präzisen Bewegungen riss er die Broschüre in kleine Stücke und verstreute sie über Anita.

»Da hast du deinen Müll«, sagte er kalt.

Er blieb stehen und betrachtete sie. »Liebst du deine Tochter?«

Anita konnte nicht antworten. Während sie dort lag und vor Schmerzen jammerte, holte er zu einem Fußtritt aus, der sie in die Seite traf. Sie schrie laut auf.

»Ich rede mit dir! Liebst du deine Tochter?«, fauchte er erneut.

»Ja«, schluchzte sie.

»Das hättest du dir früher überlegen sollen. Jetzt ist es vielleicht zu spät. Du bist ja nicht einmal in der Lage, für ein Kind zu sorgen, so scheißunglaublich dumm wie du bist. Soll ich die ganze Verantwortung für sie übernehmen? Ist es das, was du willst?«

»Nein, bitte!«, bettelte sie.

»Das werde ich verdammt noch mal bald müssen, obwohl ich eigentlich keine Lust dazu habe.« Er grinste boshaft. »Was willst du dagegen tun?«

Sie versuchte sich aufzusetzen. Ihre Augen waren schreckensgeweitet, und die Tränen flossen in Strömen. Sie war schon lange in seiner Gewalt und wusste, worauf er hinauswollte.

»Ich möchte um … um Entschuldigung bitten.« Die Worte kamen stoßweise, mit dünner, flehender Stimme. »Entschuldigung, Roger.«

Er thronte über ihr. »Lauter!«

»Entschuldigung!«

Das Bild von ihrer Tochter ging ihr nicht aus dem Kopf. Es war, als ob sie ihre Nähe spürte, als ob die kleine Bente auf einmal auf ihrem Schoß säße und zu ihr hochsähe, »hab dich lieb Mama« sagte und ihr einen weichen Schmatz auf die Wange drückte. Ihrem Kind durfte nichts geschehen. Unter keinen Umständen. Die Angst setzte sich wie eine Kralle in ihrer Brust fest und machte sie fast verrückt.

Rogers Fuß schoss erneut vor. »Ich habe nichts gehört!«

Anita wimmerte. »Entschuldigung!!«

Sie rutschte mit angezogenen Knien an der Wand entlang. »Bitte, Roger. Du tust mir weh!«

Rogers Gesicht verzog sich zu einem verächtlichen Grinsen, dann ging er zur Tür.

Dort blieb er stehen und wandte sich um.

»Herrgott, wie erbärmlich du aussiehst«, sagte er, bevor er verschwand.

Anita sank auf dem Boden zusammen und blieb in Embryostellung liegen. »Bente, meine Kleine«, jammerte sie. »Meine Kleine … meine Kleine …«

Kapitel 25

Vor dem Mittagessen blieb gerade noch Zeit für eine weitere Lagebesprechung. Der Konferenzraum war nach Süden ausgerichtet, und schwere Regentropfen peitschten gegen das Fenster, getrieben von heftigen Windstößen. Wo der Sturm auf Vorsprünge und Ecken des Gebäudes direkt am Meeresrand traf, waren heulende Laute zu hören, die im Takt mit den Böen stiegen und sanken. Die Wände krachten bedrohlich.

Es wurde immer ungemütlicher.

Ole informierte seine Kollegen über die Verdachtsmomente gegen Roger Haug und bat um Anmerkungen.

Cecilie antwortete aufgeregt: »Ich habe eine Rückmeldung vom Jugendamt. Die haben sofort auf unsere Anfrage reagiert, ihnen lag nämlich bereits eine Meldung aus Bentes Kindergarten vor. Sie hatten auch schon das Jugendamt in Tønsberg kontaktiert, wo Anita und ihre Tochter vorher wohnten. Es stellte sich heraus, dass Bente dort bereits unter Beobachtung gestanden war. Sie hatten die Familie mehrmals zu Hause besucht und überlegt, ob sie eingreifen sollten.«

»Wurde damals die Polizei eingeschaltet?«

»Nein. So weit kamen sie nicht. Oder sie hatten nicht genug Kapazitäten, um nachzufassen, ich weiß nicht. Anita zog urplötzlich weg, und sie wussten nicht, wohin.«

»Mit welcher Begründung wollten sie eingreifen?«

»In erster Linie wegen Verdachts auf häusliche Gewalt und nicht kindgerechte Verhältnisse.« Cecilie sah bedrückt aus. »Aber der Kindergarten hier in Fjellberghavn geht noch weiter und meldet auch den Verdacht auf sexuelle Misshandlung.«

»Dachte ich mir. Auf welcher Grundlage? Konntest du das in Erfahrung bringen?«

»Nein.«

»Wann wurde das Jugendamt in Borg auf diesen Verdacht aufmerksam?«

»Vor einer Woche. Sie schicken jetzt zwei Mitarbeiter her. Die kommen morgen Früh an und haben gleich einen Termin bei der Direktorin des Kindergartens. Sie werden versuchen, ein informelles Gespräch mit Bente zustande zu bringen und unter Umständen einen Arzt kommen zu lassen, der sie gleich dort untersucht. Die wissen, wie man so was macht, ohne das Kind zu verängstigen.«

Ole nickte. »Dann wird zu Hause kein Aufsehen erregt. Warum haben sie nicht mit uns Kontakt aufgenommen?«

»Weil sie noch keinen vollständigen Überblick haben. Wenn die Gespräche und ärztlichen Untersuchungen den Verdacht auf sexuellen Missbrauch bestätigen, schlagen sie Alarm. Dann kann alles sehr schnell gehen.«

»Sehr gut«, sagte Ole. »Ich werde Bårdsen informieren. Das ist jetzt Sache der Juristen. Fragen bisher?«

Morten hob einen Zeigefinger. »Ich weiß nicht so viel über diesen Fall. Hat er irgendwie mit unserem Mordfall zu tun? Ist er so wichtig, dass wir parallel ermitteln müssen?«

»Es kann tatsächlich eine Verbindung bestehen, da vier Namen in beiden Fällen auftauchen«, antwortete Ole. »Nämlich Anita Skeie, Roger Haug, Marius Bøe und die kleine Bente Bøe. Wenn wir abchecken wollen, inwieweit das Motiv für den Mord und alles andere irgendwo an den Schnittstellen zwischen diesen Personen zu finden sein könnte, müssen wir alles über sie wissen. Jetzt steht einer von ihnen unter Verdacht, nicht nur eine Frau, sondern auch ein Kind misshandelt zu haben, und dem müssen wir nachgehen. Solche Dinge können heftige Emotionen auslösen. Wenn dem nicht so wäre, hätten wir den Fall als weniger dringlich eingestuft oder an Borg übergeben.« Er lächelte. »Beantwortet das deine Frage?«

Morten nickte und erwiderte das Lächeln.

Ole ließ den Blick durch die Runde gleiten. »Sonst noch etwas?«

Niemand antwortete.

»Okay, dann kommen wir zur Ermittlung selbst.« Er informierte sie über die Vernehmungen. »Gibt es etwas Neues?« Er nickte Cecilie zu und sah sie erwartungsvoll an. »Du beginnst.«

»Ich habe eine wichtige Neuigkeit«, antwortete sie. »In Kari Østbys Polo wurde ein Gewehrfutteral gefunden. Es lag unter dem Vordersitz und passt laut unseren Waffenexperten zu einer Winchester. Außerdem war ein Name darauf eingedruckt: M. Bøe.«

Ole hielt inne. In Sekundenschnelle ging er den Fall im Kopf durch. Ein neues Teil des Puzzlespiels lag vor ihnen, und im Gegensatz zu vielen anderen fiel dieses wie von selbst an den richtigen Platz.

»Dann war es also sie, die das Gewehr genommen hat«, sagte er und korrigierte sich selbst: »Aller Wahrscheinlichkeit nach. Die große Frage ist, an wen hat sie die Waffe weitergegeben? Sonst noch etwas?«

Cecilie schüttelte den Kopf.

Eva kam mit einer Liste herein. »Gerade gekommen«, sagte sie und verschwand sofort wieder.

Ole warf einen Blick darauf. »Übersicht über die Personen, für die Kari Østby als Putzfrau arbeitete«, las er vor. Dann zählte er leise durch. »Hier sind zehn Namen. War ganz schön fleißig, das muss man ihr lassen …« Er las die Liste durch. »Okay, wir haben drei bekannte Namen: die Familien Sørensen, Lundekvam und Sunde. Die anderen sagen mir nichts.«

»Sunde?« Cecilie konnte mit dem Namen nichts anfangen.

Ole sah sie an. »Wenche Sunde, die Redakteurin.«

»Ach ja!« Cecilie lächelte überrascht. »Heißt das, sie könnte auch in den Mordfall verwickelt sein?«

»Sieht so aus«, grummelte Ole in seinen Bart. »Ganz zu schweigen von den Witwen. Wir nehmen die Liste vorläufig zur Kenntnis. Sonst noch etwas? Arne, wie läuft's mit den blauen Lieferwagen?«

»Ich bin in groben Zügen durch. Zwei Autos von Blåen befanden sich in unserer Gegend, das eine wurde von der Pension gemietet, das andere – haltet euch fest – vom Zahnarzt Sørensen. Ich habe mit beiden Sprechstundenhilfen gesprochen. Es stellte sich sogar heraus, dass sich Sørensen und Lundekvam das Mietauto geteilt hatten! Beide wollten nämlich am Samstag neue Möbel für ihre Wartezimmer kaufen. Sie halfen sich gegenseitig mit dem Transport und dem Aufbau und verstauten die alten Möbel zusammen mit dem Verpackungsmaterial im Lieferwagen. Die Sprechstundenhilfen gaben an, dass das Fahrzeug vermutlich am Samstagnachmittag auf dem Müll entleert worden war und am Montag nach Feierabend zurückgebracht werden sollte. Ob das auch tatsächlich geschehen war, wussten sie nicht, weil keine von ihnen zu diesem Zeitpunkt da war.«

»Wo ist der Wagen jetzt, konnten sie das beantworten?«

»Nein. Keine der beiden Frauen hatte ihn zu Gesicht bekommen, aber sie gingen davon aus, dass die Ärzte ihn nach getaner Arbeit im Hof abgestellt hatten.«

»Kann er im Feuer verbrannt sein?«

Arne nickte. »Der ganze Hof liegt unter Trümmern begraben. Es ist durchaus nicht auszuschließen, dass sich darunter auch ausgebrannte Autowracks befinden.«

»Und das erfahren wir erst, wenn die Aufräumarbeiten

so weit sind.« Ole wand sich enttäuscht auf seinem Stuhl. »Da fahnden wir großräumig nach einem blauen Lieferwagen, und er steht möglicherweise in unserem eigenen Hinterhof.«

Die anderen nickten zustimmend.

»Weder Roger Haug noch Martha oder Arvid Strand haben uns informiert, dass sie am Wochenende einen blauen Lieferwagen gemietet hatten«, fuhr Arne fort. »Wir sollten sie uns vielleicht doch noch mal genauer vornehmen.«

»Vielleicht wusste nur Roger, was für ein Auto es war«, wandte Cecilie ein. »Er hatte den Wagen doch organisiert, oder?«

»Schon, aber er stand im Hinterhof der Pension, für alle gut sichtbar. Außerdem gibt Haug an, ihn nicht zurückgebracht zu haben. Dann muss es wohl einer der beiden Strands gewesen sein, oder?«

Ole überlegte. »Nun, wir können uns vielleicht nicht hundertprozentig darauf verlassen, was der Mann sagt. Wir gehen dem nach, sobald wir die anderen beiden erreichen.«

»Martha Strand ist bei einem Termin in Oslo«, sagte Morten. »Ich habe mit beiden kurz am Handy gesprochen. Ihr Mann stand auf einer Leiter oben in Ramnes und reparierte irgendetwas am Dach. Er bestätigte, dass sich Roger um den Mietwagen gekümmert hat.«

Ole machte sich Notizen auf einem Block. »Das bedeutet, dass wir immer noch nicht wissen, wer den Wagen Montagvormittag zurückbrachte«, hielt er fest. »Alle geben an, es nicht gewesen zu sein. Einer von ihnen lügt also.«

»Oder gibt es eine Person, von der wir nichts wissen?«

»Wäre möglich.« Ole sah in seinen Notizen nach. »Hast du noch etwas, Arne? Was ist mit dem Zelt?«

»Ich mach da noch mal Druck«, antwortete der junge Mann.

»Gut. Sonst noch was?«

Arne schüttelte den Kopf.

»Morten?«

Der Polizist richtete sich auf. »Tja, die Hausbefragung in der Hovedgata brachte so gut wie keine neuen Erkenntnisse. Allerdings will eine Person gesehen haben, wie Kari Østby das Garagentor öffnete. Laut Spurensicherung und Gerichtsmediziner gibt es am Tatort in der Hovedgata 12 keine anderen Spuren als die von Kari Østby. Ihre Schlussfolgerungen bestätigen den vorläufigen Bericht, der Todesfall gilt daher als unverdächtig. Schauen wir mal ...« Er blätterte in den Papieren. »Genau, hier haben wir das Ergebnis der Hausdurchsuchung bei den Østbys. Es wurde ein linierter Schreibblock gefunden, der zur Analyse ins Labor mitgenommen wurde. Laut unseren Kollegen waren darauf deutliche Abdrücke einer Handschrift zu sehen, und das Papier entspricht dem der Briefe. Dann haben wir noch zwei volle Tablettenpackungen in einem Schrank gefunden. Der Inhalt wurde zur Analyse nach Borg geschickt. Der Fund könnte Freddy Østbys Verdacht bestätigen, dass seine Frau ihre Medikamente nicht mehr einnahm.«

»Okay. Auch da müssen wir nachhaken. Sonst noch etwas?«

»Ja, der Arzt und der Zahnarzt gingen am Montag zusammen die Sykehusgata hinunter. Der Zahnarzt trug einen beigen, langen Sommermantel, der Arzt ein blaues Sakko.«

»Sie gingen nebeneinander?«

»Ja. Und der Arzt, der Joakim Zahn am Tatort untersuchte, war Doktor Lundekvam.«

»Dachte ich's mir doch. Sie waren also unterschiedlich

gekleidet? Dann können wir eine Verwechslung ausschließen«, hielt er fest. »Aber der Schütze schoss beim ersten Mal daneben. Wenn er oder sie ungeübt war, könnte der zweite Schuss ebenfalls ein Fehlschuss gewesen sein.«

»Und den Zahnarzt statt den Arzt getroffen haben?«

»Ja, zum Beispiel. Wir können die Möglichkeit zumindest nicht ausschließen.«

»In diesem Fall fiele der Verdacht auf Dorte Lundekvam.«

Ole überlegte. »Wir müssen sie wohl noch mal befragen. Die Zeit ist ohnehin reif für einen erneuten Besuch der beiden Witwen. Cecilie, wir fahren nachher bei ihnen vorbei.«

Sie nickte. »Roger Haug gab vorhin zu Protokoll, dass er ab und zu einen beigen, langen Sommermantel trägt«, sagte sie. »Er könnte ebenfalls das Ziel gewesen sein.«

»In diesem Fall könnten Anita und Marius dahinterstecken.« Ole seufzte. »Oder einer von ihnen. Wir haben da inzwischen eine ganze Reihe von Verwechslungsmöglichkeiten. Aber bringt uns das weiter?« Er seufzte und gab sich selbst die Antwort: »Nein.«

»Es wäre gut zu wissen, was Roger am Montagmorgen anhatte«, sagte Cecilie in einem Versuch, optimistisch zu wirken. »Irgendjemand muss ihn doch gesehen haben!«

»Du hast Recht«, sagte Ole. »Das müssen wir klären. Und zwar endgültig. Alle, die sich am Montag zum fraglichen Zeitpunkt in unmittelbarer Nähe des Tatorts befanden, müssen erneut befragt werden. Vielleicht kann sich jemand an Haug erinnern. Darüber hinaus müssen wir uns einen noch detaillierteren Überblick verschaffen: Ich möchte wissen, wer dort war, als die Schüsse fielen, wo genau sich die betreffenden Personen im Verhältnis zum Zahnarzt befanden und was sie anhatten. Arne, du übernimmst das. Du bekommst noch ein paar Mann aus Borg zur Unterstützung. Morten, für dich habe ich auch eine Aufgabe: Freddy hat vorhin ausgesagt, dass seine Frau im Juli und teilweise auch im August einige merkwürdige Anrufe erhielt. Sie sind wahrscheinlich der Grund, warum sie ihre Medikamente nicht mehr einnahm. Bitte Telenor um Einzelverbindungsnachweise für die Monate Juli und August. Sonst noch etwas?«

Keiner antwortete, und Ole erhob sich. »Dann, meine Lieben, machen wir Mittag.«

Kapitel 26

Ole rief Bårdsen an und informierte ihn über den neuesten Stand, bevor er zum Essen ging. Als er und Cecilie etwas später im Auto auf dem Weg zu Marianne Sørensen waren, rief der Jurist zurück.

»Ich habe seit unserem Gespräch etwas nachgedacht«, sagte dieser. »Aber zuerst noch etwas anderes: Mir ist zu Ohren gekommen, dass bereits morgen ein neuer kommissarischer Polizeipräsident bestellt werden soll.« Ole meinte, aus seiner Stimme eine gewisse Erleichterung herauszuhören. »Selbige Person wird das Amt bekleiden, bis die Position offiziell neu besetzt wurde«, ergänzte er. »Und ich trete wieder meine alte Stelle als Polizeivizepräsident an. Und dort bleibe ich.«

Ole wollte ihm antworten, dass er das schade fand, jetzt, wo die Zusammenarbeit so gut lief, aber er biss sich auf die Zunge. Sie würden auch so viel miteinander zu tun haben. Vielleicht war es wirklich höchste Zeit für neuen Wind im Polizeibezirk – für jemanden, der die Kraft hatte, nach der Ära Berge aufzuräumen. Der den Bezirk zusammenführen und die Teams dazu bringen könnte, an einem Strang zu ziehen. Der ihnen den Glauben an das, was sie taten, wieder zurückgeben würde.

»Wissen Sie, wer es ist?«

»Nein, noch nicht. Ich habe Ihnen aber wie gesagt noch etwas anderes mitzuteilen. Es ist vertraulich. Sind Sie auf einer sicheren Leitung?«

»Moment mal.« Ole nahm das Telefon aus der Halterung und legte es ans Ohr. »Schießen Sie los.«

»Diese Information ist vorläufig nur für Sie bestimmt und darf an niemanden weitergegeben werden«, betonte Bårdsen. »Ich gebe sie Ihnen, da ein potenzieller Pädophiler, dessen Name in Verbindung mit dem Mord gefallen ist, bei Ihnen in Fjellberghavn unter Verdacht steht, und nur deshalb: Die Polizei fährt gerade eine landesweite Aktion gegen Kinderpornographie. Sie läuft unter dem Namen *Operation Celeste*. Jedes Präsidium im Land hat ein internes Team aus Ermittlern zusammengestellt, die in einem geschlossenen System innerhalb der Polizei operieren und direkten Kontakt miteinander halten. Sie haben ein eigenes Datensystem mit geschützten Geheimcodes und unterliegen der Schweigepflicht, auch gegenüber Kollegen und Ehepartnern. Die Arbeit wird von einem Polizeidirektor in Oslo koordiniert. Ich habe mit ihm abgesprochen, dass Sie informiert werden.«

»Und sie werden bald zuschlagen?«

»Ja, morgen um Punkt 22 Uhr. Die Vorarbeit läuft seit vielen Monaten und umfasst mittlerweile Hunderte von verdächtigen Personen, die unter anderem elektronische Spuren auf illegalen Sexseiten im Internet hinterlassen haben. Wir haben jene Personen ausgewählt, die auf den Internetseiten die stärkste Aktivität gezeigt haben, und schlagen im ganzen Land zeitgleich zu, damit sich die Verdächtigen nicht gegenseitig warnen können.«

»Hm – interessant. Jemand, den wir kennen?«

»Das habe ich gerade geprüft. Roger Haug steht auf der Liste, und deshalb weihe ich Sie bereits jetzt in die Operation ein. Er gehört zu denjenigen, die morgen Abend verhaftet werden sollen. Nur um ganz sicher zu sein: Haben Sie ihn weiterhin wegen häuslicher Gewalt im Visier?«

»Aber ja.«

»Und er hat eine minderjährige Stieftochter mit Verhaltensauffälligkeiten?«

»Ja.«

»Sexueller Missbrauch? Auch da irgendetwas Konkretes?«

»Bislang nur ein Verdacht. Wir warten noch auf einen abschließenden Bericht des Kindergartens.«

»Ich möchte ihn bereits heute hinter Schloss und Riegel bringen«, sagte Bårdsen entschieden. »Verhaften Sie ihn, und konzentrieren Sie sich zunächst auf den Missbrauch. Ich faxe Ihnen einen Haftbefehl zu, sobald ich ihn fertig habe.«

»Geht in Ordnung.«

»Wann bekommen Sie den Bericht des Kindergartens?«

»Morgen Vormittag, nehme ich an.«

»Machen Sie Druck. Ich werde mit dem Gericht sprechen und versuchen, bereits für morgen Nachmittag eine richterliche Vernehmung des kleinen Mädchens zu arrangieren. Bei positivem Ergebnis ist die Untersuchungshaft gesichert. Haben Sie jemanden, der eine solche Vernehmung durchführen kann?«

»Ja«, sagte Ole. »Cecilie Hopen ist darin geschult.«

»Sehr gut. Ich werde versuchen, die Haftprüfung bis Freitag hinauszuzögern«, fuhr Bårdsen fort. »Ich faxe Ihnen auch einen Durchsuchungsbefehl. Kümmern Sie sich bitte darum!«

»Geht in Ordnung, vielen Dank«, sagte Ole und legte den Hörer mit einem Seitenblick zu Cecilie auf.

Die Wassertropfen peitschten gegen die Windschutzscheibe, die Scheibenwischer schoben den Regen mit regelmäßigen Bewegungen zur Seite. Cecilie fröstelte und lächelte neugierig. »Und worin bin ich geschult?«

»Geduld«, sagte er und schaltete die Scheibenwischer auf die höchste Stufe. »Morgen erfährst du mehr. Bis dahin musst du dich leider gedulden.«

Marianne Sørensen öffnete, bevor sie geklingelt hatten. Sie waren ihr dankbar, da sie in Kürze völlig durchnässt gewesen wären. Die Zahnarztgattin wirkte genauso elegant wie beim letzten Mal, und genauso grau und abgespannt.

»Ich habe Sie schon kommen sehen«, sagte sie mit einem matten Lächeln und trat zur Seite.

Sie gingen ins Wohnzimmer, wo der Tisch mit Tassen und Tellern gedeckt war. Der kleine weiße Pudel folgte ihnen in respektvollem Abstand, wagte sich aber vorsichtig zu Cecilie vor, als sie Platz nahm. Sie kraulte das Tier hinter dem Ohr.

»Dixie heißt sie, nicht wahr?« Sie sah die Zahnarztgattin fragend an, die nickte.

»Wir müssen uns kurz fassen«, begann Ole, »wir werden Sie also nicht lange aufhalten, Marianne.«

Sie wirkte fast enttäuscht. »Und ich habe Ihnen Sandwiches gemacht«, wandte sie ein. »Für einen Bissen haben Sie doch Zeit, während wir reden?«

Ole schielte zu Cecilie hinüber. Er hatte kaum etwas zu Mittag gegessen, und sein Magen knurrte ... Marianne hatte Recht. So viel Zeit musste sein.

»Doch, gerne, vielen Dank«, sagte er mit einem zufriedenen Lächeln. »Das ist sehr freundlich von Ihnen.«

Sie verschwand in die Küche und kam mit einem großen Tablett voller Sandwiches zurück, das sie auf den Tisch stellte. Dann schenkte sie Tee und Kaffee ein und setzte sich.

»Bitte sehr«, sagte sie. »Jetzt greifen Sie tüchtig zu. Gibt es etwas Neues?«

Cecilie zog Notizblock und Stift hervor und legte beides vor sich hin.

Ole genehmigte sich ein Garnelenbrot. »Der Heckenschütze ist leider immer noch auf freiem Fuß«, erklärte er. »Die Ermittlungen laufen auf Hochtouren. Meine erste Frage an Sie, Marianne, lautet: Kennen Sie eine Kari Østby?«

»Kari Østby? Ja klar, sie putzt bei uns«, antwortete Marianne Sørensen und sah ihn überrascht an. »Hat sie etwas mit dieser Sache zu tun?«

»Nun, sie steht in Verdacht, die Tatwaffe besorgt zu haben.« Er erläuterte kurz. »Es könnte sich dabei aber um einen Auftragsdiebstahl handeln«, ergänzte er.

»Um meinen Joakim zu erschießen?« Marianne Sørensen sah ihn entsetzt an. »Das verstehe ich nicht. Er hatte keinen einzigen Feind im Leben. Keinen einzigen.« Tränen schossen ihr in die Augen. »Er und ich – wir waren ein Herz und eine Seele. Wir hielten zusammen, seit wir 17 waren. Ich kann immer noch nicht fassen, dass er nicht mehr da ist. Die ganze Zeit frage ich mich: Was nun, Marianne? Was fängst du jetzt mit deinem Leben an?«

Sie sah auf. Man merkte ihr deutlich an, dass sie sich kräftig zusammennahm. »Ich habe es jedenfalls nicht getan«, sagte sie fest. »Falls es Ihnen einfallen sollte, das zu fragen. Und das müssen Sie wohl?«, fügte sie schniefend hinzu.

Ole nickte. »Im Prinzip ja, aber zurzeit sehen wir dazu keine Veranlassung. Ein Mordfall ist wie ein Puzzlespiel.

Wir gehen herum und lesen Teile auf. Manche passen und werden eingesetzt, andere passen nicht und werden zur Seite gelegt. Es kann sein, dass sie später an anderer Stelle passen, wenn weitere Teile eingesetzt wurden. Aus diesem Grund sind wir heute bei Ihnen. Ohne es zu wissen, könnten Sie über Informationen verfügen, die Ihnen unbedeutend erscheinen, aber zur Lösung des Rätsels beitragen könnten.«

Sie blieben eine Zeit lang schweigend sitzen und aßen.

»Welchen Eindruck haben Sie von Kari?«, fragte Ole über seinen Kaffee hinweg.

»Sie ist wahnsinnig. Ich meine, nicht im wörtlichen Sinn. Aber sehen Sie sich um – wie sauber es hier ist. Sie ist ein Tornado in Menschengestalt. Dabei ist sie auch schrecklich speziell, total überdreht und voller komischer Ideen. Aber putzen, das kann sie. Die Frau ist Gold wert.«

»Würden Sie ihr den Diebstahl der Waffe zutrauen?«

Marianne überlegte lange. »Ich habe den Eindruck, dass sie ehrlich ist, also würde ich sagen, nein«, antwortete sie. »Aber ich kenne sie ja nicht so gut. Ich habe kein persönliches Verhältnis zur Reinigungshilfe.« Sie lächelte entschuldigend. »Das war vielleicht etwas herablassend«, fügte sie betreten hinzu.

Ole wartete.

»Geht es noch?«, fragte er vorsichtig.

Sie nickte.

»Wussten Sie, dass sowohl Ihr Mann als auch Sigurd Lundekvam am Samstag ihre Wartezimmermöbel ausgetauscht haben?«

»Ja.« Sie sah ihn fragend an. »Sie waren den ganzen Samstag damit beschäftigt. Warum fragen Sie danach?«

»Sie mieteten einen Lieferwagen«, antwortete er. »Wussten Sie davon?«

»Ja.« Ein Schatten glitt über ihr Gesicht. »Ach herrje«, sagte sie entsetzt. »Sie sagten etwas von einem Lieferwagen, als Sie am Montag hier waren. Einem blauen. Oder? Und ich sagte, dass ich keinen solchen Wagen kenne …«

Sie hielt kurz inne. »Aber das tat ich eigentlich auch nicht«, fügte sie mit einem verwirrten Blick hinzu. »Dass er blau war, meine ich, wusste ich nicht. War er das?«

»Ja.«

»Ich wusste nur, dass die beiden einen Lieferwagen gemietet hatten«, sagte sie. »Ich habe ihn aber nicht gesehen. Ist das für den Fall wichtig?«

»Möglicherweise. Er wurde bei Blåen gemietet, und die haben zwanzig Stück davon.«

Sie machten eine Pause, aßen schweigend und dachten über das Gesagte nach. Ole bediente sich erneut, diesmal nahm er sich ein Brot mit Roastbeef. Es schmeckte himmlisch, regte aber eigentlich seinen Appetit nur noch mehr an.

»Ich habe noch ein paar Fragen, und sie könnten Ihnen etwas aufdringlich erscheinen«, sagte er, nachdem er fertig gekaut hatte. »Ich möchte betonen, dass wir allen die folgende Frage stellen, nicht nur Ihnen. Welche Schuhgröße tragen Sie?«

»Schuhgröße?« Die Zahnarztwitwe sah aus, als wollte sie angesichts dieser Frage in Gelächter ausbrechen. Dann wurde sie jäh wieder ernst, als ihr klar wurde, dass die Frage kein Scherz war. »38«, sagte sie. »Ist das wichtig?«

Ole nickte.

»Die nächste Frage stellen wir ebenfalls allen, mit denen wir reden«, sagte er. »Wir müssen uns einen Überblick über die Bewegungen aller Personen am Montagmorgen verschaffen. Auch über Ihre. Wo befanden Sie sich zwischen halb neun und zehn?«

Ole biss sich auf die Unterlippe, während er auf die

Antwort wartete. Es gefiel ihm nicht, der Witwe in ihrer derzeitigen Situation eine solche Frage stellen zu müssen, aber es blieb ihm nichts anderes übrig.

»Ich war zu Hause. Die Jungs gingen gegen halb neun und Joakim vielleicht um Viertel vor neun.«

»Waren Sie dann allein?«

»Ja.« Ihre Augen wurden wieder feucht. »Bis Pfarrer Mikalsen kam und mir die schreckliche Nachricht überbrachte.«

»Haben Sie zuvor mit jemandem gesprochen? Einem Nachbarn vielleicht? Haben Sie telefoniert?«

Marianne Sørensen schüttelte nachdenklich den Kopf. »Mir fällt niemand ein. Fragen Sie das auch, wenn Sie jemanden nicht verdächtigen?« Sie sah ihn mit einem ängstlichen, verletzten Blick an.

»Ja«, antwortete Ole. »Sie können da ganz beruhigt sein.«

Er hätte hinzufügen können: zumindest alle Frauen, die Schuhgröße 38 haben, ließ es aber bleiben. Stattdessen sagte er: »Ich kann mich nicht erinnern, ob ich Sie beim letzten Mal danach gefragt habe, aber haben Sie vor dem Mord hier in der Gegend einen dunkelgrünen, älteren Toyota Corolla gesehen?«

»Ich glaube nicht, dass Sie danach gefragt haben, aber die Antwort ist nein – denke ich ...« Sie drehte sich nach einem Geräusch auf der Treppe um. »Automarken sind nicht meine Stärke«, fügte sie hinzu. »Fragen Sie lieber den da.«

Ole folgte ihrem Blick. Ihr jüngerer Sohn kam nachdenklich die Treppe herunter.

»Mads, wolltest du nicht dein Zimmer aufräumen?« Marianne Sørensens Gesicht nahm mütterlich strenge Züge an. »Was willst du denn schon wieder?«

»Ich hab vergessen ...« Der Junge sah Ole und Cecilie

und blieb abrupt stehen. »Oh, guten Tag«, sagte er wohlerzogen. »Ich wusste nicht, dass jemand hier ist.«

»Die Polizei möchte wissen, ob dir in letzter Zeit ein grünes Auto aufgefallen ist – so ein ...« Sie sah Ole hilfesuchend an.

»... dunkelgrüner Toyota Corolla älteren Jahrgangs«, ergänzte Ole. »Hast du oder hat vielleicht dein Bruder in der Zeit, bevor dein Vater starb, ein solches Auto hier in der Nachbarschaft gesehen?«

»Baujahr '95«, warf Cecilie ein. Die Details sollten stimmen.

Mads runzelte nachdenklich die Stirn. »Nein«, sagte er schließlich im Brustton der Überzeugung. »Aber es gibt hier in der Gegend einige ältere Carinas. Haben ... haben Sie den Dreckskerl gefasst?«

»Wir arbeiten daran«, antwortete Ole. »Ich verspreche dir, dass wir denjenigen finden werden, der deinen Vater erschossen hat. Keine Corollas?«

»Nix.« Der Junge schüttelte entschieden den Kopf.

»Und jetzt gehst du hoch und bringst dein Zimmer in Ordnung, hörst du, Mads.« Marianne erhob die Stimme, mit einem Seitenblick auf Ole. »Das ist ein ewiger Kampf zwischen uns«, sagte sie resigniert.

Ole schmunzelte. »Das, Marianne, fällt nicht in die Zuständigkeit der Polizei.« Er hob beide Hände und zwinkerte Mads zu. »Aber sagen wir's mal so: Ich finde, Sie haben tolle Jungs.«

Draußen im Flur blieb Ole stehen und betrachtete ein eingerahmtes Foto von Marianne und Joakim Sørensen in moosgrüner Tourenkleidung. Sie schauten in die Kamera und hielten sich fest umschlungen. Das Bild war irgendwo im Gebirge aufgenommen worden. Im Hintergrund waren einige sportlich gekleidete Personen zu sehen, und ganz unten in einer Ecke konnte man gerade noch ein kleines, dunkelgrünes Zelt erkennen. Ole ging ganz nah an das Bild heran. Das Zelt sah genauso aus wie dasjenige, das der Heckenschütze auf dem Aussichtsplateau hinterlassen hatte.

»Wann wurde dieses Foto gemacht?« Er sah Marianne Sørensen fragend an.

»Im letzten Herbst.« Sie lächelte stolz. »In der Gegend von Ramnes. Wir haben erstmals die ganze Fünfzig-Kilometer-Runde geschafft, Joakim und ich. Schauen Sie mal, wie stolz wir sind.«

»Kennen Sie das Zelt?« Ole zeigte darauf.

Sie ging näher an das Bild heran. »Das wird zur Lagerung von Ausrüstung verwendet, die nicht nass werden darf, glaube ich.«

»Wissen Sie, wem es gehört?«

»Keine Ahnung«, antwortete sie. »Einem der Organisatoren vielleicht? Oder dem Wachposten – dem da?« Sie zeigte auf einen Mann im Hintergrund mit Tourenkleidung und einer weißen Armbinde, aber es war nicht zu erkennen, wer es war. Zumindest nicht für einen Mann mittleren Alters wie Ole, der eigentlich schon längst eine Lesebrille brauchte, aber noch immer nicht über das Verweigerungsstadium hinweg war.

Er nahm das Bild von der Wand und reichte es Cecilie. »Kannst du den erkennen?« Er zeigte auf die Gestalt.

Sie hielt das Foto unter eine Lampe. »Das ist Marius Bøe«, sagte sie.

Kapitel 27

»Dieser Mann fängt an mich zu irritieren«, sagte Ole grimmig, als sie wieder beim Auto angelangt waren. »Ist dir schon aufgefallen, dass wir ihm alles aus der Nase ziehen müssen?«

»Ja«, antwortete Cecilie mit einem schiefen Lächeln und zählte auf: »Erstens hat er uns nicht gesagt, dass Anita seine Exfrau war, zweitens, dass sie und ihre Tochter oft bei ihm waren, drittens, dass er sein Haus nie abschließt, viertens, dass Kari Østby bei ihm putzt, und nun fünftens, dass er vermutlich doch so ein Zelt besitzt.«

»Ganz genau.«

Cecilie fuhr fort: »Der Mann wirkt irgendwie unwillig. Als ob er etwas zu verbergen hätte und so lange wie möglich schweigt, um auf der sicheren Seite zu sein. Außerdem hast du ihn ja schon gefragt, ob er ein solches Zelt besitzt, und er hat es verneint.«

»Ja, das stimmt.« Er sah sie an. »Sollen wir ihn anrufen und um eine Erklärung bitten?«

»Es stimmt, dass ich einmal ein solches Zelt hatte«, gestand Marius Bøe betreten. »Aber wie ich Ihnen gestern schon zu erklären versuchte: Ich habe es nicht mehr. Ich habe es nie verwendet und habe es verliehen. Es tut mir leid. Ich hätte natürlich eine klarere Antwort geben müssen, aber die Geschichte mit meiner Tochter treibt mich fast in den Wahnsinn.«

»Eine klare Antwort wäre in der Tat hilfreich gewesen«, sagte Ole. »Wann haben Sie es denn verliehen – und an wen?«

»Im Herbst irgendwann einmal. Der Wanderverein hat es.«

»Wer war Ihre Kontaktperson dort?«

»Arvid Strand.«

Ole schluckte. »Der Ehemann von Martha Strand?«

»Ja. Er ist Vorsitzender des Vereins. Ich glaube, sie haben in der Pension einen Raum, wo sie die Sachen vom Verein aufbewahren. Fragen Sie Arvid doch mal. Wissen Sie etwas Neues über Bente? Haben Sie den Kerl schon verhaftet?«

»Nein, noch nicht«, antwortete Ole. »Ich halte Sie auf dem Laufenden.«

Ole rief Morten an und informierte ihn. »Finde heraus, wer Zugang zum Lagerraum hat, und ruf mich zurück«, sagte er. »Das hat höchste Priorität.«

Als sie vor der Doppelgarage der Familie Lundekvam parkten, rief der Polizist zurück.

»Die Dinge liegen in einem unversperrten Kellerraum«, sagte er. »Im Prinzip haben alle Zugang. Wenn sie dort unten was zu tun haben, wohlgemerkt, oder unverfroren genug sind. Ein Zelt ist nicht dabei, das haben wir geprüft.«

»Danke, Morten.« Ole legte auf. Er öffnete die Autotür, zögerte dann aber und wandte sich zu Cecilie um. »Ist das ein Teil, das wir in unserem Puzzlespiel einordnen können?«

»Nein«, sagte sie entschieden. »Aber es ist zumindest ein weiteres Teil.«

Es hatte aufgehört zu regnen, als sie aus dem Auto ausstiegen. Die Wolken zogen hastig über den Himmel, als hätten sie es eilig, von dort wegzukommen. Auf dem Weg zum Haus hinauf sahen sie von der Treppe aus Dorte Lundekvams Schatten am Fenster, an dem sie auch gestanden hatte, als sie das Haus am Vortag verließen. Ole hatte das Gefühl, das sei schon eine Woche her, dabei waren nur ein Tag und ein paar Stunden vergangen.

Die Arztgattin öffnete, bevor sie klingeln konnten, so wie zuvor die Zahnarztgattin. Als sei sie ihr Ebenbild, dachte Ole.

Die Parallelen setzten sich fort. Dorte Lundekvam servierte Kuchen, Kaffee und Tee, und sie nahmen im Wohnzimmer Platz – diesmal vor dem weißen Kamin. Die drei Rosen auf dem anderen Tisch ließen die Köpfe hängen. Die Symbolik versetzte Ole einen Stich ins Herz.

Dorte Lundekvam folgte seinem Blick. Für einen kurzen Moment meinte er, Schmerz in ihren Augen zu erkennen, dann war sie wieder wie beim letzten Mal: ruhig und beherrscht.

»Wir haben noch ein paar Fragen«, begann Ole. »Falls es nötig sein sollte, bestellen wir Sie später noch zu einer gründlicheren Zeugenbefragung aufs Revier.«

Dorte Lundekvam griff nach der Teetasse, lehnte sich in den tiefen Sessel zurück und schlug zwei schlanke Beine übereinander. Wie am Vortag trug sie auch heute eine eng geschnittene blaue Jeans und eine locker sitzende Bluse. Ihr volles, kastanienbraunes Haar wirkte frisch gewaschen und sehr gepflegt, und ihre Augen waren nicht mehr rot unterlaufen. Sie sah toll aus, stellte Ole fest. Rank und elegant. Eine Meisterin in der Kunst, um jeden Preis die Fassade zu wahren.

»Bedienen Sie sich ruhig«, sagte sie. »Ich werde antworten, so gut ich kann.«

»Danke.« Ole nahm sich ein Stück Kuchen. »Stimmt es, dass Kari Østby bei Ihnen putzt?«, fragte er.

»Sie hat bei uns geputzt.« Dorte Lundekvam nippte an der Teetasse. »Ich habe sie vorige Woche entlassen. Die Frau wurde immer überdrehter, zum Schluss habe ich mich nicht mehr getraut, sie ins Haus zu lassen.«

»Was meinen Sie mit ›überdreht‹?«

»Nun, wie soll ich sagen…« Dorte Lundekvam überlegte. »Sie wirkte irgendwie unberechenbar. Erzählte unzusammenhängende, verrückte Geschichten. Außerdem ist ihr Mann Alkoholiker. Wir wollen solche Leute nicht in unserer Nähe haben. Das klingt vielleicht zynisch, aber ich bestimme selbst, wer mein Haus sauber macht.«

»Die Ermittlungen haben ergeben, dass Kari Østby vermutlich die Tatwaffe besorgt hat«, fuhr Ole fort. »Es handelt sich möglicherweise um einen Auftragsdiebstahl. Kari hat auch beim Eigentümer der Waffe das Haus geputzt.«

»Auftragsdiebstahl?« Dorte Lundekvam sah ihn erschrocken an. »Das … nein, das glaube ich nicht. Dass sie jemand für so etwas bezahlt hat? Damit Joakim auf offener Straße hingerichtet werden konnte, meinen Sie? Joakim, der liebenswerteste Mensch aller Zeiten?«

»Ja, unfassbar«, entgegnete Ole. »Wir konnten bisher kein Motiv feststellen. Wir können auch nicht ausschließen, dass der Schütze danebengeschossen und den falschen Mann getroffen haben könnte oder Joakim mit jemand anderem verwechselt hat.«

»Ja«, meinte Dorte, »das klingt vernünftig. Niemand kann irgendetwas gegen Joakim gehabt haben.«

Ole trank von seinem Kaffee, während er darüber nachdachte, wie er seine Worte wählen sollte. Eine einzige unüberlegte Bemerkung könnte missverstanden und übel genommen werden. Er musste stets bedenken, dass Dorte Lundekvam soeben ihren Mann unter schrecklichen Umständen verloren hatte.

Ole nahm sich ein zweites Stück Kuchen. Er bemerkte Cecilies Blick, ignorierte ihn aber geflissentlich. »Wir verschaffen uns gerade einen Überblick über die Personen, die sich in unmittelbarer Nähe von Joakim Sørensen befanden, als er umgebracht wurde«, sagte er vorsichtig.

»Vorläufig wissen wir nur, in wessen Begleitung er war, als er die Sykehusgata hinunterging.«

»Ach ja?« Dorte Lundekvam warf stolz den Kopf in den Nacken. »Das war wohl Sigurd, nehme ich an?«

»Ja, das stimmt«, nickte Ole.

»Wissen Sie, ich kann mir vorstellen, worauf Sie hinauswollen. Die beiden gingen oft gemeinsam zur Arbeit. Sie wollen wissen, ob ich ein Alibi habe. Ob ich ein Motiv habe, um meinen Mann umbringen zu wollen. Die Antwort auf beide Fragen ist nein. Ich war am Montagmorgen im Bett und schlief bis neun. Danach stand ich auf, nahm eine Dusche und machte mich zurecht. Dann habe ich mich um das Haus gekümmert. Und Sigurd war ein Engel, so wie auch Joakim einer war. Ich habe ihn geliebt.« In ihren Augen war wieder der Schmerz zu sehen, dann riss sie sich wieder zusammen. »Er rief am Nachmittag an und sagte mir, dass man mich fortbringen wolle wegen der Drohbriefe. Aber dann ... dann brach das Feuer aus. Fragen Sie ruhig weiter, Ole, ich weiß, dass das Ihre Aufgabe ist.«

»Danke für Ihr Verständnis.« Ole lächelte mitfühlend. »Tatsächlich muss ich Sie fragen, welche Schuhgröße Sie haben.«

»38«, lautete die umgehende Antwort.

»Okay, gut ...« Ole machte eine kurze Pause. »Wie Sie sicher wissen, fahnden wir nach einem blauen Lieferwagen«, fuhr er fort.

»Ja, das habe ich gehört. Aber ich fahre keinen solchen Wagen, wenn Sie das wissen möchten.«

»Wussten Sie nicht, dass Joakim und Ihr Mann am Wochenende einen blauen Lieferwagen gemietet hatten?«

Dorte Lundekvam hob eine Augenbraue. »Einen blauen? Nein – haben sie das?« Sie runzelte die Stirn. »Ach, Sie meinen, als sie die neuen Möbel abholten? Du meine Güte, nein, davon hatte ich wirklich keine Ahnung.«

»Wissen Sie, wo das Fahrzeug jetzt ist?«

»Nein. Es ist zumindest nicht hier.«

»Ich verstehe.« Ole wandte sich nachdenklich an Cecilie. »Gut – dann sind wir, glaube ich, erst mal mit allem durch«, sagte er. »Habe ich etwas vergessen?«

»Ja.« Cecilie wandte sich an die Arztgattin. »Haben Sie in der Zeit vor dem Mord an Joakim Sørensen einen älteren, dunkelgrünen Toyota Corolla hier in der Gegend gesehen?«

»Ist das so ein japanisches Auto?« Dorte Lundekvam kräuselte erneut die Stirn. »Nein, ich glaube nicht.«

Draußen in der Eingangshalle blieben sie stehen und verabschiedeten sich. Oles Blick fiel auf einen Schlüsselring, der an einem Haken an der Wand hing.

Während er sich mit Dorte Lundekvam über ihren Sohn unterhielt, der noch immer unter Schock stand, warf er rasche, neugierige Blicke auf den Schlüssel. Cecilie folgte seinem Blick und nahm ihn vom Haken.

Das Gespräch über den Sohn verstummte.

Ole ging zu Cecilie hinüber, und die beiden nahmen den Schlüssel gemeinsam in Augenschein. Das Ford-Logo war deutlich zu erkennen. Auf einem Etikett stand Blåen in großer Druckschrift und darunter ein mit Kugelschreiber eingetragenes Autokennzeichen.

»Entschuldigen Sie die Unterbrechung, Dorte, aber was ist das?«, fragte er ernst.

Sie nahm den Schlüssel und betrachtete ihn.

»Hing der da?« Sie sah ihn überrascht an. »Was steht da? Blåen?«

Sie wurde kreidebleich. »Ich schwöre«, sagte sie langsam. »Ich hatte keine Ahnung von diesem Schlüssel.«

Sie untersuchten die Doppelgarage, bevor sie gingen, aber dort standen nur Dorte Lundekvams Golf und der Mercedes ihres Gatten.

Draußen im Auto blieben sie sitzen und rekapitulierten.

»Trägst du eigentlich auch Schuhgröße 38, Cecilie?«, fragte er.

»Ja.«

»Das tut ihr wohl alle«, murmelte er und startete den Wagen.

Kapitel 28

Sie fuhren zur Pension zurück und holten den Haftbefehl für Roger Haug. In Anbetracht seines aufbrausenden Charakters nahm Ole zwei der Polizisten aus Borg mit. Die Situation missfiel ihm. Er hätte es vorgezogen, Haug während der Arbeitszeit festzunehmen. Jetzt mussten sie ihn zu Hause verhaften, vor den Augen seiner Lebensgefährtin und der kleinen Bente.

Die Tür wurde von Anita geöffnet. Bei Oles Anblick fuhr sie zusammen. Sie warf einen nervösen Blick zurück über die Schulter, dann sah sie ihn ängstlich an.

»Sie kommen ... hierher? Worum ... worum geht es?«, fragte sie leise.

»Wir sind hier, um Roger Haug festzunehmen«, sagte Ole bestimmt. »Ist er hier?«

»Sie wollen ihn festnehmen?« Anita schwankte. »Äh ... ob er hier ist? Ja – er sitzt im Wohnzimmer.« Sie wandte sich um und rief mit zitternder, unterwürfiger Stimme in die Wohnung hinein: »Roger, die Polizei ist hier. Sie will mit dir sprechen.«

»Verdammt beschissenes Timing, sag ihnen, dass es nicht passt«, brüllte er mürrisch zurück.

Anita wandte sich wieder an Ole. »Könnten Sie ... äh ... morgen wiederkommen?«

»Nein.« Er lächelte und legte eine Hand auf ihre Schulter. »Es tut mir leid, Anita, aber wir müssen da rein und ihn holen.«

Er winkte die Polizisten zu sich, schob die verängstigte Frau freundlich, aber bestimmt beiseite und betrat die Wohnung. Roger lümmelte in einem Lehnsessel im Wohnzimmer und sah fern. In einer Hand hielt er eine Bierdose, in der anderen eine Kippe. Auf dem Tisch standen vier leere Dosen. Er sprang auf, als sie den Raum betraten.

»Was zum Teufel ...!« Seine Augen verengten sich und wurden pechschwarz. »Haben Sie schon mal davon gehört, dass man das Privatleben anderer Leute respektiert? Es passt jetzt nicht, hab ich gesagt!«

Ole hatte weder ausreichend Kraft noch Zeit für Diplomatie. Er überreichte ihm den Haftbefehl.

»Roger Haug, wir nehmen Sie fest wegen des Verdachts auf körperliche und seelische Misshandlung Ihrer Lebensgefährtin Anita Skeie. Sie sind berechtigt, aber nicht verpflichtet, eine Aussage zu machen. Alles, was Sie sagen, kann vor Gericht gegen Sie verwendet werden. Als Tatverdächtiger haben Sie das Recht auf einen Anwalt auf Kosten der Öffentlichkeit. Sie können selbst einen wählen, ansonsten wird einer von uns bestellt. Haben Sie einen besonderen Wunsch?«

»Zur Hölle mit euch!« Rogers Augen blitzten. »Raus mit euch, verdammt noch mal!« Er durchbohrte Anita mit seinem Blick. »Was hast du denen gesagt?«

Ole unterbrach ihn. »Nun, wenn Sie keinen Anwalt benennen wollen, werden wir einen für Sie bestellen.« Er nickte den Polizisten zu. »Wir werden Ihnen jetzt Ihre Fingerabdrücke abnehmen und Sie auf dem Revier fotografieren, bevor wir Sie nach Borg in die U-Haft überstellen lassen. Sie werden morgen oder am Freitag dem Haftrichter vorgeführt.«

»Scheißamateure«, fauchte Haug. »Ich habe überhaupt nichts getan! Hab ich dich jemals angerührt?« Er starrte seine Lebensgefährtin an.

»Nein, natürlich nicht …!«, erwiderte sie mit tränenerstickter Stimme.

Haug wandte sich an Ole. Seine Augen blitzten hasserfüllt. »Da haben Sie's gehört. Sie sind wohl nicht ganz bei Trost?« Er starrte Anita erneut an. »Was hast du verdammt noch mal getan? Wieder einmal Lügen über mich verbreitet?«

»Nein, Roger«, antwortete sie schluchzend.

Die Polizisten legten ihm Handschellen an.

»Verfluchtes Tratschweib, das wird dir noch leidtun«, zischte er, während er sich wand wie ein Wurm. »Hast du gehört? Warte nur, bis ich wieder zurück bin!«

Ole baute sich vor ihm auf. »Es spricht nicht gerade zu Ihren Gunsten, wenn Sie Personen in Anwesenheit von Zeugen bedrohen«, betonte er. »Tatsächlich kann die Polizei auch von sich aus Ermittlungen in die Wege leiten. Das ist in diesem Fall geschehen. Ihre Aussagen werden notiert und in Ihre Akte aufgenommen. Vielen Dank, dass Sie uns behilflich sind.« Er lächelte kühl.

Haug raste vor Wut. Er wand sich in den Armen der Polizisten, die ihre liebe Not damit hatten, ihn festzuhalten. »Das sind falsche Anschuldigungen!«, brüllte er. »Weißt du, was für Strafen darauf stehen? Das kostet dich deinen fetten Arsch! Du bist fertig! Fertig, sage ich!«

»Okay, das reicht.« Ole verdrehte die Augen. »Abführen!« Er wandte sich zu Anita, die die Szene verschreckt verfolgt hatte. Auch Bente war aus ihrem Zimmer gekommen, stellte er beunruhigt fest. Sie klammerte sich an ihre Mutter, halb versteckt hinter ihr, so dass nur Kopf und Schulter zu sehen waren. Anita Skeie hielt sie fest im Arm.

Ole versuchte, das kleine Mädchen anzulächeln, aber Bente reagierte nicht. Dann wandte er sich wieder an Anita: »Ich muss mit Ihnen reden, bevor ich gehe. Möchten Sie sich zuerst um Bente kümmern? Ich warte hier.«

Anita blickte zu ihrer Tochter hinunter. »Du erinnerst dich an den Mann von der Polizei, mein Schatz?«

Das Mädchen nickte.

»Dann weißt du, dass er sehr nett ist, oder?«

»Ja«, kam die Antwort leise.

Anita lächelte Ole vorsichtig zu. »Wir können uns aufs Sofa setzen. Bente kommt mit.«

»Haben Sie die Broschüre gelesen, die ich Ihnen heute Morgen gegeben habe?«, begann Ole.

Sie schüttelte den Kopf. »Ich ... ich habe sie verlegt.«

»Dann bekommen Sie eine neue.« Ole überlegte. »Wissen Sie, es sind doch immer dieselben Muster: Ich habe längst den Überblick verloren, wie vielen Frauen es nicht gelingt, sich von gewalttätigen Männern zu befreien. In Ihrem Fall begnügt er sich aber nicht damit, Sie zu zerstören. Er zerstört auch Ihr Kind.«

Er holte eine neue Broschüre aus der Tasche und reichte sie ihr.

»Lesen Sie das gründlich durch«, sagte er. »Ich versichere Ihnen, dass Sie jetzt sicher sind. Sollte Roger Haug nach der U-Haft wieder auf freien Fuß gesetzt werden, bekommen Sie einen Taschenalarm, wenn nötig. Wir haben unser Revier ganz in Ihrer Nähe und können in wenigen Minuten bei Ihnen sein. Das Schloss Ihrer Eingangstür wird ausgewechselt. Wir werden einen Gerichtsbeschluss besorgen, der es Ihrem Lebensgefährten verbietet, in Ihre Nähe zu kommen. Sollte er es trotzdem tun, wird er verhaftet. Das Krisenzentrum in Borg steht zur Verfügung, um Sie zu schützen. Ihr Exmann wird alles tun, um Sie zu unterstützen. Sie sind jetzt sicher, Anita, und Bente auch. Aber Sie müssen Ihren Lebensgefährten anzeigen.«

Er versuchte erneut, das kleine Mädchen mit einem freundlichen Lächeln zu beruhigen. Sie zog verlegen die Schultern hoch und flocht die Finger zwischen den Knien ineinander. Schließlich lächelte sie vorsichtig zurück.

»Was … genau muss ich tun?« Anita Skeie sah ihn verwirrt an. »Nur eine Anzeige erstatten?«

Ole nickte. »Schriftlich.« Er hob den Zeigefinger. »Und diesmal müssen Sie dazu stehen. Denken Sie daran: Sie sind erwachsen und haben eine Wahl. Das hat Bente nicht. Sie hat nur Sie.«

Die Frau hielt schweigend die Hand ihrer Tochter fest. »Das … das kommt so plötzlich. Kann ich mir das bis morgen überlegen?«

»Tun Sie das.« Ole erhob sich. »Kommen Sie morgen Früh zu mir ins Büro.«

Als die Polizisten abgezogen waren, sah Bente ängstlich zu ihrer Mutter auf.

»Mama, wird Roger umziehen?«

»Vielleicht, mein Schatz.« Anita Skeie hatte die Arme um sie gelegt und lächelte matt.

Bente zog erneut die Schultern hoch und flocht die Finger ineinander. Dann sagte sie mit ihrer hohen, klaren Stimme, begleitet von einem beinahe entschuldigenden Lächeln: »Fein.«

Ole versammelte seine Leute ein letztes Mal an diesem Tag, bevor sie Feierabend machten. Sie brachten sich rasch auf den neuesten Stand. Die Verhaftung von Roger Haug war dabei das wichtigste Thema.

Morten hatte von G-Sport eine Rückmeldung erhalten. Ein Zelt wie dasjenige, das auf dem Aussichtsplateau gefunden wurde, war vier Jahre zuvor an Marius Bøe verkauft worden. Sie hatten auch andere Zelte verkauft, aber nicht an Personen, deren Namen den Polizisten bekannt waren. Morten notierte die Namen dennoch für den Fall, dass sie später doch noch auftauchen würden.

Arne konnte berichten, dass sie nun einen besseren Überblick über die Personen hatten, die sich zum Tatzeitpunkt in der Nähe des Ermordeten befanden.

»Es handelt sich um zehn Personen«, sagte er. »Fünf davon sind Frauen, zwei sind Schüler. Die übrigen drei sind Männer, von denen einer eine ausgewaschene Jeansjacke, einer einen weißen Pullover und einer eine rote Strickjacke trug.«

»Hm ... und Joakim Zahn hatte einen beigen Sommermantel an, richtig?«

»Ja. Einen langen. Und der Arzt trug ein blaues Sakko.«

»Genau. Und was ist mit Roger Haug, wurde er von keinem Zeugen gesehen?«

»Nein.«

Ole trommelte rastlos auf der Armlehne. »Erstaunlich.«

»Wir haben noch nicht mit allen gesprochen«, ergänzte Arne. »Die Befragung ist ziemlich aufwändig.«

»Das ist mir klar.« Ole nickte. »Okay, Leute«, sagte er nach einer kurzen Denkpause. »Wir können in diesem Fall offenbar niemanden ausschließen. Morgen Früh nehmen wir die beiden Witwen noch mal genauer unter die

Lupe. Arne, du kümmerst dich darum. Hol zunächst Informationen über die Vermögenslage der beiden Familien ein. Prüf alle Arten von Versicherungen, insbesondere Lebensversicherungen und wer die Begünstigten sind. Finde heraus, ob jemand in den Familien ein Testament geschrieben hat. Wenn dabei nichts rauskommt, besteht der nächste Schritt darin, uns bei Familie und Freunden umzuhören. Wenn da jemand ein Motiv hat, müssen wir das abklären.«

Arne nickte.

»Prüf auch die wirtschaftliche Lage der Familie Østby«, sagte Ole. »Alles deutet darauf hin, dass Kari Østby die Tatwaffe gestohlen hat. Untersuch alle Eingänge auf ihrem Konto. Man hat sie vielleicht dafür bezahlt.« Er legte beide Hände auf den Tisch. »Sonst noch etwas?«

Sie murmelten ein einmütiges »Nein«.

Ole erhob sich. »Dann machen wir jetzt Schluss. Gute Arbeit, Leute.«

Ole versuchte, Hilde anzurufen, aber ihr Telefon war ausgeschaltet. Sie war wohl schon zu Bett gegangen.

Kapitel 29

Ole verbrachte eine weitere schlaflose Nacht. Sein ganzer Körper war in Aufruhr, so dass er am Donnerstag bereits um sechs Uhr früh aufstand. Dieser Fall brachte ihn an seine Grenzen. Sie hatten am Vortag zwar einige neue Informationen und Erkenntnisse gewonnen, aber bislang zeichnete sich kein logisches Muster ab. Sie waren mit anderen Worten genauso weit von der Lösung entfernt wie zuvor, und heute begann bereits Tag vier nach der Ermordung von Joakim Sørensen.

Ole drehte mit Birk eine Morgenrunde. Im Lauf der Nacht hatte sich vom Meer her ein neues Tiefdruckgebiet breitgemacht und das bisherige abgelöst. Die Wolkendecke hing tief und düster zwischen den Bergrücken, und auch an diesem Tag regnete es heftig – winzig kleine Tropfen, die zusammen das ergaben, was die Bewohner von Bergen als »sip« bezeichnen – dichter, ungemütlicher Regen, der einen innerhalb weniger Minuten völlig durchweicht. Da Ole keine ordentliche Regenkleidung mehr besaß, war er nass bis auf die Haut, als er wieder in der Pension ankam.

Er kaufte sich an der Rezeption eine der großen überregionalen Tageszeitungen und nahm sie zusammen mit einer Tasse Kaffee in sein Büro mit nach oben. Dort zog er eine trockene Uniform an, fand eine Zigarre, setzte sich und blätterte die Zeitung durch, während er die letzte halbe Stunde alleine genoss.

Berichte über die Ereignisse in Fjellberghavn dominierten sowohl die erste Seite als auch die meisten Nachrichtenseiten im Innenteil der Zeitung. Alle möglichen Theorien wurden formuliert. Auf einer Seite mit einem Luftbild von Fjellberghavn waren sowohl die verbrannten Überreste seines Hauses als auch das Aussichtsplateau und der Tatort in der Sykehusgata gekennzeichnet worden. Gerade noch zu erkennen waren auch das Zelt sowie das Blumenmeer in der Sykehusgata, und von den Trümmern stieg noch immer Rauch auf. Jetzt war das eingetreten, was er befürchtet hatte: Die Presse hatte begonnen, auf eigene Faust herumzuschnüffeln. Das konnte für die Polizeiarbeit sehr hinderlich werden. Weiter hinten in der Zeitung lächelte ihm zu seiner Überraschung Martha Strand von einem ganzseitigen Foto entgegen.

Sie wurde in einem langen Artikel als frischer, charismatischer Wind aus der Wirtschaft präsentiert, eine dynamische Bürgermeisterkandidatin, die es sich zum Ziel gesetzt hatte, eine heruntergewirtschaftete Gemeinde wieder flottzumachen. Sie führe in den Meinungsumfragen, stand dort, und zwar mit deutlichem Vorsprung. Ein Erdrutschsieg zeichne sich ab. Dann folgte etwas, was Ole nicht wusste: Martha Strand wurde auch als Kandidatin für den neuen stellvertretenden Parteivorsitz gehandelt. Und das nicht auf lokaler Ebene, sondern landesweit. Eine Politikerin auf dem besten Weg nach oben, mit anderen Worten. Vielleicht in zwei Jahren bereits ein eminentes Regierungsmitglied. Denn ihre Partei hatte sich vorgenommen, die nächste Parlamentswahl zu gewinnen. Vielleicht würde sie sogar einmal Ministerpräsidentin werden? Die Zeitung spekulierte in diese Richtung.

Martha Strand machte sich gut auf dem Foto. Am Ende des Artikels ging sie auf die schrecklichen Ereignisse der letzten Tage in Fjellberghavn ein. Sie berichtete ein wenig darüber, wie sehr das jeden einzelnen Bewohner belaste, dann fügte sie hinzu, dass sie zum Glück den besten Polizeichef im ganzen Land hätten und der Fall daher schnell gelöst sein würde. Dann erwähnte sie kurz die begrenzten Ressourcen der Polizei und betonte, dass dies einer der ersten Punkte sei, den sie als gewählte Politikerin in Angriff nehmen würde. Ole musste gestehen, dass er beeindruckt war und auch ein wenig stolz darauf, wie sie seine Verdienste um Fjellberghavn darstellte.

Gegen acht Uhr tauchten die Kollegen einer nach dem anderen auf, und der Empfangsbereich war plötzlich voll von dampfenden, nassen Jacken und Mänteln und Regenschirmen. Sie setzten sich zu einer kurzen Morgenbesprechung zusammen. Anschließend ging Ole in sein Büro und schloss die Tür hinter sich. Dann fragte er in die Gegensprechanlage: »Eva, weißt du, ob Martha Strand schon aus Oslo zurück ist?«

»Ich erkundige mich sofort.«

»Gut. Bitte sie gegebenenfalls, kurz bei mir vorbeizuschauen.«

Eva meldete sich gleich darauf wieder: »Martha ist da und kommt, sobald sie alles erledigt hat, was gerade dringend ansteht, wenn das in Ordnung ist.«

»Gut. Sag ihr, ich erwarte sie.«

Er beugte sich über seinen Schreibtisch. Darauf lag ein Stapel Dokumente, die dringend durchgearbeitet werden sollten. Andere Fälle häuften sich. Ole seufzte. Das aufzuholen würde einige Zusatzschichten erfordern.

Cecilie steckte den Kopf zur Tür herein. Er winkte sie zu sich.

»Wir haben hier einen Bericht«, sagte sie und hielt eine Mappe hoch. »Ich dachte mir, dass du ihn wahrscheinlich sehen willst.«

»Hast du ihn denn schon gelesen?« Ole plagte das schlechte Gewissen, als er den Stapel beiseiteschob, aber er lehnte sich zurück und verschränkte die Arme erwartungsvoll.

Sie nickte und nahm Platz.

»Dann fass ihn für mich zusammen.«

Sie öffnete die Mappe. »Er stammt vom Labor in Borg«, sagte sie und blätterte in den Unterlagen. »Die Analyse des Inhalts der beiden Tablettenpackungen, die im Haus der Østbys gefunden wurden, ist abgeschlossen. Es handelt sich um Chlorpromazin, ein gängiges Mittel bei der Behandlung von Persönlichkeitsstörungen.« Sie sah auf. »Arne hat das Krankenhaus angerufen. Es handelt sich tatsächlich um das Medikament, das Kari Østby verschrieben wurde. Die beiden Packungen enthalten die

Dosis für gut einen Monat. Damit ist unser Verdacht bestätigt, Ole. Kari Østby hat über längere Zeit ihre Medikamente nicht eingenommen.«

Ole nickte. »Die Frage ist: Wer hat ihr eingeredet, dass die Medikamente giftig sind? Morten sollte ja bei Telenor die eingegangenen Anrufe überprüfen. Ich bin gespannt auf die Antwort, denn das ist wirklich wichtig, Cecilie. Wenn wir herausfinden, woher die Anrufe kamen, sind wir dem Täter ein ganzes Stück näher. Meinst du nicht auch?«

Sie nickte. Ihre Augen leuchteten.

Ole beugte sich zu ihr vor. »Wie gesagt: Ich glaube, dass Kari in einem raffinierten Spiel benutzt wurde. Die Schuld an einem Mord auf eine Person zu schieben, die strafrechtlich nicht zur Verantwortung gezogen werden kann, ist doch eigentlich recht clever, findest du nicht?«

Ole grinste breit. Jetzt war er in seinem Element. »Ich hatte mir schon überlegt, die Kripo um die Ausarbeitung eines Täterprofils zu bitten, aber das hat sich inzwischen erübrigt. Wir wissen genug. Hör zu, Cecilie: Aufgrund der Ereignisse am Montag wissen wir, dass wir nach einer Person suchen, die in der Lage ist, einen langen, komplizierten und nicht zuletzt ausgeklügelten Handlungsverlauf vorauszuplanen und umzusetzen, richtig?«

»Ja, so weit d'accord. Aber sag mal: Was ist eigentlich mit dem Feuer und der Bombendrohung? Bist du zu dem Schluss gekommen, dass die Fälle doch zusammenhängen, verstehe ich das richtig?«

»Ja.« Ole klopfte sich auf den Bauch und lächelte. »Ich spüre es hier drin. Das Feuer und die Bombendrohung sind garantiert die Folge davon, dass sich der Täter verkalkuliert hat. Kari Østby wurde durch das Absetzen der Medikamente nicht manipulierbar wie erhofft, sondern geriet außer Kontrolle. So sehr, dass sie Amok lief – und sich in ihrem Zustand schließlich das Leben nahm.«

Cecilie überlegte. »Hm, könnte sein. Aber bringt uns das weiter, was die Identität des Täters betrifft?«

»Noch nicht.«

»Erwischt«, lachte sie und hob den Zeigefinger. »Der Täter ist womöglich eine Täter*in*, denk an die Schuhgröße!«

Ole arbeitete sich weiter durch den dicken Stapel schlechten Gewissens und hatte sich soeben in einen dringenden Fall vertieft, als Eva ihn über die Gegensprechanlage mit der Mitteilung unterbrach, dass da ein Anruf für ihn sei.

»Kann das nicht warten? Ich habe zu tun.«

»Ich glaube, du möchtest diesen Anruf entgegennehmen.« Eva stellte ohne weiteres Wenn und Aber durch.

Ole griff zum Hörer. »Vik!«, donnerte er stimmgewaltig.

»Hier spricht Jorid Steine«, antwortete eine kräftige, leicht heisere Frauenstimme.

»Ja bitte? Wie kann ich Ihnen helfen?« Ole war verärgert über die Unterbrechung, hielt sich aber zurück. Eva hatte den Anruf sicher nicht ohne Grund durchgestellt.

»Nun, eigentlich ist es so, dass ich *Ihnen* helfen möchte«, erwiderte die Frau freundlich. »Zur Erklärung: Ich bin mit dem heutigen Tag zur neuen Polizeipräsidentin des Bezirks bestellt worden.«

»Na so was«, rutschte es Ole heraus. »Das ist ja eine Überraschung, ich freue mich sehr. Herzlichen Glückwunsch.«

»Vielen Dank.« Polizeipräsidentin Steine lachte. »Also, Folgendes: Ich bin bestürzt über das, womit Sie dort unten in Fjellberghavn momentan zu kämpfen haben. Bei Ihnen herrscht ja ein wahrer Ausnahmezustand. Ich will

Sie nicht lange bei Ihren Ermittlungen stören, aber um die Entscheidungsprozesse zu verkürzen, möchte ich mich bei Ihnen einrichten, bis sich die Situation normalisiert hat. Können Sie ein Büro für mich erübrigen?«

»Äh ... ja ...« Ole überlegte fieberhaft. Eigentlich hatten sie kein freies Büro. Sie mussten sich etwas einfallen lassen. »Das lässt sich sicher arrangieren«, sagte er, und im selben Moment fiel ihm ein, dass Martha das natürlich im Handumdrehen erledigt hätte.

»Ich werde Sie wie gesagt nicht aufhalten, sondern direkt vor Ort zur Verfügung stehen, wenn Sie mich brauchen. Hat das Büro einen Internetanschluss?«

»Ja.«

»Dann habe ich alles, was ich brauche. Sie sprechen sich weiterhin mit Bårdsen als Vertreter der Staatsanwaltschaft ab, so wie Sie es auch bisher getan haben. Sie beide kennen den Fall in allen Einzelheiten. Dennoch gibt es ein paar Dinge, die ich mit Ihnen besprechen möchte. Können Sie zehn Minuten für mich erübrigen, sobald ich da bin?«

»Das kann ich«, sagte Ole. »Seien Sie herzlich willkommen. Wann können wir mit Ihnen rechnen?«

»Im Laufe des Nachmittags. Ich freue mich darauf, Sie persönlich kennen zu lernen.«

Ole lehnte sich verdattert zurück. Das kam sehr plötzlich – so wie das meiste zurzeit. Auf diese Chefin war er gespannt. Eine Frau. Nicht schlecht.

Er vertiefte sich wieder in seinen Dokumentenstapel, wurde aber erneut von Eva unterbrochen. Diesmal teilte sie ihm mit, dass Martha Strand auf ihn wartete.

Ole ging hinaus, um sie zu empfangen. Nach einer herzlichen Begrüßung geleitete er sie galant in sein Büro. Sie sah wie immer blendend aus und ging erhobenen Hauptes voran.

Die beiden nahmen Platz, sie auf dem Besucherstuhl und er hinter dem Schreibtisch. Sie glättete ein paar Falten in ihrem Rock und schlug die Beine elegant übereinander.

»Ich habe den Artikel über Sie in der Zeitung gelesen«, sagte Ole. »Ziemlich beeindruckend.«

»Ja, nicht wahr«, bestätigte sie selbstbewusst. »Wir haben ja auch die beste Politik.«

Er betrachtete sie mit einem Schmunzeln. »Und die beste Bürgermeisterkandidatin?«

»Selbstverständlich.« Sie lächelte und schob das Kinn vor. »Ich werde diese Wahl gewinnen, da können mich keine zehn Pferde davon abhalten.«

Ole schmunzelte. »Das glaube ich Ihnen aufs Wort. Ich möchte mich übrigens auch noch mit Ihrem Mann unterhalten. Ist er schon zurück?«

»Er ist noch immer oben in Ramnes«, antwortete sie beinahe entschuldigend. »Ich war allein in Oslo. Wir haben da oben eine kleine Hütte, wie Sie vielleicht wissen. Derzeit kämpfen wir mit einigen undichten Stellen im Dach. Dieser schreckliche Regen … Wir konnten nicht mehr länger warten auf diese Handwerker, die sowieso nie kommen.«

»Würden Sie ihm bitte ausrichten, dass er sich mit uns in Verbindung setzen möchte?«

»Natürlich.«

»Gut. Ich möchte Sie nun als Zeugin befragen, reine Routine. Ist das in Ordnung?«

»Ja, aber bringen wir's rasch hinter uns.« Ihre Augen funkelten ungeduldig. »Ich habe einiges zu tun.«

»Das glaube ich.« Ole erhob sich und holte das Aufnahmegerät. Er klärte sie über die Formalitäten und ihre Pflichten als Zeugin auf und sorgte dafür, dass man ihr eine Tasse Tee brachte. Dann waren sie bereit.

Ole drückte den Aufnahmeknopf: »Martha, ist Ihnen bekannt, dass die Pension am letzten Wochenende einen Lieferwagen gemietet hatte?«

Sie zögerte. »Arvid und Roger wollten ausmisten. Ich glaube, sie haben einen Mietwagen organisiert, ja.«

»Wissen Sie, um was für einen Wagen es sich dabei handelte?«

»Nein, ich habe mich nicht weiter darum gekümmert.«

»Wissen Sie vielleicht trotzdem, wo er abgestellt wurde, wenn er gerade nicht gebraucht wurde?«

»Im Hof, nehme ich an. Bei der Warenrampe. Dort parken wir in der Regel solche Fahrzeuge. Aber wie gesagt, ich habe ihn nicht gesehen.«

»Wissen Sie, wo der Zündschlüssel aufbewahrt wurde?«

»Nein.«

»Wer hat den Wagen zurückgebracht?«

»Das muss entweder Roger oder Arvid gewesen sein. Sie haben das alles organisiert.« Die Pensionsinhaberin betrachtete ihn kritisch, als wollte sie sagen: Was soll denn diese Fragerei?

Ole ignorierte den Blick.

»Kommen wir zu dem Montag, als Joakim Zahn erschossen wurde«, sagte er. »Wann gingen Sie und Ihr Mann zur Arbeit?«

»Wir?« Sie maß ihn mit einem irritierten Blick.

»Ja, Sie beide.« Ole begegnete ihrem Blick. »Wir verschaffen uns einen Überblick über alle Bewegungen zum Tatzeitpunkt, es könnte ja jemand etwas Entscheidendes gesehen haben«, sagte er. »Das gilt auch für Sie und Ihren Mann.«

Ihre Körperhaltung entspannte sich etwas. »Aha – so ist das zu verstehen.« Sie wechselte graziös die Beinposition, während sie überlegte. »Arvid geht immer zu Fuß ins Büro«, sagte sie nachdenklich. »Er ging um circa Viertel vor neun von zu Hause weg, denke ich. Zumindest ist das seine übliche Zeit.«

»Das heißt, er kam am Tatort vorbei?« Ole sah sie überrascht an.

»Ja, das muss er wohl. Aber ihm ist nichts Ungewöhnliches aufgefallen. Zumindest hat er nichts erzählt. Vielleicht war er schon vorbei, als es passierte?« Ihre Augen funkelten herausfordernd. »Da müssen Sie ihn aber vorsichtshalber selbst fragen«, fügte sie hinzu.

»Ja, das war ja auch meine Absicht«, sagte Ole mit einem beschwichtigenden Lächeln. »Was hatte er an?«

»Eine kurze schwarze Jacke. Warum wollen Sie das wissen?«

Ole merkte ihr an, dass sie wieder misstrauisch wurde, und sah ihr fest in die Augen.

»In diesem Stadium interessiert uns alles.«

»Dieses Stadium ...« Martha Strand schüttelte den Kopf. »Ehrlich gesagt, Ole, heute ist Donnerstag. Joakim starb am Montag, Sigurd ebenfalls. Nur damit Ihnen eines klar ist: Die Wählerinnen und Wähler fangen langsam an, die Arbeit der Polizei in Frage zu stellen. Haben Sie denn noch immer keine konkreten Hinweise? Noch nicht einmal einen Verdacht?«

Ole schaltete das Aufnahmegerät aus.

»Martha«, sagte er forsch. »Sie wissen selbst, unter welchen Umständen wir hier ermitteln. Sie sind als Zeugin gefragt, da Sie möglicherweise wichtige Informationen für uns haben, ohne dass es Ihnen vielleicht bewusst ist. Aber es steht Ihnen natürlich frei, die Aussage zu verweigern, ich kann Sie nicht zwingen.«

»Ich verstehe«, sagte sie, genauso bestimmt wie er.

»Wollen Sie uns weiterhelfen – ja oder nein?« Ole sah ihr in die Augen.

»Selbstverständlich. Aber machen Sie zügig weiter, finden Sie's bald heraus!«

»Das, meine Liebe, ist Sinn und Zweck dieser Übung«, sagte er und schaltete das Gerät wieder ein. »Fahren wir also fort. Sie sagten, Ihr Mann sei um Viertel vor neun von zu Hause aufgebrochen. Wann verließen Sie das Haus?«

»Ich?« Die Gesichtszüge der Bürgermeisterin in spe verhärteten sich, dann besann sie sich. »Ich bin gleich nach ihm weg. Musste in Lunde etwas erledigen.«

»Was mussten Sie dort erledigen?«

»Ein paar Broschüren von einer Druckerei abholen.«

»Was für ein Auto fuhren Sie?«

»Den Firmenwagen.«

»Und das ist ein ...?«

»Mercedes.« Sie warf ihm einen ungeduldigen Blick zu. »Wie heißt das Modell doch gleich ... E 230, glaube ich. Ein silbergrauer PKW.«

»Haben Sie unterwegs etwas beobachtet, was mit dem Fall zu tun haben könnte?«

»Was zum Beispiel?«

»Einen grünen Toyota Corolla älteren Jahrgangs? Oder einen blauen Lieferwagen?«

Sie überlegte. »Nein«, sagte sie schließlich. »Aber ich habe auch nicht darauf geachtet. Ich habe mich aufs Fahren konzentriert.«

»Ein Zeuge hat einen blauen Lieferwagen auf einem Rastplatz in der Nähe von Osberg beobachtet. Haben Sie den gesehen?«

»Das habe ich doch bereits beantwortet. Nein.«

»Wie heißt diese Druckerei in Lunde?«

»Kunsttrykk. Ich habe mit dem Geschäftsführer gesprochen. Das wollen Sie vermutlich ebenfalls wissen. Er heißt Johnsen.«

»Gut. Wann waren Sie wieder in Fjellberghavn?«

»Tja, so um elf vielleicht? Ich habe nicht auf die Uhr geschaut, aber ich habe gleich gemerkt, dass im Zentrum das totale Chaos herrschte, also bin ich direkt hierher gefahren.«

Ole blätterte in den Unterlagen, und Martha nutzte die Pause für einen Schluck Tee, während sie einen demonstrativen Blick auf ihre Uhr warf.

»Jetzt nur noch ein paar abschließende Fragen«, sagte er. »Kennen Sie Kari und Freddy Østby?«

Martha runzelte die Stirn. »Nein, das kann ich nicht behaupten ...«

»Und Marius Bøe?«

»Den Exmann von Anita? Doch, wir kennen uns vom Sehen her.«

»Dann habe ich nur noch eine Frage: Welche Schuhgröße tragen Sie?«

»Schuhgröße?« Sie schüttelte ungläubig den Kopf. »40. Was Sie alles wissen wollen. Ich fühle mich jetzt schon wie eine ausgequetschte Zitrone.« Sie lachte, aber ihr Lachen klang hohl, und er meinte, erneut einen anklagenden Unterton zu erkennen.

»Das, meine Liebe, bedeutet lediglich, dass ich meine Arbeit richtig gemacht habe«, sagte er betont jovial und schaltete das Aufnahmegerät ab.

Als sie gegangen war, sank er nachdenklich auf seinen Stuhl. Er war genauso weit wie vorher. Aber zumindest in einem Punkt unterschied sich Martha Strand von den anderen befragten Damen: Sie hatte Schuhgröße 40.

Kapitel 30

Ole übergab Eva die Kassette zur Abschrift. Auf dem Flur stieß er mit Cecilie zusammen.

»Das Jugendamt hat inzwischen Alarm geschlagen, Ole«, sagte sie aufgewühlt. »Sie haben offiziell Anzeige erstattet. Die arme Kleine.«

»Hat der Arzt sie bereits untersucht?«, fragte Ole.

»Ja, und er möchte sie zu einer gründlicheren Untersuchung ins Krankenhaus schicken. Sie hat tatsächlich Verletzungen im Schambereich, Ole. Was für ein Monster kann einem Kind so etwas antun?« Tränen schossen ihr in die Augen.

Ole schluckte. »Ich werde Bårdsen sofort informieren. Er wird sich darum kümmern und die Anklage entsprechend ausweiten.«

Ole ging in sein Büro und schloss die Tür hinter sich. Mit steinerner Miene rief er Bårdsen an.

Der Jurist hörte ihm wortlos zu und antwortete auch nicht sofort. »Ja, ja«, meinte er schließlich, »überrascht bin ich eigentlich nicht. Ich rede mit dem Team und melde mich wieder bei Ihnen.«

Cecilie steckte den Kopf zur Tür herein. »Ich wollte dir nur das hier geben«, sagte sie. »Das ist der Bericht über die Hausdurchsuchung bei Anita und Roger. Willst du eine mündliche Zusammenfassung?«

Er schmunzelte und winkte sie herein. »Du kennst mich mittlerweile schon recht gut. Schieß los.«

Sie nahm Platz. »Also, in Kurzform: In der Garderobe der beiden wurde in der Tat ein langer, beiger Sommermantel gefunden. Weitere interessante Fundstücke gab es keine, außer dieses: In einem Schrank in einem Abstellraum im Hof wurde hinter einigen Kartons ein Stapel Pornozeitschriften gefunden.« Sie warf ihm einen vorwurfsvollen Blick zu, als ob er allein aufgrund der Tatsache, dass er ein Mann war, daran mitschuldig wäre. »Zum Teil mit Fotos von Kindern! So ein verdammtes Dreckschwein!«

Oles Züge verhärteten sich. »Was noch?«

Sie sah in ihren Unterlagen nach. »Das hier kommt mir merkwürdig vor: An derselben Stelle wurde auch eine halbvolle Packung Imovane gefunden.«

»Ein Schlafmittel, in einem Abstellraum im Freien?«

Sie nickte. »Laut Aufkleber wurde es vor einem Monat in der Apotheke in der Hovedgata gekauft. Das Rezept steckte noch drin, es war auf Roger Haug ausgestellt. Von seinem Hausarzt. Glaubst du, er hat Anita niedergedopt, während er die kleine Bente missbrauchte?«

»Das würde mich nicht wundern.« Ole machte eine Pause und starrte in die Ferne. Vor seinem geistigen Auge sah er plötzlich Roger und das kleine Mädchen in einem Bett liegen. Sie klein und starr vor Schreck und er riesig und schwer, heftig atmend und schnaufend. Nebenan, oder in einem anderen Schlafzimmer, wer weiß wo, die mit Medikamenten betäubte Mutter des Kindes. Unwissend.

Die Bilder waren unerträglich. »Ich werde Anita dazu befragen«, sagte er mit belegter Stimme. »Sie kommt später vorbei. Wurde irgendein Computer gefunden?«

»Laut Bericht nicht.«

»Fass da nach. Heutzutage hat doch praktisch jeder einen PC. Er hat sicher irgendwo einen stehen.«

Cecilie erhob sich.

»Warte noch einen Augenblick.« Ole bedeutete ihr, sich nochmals zu setzen. »Cecilie«, sagte er. »Wir kriegen ihn, keine Sorge. Dafür verbürge ich mich. Der nächste Schritt besteht in einer Vernehmung der kleinen Bente. Traust du dir das zu?«

»Die Vernehmung des Mädchens?« Sie warf ihm einen stählernen Blick zu. »Selbstverständlich! Wann?«

»Vielleicht schon heute.«

»In Borg?«

»Ja.«

»Es wird mir eine wahre Freude sein.« Sie stutzte kurz. »Du kommst doch mit?«

Er zögerte ein wenig. »Nur wenn du möchtest.«

»Ja, doch. Ich möchte mich mit jemandem beraten können.« Sie sah ihn von der Seite an. »Außerdem glaube ich, dass es dir guttun würde, für ein paar Stunden etwas Abstand zu gewinnen.«

Bårdsen rief zurück. »Richterliche Vernehmung um zwölf«, sagte er. »Schaffen Sie das?«

Ole sah auf die Uhr. Kurz vor zehn. »Knapp.«

»Die Eltern sollten in der Nähe sein, müssen aber während der Vernehmung in einem anderen Raum bleiben«, fuhr Bårdsen fort. »Sie informieren sie über den Termin, in Ordnung?«

»In Ordnung.« Ole zögerte kurz. »Es gibt eine neue Polizeipräsidentin, habe ich gehört?«

Bårdsen lachte auf, als ob er einen Sieg errungen hätte. »In der Tat. Sie kommt Sie heute besuchen, wenn ich richtig informiert bin. Sie hat heute Vormittag noch einige Besprechungen, die Vernehmung erledigen Sie also am besten noch vorher. Übrigens ...« Seine Stimme klang nun fast ein wenig kumpelhaft. »Freuen Sie sich! Die Frau hat's in sich, kann ich Ihnen sagen.«

Ole legte auf, während er darüber nachdachte, was Bårdsen damit gemeint hatte.

Er ging zu Eva hinaus. »Besprechung in einer Minute«, sagte er, »sag allen Bescheid. Und bitte Anita Skeie, sofort zu mir zu kommen!«

Anita sah blass und abgekämpft aus.

»Es war so schwierig, da unten wegzukommen«, entschuldigte sie sich. »Tut mir leid.«

»Ist schon in Ordnung, hier geht's ebenfalls zu wie im Taubenschlag.« Er räusperte sich. »Ich muss Sie etwas fragen: Nehmen Sie Medikamente, um schlafen zu können?«

»Nein.«

»Und Ihr Lebensgefährte? Nimmt er etwas?«

Sie schüttelte den Kopf. »Er schläft ein, sowie er den Kopf auf das Kissen legt. Oder nachdem er ...« Sie sah ihn hilfesuchend an.

»Sex hatte?«

»Ja.« Die Antwort kam leise.

Ole erzählte ihr von ihrem Imovane-Fund. »Laut Aufkleber wurde das Medikament vor einem Monat in der Apotheke in der Hovedgata gekauft. Von Roger. Er hatte das Rezept von seinem Hausarzt. Sind Sie ganz sicher, dass keiner von Ihnen ein solches Medikament einnimmt?«

»Ganz sicher. Lag ... lag das in dem ... Abstellraum draußen?«

Ole nickte und erzählte ihr von den Kinderpornoblättern, die sie ebenfalls dort gefunden hatten. Er beobachtete sie, während sie die Informationen verarbeitete. Ahnte sie den möglichen Zusammenhang? War es überhaupt möglich für eine Mutter, sich so etwas vorzustellen?

»Unseren Leuten kam der Aufbewahrungsort seltsam vor«, fuhr er vorsichtig fort. »Sagen Sie, Anita, kann er Ihnen das Mittel unbemerkt verabreicht haben, damit Sie abends einschlafen?«

Anita sagte nichts. »Warum ... sollte er das tun?«

Ole holte tief Luft. Dann berichtete er, so schonend wie

möglich, dass das Jugendamt und die Ärzte Alarm geschlagen hatten. Anita Skeie saß wie angewurzelt da und hörte sichtlich angestrengt zu. Ihre Mundwinkel bebten, und Tränen schossen ihr in die Augen, als sie die Wahrheit in ihrem ganzen Ausmaß erkannte. Das also war die Erklärung. Deshalb war sie an manchen Abenden so unglaublich müde gewesen. So müde, dass sie schon um neun oder zehn zu Bett gehen musste. Sie hatte geglaubt, dass mit ihr etwas nicht in Ordnung sei, dass sie an Blutarmut leide oder irgendwie krank sei. Sie war sogar beim Arzt gewesen, aber er hatte nichts gefunden. Schließlich hatte sie es auf sich beruhen lassen. Sie hatte sich so ausgelaugt gefühlt, dass ihr keine Kraft mehr blieb, sich weiter darüber den Kopf zu zerbrechen. Dann hatte Roger also gewartet, bis sie eingeschlafen war und … und … Nein, das konnte nicht sein!

Der Gedanke war unerträglich. Er schnürte ihr das Herz zu, immer fester, unerbittlich. Nicht ihr kleines Mädchen, nein, bitte … Nein!

»Ich dachte, ich wäre krank«, sagte sie mit Tränen in den Augen. »O Gott, was habe ich getan, was habe ich bloß getan …«

»Sie haben nichts getan.« Ole spürte, wie auch ihn die Verzweiflung überkam. Er versuchte ihren Blick zu fangen. »Hören Sie, Anita«, sagte er. »Haug ist der Täter, nicht Sie. Sie und Bente sind Opfer eines brutalen und herzlosen Verbrechers. Sie haben nichts Unrechtes getan, verstehen Sie?«, wiederholte er und konnte sich des Gedankens nicht erwehren, dass sie vielleicht doch etwas verbrochen hatte: Immerhin hatte sie sowohl ein Motiv als auch die Gelegenheit, Roger Haug am Montag in der Früh zu erschießen – nur dass es Joakim Zahn war, der einer Verwechslung zum Opfer gefallen war. Er hoffte inständig, dass dem nicht so war. Dass sie nicht der Typ war, eine so komplizierte Aktion zu planen und eiskalt durchzuführen.

Anita begann zu schluchzen.

Ole ließ sie ausweinen. Anschließend erzählte er ihr von der richterlichen Vernehmung und der Möglichkeit, als Zuseher daran teilzunehmen. Dann fügte er hinzu: »Haben Sie sich jetzt entschlossen, ihn anzuzeigen, Anita?«

Sie sah ihn völlig aufgelöst an. »Ja«, sagte sie leise.

Um halb elf bogen Ole und Cecilie in den Kreisverkehr bei der Tankstelle ein und nahmen die Schnellstraße Richtung Borg. Sie hatten eine Stunde Fahrt vor sich und mussten die weiteren Ermittlungen dem restlichen Stab überlassen.

Während Ole seine Uniform trug, war Cecilie in Zivil, um das kleine Mädchen nicht zu verängstigen. Sie war ungeschminkt und trug ein schlichtes Paar Jeans, eine weiße Bluse und darüber eine Strickjacke. Das kastanienbraune Haar hatte sie zu einem dicken, langen Zopf geflochten, der ihr bis zum Kreuzbein reichte. Sie sah gut aus, stellte Ole für sich fest.

Kapitel 31

Das Polizeipräsidium in Borg war in den obersten drei Etagen eines vierstöckigen Gebäudekomplexes mitten im Zentrum untergebracht. Ein Aufzug brachte die Besucher direkt zur Polizeiwache im zweiten Stock. Hier befanden sich auch das Fundbüro sowie die Passausgabestelle, während der kriminalpolizeiliche Dienst, die Schutzpolizei und die Kommandozentrale den Großteil des dritten Stocks belegten, neben einer Reihe von Polizeizellen und Besucherräumen. Im obersten Stock befand sich die Verwaltung.

Cecilie wurde im Vernehmungsraum im dritten Stock erwartet, wo sich Bente bereits mit einer Kindergärtnerin und einer Vertreterin des Jugendamts eingefunden hatte. Die Zeit bis um zwölf wollte Cecilie nutzen, um sich dem Mädchen vorzustellen und um sich gegenseitig ein bisschen vertraut zu machen. Ole nahm den Aufzug in den vierten Stock, um Arne Bårdsen einen Besuch abzustatten. Sie hatten viel zu bereden.

In vielen Präsidien gibt es eigene Räumlichkeiten für richterliche Vernehmungen sexuell missbrauchter Kinder. In Borg gehörten solche Fälle zur Ausnahme, deshalb mussten sie den Raum für die heutige Sitzung ein wenig umrüsten. Am frühen Morgen hatte ein Team ein paar hübsche Bilder bekannter Märchen- und Zeichentrickfiguren aufgehängt und aus dem Raum eine Art Kinderzimmer gemacht. Auf einem runden Tisch lag eine Menge verstreuter Legobausteine.

Ein Einwegspiegel erstreckte sich über eine ganze Längswand, so dass die Personen im angrenzenden Raum das Geschehen im Vernehmungsraum verfolgen konnten. In einer Ecke knapp unter der Decke befand sich eine Videokamera, die auf ein kleines Ecksofa gerichtet war.

Während die Zuhörer im Nebenraum wortlos ihre Plätze einnahmen, merklich gezeichnet von bösen Vorahnungen, waren Bente und Cecilie damit beschäftigt, einen hohen Legoturm zu bauen. Ihre Gespräche wurden über zwei Lautsprecher in den Nebenraum übertragen. Die beiden plauderten unbeschwert miteinander. Cecilie war es rasch gelungen, Bentes Aufmerksamkeit zu gewinnen.

Fünf vor zwölf verließen die Vertreterin des Jugendamts und die Kindergärtnerin den Raum. Das Spiel am

Tisch ging weiter. Bente und Cecilie sprachen über Gott und die Welt, und das Mädchen jauchzte jedes Mal vor Begeisterung, wenn es ihr gelang, noch einen Legostein auf dem ohnehin schon wackligen Turm zu platzieren. Zwischendurch warf Cecilie wie nebenbei ein, dass sie nachher noch über etwas Ernstes sprechen müssten, da sie ja bei der Polizei seien. Bente nickte und antwortete, dass sie das verstehe, sie sei ja schon ein großes Mädchen. Den gelben Teddybären hielt sie dabei fest umklammert.

Punkt zwölf setzten sie sich auf das Sofa. Die Spielsachen wurden weggeräumt, um das Kind nicht abzulenken, und der offizielle Teil der Vernehmung konnte beginnen.

Kapitel 32

Es war totenstill im Nebenraum, als Cecilie und Bente es sich in der Sofaecke bequem machten.

Die Richterin, eine grauhaarige Frau um die fünfzig, stellte sich als Siri Olavsson vor. Abgesehen von ihr und Ole waren Bentes Rechtsbeistand sowie die Staatsanwältin und der Strafverteidiger anwesend. Bentes Eltern wurden in einen angrenzenden Raum ohne Verbindung zum Vernehmungsraum verwiesen, ebenso die Vertreterinnen des Jugendamts und des Kindergartens. Letzere würden im späteren Prozess als Zeugen aussagen müssen und durften deshalb das Gespräch mit dem Mädchen nicht mitverfolgen.

Im Vernehmungsraum schlüpfte Cecilie aus ihren Schuhen und setzte sich mit angezogenen Beinen lässig neben Bente aufs Sofa und legte ihren Arm locker auf die Rückenlehne, fast so, als wollte sie Bente beschützen. Bente saß kerzengerade auf dem Sofa, und man sah ihr an, dass sie den Ernst der Situation verspürte. Ihre beiden Füßchen baumelten in der Luft.

»Pass mal auf, Bente, ich weiß, dass du schon groß und sehr zuverlässig bist, das sagen nämlich alle, mit denen ich gesprochen habe«, hob Cecilie vorsichtig an. »Ich sag dir aber trotzdem ein paar Sachen, bevor wir anfangen. Ist das in Ordnung?«

Bente nickte ernst.

»Fein.« Cecilie wurde ebenfalls ernst. »Alle Menschen, sowohl Erwachsene als auch Kinder, die bei der Polizei sind, so wie du jetzt, müssen die Wahrheit sagen. Das verstehst du doch?«

»Natürlich«, antwortete Bente vernünftig. »Man soll ja nicht lügen. Meine Mama sagt, lügen ist sehr hässlich.«

»Da hat sie ganz Recht, deine Mama.« Cecilie ließ ihre Hand vorsichtig auf die Schulter des Mädchens hinuntergleiten. Bente schien es nicht zu stören. »Und es gibt da noch etwas, was ganz, ganz wichtig ist«, sagte Cecilie dann mit einem einfühlsamen Lächeln. »Wir wollen nicht, dass du glaubst, du hättest etwas angestellt. Denn das hast du nicht. Du hast gar nichts angestellt.«

»Nein, das weiß ich«, kam es wie aus der Pistole geschossen.

»Gut. Weißt du denn auch, warum du hier bist, Bente?«

Bente wand sich verlegen. »Um mit einer netten Frau von der Polizei zu reden. Das hat Marte gesagt.«

»Arbeitet Marte im Kindergarten?«

»Ja.«

»Sie hat ganz Recht.« Cecilie drückte ihre Schulter. »Und der eigentliche Grund für unser Gespräch ist, dass wir glauben, dass irgendwelche Erwachsenen gemein zu dir waren. Und wenn das stimmt, ist es wichtig, dass wir es wissen. Denn nur dann können wir dafür sorgen, dass sie damit aufhören. Verstehst du?«

Bente lächelte vorsichtig und drückte ihren Teddy fest an sich.

»Ja, weil das ist hässlich, wenn man gemein zu Kindern ist«, erklärte sie.

»Das stimmt. Und wenn die Kinder der Polizei so etwas erzählen, dann ist das nicht Petzen«, betonte Cecilie. »Manche bösen Erwachsenen sagen den Kindern, dass sie niemandem etwas erzählen dürfen, weil es ein Geheimnis ist. Und manchmal sagen sie auch, dass etwas Schreckliches passiert, wenn die Kinder es jemandem erzählen. So was bezeichnen wir in der Polizei als eine ›Drohung‹, und das ist verboten.«

Bente schwieg. Sie ließ ihre Beinchen immer kräftiger baumeln, dann schaute sie wachsam und ängstlich zu Cecilie hoch.

»Kommen die bösen Erwachsenen dann ins Gefängnis?«

»Manchmal ja«, antwortete Cecilie. »Aber nicht immer. Das Wichtigste ist, dass sie wieder lieb werden und die Kinder in Ruhe lassen. Aber damit wir das schaffen, müssen die Kinder auf unsere Fragen antworten. Viele Kinder haben der Polizei auf diese Weise geholfen, und danach haben die Erwachsenen sie in Ruhe gelassen. Willst auch du der Polizei helfen, Bente?«

Das Mädchen schwieg. Auf ihrer Stirn bildete sich eine tiefe Furche. Sie schlug jetzt ihre Schuhspitzen aneinander, dann begann sie unruhig hin- und herzurutschen.

»Ich muss Pipi«, sagte sie verlegen.

Cecilie richtete sich auf. »Das lässt sich einrichten.« Sie wandte sich zum Einwegspiegel um. »Wir werden Marte bitten, dich auf die Toilette zu begleiten.«

Das Mädchen wurde abgeholt, und Cecilie sank nachdenklich ins Sofa zurück. Ole konnte ihr ansehen, dass ihr die Unterbrechung nicht behagte. Er verstand auch, warum: Die Kleine hatte gleich bei der ersten konkreten Frage mit einem Ablenkungsmanöver reagiert. Das war kein gutes Zeichen.

Die Zuhörer warteten schweigend. Keiner verspürte das Bedürfnis, etwas zu sagen. Nach fünf Minuten kamen Marte und Bente wieder in den Vernehmungsraum zurück. Ole sah, dass die Kindergärtnerin, als sie das Mädchen vor sich durch die Tür schob, mit den Lippen lautlos die Worte »falscher Alarm« formte. Ihm sank der Mut.

Bente und Cecilie richteten sich wieder auf dem Sofa ein.

»Und? Konntest du Pipi machen?« Cecilie sah sie lächelnd an. Sie wollte die Antwort vom Mädchen selbst hören.

Bente legte den Teddybären in den Schoß und rutschte zurecht. »Es ging nicht«, sagte sie mit einem Achselzucken. »Ich musste doch nicht.«

Cecilie musterte sie. Das Kind wirkte verschlossen. Sie würden Geduld haben müssen, wenn sie sie aus der Reserve locken wollten. Sie mussten behutsam vorgehen, aber gleichzeitig darauf achten, das Ganze nicht allzu sehr in die Länge zu ziehen. Für Bente war das sicher alles sehr belastend.

»Weißt du, mir passiert das auch ab und zu«, sagte sie mit einem verständnisvollen Lächeln. »Wenn ich zum Beispiel sehr nervös bin oder wenn ich Angst habe, dann muss ich plötzlich aufs Klo. Und wenn ich dann auf dem Klo bin, merke ich, dass ich doch nicht muss. Ist das nicht komisch?«

»Doch.« Bente lächelte verlegen. »Total komisch.«

Das Mädchen zog die Schultern hoch und schob verlegen die Handflächen zwischen die Beine.

»Machen wir also weiter, Bente. Bist du bereit?«

Sie schwieg lange, dann kam die Antwort, kaum hörbar: »Ja.«

»Prima.« Cecilie lächelte aufmunternd. »Okay, pass auf. Jetzt werde ich dich etwas fragen: Kannst du dich erinnern, dass vor einigen Tagen das Polizeihaus gebrannt hat?«

Bente nickte aufgeregt. »Ja, da hat es gebrannt und gebrannt – ich habe es gesehen!«

»Ja, das war schrecklich. Danach hast du so schöne Zeichnungen vom Feuer gemacht, und die hast du dem Polizeichef gezeigt, kannst du dich auch daran erinnern?«

»War das der große Mann da?«

»Ja.«

»Er war nett. Er hat gesagt ... dass ich das gut gemacht habe.«

»Hat er das gesagt? Klasse. Du hast auch ein Gesicht in den Flammen gezeichnet, kannst du dich daran erinnern?«

Bente schlug ihre Füße aneinander. »Ja – Roger.«

»Ist das nicht der Freund von deiner Mama?«

»Mmm.« Sie nickte.

»Weißt du noch, warum du ihn in dem brennenden Haus gezeichnet hast?«

Bente verstummte. »So halt«, sagte sie.

»Hast du dem Polizeichef etwas dazu gesagt?«

Bente lachte verlegen. »Jaaa – ich habe gesagt, dass er vielleicht tot geworden ist.«

»Was hast du damit gemeint?«

Sie schwieg lange. »Ich weiß nicht genau.«

»Erinnerst du dich, warum du das gesagt hast?«

»Ja, das war nur so zum Spaß.« Sie zog erneut die Schultern hoch, lächelte vorsichtig und schob die Hände weiter zwischen die Beine hinein. »Ich hab die ganze Zeit nur Quatsch gemacht.«

»Findest du Roger nett?« Cecilie zog es vor, zügig weiterzumachen, da Bente sich offenbar auf einen Dialog einließ.

Bente zog die Stirn kraus. »Ab und zu schon«, sagte sie vage. »Manchmal ist er wütend. So wie Mama. Papa ist auch manchmal wütend«, fügte sie hinzu, beinahe entschuldigend.

»Wer ist am meisten wütend, findest du?«

Es wurde still. Bente griff nach ihrem Teddy und drückte ihn fest an sich. Dann begann sie wieder unruhig hin- und herzurutschen.

»Ich muss Pipi.«

Cecilie lachte, um die Situation zu entspannen, und stupste sie scherzhaft mit dem Zeigefinger. »Nein, musst du doch gar nicht. Das ist doch wieder nur diese komische Sache wie vorhin, weißt du noch?«

»Aber ich muss!« Bente begann mit den Füßen zu trampeln. »Ich muss Pipi! Jetzt! Ganz viel!«

»Okay – wenn du musst, dann musst du.«

Cecilie unterbrach die Vernehmung ein zweites Mal. Bente verschwand wieder in Begleitung der Kindergärtnerin. Und wieder saßen sie alle da, in ihren jeweiligen Räumen, und warteten schweigend.

Alles wiederholte sich: Bente und Marte waren fünf Minuten weg, dann kamen sie zurück. Die Kindergärtnerin warf Cecilie einen diskreten, resignierten Blick zu und schüttelte den Kopf zum Zeichen dafür, dass es auch diesmal falscher Alarm gewesen war.

»Hat es diesmal geklappt?«, fragte Cecilie geduldig, als sie wieder auf ihrem Sofa saßen.

Bente guckte zu ihr hoch. Sie sah etwas ängstlich aus. »Ich konnte wieder nicht.«

»Na so was.« Cecilie lachte und legte die Hand auf ihre Schulter. »Aber das macht nichts. Beim nächsten Mal tun wir einfach so, als merken wir es gar nicht, okay?«

»Ja.« Die Schuhspitzen schlugen aneinander.

»Jetzt möchte ich dir etwas zeigen.« Cecilie öffnete einen Schrank und nahm zwei Puppen heraus. Eine davon hielt sie vor Bente hoch. Das Mädchen starrte sie mit großen Augen an.

»Gefällt sie dir?«, fragte Cecilie.

»Nein, weil die hat einen Pipi«, sagte das Mädchen spontan. »Puppen haben gar keine Pipis.«

»Diese Puppe schon.«

»Aber Cindy nicht.« Bente hielt zum Beweis ihren Teddy hoch.

»Heißt dein Teddy Cindy?«

»Ja.«

»Das ist aber ein schöner Name. Findest du es gut, dass Cindy keinen Pipi hat?«

Bente lachte schrill und nervös und zuckte mit den Schultern.

»Jaaa.«

»Und warum?«

»So halt ...«

Die Schultern gingen wieder in die Höhe, und die Handflächen verschwanden zwischen ihren Beinen. Sie rutschte verlegen hin und her, dann plötzlich lächelte sie so, wie Kinder lächeln, wenn sie versuchen, sich aus einer unangenehmen Situation herauszuwinden.

»Pipi und Popo«, rutschte es aus ihr heraus.

Cecilie lachte. »Du Kasper, du.« Sie stupste Bente liebevoll an die Schulter. »Hast du solche Pipis schon mal in echt gesehen?«

Sie nickte. »Ja, ein paarmal.«

»Auch bei Erwachsenen?«

»Ja.«

»Bei wem denn? Bei deinem Papa?«

Bente schwieg lange. Nur das Klacken der Schuhe, die

aneinanderschlugen, war zu hören. Dann kam die Antwort, ganz leise, als hätte sie Angst, etwas Falsches zu sagen: »Ja.«

»Hast du auch den von Roger gesehen?«

»Ja.« Sie blickte zu Cecilie hoch. Dann fügte sie mit glockenheller Stimme hinzu, gefolgt von einem ängstlichen Lachen: »Der Pipi von meinem Papa sieht anders aus als der von Roger.«

Cecilie schluckte. »Wirklich? Wie anders?«

Bente überlegte. »Ich weiß nicht genau.«

»Warte, ich zeige dir etwas.« Cecilie streckte sich zur anderen Puppe hinüber. Sie unterschied sich von der ersten insofern, als das aufgenähte Stoffstück, das den Penis darstellte, steif nach oben stand. Ihr schauderte allein beim Gedanken daran, dem Mädchen so etwas zeigen zu müssen. Sie bemühte sich jedoch, möglichst unbefangen zu wirken, schluckte und hielt beide Puppen hoch.

»Kannst du sehen, dass sie verschiedene Pipis haben?«, fragte sie vorsichtig.

Das Mädchen nickte.

»Welcher Pipi sieht so aus wie der von deinem Papa?«

Bente verstummte, und ihr Gesicht verschloss sich. Der eine Mundwinkel begann fast unmerklich zu zittern. Sie blieb lange so sitzen. Dann zeigte sie. »Der da.«

»Der hier?« Cecilie hob die Puppe mit dem schlaffen Penis hoch.

Bente nickte.

»Und der von Roger?«

»Der ist so.« Bente zeigte auf die andere Puppe.

Cecilie hob sie in die Höhe. »Wie der hier?«

»Ja.«

Es wurde einen Augenblick still. Cecilie überlegte. Die nächste Frage war schwierig.

Bentes helle, klare Kinderstimme durchbrach die Stille:

»Aber nicht alle schauen so aus. Manche sind irgendwie schief.«

Cecilie lief es eiskalt über den Rücken. Sie warf einen raschen Blick auf den Einwegspiegel, dann riss sie sich zusammen und fragte: »Bei wem denn?«

»Weiß nicht…« Die Schuhe schlugen unaufhörlich aneinander.

Cecilie wartete ein wenig. »Bente«, sagte sie sanft. »Das ist sehr wichtig, meine Kleine. Du bist uns eine sehr große Hilfe. Hast du andere Pipis gesehen so wie den hier, nur dass sie schief waren?« Sie hielt die Puppe mit dem erigierten Penis hoch.

Bente nickte und lächelte verlegen, so als sei sie dabei, etwas Verbotenes zu sagen.

»Viele? Oder nur einen?«

»Nur… einen.«

»Bei wem denn?« Cecilie lächelte freundlich. »Es ist sehr wichtig, dass du uns das sagst, meine Kleine.«

Sie schwieg lange. »Beim Onkel«, sagte sie schließlich, kaum hörbar.

»Onkel wer?« Cecilie drückte sanft ihren Arm.

Bente antwortete nicht. Sie war fünf Jahre alt, und weder Cecilie noch die anderen konnten wirklich nachvollziehen, was gerade in ihrem Kopf vorging. Wie sie dort saß, mit dem kleinen Teddy im Schoß, hörte sie deutlich die Stimmen im Ohr, die sie warnten, dass ihre Mama sterben würde, wenn sie ihr Geheimnis verriet. Und sie konnte ganz deutlich hören, wie sie ständig wiederholten, immer und immer wieder, dass nur sie, und sie ganz allein daran schuld wäre, wenn etwas passierte. Dass sie dann nirgends mehr wohnen könnte, weil keiner ein Kind haben wollte, das seiner Mama so etwas antat. Und jetzt hatte man ihr eingeschärft, dass sie bei der Polizei nicht lügen dürfe. Dass sie alle Fragen ehrlich beantworten müsse.

Es half nichts, egal, was die nette Polizistin sagte, die Situation war unmöglich. Ganz egal, was sie jetzt antwortete, es wäre so oder so verkehrt. Es blieb ihr nichts anderes übrig, als gar nicht zu antworten.

Eine Träne kullerte ihr langsam die Wange hinunter. Dann begann sie zu weinen. »Mama«, schluchzte sie. »Ich will zu Mama.«

Gleich darauf beendete Richterin Olavsson die Vernehmung.

Die Richterin fasste die Ergebnisse der Vernehmung für die Eltern kurz zusammen.

»Das lief ja im Grunde recht gut«, sagte sie und nickte Cecilie zu. »Gute Arbeit, Frau Hopen. Das erhärtet auf jeden Fall die vorliegende Anklage gegen Roger Haug.« Sie richtete den Blick auf den Kindsvater: »Hat Ihre Tochter Sie schon nackt gesehen?«

Marius Bøe nickte. »Ich lege Wert auf ein natürliches Verhältnis zum Körper«, sagte er. »Da ist nichts Unrechtes dran. Sie sieht mich oft nackt, wenn ich im Bad bin. Das machen wir schon so, seit sie auf der Welt ist.«

»Verstehe.« Die Richterin wandte sich an Ole. »Wer kann es sein, glauben Sie?«

Ole gab den Blick an die Eltern weiter. »Was glauben Sie, wer das sein könnte?«

»Ich habe eine Schwester und einen Bruder, die in Ostnorwegen wohnen«, überlegte Marius. »Aber die sind nie hier.«

»Ich bin Einzelkind«, sagte Anita bedrückt.

»Und Roger? Hat er nahe Verwandte?«

Anita zuckte die Achseln. »Er hat eine Schwester, die irgendwo in Südnorwegen wohnt. Ich glaube nicht, dass sie sich sonderlich nahestehen, denn weder Bente noch ich haben sie je zu Gesicht bekommen.«

Ole seufzte. »Also kein leiblicher Onkel. Setzen Sie sich mit Bente zusammen, und reden Sie mit ihr«, sagte er nachdrücklich. »Rufen Sie mich an, sobald Sie herausgefunden haben, wer dieser ›Onkel‹ ist.«

Anita und Marius umklammerten einander in ihrer Verzweiflung. Marte kam mit Bente herein. Die Kleine strahlte über das ganze Gesicht, als sie ihre Eltern sah. Die beiden, die sonst immer stritten, waren jetzt gut zueinander.

Kapitel 33

In diesem Teil der Provinz regnete es nicht, und auf dem Rückweg nach Fjellberghavn hielten sie bei einer Raststätte, um einen Mittagsimbiss zu sich zu nehmen. Ole brummte der Schädel. Wer in aller Welt konnte dieser Onkel sein? Ein Nachbar? Ein Freund der Familie?

Oles Appetit war zurückgekehrt. Ole verschlang eine riesige Portion Fleischklöße mit Kartoffeln, brauner Soße und Erbsenpüree. Cecilie begnügte sich wie gewöhnlich mit einem Salat.

»Wenn Roger Haug pädophil ist, ist dieser ›Onkel‹ doch vermutlich am ehesten ein Freund von Roger«, überlegte Cecilie laut. »Solche Leute finden einander im Internet, Ole. Sie bilden riesige Netzwerke und tauschen Filme und Bilder aus.«

Ole hielt im Kauen inne und schlug sich vor die Stirn. »Natürlich! Wir sollten zusehen, dass wir so rasch wie möglich einen Computer bei Haug finden!«

Cecilie nickte.

Ole betrachtete sie nachdenklich, dann erhob er sich. »Bin gleich wieder da«, sagte er und verschwand zur Tür hinaus.

Draußen rief er Arne Bårdsen an. Das konnte er nicht in Cecilies Beisein tun, da er an seine Schweigepflicht gebunden war.

»Können Sie in Erfahrung bringen, ob das Team Celeste mehrere Personen in Fjellberghavn im Visier hat?«, fragte er, nachdem er Bårdsen in groben Zügen informiert hatte. »Wenn ja, muss ich umgehend wissen, wer diese Personen sind.«

»Ich werde das gleich prüfen«, antwortete der Polizeivizepräsident. »Aber die Sache ist an Polizeipräsidentin Steine übergeben worden. Ich gebe die Frage an sie weiter, dann meldet sie sich direkt bei Ihnen. Sie ist vor ungefähr einer halben Stunde von hier aufgebrochen.«

Ole kam wieder an den Tisch zurück, nachdem er sich ausgerechnet hatte, dass Jorid Steine vor ihnen eintreffen würde. Nun, dann musste sie eben warten. Ein Dessert musste schon noch sein.

Auf der Treppe zur provisorischen Polizeiwache fuhr sich Ole mit der Hand durchs Haar, rückte die Krawatte zurecht und stopfte das Hemd tief in die Hose hinein. Nicht, dass es etwas genützt hätte, aber der erste Eindruck war nun mal wichtig, und mehr konnte er derzeit dafür nicht tun.

Jorid Steine unterhielt sich gerade mit Eva, als er den Empfangsbereich betrat. Sie trug die standesgemäße Uniform: schwarze Schuhe, Hose mit messerscharfer Bügelfalte, einreihige Jacke und Schirmmütze. Auf den Schulterklappen leuchteten zwei Silbersterne auf goldenem Grund.

Sie wandte sich zu ihm um, und er sah direkt in ein lächelndes, offenes, aber keineswegs sanftes Gesicht. Jorid Steine war vielleicht Mitte vierzig und wirkte schlank und durchtrainiert. Als sie die Schirmmütze abnahm, kam eine kurze, moderne Frisur zum Vorschein. Alles in allem wirkte sie entschieden und dynamisch.

»Der berühmte Ole Vik«, sagte sie lächelnd und streckte ihm die Hand entgegen. Ihre Stimme war heiser, fast ein wenig rau. Sie studierte ihn, nicht gerade diskret, indem sie ihm direkt in die Augen sah. Ihr Blick hatte etwas Hypnotisches – als könnte sie allein damit seine Personalien aufnehmen.

Sie gaben sich die Hand, und Ole stellte fest, dass ihr Händedruck angenehm fest war. Rasch stellte er Cecilie und sich vor und wies den Weg.

Sie klemmte sich die Uniformmütze unter den Arm, bedankte sich höflich bei Eva »für das nette Gespräch« und ging voran in den Flur. Im Gehen warf er Eva einen fragenden Blick zu. Sie blinzelte ihm zu und nickte zufrieden.

Ole war da etwas zurückhaltender. Ein positiver erster Eindruck war schön und gut, aber auch ihr Vorgänger Berge hatte seinerzeit zunächst einen guten Eindruck gemacht. Und hatte kurz darauf begonnen, den ganzen Polizeibezirk auseinanderzunehmen.

Im Büro nahmen sie Platz, Ole hinter dem Schreibtisch und die Polizeipräsidentin auf dem Besucherstuhl. Sie sah sich überrascht um.

»Wie kommen Sie denn mit diesem Provisorium zurecht?«

»Na ja, zur Überbrückung geht's erst mal.«

Jorid Steine legte ihre Mütze auf den Schreibtisch.

»Gut«, sagte sie. »Langfristig werden wir natürlich eine befriedigendere Regelung finden. Ich bin vor allem deshalb nach Fjellberghavn gekommen, um den Bezirk kennen zu lernen. Ich muss Ihnen wohl kaum erklären, warum ich zuerst hierher gekommen bin. Ihre Gemeinde befindet sich im Zentrum der Aufmerksamkeit. Die landesweiten Medien sitzen Ihnen im Nacken. Das ganze

Volk lebt und leidet mit den Geschehnissen hier mit, und alle Augen sind auf Fjellberghavn gerichtet. Sie, und damit meine ich insbesondere Sie persönlich, Ole, sind ja einem gewaltigen Medienrummel ausgesetzt. Ein Fehler – und die Medien machen Hackfleisch aus Ihnen. Das ist eine ungeheuere Belastung für Sie und Ihre Mannschaft. Ich möchte Ihnen einiges von diesem Druck abnehmen, damit Sie in Ruhe arbeiten können.«

Ole seufzte. Herrgott, noch so eine mediengeile Präsidentin, dachte er resigniert, während er vor seinem geistigen Auge Jorid Steine in einem Fernsehinterview nach dem anderen sah, willig Auskunft erteilend, um sich zu positionieren. Im Rampenlicht zu stehen. Ein Polizei-Promi zu werden. Sein positiver erster Eindruck bröckelte. Laut sagte er: »Ich schätze jede Hilfe und Unterstützung, die Sie uns geben können.«

»Und das genau ist der Punkt.« Jorid Steine strahlte über das ganze Gesicht. »Durch meine Anwesenheit vor Ort werden die Entscheidungsprozesse verkürzt, und Sie können effektiver arbeiten. Ich bin hier, um Sie zu unterstützen und zu entlasten. Rasche Entscheidungen zu treffen. Sie abzuschirmen.« Sie erhob sich. »Würden Sie mir den Weg in mein Büro zeigen, damit ich mich einrichten kann? Es gibt noch einige Dinge, die ich mit Ihnen besprechen möchte, aber das erledigen wir unterwegs.«

In der Tür blieb sie stehen. »Übrigens, ich pflege das Du mit meinen engsten Mitarbeitern. Nach außen hin möchte ich es aber gern formeller halten. Von Amts wegen, du verstehst?«

Ole begleitete sie zum Besprechungsraum und zeigte ihr das Nötigste.

»Ich habe deine Frage zur Operation Celeste erhalten«, fiel sie nun gleich mit der Tür ins Haus. »Die Aktion steht kurz bevor, und es ist nicht leicht, jemanden zu finden, der mir so rasch eine Antwort geben kann. Du hörst von mir.«

»Sehr gut. Äh … Jorid, wir versammeln uns nachher zu einer Koordinationsbesprechung. Du bist herzlich willkommen.«

»Danke, Ole«, antwortete sie. »Ich nehme sehr gerne daran teil.«

Ole stellte seinem Team kurz die neue Chefin vor. Dann ergriff Jorid Steine das Wort und erklärte den Grund für ihr Kommen. Ole informierte die versammelte Mannschaft über das Ergebnis der richterlichen Vernehmung.

Die Polizeipräsidentin hörte aufmerksam zu, ohne sich einzumischen. Zwischendurch machte sie sich ein paar Notizen. Ole blätterte in den Unterlagen, die vor ihm lagen, und fuhr fort: »Wir tragen jetzt rasch die aktuellen Erkenntnisse zusammen. Danach ist noch Zeit für eine kurze Diskussion, bevor jeder wieder an seine Arbeit geht. Ich fange gleich an. Also: Arvid Strand kam am Montagmorgen laut seiner Frau zu Fuß am Tatort vorbei. Ihrer Aussage zufolge brach er um Viertel vor neun von zu Hause auf und trug eine schwarze Sommerjacke.«

»Dann ist er nur wenige Minuten vor dem Mord dort vorbeispaziert«, bemerkte Arne. »Denn sonst wüssten wir von ihm, da wir alle Bewegungen zum Tatzeitpunkt erfasst haben.«

»Das ist zweifellos etwas, was wir festhalten sollten«, sagte Ole. »Und Roger Haug, wissen wir inzwischen mehr über ihn?«

»Nein«, antwortete Arne. »Seinen eigenen Auskünften zufolge kam er am Tatort vorbei, als der Zahnarzt bereits tot war. Mehr wissen wir nicht.«

»Gut. Morten, hast du etwas?«

Morten nahm einen Schluck aus seinem Kaffeebecher,

der schon die ganze Woche ununterbrochen gefüllt gewesen war, um seinen Besitzer wach und bei möglichst klarem Verstand zu halten. Morten stellte seinen Kaffee wieder ab und zog seine Unterlagen zu sich heran.

»Also: Mehrere Zeugen haben zu Protokoll gegeben, dass ein Fotograf am Montagmorgen in Fjellberghavn unterwegs war und Bilder machte«, sagte er. »Wir versuchen herauszufinden, wer das war. Wenn wir Glück haben, können uns diese Bilder vielleicht einige Antworten geben.«

»Gut. Du hakst da nach. Sonst noch etwas?«

»Ich hatte mich gewundert, dass bei Haug zu Hause kein Computer gefunden wurde«, antwortete der Polizist. »Als ich das genauer überprüft habe, stellte sich heraus, dass er einen Vertrag für eine drahtlose Internetanbindung hat.«

»Mit einer Mobilfunkkarte?«

»Ja, von Telenor. Ist zwar schweineteuer, aber damit kann er überall ins Internet gehen.«

»Das ist also die Erklärung. Hast du irgendeinen Hinweis darauf, wo sich sein PC befinden könnte?«

»Irgendwo hier in der Pension, glaube ich. Wenn ich das richtig verstanden habe, hält er sich hauptsächlich hier und zu Hause auf.«

»Dann machen wir hier eine Hausdurchsuchung.« Ole wandte sich erwartungsvoll an die Polizeipräsidentin, die sofort nickte.

»Vielleicht hat ja unser unbekannter Onkel den PC?«, warf Cecilie ein.

Ole nickte. »Gut möglich, ja. Wir werden sehen. Hast du noch etwas, Morten?«

Der Polizist schüttelte den Kopf.

»Cecilie?«

Sie lächelte. »Und ob! Eine Nachbarin hat ausgesagt, dass Marius Bøe regelmäßig nächtlichen Damenbesuch bekommt.«

»Er hat also doch eine Freundin?« Ole richtete sich auf. »Dieser Kerl hält konsequent Informationen zurück. Wer ist es?«

»Das wusste die Nachbarin nicht. Das wird uns Marius wohl selber sagen müssen.«

Ole notierte. »Okay. Was noch?«

»Das war alles.«

»Arne?«

»Ja, ich habe Kari Østbys Konto überprüft. Keine ungewöhnlichen Eingänge. Dasselbe gilt für das Konto ihres Mannes.«

»Okay, dann hätten wir das geklärt.« Ole notierte. »Und ...?«

»Ich habe mir die Liste der Personen genauer angeschaut, an die Kari Østby ihre Drohbriefe schickte, als sie das letzte Mal krank war«, antwortete Arne. »Ich habe sie mit der Liste der Leute verglichen, bei denen sie in letzter Zeit putzte, und hatte tatsächlich einen Treffer: Wenche Sunde.«

»Die Redakteurin?«

»Ja.«

»Und das war vor rund zehn Jahren, richtig?« Ole kratzte sich den Bart. »Wie alt kann Wenche damals gewesen sein?«

»Sie ist wohl jetzt so um die dreißig – auch wenn sie älter wirkt.«

»Zwanzig, mit anderen Worten. Sind uns die näheren Umstände bekannt?«

»Nein.«

»Okay, wir werden sie dazu befragen.« Ole notierte und sah Arne erwartungsvoll an. »Sonst noch etwas?«

»Die Techniker haben das Wrack eines Ford Transit in den Überresten des Feuers gefunden«, fuhr Arne fort. »Man hat ihn als den Lieferwagen identifiziert, den Sørensen und Lundekvam gemietet hatten. Er ist völlig ausgebrannt. Außerdem ist das Gewehrfutteral, das in Kari Østbys Auto lag, auf Fingerabdrücke untersucht worden. Es wurden keine gefunden. Das Zelt wurde ebenfalls untersucht. Auch da gibt es keine Fingerabdrücke. Wir haben alles an die Kripo geschickt. Die Techniker dort sind besonders am Boden des Zeltes interessiert, dort könnten sich DNA-Spuren befinden, zum Beispiel Schweißtropfen oder Speichel. Oder Haare. Der blaue Lieferwagen, den die Pension gemietet hatte, wurde ebenfalls untersucht, aber da hatten wir Pech. Er war bereits gereinigt worden.«

»Sorg dafür, dass er beschlagnahmt und nach Borg gebracht wird«, sagte Ole. »Wir könnten immer noch etwas finden. Ich werde die Techniker bitten, ihn auf DNA und andere Spuren zu untersuchen.«

»Genau das hatte ich mir auch gedacht«, sagte Arne. »Ein Tieflader bringt ihn gerade nach Borg.«

»Gut gemacht, Arne. Hattest du bei den Versicherungen der Familien Sørensen und Lundekvam Glück?«

»Ja. Für beide Ehepaare bestehen Lebensversicherungen, in denen die Partner gegenseitig begünstigt sind. Sørensen für anderthalb Millionen Kronen, Lundekvam für fünf. Die Policen wurden jeweils vor vielen Jahren abgeschlossen. Laut Nachlassgericht hatte keine der Familien ein Testament gemacht. Meinst du wirklich, dass hier irgendwo ein Motiv zu finden ist?«

Ole klapperte mit dem Kugelschreiber auf dem Tisch und überlegte.

»Schwer zu sagen«, meinte er schließlich. »Aber fünf Millionen sind nun mal fünf Millionen. Okay, nächster Punkt: Bevor wir heute Vormittag losfuhren, gab Martha Strand mir gegenüber zu Protokoll, dass sie den Mietwagen am Montagvormittag nicht zurückgebracht hat. Ihr

Mann und Roger Haug bestreiten es ebenfalls. Arne, sorg dafür, dass jemand das noch mal überprüft. Sprich mit der Autovermietung. Auch wenn der Zündschlüssel in einem Spalt in der Wand hinterlegt wurde, könnte jemand etwas beobachtet haben.«

Arne notierte.

Ole überlegte. »Morten, bitte jemanden, sich mit dem Geschäftsführer von Kunsttrykk, einem gewissen Herrn Johnsen, zu unterhalten.« Er erklärte, dass Martha Strand dort gewesen war. »Und sei bitte diskret«, fügte er nachdrücklich hinzu. »Sie steht ja nicht unter Tatverdacht, achte also darauf, dass kein falscher Eindruck entsteht. Ich benötige auch eine Übersicht über die Tankstellen in Fjellberg und Ro. Ruf sie der Reihe nach an. Wir brauchen Informationen über Autos von Blåen, die am Montag im Laufe des Tages aufgetankt wurden. Die haben es auf Video. Wenn das nichts bringt, nehmen wir den Dienstag dazu, und, falls nötig, auch die Tage vorher und nachher. Bitte sie zunächst um Standbilder, auf denen Fahrer und Kennzeichen sowie die Uhrzeit erkennbar sind.«

»Vielleicht sollten wir in Lunde beginnen?«, schlug Arne vor. »Die meisten Mietstationen verlangen bei der Rückgabe einen vollen Tank. Dann hat Arvid, oder wer auch immer, das Auto sicher dort aufgetankt.«

»Da ist was dran«, stimmte Morten zu.

»Ja«, lächelte Ole, »aber freu dich nicht zu früh, Arne. Das ist nur eine von vielen Möglichkeiten.« Er erhob sich. »Ich schlage vor, wir essen jetzt erst mal etwas, bevor wir wieder an unsere Arbeit gehen.«

Beim Essen wandte sich die Polizeipräsidentin an Arne. »Ist Ihr Nachname Thorsen?«

Arne lächelte und nickte. »Ja.«

»Und Sie haben um Aufnahme an der Polizeihochschule angesucht, stimmt das?«

»Ja, genau.«

»Und du hast diesen Antrag mit einer nachdrücklichen Empfehlung unterstützt?« Jorid Steine wandte sich fragend an Ole, der sich gerade einen großen Bissen in den Mund geschoben hatte. Er nickte und beeilte sich, mit dem Kauen fertig zu werden.

»Da ist so eine komische Sache, die durch Zufall bei mir gelandet ist, praktisch in dem Moment, als ich heute Morgen mein neues Amt übernahm«, fuhr Jorid Steine fort. »Ich bekam nämlich einen Anruf von der Polizeihochschule.«

Ole wollte gerade zu einer Erläuterung anheben, aber die Polizeipräsidentin hob abwehrend die Hand.

»Es gehört zu meinen Aufgaben, mir die Entscheidungen meines Vorgängers näher anzusehen und gegebenenfalls zu revidieren«, sagte sie und bedeutete Ole, weiterhin zu schweigen. »Und dazu gibt es von mir auch keine weiteren Kommentare, außer in diesem einen Fall: Ich habe, wie ich schon sagte, heute Vormittag einen Anruf vom Leiter des Aufnahmekomitees an der Polizeihochschule in Oslo erhalten. Ein Student hat seinen Antrag zurückgezogen, und ein Platz ist frei geworden. Da Thorsen alle Prüfungen mit Bravour bestanden hat und dem Antrag eine nachdrückliche Empfehlung von Ole Vik beilag, rief mich der Leiter an, um sich zu erkundigen, ob sich die Situation geändert habe. Dabei habe ich erfahren, dass mein Vorgänger eine negative Stellungnahme abgegeben hatte, was eine Aufnahme unmöglich machte.«

Ole spürte, wie sein Herz schneller schlug. »Völlig unverständlich. Und was haben Sie geantwortet?«

Jorid Steine schmunzelte und fuhr mit ihrer etwas

rauen Stimme fort: »Ich sagte ihm, dass sich die Situation geändert hat. Begründet habe ich es nicht und werde es auch jetzt nicht tun, das dürfte nicht nötig sein. Thorsen, Sie können Ihre Koffer packen. Sie finden sich am kommenden Montag um Punkt neun Uhr in der Polizeihochschule in Oslo ein.«

Arne saß einen Moment wie versteinert da. Eine Minute später hallten seine Jubelrufe durch die Gänge.

Ole ging mit Jorid Steine in sein Büro zurück. In aller Kürze unterhielten sie sich über die neue Polizeireform.

»Die Reform setzt auf weniger, aber dafür größere Einheiten«, sagte sie. »Du gewöhnst dich am besten gleich an den Gedanken. Ich werde hier unten einige Umstrukturierungen vornehmen.«

»An was denkst du da?« Ole wurde hellhörig.

»Nun, hier in der Region gibt es drei kleine Polizeibezirke mit jeweils einer eigenen Direktion«, sagte sie. »Hallberg, Fjellberg und Ro. Sie liegen doch wirklich dicht beieinander. Ich möchte den Betrieb effektiver gestalten und dem Präsidium vorschlagen, die drei Bezirke zu einer Betriebseinheit zusammenzulegen.«

»Zu einer ...?«

»Zu einer einzigen Direktion, ja.«

»Aha.« Ole verstummte kurz. »Und wo ... sollte sich diese Direktion deiner Meinung nach befinden?«

»In Fjellberghavn.« Jorid schmunzelte. »Im Zentrum des Bezirks. Da hier bei euch das Polizeigebäude ohnehin von Grund auf neu errichtet werden muss, können wir es auch gleich nach den neuen Vorstellungen und Bedürfnissen planen. Das schließt auch einen Neubau an anderer Stelle – zum Beispiel näher an der Schnellstraße – nicht aus.«

»Nun«, sagte Ole, »da habe ich als Hauseigentümer

auch noch ein Wörtchen mitzureden. Vom Mietvertrag stehen leider noch ganze acht Jahre aus.« Er lächelte vorsichtig.

Jorid erwiderte sein Lächeln. »Gut, dann ist dieser Aspekt schon mal geklärt. Zumindest für weitere acht Jahre. Ich gehe davon aus, dass du dich um die Stelle als Leiter der Betriebseinheit bewirbst, wenn es so weit ist.«

Ole spürte, wie ihm der Mut bis irgendwo in die Bauchregion hinunter sank. In seinem Kopf wirbelten die Gedanken wild durcheinander, und vor seinen Augen begannen Schneekristalle zu tanzen. Er wusste nur allzu gut, wie die Einstellungskommission in solchen Fällen vorging. Für die war das Dienstalter ausschlaggebend, und die Polizeipräsidentin war nur eine von vielen Entscheidungsträgern. Als er seinerzeit die Stelle als Polizeichef des Landkreises Fjellberg antrat, war sein Kollege Vangen in Ro bereits seit fünf Jahren im Amt.

Er hatte es gewusst! Er hatte gewusst, dass es Ärger geben würde! Wer sagt, dass neue Besen besser fegen? Oles Gesicht lief hummerrot an. Polizeipräsident Berge hatte bereits so heftig gefegt, dass im ganzen Polizeibezirk beinahe kein Stein auf dem anderen geblieben war, und das noch dazu, bevor er sich überhaupt richtig etabliert hatte. Ältere Arbeitnehmer hatte er traktiert, homosexuelle Beamte verfolgt, sich in jedes kleinste Detail eingemischt und einigen Mitarbeitern das Leben so zur Hölle gemacht, dass der zentrale Betriebsrat einschreiten musste. Dann waren sie ihn endlich los – wenn auch auf tragische Weise. Jetzt hatten sie sich auf einen neuen Chef gefreut, auf jemanden, der die Probleme in Angriff nehmen, ihren Alltag erleichtern und insgesamt für Ordnung sorgen würde. Und siehe da, ihre Hoffnungen schienen sich zu erfüllen: Auf den Plan trat eine neue, tatkräftige Präsidentin, ein frischer Wind in Form einer

Frau. Und was tat sie als Allerersten? Sie schaffte seinen Arbeitsplatz ab!

»Hast du eigentlich schon irgendwelche Verdächtige?«, unterbrach Jorid seine Gedanken.

»Nein, noch nicht«, antwortete Ole abwesend. Er war mit seinem Kopf gerade ganz woanders.

Kapitel 34

Während Ole noch darüber grübelte, wie sein Leben in Zukunft wohl aussehen würde, steckte Cecilie den Kopf zur Tür herein. Sie riss ihn aus seinen Gedanken, und er winkte sie herein.

»Ich habe mit Marius Bøe gesprochen«, sagte sie. »Halt dich fest, Ole. Rate mal, mit wem er – nach einigem Zögern – ein Verhältnis zugegeben hat.«

»Raus damit«, seufzte Ole.

»Dorte Lundekvam.«

Ole unterdrückte ein Stöhnen. »Wie bitte?«

»Dorte Lundekvam«, wiederholte sie mit einem etwas gezwungenen Lächeln. »Jetzt bist du baff, oder?«

»Mich überrascht bald gar nichts mehr«, erwiderte Ole. »Ganz besonders, wenn es Marius Bøe betrifft. Und Dorte Lundekvam hat noch extra betont, wie sehr sie Jäger verabscheut …«

»Vielleicht bewusst, um ja keinen Verdacht zu erregen?«

»Hm, kann natürlich sein.«

»Möchtest du Dorte zur Vernehmung aufs Revier vorladen?«

Ole trommelte rastlos mit den Fingern auf der Tischplatte. »Mal sehen. Nimm kurz Platz.«

Sie schloss die Tür hinter sich und ließ sich auf den Besucherstuhl fallen.

»Wie du weißt, sagt mir so eine innere Stimme, dass unser Täter versucht, die Schuld auf Kari Østby zu schieben«, begann er. »Das ist ja im Grunde recht clever, da sie strafrechtlich nicht zur Verantwortung gezogen werden kann.«

»Ja, so weit waren wir ja schon gekommen, und ich gebe dir Recht, bis auf einen Punkt: Kari Østby ist tot. Welchen Sinn hat es, die Schuld auf eine Tote zu schieben?«

Ole hob fragend die Hände. »Wer weiß denn, dass sie tot ist? Die Presse hat es ja noch nicht erfahren, und die Sache mit den Briefen haben wir auf der Pressekonferenz bewusst unterschlagen.«

»Warum eigentlich?«, fragte Cecilie.

Er brummte. »War so ein Bauchgefühl. Wenn ich Recht habe, sitzt die Tatperson irgendwo da draußen und ärgert sich, dass wir die Spur nicht verfolgen, die er oder sie für uns ausgelegt hat. Die Spur, die uns zu Kari Østby führen soll.«

Cecilie versuchte, seinem Gedankengang zu folgen. »Aber...« Sie sah ihn fragend an. »... dann muss diese Person ja wissen, dass Joakim Zahn Drohbriefe bekam und dass Kari Østby sie geschrieben hat.«

Ole zuckte mit den Schultern. »Zumindest, dass Kari Østby sie geschrieben hat.« Er beugte sich zu ihr vor. »Was unser Täter sicher nicht weiß, ist, dass halb Fjellberghavn solche Briefe bekam. Verstehst du?«

Sie nickte.

»Worauf ich jetzt warte«, fuhr Ole fort, »ist der Moment, in dem der Mörder sich gezwungen sieht, uns auf die Sprünge zu helfen. Wenn der Täter glaubt, dass die ausgelegten Spuren nicht deutlich genug sind, um von uns erkannt zu werden, oder weil wir extrem begriffsstutzig sind, könnte er nachhelfen wollen. Deutlicher werden. Und das, meine Liebe, könnte sich als fatal erweisen.«

»Für den Schuldigen, versteht sich ...« Cecilie lächelte nachdenklich. »Interessanter Gedanke. Aber wenn der falsche Mann erschossen wurde ... Joakim Zahn, meine ich ... dann ...« Sie zögerte ein wenig. »Ich meine, er bekam ja ebenfalls solche Drohbriefe. Kann das dann reiner Zufall gewesen sein?«

»Wenn ich richtigliege, dann ja. Möglich wär's. Was glaubst du?« Er lächelte herausfordernd.

»Ich weiß nicht so recht. Es haben viele solche Drohbriefe erhalten. Wie viele, wissen wir eigentlich gar nicht. Es haben sich vielleicht ja gar nicht alle gemeldet. Alles ganz schön unübersichtlich, finde ich.«

Ole nickte. »Ja. Wir haben jetzt schon so viele Vernehmungen durchgeführt und sogar schon einige Personen unter Verdacht. Aber gibt es jemanden, der irgendwie besonders hervorsticht?«

»Nein.«

»Eben. Pass auf. Dann machen wir jetzt mal eine Checkliste. Du schreibst, okay?«

Er schob ihr Papier und Kugelschreiber hin, erhob sich und begann auf und ab zu schreiten. Am Fenster blieb er stehen und sah gedankenverloren auf das Meer hinaus, wo ein Schlepper gerade am Kai anlegte. Das Boot fuhr im Rückwärtsgang direkt auf eine dicke Festmachertrosse zu, die ins Wasser gefallen war und aufs Meer hinaustrieb. Ole riss sich los und wandte sich um.

»Punkt 1«, diktierte er. »Die tatverdächtige Person muss ein ausreichend starkes Motiv haben. Füg als Unterpunkt ein: Jeder normale Mensch hat eine Hemmschwelle. Es gehört viel dazu, diese Hemmschwelle zu überwinden und einen Mord zu begehen.«

Cecilie nickte, während sie schrieb. »Eifersucht, Geldgier, Hass, Neid, und wie sie alle heißen«, zählte sie auf.

Ole nickte. »Oder eine Kombination aus allem – und einer ganzen Reihe anderer Beweggründe. Punkt 2: Die tatverdächtige Person trägt Schuhgröße 38.« Er sah sie an. »Hast du's?«

»Ja. Und daraus folgt automatisch Punkt 3: Die tatverdächtige Person ist eine Frau.« Cecilie schmunzelte sarkastisch.

Ole musste ebenfalls schmunzeln. »Schreib's auf. Punkt 4: Die tatverdächtige Person – oder sagen wir gleich, die Mörderin, hat für den Montagvormittag kein Alibi.«

»Von halb neun bis ungefähr elf Uhr.«

»Korrekt.« Ole lehnte sich gegen den Fenstersims, kreuzte die Beine und verschränkte die Arme. »Nächster Punkt, Nummer 5: Die Mörderin hatte Zugang zu einem blauen Lieferwagen. Hier kannst du als Unterpunkt anführen, dass es sich um einen beliebigen Lieferwagen handeln kann, wir aber zwei bestimmte Fahrzeuge im Auge haben, nämlich dasjenige, das von Sigurd und Joakim gemietet wurde, und dasjenige, das die Pension gemietet hatte.«

Ole wartete ein wenig und sah zum Fenster hinaus, während Cecilie schrieb. Der Schlepper trieb jetzt ruhig im Wasser, und die ganze Mannschaft hatte sich achteraus versammelt und über das Heck gebeugt. Einer stand und hielt einen Bootshaken, den er ins Wasser senkte. Das wird nicht funktionieren, fuhr es Ole durch den Kopf. Dann wandte er sich um, verließ seinen Ausblicksposten am Fenster und fuhr fort: »Punkt 6: Die Mörderin hatte Zugang zum Lagerraum der Pension, wo das Zelt aufbewahrt wurde. Punkt 7: Die Mörderin hatte Zugang zu Marius Bøes Winchester.«

»Die unbekannte Geliebte«, warf Cecilie ein.

»Ja«, sagte Ole. »Sie oder eine andere. Die das Futteral im Auto von Kari Østby deponierte, um den Verdacht auf sie zu lenken.«

Cecilie sah auf. »Bist du dir da so sicher?«

»Ja.«

»Wie kannst du dir so sicher sein?«

»Weil mir mein verdammtes Bauchgefühl es sagt.« Ole schmunzelte, wurde aber gleich wieder ernst. »Kari Østby war einfach total durchgeknallt – sonst nichts. Sie zündete mein Haus an, weil sich die Dämonen dort aufhielten. In ihrer verrückten Welt war das ein ausreichend starkes Motiv.«

»Aber sie hat dir doch auch danach noch gedroht?«, wandte Cecilie ein. »Und angekündigt, dass sie das ganze Zentrum in die Luft jagen würde?«

Ole überlegte. »Die Dämonen haben das Feuer vermutlich überlebt, vielleicht hat sie versucht, sie auf eine andere Weise zur Strecke zu bringen? Psychotische Menschen denken nicht logisch, Cecilie. Außerdem wurde das Feuer in den Briefen ebenfalls angekündigt oder zumindest angedeutet. Und erinnerst du dich, was Dorte Lundekvam bezüglich der merkwürdigen Anrufe an ihren Mann erzählte?«

»Du meinst, der Anrufer war Kari Østby?«

»Ja. Wir werden es wissen, sobald wir die Anruflisten haben. Meine Theorie stützt sich darauf, dass Kari Østby bewusst in die Krankheit getrieben wurde. Vielleicht waren manche der Stimmen, die sie hörte, tatsächlich echt? Laut Aussage ihres Mannes erhielt sie mehrere Anrufe, die sie sehr aufregten, erinnerst du dich? Und das war auch der Zeitpunkt, zu dem sie aufhörte, ihre Medikamente einzunehmen.«

»Du glaubst also nicht, dass sie mit dem Mord an Joakim Zahn etwas zu tun hatte?«

»Nein, ich kann mich nur wiederholen: Ich glaube, sie wurde in einem Spiel als Bauernopfer missbraucht.«

Cecilie ging Oles Theorie in Gedanken durch. »In diesem Fall haben wir einen logischen Punkt 8«, nickte sie. »Die Mörderin muss gewusst haben, dass Kari Østby Drohbriefe schrieb.«

»Genau. Und füg einen weiteren Punkt hinzu, Nummer 9: Die Mörderin muss gewusst haben, dass ihr Opfer Drohbriefe bekam.«

Cecilie notierte. »Weitere Punkte?«

»Nein. Kopier die Liste und verteil sie an die Kollegen. Und schärf ihnen noch mal ein, wachsam zu sein. Wenn der falsche Mann erschossen wurde, kann die Täterin jederzeit erneut zuschlagen.«

Gleich im Anschluss rief Ole bei Dorte Lundekvam an und bat sie, zu einer weiteren Vernehmung in die Pension zu kommen. Sie klang nicht gerade begeistert, aber Oles Ton ließ keinen Widerspruch zu.

Danach kam Arne herein. »Ich hab was Wichtiges, Ole. Telenor hat uns die Anruflisten der Familie Østby vorbeigebracht. Eine eingehende Nummer, die sich laufend wiederholt, ist die der Pension Fjellberg. Im ganzen letzten Monat wurde regelmäßig von hier aus angerufen.«

»Weiß man, von welchem Zimmer aus?«

»Die Durchwahl kann man leider nicht ermitteln, es erscheint lediglich die Nummer der Zentrale.«

»Teste das doch mal. Hat Kari Østby vielleicht auch in der Pension geputzt?«

»Nein.«

»Hm. Also keine Verbindung. Und Freddy? Hat er vielleicht irgendwelche Arbeiten für die Pension erledigt?«

»Da müssen wir ihn fragen.«

»Tu das. Wer bedient denn in der Regel die Zentrale? Anita?«

»Ja, meist sie. Wir werden sämtliche Anrufe mit dem Dienstplan abgleichen.«

»Gut. Martha hilft uns da sicher. Bitte sie, mindestens einen Monat zurückzugehen und uns den Dienstplan zu bringen, damit wir ihn gemeinsam durchgehen können. Das hat höchste Priorität, okay? Steht die Familie Lundekvam auch auf der Liste der Nummern, die von den Østbys aus angerufen wurden?«

»Ja. Letzte Woche gab es regen Telefonkontakt, vorher nicht. Kari Østby hat ja für sie geputzt. Es kann sich auch um Drohanrufe handeln. Der Arzt erhielt ja einige merkwürdige Anrufe, oder?«

Ole nickte. »Cecilie und ich haben uns gerade darüber unterhalten. Dorte Lundekvam hatte ihr gekündigt, es könnte also auch damit zu tun haben. Gut gemacht, Arne. Halt mich auf dem Laufenden.«

Der junge Mann verschwand, stand aber kurz danach wieder in der Tür. »Wir haben übrigens Marius Bøes Schuhgröße überprüft. Er trägt Größe 40.«

Kapitel 35

»Wir müssen uns auch noch mal mit Anita unterhalten«, sagte Ole, als Cecilie wieder zurück war. »Wenn ich mir unsere Checkliste ansehe, rückt sie ziemlich rasch in den Bereich der Verdächtigen. Du kannst übrigens noch einen zehnten Punkt zu deiner Liste hinzufügen: Die Mörderin hat Kari Østby höchstwahrscheinlich von der Pension aus angerufen.«

Sie zog ihre Liste aus der Tasche und notierte.

»Dann erfüllt sie acht der zehn Punkte«, folgerte sie.

»Aber von den Drohbriefen hat sie nichts gewusst – und sie kennt Joakim Zahn nicht. Sagt sie zumindest. Somit kann sie auch nicht wissen, dass er Briefe bekam.«

»Wenn sie aber vielleicht aus Verzweiflung versuchte, Roger loszuwerden – und ihn dann einfach mit Joakim Zahn verwechselt hat?«

»Ist ja theoretisch alles denkbar. In diesem Fall muss sie die restlichen beiden Punkte gar nicht erfüllen. Aber glaubst du, dass eine so sichtlich mitgenommene Frau wie sie in der Lage wäre, eine so komplexe, vorsätzliche Tat zu begehen? Sie, die kaum in der Lage ist, auf sich selbst aufzupassen?«

Cecilie schüttelte bedächtig den Kopf. »Nein, da pflichte ich dir bei. Aber was ist, wenn sie einen Komplizen hatte? Zum Beispiel Marius? Warum mussten wir ihm denn alles aus der Nase ziehen? Können wir uns darauf verlassen, dass er nicht noch mehr zu verbergen hat? Ich zumindest traue ihm nicht über den Weg. Vielleicht wusste er die ganze Zeit schon, dass Roger die beiden gefunden hatte, und unternahm einen verzweifelten Versuch, ihn ein für alle Mal loszuwerden? So als eine Art letzter Ausweg, um die Tochter zu retten. Und dabei hat er aufgrund einer Verwechslung den Zahnarzt erschossen?«

»Wenn wir davon absehen, dass er die falsche Schuhgröße hat und ein Mann ist, dann ist das eine interessante Theorie«, sagte Ole trocken. »Aber Cecilie, er befand sich doch am Tatort, als Joakim Zahn erschossen wurde, zusammen mit Bente.«

»Sagt er.« Cecilie war jetzt in Fahrt. »Für ihn gilt dasselbe wie für Roger: Wir haben mit keinem einzigen Zeugen gesprochen, der ihn dort gesehen hat. Und sowohl er als auch Anita haben auf jeden Fall ein starkes Motiv.«

Ole nickte. »Das stimmt. Erfüllt Marius denn auch die letzten beiden Punkte? Lies noch mal vor.«

Sie blätterte in ihren Notizen. »Punkt 8: Die Mörderin muss gewusst haben, dass Kari Østby Drohbriefe schrieb. Punkt 9: Die Mörderin muss gewusst haben, dass ihr Opfer Drohbriefe erhielt.«

Ole klapperte mit dem Kugelschreiber auf der Tischplatte. »Kari Østby putzte bei Bøe, und er kannte sie, so weit also okay. Aber wusste er, dass sie Drohbriefe schrieb? Da fehlt uns eine konkrete Verbindung. Außerdem haben wir keine Ahnung, was Roger am Montag anhatte. Wenn er eine kurze Jacke trug, ist deine Theorie zum Teufel.«

»Finden wir's raus«, sagte Cecilie entschlossen. »Das kann doch nicht so schwer sein, auch wenn er sich selbst nicht mehr erinnert.«

»Nein, sicher nicht.« Ole schüttelte den Kopf. »Machen wir am besten erst mal unvoreingenommen weiter, ohne uns auf etwas Bestimmtes einzuschießen. Was sagt die Liste zu Dorte Lundekvam?«

Cecilie ging die Punkte durch. »Schauen wir mal ... eins, zwei, drei ... sie erfüllt sieben Punkte. Acht, wenn fünf Millionen Kronen als starkes Motiv gelten. Dann fehlen nur mehr zwei Punkte.«

»Hm«, grummelte Ole. »Welche zwei?«

»Punkt 6: Die Mörderin hatte Zugang zum Lagerraum der Pension, wo das Zelt aufbewahrt wurde. Und Punkt 10: Die Mörderin hat höchstwahrscheinlich Kari Østby von der Pension Fjellberg aus angerufen.«

»Konnte Dorte wissen, dass Kari Drohbriefe schrieb?«, fragte Ole. »Welcher Punkt war das? Acht?«

»Ja. Sie könnte es von Wenche Sunde erfahren haben.«

Ole ließ sich die Worte durch den Kopf gehen. »Natürlich – Wenche Sunde bekam ja vor zehn Jahren solche Drohbriefe.«

»Eben«, ergänzte Cecilie. »Man bekommt ja nicht jeden Tag solche Briefe, die haben doch sicher darüber geredet.«

»Ja, das sehe ich auch so«, bekräftigte Ole. »Dorte könnte Wenche die Briefe gezeigt haben, die ihr Mann erhalten hatte; allerdings weiß sie erst seit Montag davon. Wenche hat die Schrift wiedererkannt und erzählt, dass sie selbst auch einmal solche Briefe erhalten hat. Vielleicht hat sie die Briefe sogar hervorgekramt und Dorte gezeigt. Und erzählt, wo die Briefe herkamen, denn das wusste sie womöglich. Damit konnte Dorte die Verbindung zu Kari herstellen, von der sie wusste, dass sie auffliegen würde, und in aller Ruhe die Schuld auf eine geisteskranke Person schieben. So in etwa.«

»Die außerdem laut Ehemann einige merkwürdige Anrufe erhielt«, ergänzte Cecilie. »Und zwar nachweislich aus der Pension Fjellberg.«

»Du sagst es«, seufzte Ole. »Und genau da ist Dorte Lundekvam nie gewesen. Soweit uns bekannt.«

Cecilie ging zu den anderen zurück. Um halb sieben erfuhren sie, dass Freddy Østby keinen Auftrag für die Pension ausgeführt hatte und auch niemanden kannte, der dort arbeitete. Die Hausdurchsuchung in der Pension war weitgehend abgeschlossen. Roger Haugs PC war nicht aufgetaucht. Dafür hatten sie auf dem Dachboden ein Atelier gefunden, von dem keiner etwas gewusst hatte.

Schließlich stießen sie im Keller auf einen rätselhafen Raum: Er war abgeschlossen, und so wie es aussah, gab es im ganzen Haus keinen Schlüssel. Auch Martha Strand konnte nicht weiterhelfen und gab ihnen einen Universalschlüssel. Doch die Tür hatte ein relativ neues Schloss, das sich damit nicht öffnen ließ.

Ein Polizist war bereits auf dem Weg zu Roger Haugs

Wohnung, um dessen Schlüsselbund zu holen. In einigen Minuten würden sie die Antwort haben.

Jorid Steine schaute zur Tür herein.

»Gibt's was Neues, Ole?«, fragte sie.

»Nur Kleinigkeiten«, musste Ole zugeben. »Aber komm herein, dann bringe ich dich auf den letzten Stand.«

Die Polizeipräsidentin nahm auf dem Besucherstuhl Platz, und Ole fasste rasch zusammen.

»Ich stelle jedenfalls fest, dass was weitergeht«, sagte sie in einem höflichen Versuch, ihn aufzumuntern. »Aber Ole, das war nicht der Grund, weshalb ich gekommen bin. Ich habe etwas für dich: Das Team Celeste hat tatsächlich eine weitere Person in Fjellberghavn im Visier.«

Oles Gesicht erhellte sich. »Wer ist es?«

»Das weiß ich noch nicht. Sie geben mir sobald wie möglich Bescheid.«

Sie erhob sich, blieb aber stehen. »Noch etwas ...« Sie zögerte einen Moment. »Wenn wir schon dabei sind, kann ich es dir auch gleich erzählen«, sagte sie mit einem etwas gezwungenen Lächeln. »Die Aktion wurde aufgrund einer Indiskretion meines Vorgängers beinahe abgebrochen.«

»Jonas Berge?«

»Ja. Vor gut einem Monat fand in Borg ein Seminar statt, an dem Spitzenpolitiker aus der ganzen Region teilnahmen. Einer der Vortragenden war mein Vorgänger. In der Pause unterhielt er sich mit Seminarteilnehmern und verriet offenbar Details der bevorstehenden Aktion. Laut seinen Zuhörern hat er nahezu geprahlt damit. Einer dieser Zuhörer erwähnte den Vorfall im späteren Tagesverlauf einem Polizeijuristen gegenüber. Der schlug sofort Alarm.«

Ole hörte mit wachsendem Entsetzen zu. »Warum in aller Welt hat Berge das getan?«

»Das wissen wir nicht«, antwortete Jorid Steine mit einem vielsagenden Blick. »Du kanntest ihn besser als ich. Vielleicht war er durch seine Krankheit schon nicht mehr ganz er selbst. Ich weiß es nicht, und wir werden es wohl auch nie erfahren. Aber aufgrund dieser Indiskretion hat man erwogen, die ganze Aktion abzublasen. Später wurde entschieden, doch wie geplant weiterzumachen, da die wenigen Zuhörer höchst vertrauenswürdige Personen waren, die alle im Anschluss kontaktiert und zur Verschwiegenheit verpflichtet wurden. Darüber hinaus hat man in der weiteren Überwachungsarbeit keine Veränderungen im Verhalten der observierten Personen festgestellt, und es gab auch keine Anzeichen dafür, dass jemand sie gewarnt hätte.«

»Weißt du, wer die Zuhörer waren?«

»Nein, ich weiß nur, dass es sich um vier Personen handelt. Möchtest du die Namen wissen?«

»Ja, die würden mich sehr interessieren.«

Die Polizeipräsidentin nickte. »In Ordnung. Ich kümmere mich darum.«

Als Nächster klopfte Morten an. Er steckte nur kurz den Kopf zur Tür herein.

»Ole«, sagte er, sichtlich betroffen. »Wir haben den Raum im Keller geöffnet. Ich glaube, das musst du dir mit eigenen Augen ansehen.«

Kapitel 36

Einige Minuten später stand Ole in dem kleinen Kellerraum und sah sich um. Auf einem Tisch in der Ecke stand ein Laptop, auf einem anderen Tisch ein Fernsehapparat. Vom Laptop schlängelte sich ein Gewirr an Kabeln zu einem DVD-Player, der auf dem Boden stand. An der Wand füllten vier hohe Stapel mit DVDs den Zwischenraum zwischen den Tischen.

Auf einem der Tische lagen außerdem ein paar zerknüllte Handtücher, und der ganze Raum war von einem eklig süßlichen Geruch erfüllt. Das war aber nicht das Schlimmste. Die Wände waren mit Bildern tapeziert, die meisten von nackten Kindern in verschiedenen Positionen. Eines der Bilder brannte sich auf Oles Netzhaut ein: Ein kleines Mädchen, kaum älter als Bente Bøe, lag in einem Bett mit einem Mann, von dem man nur den Rücken sah. Ihr Gesicht war gerade noch unter seinem Körper zu erkennen. Große, erschrockene Augen starrten den Fotografen an, als flehten sie ihn vergeblich um Hilfe an.

Ole stand eine Weile da wie gelähmt. Er konnte einfach nicht glauben, was er dort sah. Plötzlich befand er sich in dem Zimmer, in dem das Foto entstanden war. Das kleine Mädchen war mit einem Mal lebendig und begann sich verzweifelt zu wehren. Sie schlug um sich, weinte und flehte um Hilfe.

Ihr Flehen war an ihn gerichtet – als sei er der Fotograf, derjenige, der ihr nicht zu Hilfe kam. Ihm zitterten die Knie. Mit einer enormen Kraftanstrengung gelang es ihm schließlich, sich von dem Bild loszureißen. Er musste da raus.

Ole wankte rücklings zur Tür hinaus.

»Wir versiegeln den Raum«, presste er hervor. »Ehe wir hier irgendetwas unternehmen, möchte ich mit Polizeipräsidentin Steine sprechen.«

Morten konnte ihn nicht hören. Er stand im Flur an der Wand und übergab sich.

Die Polizeipräsidentin hörte Ole schweigend zu.

»Gib mir ein paar Minuten«, sagte sie. »Wir müssen jetzt ganz gezielt vorgehen.«

Ole ging in sein Büro zurück und ließ sich auf seinen Stuhl fallen. Die Augen des kleinen Mädchens auf dem Foto gingen ihm nicht aus dem Kopf. Das Ganze war so krank.

Cecilie steckte den Kopf zur Tür herein und riss ihn aus seinem Zustand heraus.

»Bereit für weitere Neuigkeiten?«

Ole riss sich zusammen. »Ja, komm herein«, sagte er und zwang sich zu einem freundlichen Lächeln. »Was gibt's?«

Sie überreichte ihm ein Blatt Papier. »Die Anrufliste der Østbys. Soll ich dir von Arne geben«, sagte sie und setzte sich. »Also: Bente Bøe ist nun gründlich untersucht worden. Unser Verdacht wurde bestätigt. Sie ist zweifellos sexuell missbraucht worden. Es gibt eindeutige Anzeichen für …«

Ole hob die Hand. »Danke, ich weiß genug. Bekommen wir einen Bericht?«

»Ja.«

»Was sonst noch?«

»Marius Bøes Nachbarn wurden als Zeugen vernommen. Sie sagen, dass er mehr als eine Freundin haben könnte. Allerdings können sie das nicht mit hundertprozentiger Sicherheit bestätigen, da sie nie ein Gesicht gesehen haben.«

»Haben sie vielleicht Anita beobachtet? Die ist ja oft dort?«

»Möglich. Ich habe nochmals mit Marius gesprochen, aber er leugnet aufs Heftigste. Dieser Mann ist echt unmöglich.«

»Du hast noch etwas?«

»Ja«, antwortete sie. »Wir haben den Fotografen ausfindig gemacht. Ein Werbefotograf, der Jahreszeitenbilder für das Fremdenverkehrsbüro gemacht hat. Am Montag in der Früh wollte er den Morgennebel unten am Hafen einfangen. Er war gerade nicht im Studio, aber er wollte alle Bilder ausdrucken und so rasch wie möglich vorbeibringen.«

Bevor sie ging, erzählte ihr Ole von dem Raum im Keller. Die tapfere Cecilie brach in Tränen aus.

Als Nächste betrat Martha Strand das Büro. Ole geleitete sie höflich zum Besucherstuhl. Sie trug jetzt einen eleganten langen Rock. Der ganze Raum duftete nach einem kostbaren Parfum.

Sie legte eine Mappe auf dem Tisch vor sich ab.

»Hoffentlich haben wir das schnell durch«, sagte sie und schob sich eine Haarlocke hinters Ohr. »Ich habe schrecklich viel zu tun. Konnten Sie übrigens den Raum im Keller öffnen?«

»Ja«, antwortete Ole bloß. »Alles in Ordnung. Danke, dass Sie uns so tatkräftig unterstützen, Martha.«

Sie warf ihm einen strengen Blick zu. »Sollte ich dem Gesetz nicht helfen, wo ich doch bald Bürgermeisterin sein werde?«, fragte sie.

»Sie scheinen ja wild entschlossen zu sein«, sagte Ole und verkniff sich eine ironische Bemerkung.

Sie beugte sich vor. »Man kann nicht in die Politik gehen, ohne Ambitionen zu haben, ohne nach Macht zu streben – ohne es zu wollen. Wirklich zu wollen, meine ich«, fügte sie eindringlich hinzu.

Ole lächelte höflich. »Ich zweifle keine Sekunde daran, dass Sie sich Ihre Ziele hoch gesteckt haben.«

Martha Strand erwiderte zufrieden sein Lächeln. »Das habe ich.« Sie klopfte ungeduldig auf die Mappe. »Wie kommen Sie voran? Ist der Fall bald gelöst?«

»Wir haben etliche Spuren. Das Netz schnürt sich zusammen.«

»Finden Sie den Täter.« Es klang beinahe wie ein Befehl. »Ganz Fjellberghavn leidet! Legen Sie Ergebnisse vor! Die Wählerinnen und Wähler verlangen danach, und ich unterstütze sie!«

»Sie bekommen sie.« Er begegnete ihrem Blick und hielt ihm stand. Er griff zur Mappe. »Sind das die Dienstpläne?«

Sie nickte. »Sie reichen bis zum 1. Januar zurück«, sagte sie. »Geben Sie mir das Datum, dann schaue ich nach.«

Ole holte die Liste hervor, die ihm Cecilie gegeben hatte. »Schauen wir mal ... das erste Datum ist ... der 10. Juli.«

Martha Strand blätterte in ihren Unterlagen. »Jawohl – ein Dienstag, sehe ich hier. Uhrzeit?«

»Viertel nach sechs am Abend.«

Die Politikerin studierte den Plan. Dann sah sie auf. »Hier – da war Anita in der Rezeption.«

»Und um acht desselben Abends?«

»Ebenfalls Anita.«

»Und am 13. Juli? Um halb acht am Abend?«

Martha Strand blätterte vor, dann hielt sie inne und seufzte ungeduldig. »Wie viele Daten und Uhrzeiten haben Sie denn? Geben Sie mir doch einfach die Liste, dann trage ich die Namen selbst ein«, sagte sie, ohne eine Antwort abzuwarten. »Das dauert mir sonst zu lang.«

Ole gab ihr die Liste und erhob sich. »Martha, Sie sind unverbesserlich«, sagte er. »Ich warte draußen bei meinen Kollegen.«

Auf dem Flur stieß er mit Jorid Steine zusammen, die ihn diskret beiseitezog.

»Die Kollegen vom Team Celeste bitten uns, den Raum zu fotografieren, auf Fingerabdrücke zu untersuchen und anschließend zu versiegeln«, sagte sie mit gedämpfter Stimme. »Um alles andere kümmern sie sich.«

»In Ordnung. Gibt's inzwischen Namen?«

»Noch nicht. Ich melde mich.«

Ole gab die Mitteilung an Morten weiter, der bloß nickte. Er war immer noch kreidebleich.

»Ole, da Martha gerade bei dir ist, frag sie doch, wer das Dachbodenatelier nutzt«, sagte er.

»Habt ihr dort irgendetwas Verdächtiges gefunden?«

»Nein«, antwortete Morten. »Wir brauchen die Info nur der Vollständigkeit halber.«

»Gut. Sonst noch etwas?«

»Nein.«

»Lass nicht locker. Die Obrigkeit sitzt uns im Nacken.« Er nickte mit einem vielsagenden Blick zu seiner Bürotür hin.

Martha Strand saß und kraulte Birk hinter dem Ohr, während sie auf Ole wartete. Beide sahen gleichermaßen ungeduldig aus, fand Ole. Als hätten sie sich abgesprochen, gemeinsam darauf zu warten, dass etwas passierte.

»Fertig?« Er lächelte freundlich und setzte sich.

»Ja«, antwortete sie und überreichte ihm die Liste. »Bei allen Anrufen hatte Anita Dienst.«

»Bei allen?«

Sie warf ihm einen reservierten Blick zu, als fragte sie sich, ob er schwer von Begriff sei.

»Das bedeutet aber nicht unbedingt, dass sie die Anruferin war«, betonte sie. »Jeder in der Pension könnte von dem Apparat aus telefoniert haben. Ist das für den Fall von Bedeutung?«

»Vermutlich nicht«, antwortete er ausweichend. »Aber es schadet sicher nicht, es zu wissen.« Er drückte auf den Knopf der Gegensprechanlage. »Eva, komm bitte kurz herein.«

»Komme«, lautete die prompte Antwort.

Ole ließ den Knopf los.

»Jetzt zu etwas anderem, Martha. Sie haben ein Atelier auf dem Dachboden. Gibt es dort ein Telefon?«

»Ja, gibt es.«

»Wer betätigt sich denn da oben?«

»Also ...« Sie lächelte verlegen und glättete ihren Rock. »Ich, unter anderem. Das Atelier ist mein heimlicher kleiner Zufluchtsort. Ich male ein wenig. Keiner meiner Angestellten weiß davon, und es ist auch wirklich nicht der Rede wert.«

Ole sah sie verdutzt an.

Martha Strand lachte. »Finden Sie das so abwegig? Wir sind drei alte Freundinnen, die eben die Künstler in uns ausleben. Das ist, wie gesagt, nicht weiter der Rede wert.«

»Wer sind die anderen beiden?«

Sie wurden von Eva unterbrochen, die gerade den Raum betrat. Ole überreichte ihr die Liste und sagte leise: »Bitte Arne, dass er den Dienstplan zur Sicherheit mit Anita Skeie gegenprüft«, sagte er. »Er weiß, wo er sie findet.«

»Jawohl.« Sie verschwand genauso schnell, wie sie gekommen war.

»Wo waren wir... ach ja, die Namen der beiden anderen, bitte.«

Martha warf ihm einen langen, missmutigen Blick zu. »Es gefällt mir nicht, dass ich meine Freundinnen da mit hineinziehen soll«, sagte sie schließlich. »Aber wenn es denn sein muss: Die eine heißt Dorte, die andere Wenche.«

Ole fixierte sie. »Haben die beiden auch einen Nachnamen?«

Sie wand sich unbehaglich auf ihrem Stuhl. »Müssen Sie das so genau wissen?«

»Ja.«

Sie schwieg eine Zeit lang. Schließlich seufzte sie und stieß widerstrebend hervor: »Lundekvam und Sunde.«

»Dorte Lundekvam und Wenche Sunde? Sind das Ihre Freundinnen? Beide?« Er starrte sie verdattert an.

»Dorte und ich sind seit unserer Kindheit unzertrennlich«, antwortete sie. »Wenche ist jünger als wir und kam erst später dazu. Sie machen ihnen doch keine Schwierigkeiten?«

Ole schwieg. Es schien ihm, als würden in seinem Kopf alle Puzzleteile hoch in die Luft geworfen werden und wie kleine Schneeflocken wieder zu Boden fallen, wo sie einen neuen, ebenso unübersichtlichen Haufen bildeten wie zuvor. Dann aber fuhr es ihm durch den Kopf, dass Dorte Lundekvam plötzlich alle zehn Punkte auf der Liste erfüllte! Zugleich fragte er sich, welche Rolle Wenche Sunde in der ganzen Sache spielte. Und Martha Strand.

»Machen Sie ihnen Schwierigkeiten?« Die strenge Stimme der Politikerin holte ihn in den Raum zurück.

Ole lächelte entschuldigend. »Nein, nein. Ich gehe ja nicht davon aus, dass sie sich irgendetwas haben zuschulden kommen lassen.«

Kapitel 37

Als Dorte Lundekvam wenig später auf dem Besucherstuhl saß, hatte Ole bereits mit Jorid Steine konferiert. Es war kurz vor halb neun. Ole fühlte sich ganz und gar nicht wohl in seiner Haut. Als Ermittler war er gezwungen, sich an die Fakten zu halten. Intuition und Bauchgefühle hatten bei seiner Arbeit nichts zu suchen. In Jorid Steines Augen war Dorte Lundekvam inzwischen eher

Tatverdächtige als Zeugin. Ole dagegen wollte sie lieber erst noch einmal als Zeugin vernehmen – und erhielt grünes Licht von Jorid Steine.

Arne kam herein und schaltete den tragbaren PC ein.

Die Witwe sah gut aus, wie immer. Sie trug eine weiße Bluse, einen Jeansrock und Sandalen. Sie wirkte sommerlich, frisch und gepflegt. Die Fassade war intakt.

Ole nahm Platz.

»Dorte«, begann er, sobald sie mit den Formalitäten fertig waren. »Sie tragen Schuhgröße 38, richtig?«

»Ja.«

»Ich habe Sie ja schon einmal gebeten, uns zu sagen, wo Sie sich am Montag, dem 20. August, vormittags zwischen halb neun und elf aufhielten. Würden Sie die Antwort für uns wiederholen?«

»Ich war zu Hause. Habe bis circa neun geschlafen. Dann habe ich das Haus aufgeräumt und Ordnung gemacht. Anschließend habe ich ein Bad genommen.«

»Sie haben das Haus nicht verlassen?«

»Nein.«

»Gibt es jemanden, der uns bestätigen kann, dass Sie während dieses Zeitraums zu Hause waren? Haben Sie zum Beispiel mit jemandem telefoniert, oder hat jemand vorbeigeschaut – ein Nachbar vielleicht?«

»Nein«, antwortete sie kurz angebunden, dann fügte sie hinzu: »Ich habe kein Alibi, wenn Sie das meinen. Aber deshalb habe ich trotzdem niemanden umgebracht.« Sie verzog schmerzlich das Gesicht. »Ich trauere um meinen Mann«, sagte sie mit zitternder Stimme. »Jede einzelne Sekunde.«

Sie begann zu weinen, und Ole machte eine Pause. »Das Letzte nimm bitte nicht ins Protokoll auf«, sagte er leise an Arne gewandt.

»Es tut mir leid, Dorte«, fuhr Ole sanft fort, als sie sich

wieder beruhigt hatte. »Das hier ist eine Situation, die wir am liebsten alle vermeiden möchten. Aber wir sind gezwungen, allen Spuren nachzugehen, ob es uns gefällt oder nicht. Möchten Sie eine Pause machen? Vielleicht etwas trinken?«

Dorte Lundekvam trocknete die Tränen. »Ja bitte, ein Glas Wasser.«

Ole gab die Bestellung über die Gegensprechanlage an Eva durch.

»Ist es in Ordnung, wenn wir weitermachen?«

Sie nickte zaghaft.

»Wann haben Sie am Montag zum ersten Mal jemanden getroffen oder mit jemandem gesprochen?«, fragte er.

Sie blieb lange wortlos sitzen und starrte in die Ferne. »Ich war so um eins auf einen Sprung im Supermarkt«, antwortete sie leise.

»Sie haben in den Stunden zwischen dem Mord und dem Brand im Polizeihaus nicht mit Ihrem Mann gesprochen?«

»Nein. Wir sprachen nur selten während der Arbeitszeit miteinander. Sigurd ist ... äh ... *war* ... immer ganz in seine Arbeit vertieft. Ich habe während dieser Zeit mit niemandem gesprochen, wie ich schon sagte.«

Eva kam mit dem Glas Wasser herein, und Dorte Lundekvam nahm mit zitternden Händen einen Schluck. Ole fuhr fort: »Dorte, stimmt es, dass Sie, Wenche Sunde und Martha Strand hier in der Pension zusammen ein Atelier haben?«

»Ja – oben auf dem Dachboden.« Dorte Lundekvam stellte das Glas ab. Einige Tropfen schwappten über und liefen auf den Tisch. Sie merkte es gar nicht.

»Gibt es dort ein Telefon?«

Sie dachte lange nach. »Vielleicht. Ich habe ehrlich gesagt keine Ahnung.«

»Haben Sie jemals von dort aus telefoniert?«

»Die Frage habe ich doch schon beantwortet. Nein.«

»Sie drei sind eng befreundet, stimmt das?«

»Ja.« Sie trocknete sich die Tränen am Ärmel. »Wir waren es zumindest. Seit unserer Kindheit waren Martha und ich so gut wie unzertrennlich.«

»Waren?«

»Wir reden zurzeit nicht miteinander.« Sie sah betrübt aus.

»Aber mit Wenche Sunde reden Sie schon noch?«

»Ja, recht oft sogar.«

»Wussten Sie, dass Wenche vor rund zehn Jahren ebenfalls Drohbriefe erhalten hat?«

»Nein, ist das Ihr Ernst?«

Ole überhörte die Gegenfrage. »Wie lange kennen Sie Wenche Sunde schon?«

»Tja …« Dorte Lundekvam überlegte. »Sie hat ein Zimmer bei uns gemietet, das war wohl so vor … acht Jahren, denke ich. Damals, als sie nach Fjellberghavn kam und als Journalistin bei der ›Fjellbergposten‹ anfing.«

»Und sie hat diese Briefe nie erwähnt?«

»Nie.«

»Und Sie kannten sie nicht von früher?«

»Nein.«

»Wie lange wohnte sie bei Ihnen?«

»Ein halbes Jahr, bis sie die Wohnung fand, in der sie jetzt ist. Wir haben uns gut verstanden. Sigurd mochte sie auch. Seither sind sie und ich gute Freundinnen, auch wenn ich ein paar Jahre älter bin als sie.«

Ole musterte sie. »Und dieselbe Antwort bekommen wir, wenn wir Wenche Sunde fragen?«

»Selbstverständlich.« Ihre Mundwinkel zitterten, und sie musste sich sichtlich zusammenreißen. »Hören Sie mal!«

Ole biss sich auf die Lippen. »Ich stelle die Fragen, die ich stellen muss«, entgegnete er ruhig. »Das ist mein Job.«

Dorte Lundekvam richtete ihren schlanken Körper auf, als sei ihr plötzlich eingefallen, dass sie doch eigentlich eine starke Frau war, die sich nicht von ihren Gefühlen unterkriegen ließ.

Ole wartete ein wenig, während Arne emsig tippte. Er blätterte in den Unterlagen. Mit einem kurzen »Entschuldigen Sie mich einen Moment« erhob er sich und ging in den Flur hinaus, wo ihm Eva entgegenkam.

»Sehr gut, genau dich brauche ich«, sagte er. »Mach bitte Wenche Sunde für mich ausfindig, ich muss mit ihr reden.« Er zögerte einen Augenblick. Er konnte diese allzu neugierige Redakteurin nicht in sein Büro einladen. Nicht jetzt. Nicht einmal in der Lobby wollte er sich mit ihr treffen, dann würde sie den ganzen Abend nicht von seiner Seite weichen. Sie mussten sich irgendwo anders treffen. Wenche wohnte ganz oben in der Sykehusgata. Dort hinzufahren würde zu lange dauern. Die Zeitungsredaktion lag hingegen in Laufnähe von der Pension, direkt gegenüber vom Rathaus. Das war ein idealer Treffpunkt. Da würde er einfach gehen können, wenn er fertig war. Und hätte dabei außerdem Gelegenheit, ein wenig frische Luft zu schnappen.

Laut sagte er: »Bitte sie, sich in einer Viertelstunde mit uns in der Redaktion zu treffen. Sag ihr, dass es sehr wichtig ist. Gib Cecilie Bescheid, ich möchte sie dabeihaben.«

»Sagen Sie, kennen Sie Marius Bøe?« Ole saß nun wieder Dorte Lundekvam gegenüber.

Sie schwieg eine Zeit lang. »Ja«, kam es schließlich kaum hörbar, gefolgt von einem Schniefen.

»Ist er Ihr Geliebter?«

»Nein.«

Ole stutzte. »War er es einmal?«

Sie sah ihn an. Hinter ihren Tränen lag Verzweiflung. Und Bitterkeit.

»Ja.«

»Wusste Ihr Mann davon?«

Sie änderte ihre Position, als säße sie plötzlich schlecht. »Es war genau genommen seine Idee …« Ihr Gesicht entspannte sich für einen kurzen Moment. »Er ist ja Arzt … äh, *war*«, korrigierte sie sich selbst, »und Ärzte sehen solche Dinge eher praktisch …« Sie hielt inne. »*Müssen* Sie das unbedingt wissen?«

»Ja.«

Sie schöpfte zitternd Atem. »Es war nach Sigurds Krebsoperation … an der Prostata …« Sie musste eine weitere Pause machen, dann riss sie sich zusammen. »Ich bin jung«, sagte sie, unerwartet hart. »Ja, äh … so gesehen, also. Ich habe weiterhin meine … ja, Sie wissen schon, was ich meine. Und Sigurd, mein inniglich geliebter Sigurd, er verlor … ja, also, seine *Fähigkeit*.«

»Er war impotent nach der Operation?«

»Ja. Irgendetwas ist schiefgelaufen.« Sie legte die Hände an die Wangen, so wie sie es getan hatte, als sie das erste Mal bei ihr gewesen waren und sie beim Fenster stand und ihnen nachschaute. »Es war schrecklich. Für mich zumindest, weil ich … ich … Ja, das ist immer noch ein wichtiger Teil meines Lebens, das … das …« Sie geriet ins Stocken.

»Das Sexuelle?«

»Ja.«

»Und Ihr Mann empfahl Ihnen, sich einen Liebhaber zu suchen?«

Sie sah ihn beinahe entschuldigend an. »Es war … ein

rein praktisches Arrangement, nicht mehr«, sagte sie. »Das hier ist ... alles sehr ... persönlich.«

»Dorte. Es geht hier nur um den Fall. Nichts anderes.«

Ole wartete auf Arne, der schrieb, so schnell es seine Finger erlaubten.

»Wie lernten Sie Marius Bøe kennen?«, fuhr er fort, als sein Kollege ihm bedeutete, dass er so weit sei.

»Über Sigurd. Sie kannten sich.«

»Ihr Mann hat Sie beide zusammengebracht?«

»Ja.« Tränen traten ihr in die Augen. »Und das ist nichts, worauf ich besonders stolz bin«, fügte sie schluchzend hinzu. »So wollte ich nicht leben. Ich habe immer nur Sigurd geliebt.«

»Sie haben also das Verhältnis beendet?«

»Nein. Martha hat ihn mir weggenommen.«

»Martha Strand?« Ole verstummte. Diesmal wirbelte in seinem Kopf absolut jedes Teil des Puzzles hoch und bildete eine undurchschaubare Nebelwolke. »Äh ... ist sie Marius Bøes Geliebte?«

»Nein, er *gehört* ihr.« Ihre Stimme wurde hart. »Mit ... Haut und Haar. Sie ist einfach so. Was sie haben will, das nimmt sie sich. Ohne Rücksicht. Ich wusste, dass sie zynisch ist und praktisch über Leichen geht, um ihren Willen durchzusetzen, aber ich hätte nie gedacht, dass sie einer Freundin so etwas antun würde. Sie wusste, was Marius für mich bedeutete ... ja, äh ... so gesehen, also.«

»Wusste Arvid Strand davon?« Ole spürte, wie sein Puls schneller wurde.

»*Der*?« Sie schnaubte. »Nein, dem ist das völlig egal. Der Mann lebt doch ganz in seiner eigenen Welt.«

»Ach ja?« Ole überlegte. »Sie sagen also, dass Sie und Martha einen Konflikt ...«

»Wir sind Todfeinde«, unterbrach sie ihn, und ihre Augen blitzten.

»Ja – Todfeinde. Besuchen Sie trotzdem das Atelier, auch wenn Sie riskieren, sie dort anzutreffen?«

»Nein«, antwortete sie kurz. »Nicht mehr.«

»Wann waren Sie das letzte Mal dort?«

»Vor rund einem halben Jahr.« Sie runzelte die Stirn. »Genauer gesagt am 21. Februar. Das Datum werde ich nie vergessen, denn da haben sie die Bombe losgelassen, die beiden. Da hat sie ihn sich geschnappt und mich aufgefordert, die Finger von ihm zu lassen.«

»Seither waren Sie nicht mehr im Atelier?«

»Nein.«

»Kennen Sie jemanden, der das bestätigen kann?«

Sie überlegte. »Ja, Wenche. Sie fragt mich ständig, ob ich nicht kommen möchte. Aber ich setze dort keinen Fuß mehr hinein. Ich wäre am liebsten auch nicht zu Ihnen gekommen, solange Sie hier Ihr Büro haben.«

»Sie waren also seit einem halben Jahr nicht mehr in der Pension?«

»Ja, so ist es.«

»Gibt es jemanden, der das bestätigen kann?«

Sie zuckte mit den Schultern. »Die Angestellten. Anita, Roger – alle anderen. Ja, Arvid auch, nehme ich an. Und Martha, wenn sie das Rückgrat hat, eine ehrliche Antwort darauf zu geben.«

»Wann haben Sie das letzte Mal mit Marius gesprochen?«

Dorte bekam erneut einen harten Zug um den Mund. Dann kam die Antwort mit einem bitteren Unterton: »Ich habe ihn seit dem 21. Februar nicht mehr gesehen.«

Ole überlegte. Er zog die Checkliste mit den zehn Punkten hervor und ging sie durch. Wenn das stimmte, was Dorte Lundekvam soeben ausgesagt hatte, schied sie bei sechs der zehn Punkte aus. Er spürte, wie ihm Schweißperlen auf die Stirn traten.

Die Arztwitwe vergrub den Kopf in ihren Händen und begann still zu weinen. Ole war unsicher, wie er sich weiter verhalten sollte. Er machte sich Vorwürfe. War er zu grob vorgegangen? Auf jeden Fall pries er sich glücklich, dass es ihm gelungen war, den ernsten Verdacht von ihr zu nehmen.

»Dorte«, sagte er, »Sie haben uns wichtige Antworten gegeben, und wir beenden damit vorläufig die Vernehmung. Wir werden alle Ihre Aussagen überprüfen. Das ist reine Routine. Danke, dass Sie gekommen sind.«

Er erhob sich, nickte kurz und verließ den Raum. Draußen steckte er den Kopf zur Tür der anderen Ermittler hinein. »Dorte Lundekvam ist aus dem Rennen«, informierte er sie. »Ich erkläre das nachher. Cecilie, schnapp dir das Aufnahmegerät, wir werden uns mit Wenche Sunde unterhalten.«

Kapitel 38

Es hatte aufgehört zu regnen, und Ole und Cecilie legten die paar hundert Meter zur Redaktion der ›Fjellbergposten‹ zu Fuß zurück. Ole ließ Birk frei herumlaufen. Der Hund achtete darauf, jede einzelne Straßenlaterne und jede einzelne Ecke auf dem Weg zu markieren. Es sollte in der Hundewelt kein Zweifel daran bestehen, wer hier unterwegs gewesen war.

Ole paffte an einer Zigarre. Rauchschwaden umhüllten ihn.

Cecilie sah ihn von der Seite an. »Wolltest du nicht frische Luft schnappen?« Sie warf ihm einen neckischen Blick zu.

»Frische, reine Meeresluft, ja.« Er begegnete ihrem

Blick und nahm einen tiefen Atemzug. »Ist sie nicht herrlich?«

»Na klar doch.« Sie grinste. »Glaubst du, dass Wenche Sunde etwas beizusteuern hat?«, fragte sie.

»Alle haben das ...« Ole bekam einen Hustanfall. »Jetzt wo ...« Er klopfte sich auf die Brust. »Arrch ...« Er warf die Zigarre verärgert in den Rinnstein und trat sie aus. »Verflucht!«

Cecilie lachte.

Ole warf ihr einen abwesenden Blick zu. »Verdammte Erkältung«, sagte er ernst. »Eine Plage ist das ... eine verdammte Plage.«

Wenche Sunde ließ sie in einen kleinen Empfangsraum herein und schloss die Tür hinter ihnen ab. Von einer Wand leuchtete ihnen das grüne Logo der Lokalzeitung entgegen, und darunter hing eine große Urkunde hinter Glas und Rahmen. Ole nahm sie genauer in Augenschein: »Beste Lokalzeitung des Jahres, gekürt vom Norwegischen Landesverband für Lokalzeitungen.«

»Nicht schlecht, oder?« Wenche Sunde wies ihnen den Weg. »Wir sind ziemlich stolz auf diese Auszeichnung. Sie sind noch nie hier gewesen, keiner von Ihnen, habe ich Recht?«

Ole schüttelte etwas beschämt den Kopf. Es war immer die Redakteurin, die zu ihnen kam.

»Typisch für die Unausgewogenheit in unserem Verhältnis«, lachte sie und schob die Brille bis zur Nasenwurzel hoch. »Hier ist jedenfalls die Anzeigenabteilung, unser Erfolgsfaktor.« Sie zeigte auf einen mittlerweile dunklen Raum mit einigen Stühlen und Tischen. »Über vier Millionen Kronen haben unsere Anzeigenverkäufer im letzten Jahr eingenommen. Hier ist die Redaktion untergebracht, und dort ist unser DTP.« Sie zeigte auf einen separaten Raum mit zwei Computern. »Dort entsteht die Zeitung. Der Umbruch, wie wir sagen. Einfache Verhältnisse, wie Sie sehen – aber funktionell.«

»Natürlich. Wir sind ja auch stolz auf die ›Fjellbergposten‹.« Ole schmunzelte. »Wenche, wir sind gekommen, damit Sie uns schnell einige Aussagen bestätigen. Wir sind leider sehr in Eile.«

Auf ihrem Gesicht zeichnete sich Enttäuschung ab. »Sie kommen also nicht mit Neuigkeiten für uns?«

»Noch nicht. Morgen Früh vielleicht. Dürfen wir uns setzen?«

»Äh ... ja, bitte.« Sie räumte eine Kamera und ein paar Papiere von einem runden Tisch mitten im Raum. »Nehmen Sie doch Platz. Was in aller Welt kann *ich* zu diesem Fall beisteuern? Jetzt bin ich aber neugierig.«

Ole lächelte.

Cecilie stellte das Aufnahmegerät auf den Tisch und erläuterte die Formalitäten. Ole begann: »Wenche Sunde, Sie sind eine gute Freundin von Dorte Lundekvam?«

»Ja.« Die Redakteurin musterte ihn durch ihre dicken Brillengläser. Ole kannte sie so gut, dass er wusste, wie gern sie den Grund für diese Frage erfahren hätte.

»Wie lange kennen Sie beide sich schon?«

Wenche Sunde konnte sich nicht beherrschen. »Kommen Sie hierher, um mich das zu fragen?« Sie lachte ihr raues Lachen und schob die Brille mit dem Zeigefinger hoch. »Lassen Sie mich kurz nachdenken ... acht Jahre sind das wohl. Als ich damals als frischgebackene Journalistin hier anfing ... das war ... ja, doch, vor acht Jahren. Ich habe damals ein halbes Jahr bei ihr und Sigurd zur Miete gewohnt.«

»Und sich mit Dorte Lundekvam angefreundet?«

»Sie und ich sind gute Freundinnen geworden, ja. Und ich trauere schrecklich um Sigurd.«

»Das kann ich verstehen. Sind Sie ab und zu in einem Atelier in der Pension Fjellberg?«

»Woher wissen Sie das?« Wenche Sunde lachte erneut auf. »Das weiß niemand!«

»Die Polizei weiß alles.« Ole sah sie lächelnd an. »Ja oder nein?«

Sie hob die Hände in einer entschuldigenden Geste. »Ja.«

»Wer sonst lebt dort seine künstlerische Ader aus?«

Die Redakteurin zögerte einen Augenblick. »Martha Strand.«

»Ist es richtig, dass auch sie eine enge Freundin von Ihnen ist?«

»Ja.«

»Wie lange kennen Sie beide sich?«

Wenche zuckte mit den Schultern. »Zehn Jahre vielleicht? Ich hatte übrigens auch bei ihr und Arvid ein Zimmer in ihrem Haus gemietet.«

»Hier in Fjellberghavn?«

»Nein, in Borg. Das war bevor Martha die Pension von ihrem Vater übernahm. Ich habe zwei Jahre lang Publizistik an der Medienhochschule in Borg studiert und wohnte damals bei ihnen. Als ich später eine Stelle bei der Zeitung hier in Fjellberghavn bekam, hat Martha mir das Zimmer bei Dorte vermittelt.«

»Die beiden sind ebenfalls eng befreundet, richtig?«

»Die stecken seit der Schulzeit zusammen.«

Ole machte eine Pause, während er überlegte. Er musste aufpassen, die Informationen in der richtigen Reihenfolge abzufragen. Er blätterte in den Notizen. »Sagen Sie ...« Er sah auf, während er sich die Worte zurechtlegte. »... sind Sie oft im Atelier, alle drei?«

»Wir waren es.« Wenche rückte an der Brille. »Aber jetzt ... Dorte war schon eine Ewigkeit nicht mehr dort.«

»Versuchen Sie bitte, sich zu erinnern, wann sie das letzte Mal dort war.«

»Tjaa … das muss vor rund einem halben Jahr gewesen sein. So ungefähr.« Sie musterte ihn kritisch. »Aber warum wollen Sie das denn wissen? Worum geht es hier eigentlich?«

Ole schaltete das Band aus. »Wenche, das ist eine offizielle Vernehmung. Sie wissen, dass Sie keine Gegenfragen stellen dürfen.« Er spulte zurück und drückte erneut auf »Aufnahme«. »Wissen Sie, warum Dorte nicht mehr kommt?«

»Nein.« Sie überlegte. »Oder doch, ich glaube, da gibt es irgendeine Unstimmigkeit mit Martha.«

»Wissen Sie, worum es dabei geht?«

»Nein – ich habe nicht gefragt. Aber Dorte hält sich fern, und das finde ich albern, ehrlich gesagt.«

»Okay.« Ole machte eine kurze Pause. »Sind Sie auch mit Arvid Strand gut befreundet oder nur mit Martha?«

»Nur mit Martha. Zu Arvid habe ich keinen Draht.« Sie rückte die Brille zurecht. »Er ist sicher ganz okay, nur eben nicht mein Fall.«

»Kennen Sie Marius Bøe?«

Sie zuckte mit den Schultern. »Nicht persönlich.«

»Wissen Sie, ob er Ihren Freundinnen nahesteht?«

»Warum?«

»Hat keine der beiden Ihnen etwas anvertraut?«

»Nein, sollten sie das?« Wenche Sunde richtete sich auf.

Ole wurde ungeduldig. Die Zeit drängte. »Sagen Sie«, fuhr er fort, »haben Sie vor rund zehn Jahren mal irgendwelche Drohbriefe erhalten?«

»Ja.« Sie sah ihn überrascht an. »Woher wissen Sie das?«

Er warf ihr einen strengen Blick zu. »Wissen Sie, wer sie geschrieben hat?«

»Eine Patientin aus der Psychiatrie, die einen Leserbrief von mir in der Zeitung gelesen hatte. Ich sollte erschossen und erhängt und weiß Gott was werden.«

»Haben Sie damals jemandem die Briefe gezeigt, wissen Sie das noch?«

»O ja, etlichen Leuten sogar. Ich habe sie kopiert und aufbewahrt. Das Ganze war ziemlich aufregend. Solche Briefe bekommt man ja nicht jeden Tag!«

»Können Sie sich erinnern, wem Sie die Briefe gezeigt haben? Dorte und Sigurd Lundekvam zum Beispiel?«

»Nein, die kannte ich damals ja noch nicht.« Sie lächelte herausfordernd. »Jetzt haben Sie aber nicht mitgedacht, Ole.«

»Sagen Sie das nicht.« Ole fuhr unbeirrt fort: »Sie haben Dorte Lundekvam nie diese Briefe gezeigt oder mit ihr darüber geredet?«

»Nein, nie.«

»Und wie steht's mit Martha und Arvid Strand?«

Oles Handy klingelte und unterbrach sie. Er sah auf das Display. »Morten«, sagte er mit einem Blick zu Cecilie. »Das muss ich annehmen.«

Er schaltete das Aufnahmegerät aus, erhob sich und zog sich etwas zurück. »Ja?«

»Morten hier. Entschuldige bitte die Störung, aber ...«

»Ist schon okay. Schieß los.«

»Wir waren der Meinung, dass du das sofort erfahren solltest: Der endgültige Bericht über den Schuhabdruck im Wald ist eingetroffen. Die Techniker haben gründliche Arbeit geleistet und waren am Fundort, um neue Abdrücke zu nehmen. Das hat ihren Verdacht bestätigt, schreiben sie: dass sich nämlich das Erdreich aufgrund des Regens gesetzt hatte. Die Spur ist mit anderen Worten geschrumpft – oder zusammengesackt, um ein anderes Wort zu benutzen, weil es so nass war. Die erste Vermutung, die mit ausdrücklichem Vorbehalt erfolgt war, so behaupten sie in dem Bericht, nämlich dass die Schuhgröße 38 betrug, wurde damit berichtigt. Die richtige Größe ist 40.«

Ole überlegte. Er konnte sich an keine Vorbehalte erinnern, außer dass der Bericht als vorläufig galt. Aber wie dem auch sei, die Puzzleteile wurden einmal mehr durcheinandergewirbelt. Einer davon schien gleich auf seinen Platz zu fallen.

»Marius Bøe trägt Größe 40«, rutschte es aus ihm heraus, gerade noch so leise, dass Wenche Sunde ihn nicht hören konnte. »Er und Anita könnten also gemeinsame Sache gemacht haben, die Möglichkeit haben Cecilie und ich bereits diskutiert. Sonst noch etwas?«

»Ja. Die einzige Tankstelle in Lunde, eine Statoil, hatte am Montag drei Kunden, die ein Fahrzeug von Blåen auftankten. Der Geschäftsführer druckt soeben die Standbilder aus, die er uns rüberfaxt oder als E-Mail-Anlage schickt, wenn er es hinkriegt. Wir erwarten sie jeden Moment.«

»Danke, Morten. Macht weiter, Cecilie und ich kommen bald.«

Er nahm wieder Platz. Die Information sorgte für Chaos in seinem Kopf. Eine Reihe von Menschen war plötzlich außer Verdacht, und der ganze Fall war mit einem Schlag mal wieder auf den Kopf gestellt. Wer von den bisher vernommenen Personen trug Schuhgröße 40, außer Marius Bøe? Gab es überhaupt jemand anderen? In der Eile fiel ihm niemand ein.

»Wichtige Neuigkeiten?« Cecilie sah ihn neugierig an. Die Redakteurin saß neben ihr und spitzte die Ohren.

»Ja.« Er nickte. »Wir sprechen nachher darüber. Wo waren wir?«

Cecilie spulte zurück, und sie hörten sich die letzten

Fragen vor der Unterbrechung an: »Sie haben Dorte Lundekvam nie diese Briefe gezeigt oder mit ihr darüber geredet?«

»Nein, nie.«

»Und wie steht's mit Martha und Arvid Strand?«

»Bitte sehr.« Ole drückte auf den Aufnahmeknopf und sah Wenche Sunde erwartungsvoll an.

»Arvid hat sie nie gesehen, aber Martha schon.« Wenche lächelte und entblößte eine Reihe unregelmäßiger Zähne. »Sie war genauso aufgeregt wie ich. Wir haben sie uns gemeinsam zu Gemüte geführt, Wort für Wort. Wir haben übrigens erst vor Kurzem noch einmal darüber gesprochen.« Sie sah Ole plötzlich sorgenvoll an. »Ich hätte gerne gewusst, warum Sie danach fragen, Ole.«

Er hob abwehrend die Hand. »Wann war das?«

»Tja ... vor zwei ... vielleicht drei Wochen?«

»Haben Sie oder Martha das Thema angeschnitten?«

Sie lächelte matt. »Martha.«

»Und wie kam sie darauf?«

Wenche Sunde wand sich unbehaglich auf ihrem Stuhl. »Ja ... also, sie fragte mich danach, wollte wissen, ob ich mich noch an die alte Geschichte erinnerte. Dann habe ich die Kopien herausgekramt, und wir haben uns gemeinsam bei ein paar Glas Wein durch die Briefe gegruselt. Ganz unschuldig. So wie damals.«

»Haben Sie auch darüber geredet, wer diese Briefe geschrieben hatte?«

»Ja, jetzt, wo Sie's sagen, ja.«

»Wissen Sie etwas über diese Person?«

Wenche Sunde nickte. »Eine Frau, eine Geisteskranke.«

»Kennen Sie ihren Namen?«

»Kari ... Blom, hieß sie, glaube ich.« Sie rutschte auf ihrem Stuhl hin und her. »Also, mich macht das alles etwas nervös. Kann das, was ich sage, irgendjemanden in Schwierigkeiten bringen?«

»Nur, wenn der- oder diejenige etwas zu verbergen hat.« Ole spürte, wie es in seinen Adern zu prickeln begann. »Haben Sie und Martha auch vor drei Wochen über diese Person gesprochen?«

»Ja. Warum?«

Ole ignorierte sie erneut. »Vernehmung beendet«, sprach er ins Aufnahmegerät und schaltete es ab. Er stemmte sich mit einem Ruck hoch und raffte die Unterlagen zusammen. »Cecilie, wir müssen los.«

»Ja, aber …« Wenche Sunde erhob sich und rückte fieberhaft an ihrer Brille herum. »Ich muss doch erfahren …«

»Bleiben Sie in der Nähe vom Telefon«, sagte er und lächelte matt. »Der Fall wird vielleicht heute Nacht noch aufgeklärt.«

Auf dem Weg hinaus klingelte Oles Handy erneut. Es war Eva.

»Ole«, sagte sie, »es wäre gut, wenn ihr bald kommt. Es ist etwas geschehen …«

Kapitel 39

Den Rückweg legten sie im Eiltempo zurück. Ole informierte Cecilie über das Gespräch mit Morten.

»Glaubst du, dass Marius Bøe dahintersteckt?«, fragte sie.

»Tja, unsere Theorie wird dadurch jedenfalls nicht geschwächt. Wir müssen ihn wohl damit konfrontieren, und zwar gründlich.«

Sie konzentrierten sich kurz auf ihre Schritte, während sie sich die neue Situation durch den Kopf gehen ließen. Cecilie schwebte leichtfüßig über den Asphalt, Ole dagegen schnaufte neben ihr wie ein trächtiger Wal.

»Du hast den Namen Blom wiedererkannt, stimmt's?«, fragte sie.

Er nickte. »Kari Østbys Mädchenname. Ja, ich habe ihn erkannt. Und was ich da hörte, hat mir gar nicht gefallen.«

»Das über Martha, nein. Das gibt mir auch zu denken. Könnte sie dahinterstecken?«

»Martha?« Ole stöhnte. »Hat sie denn ein Motiv?«

Cecilie dachte lange nach. »Ihren Mann aus dem Weg räumen wegen des Liebhabers? Und dann hat sie den Falschen erschossen? Erscheint mir nicht sehr plausibel.«

»Nein. Das passt nicht. Und so jemand wie Martha agiert nicht auf diesem Niveau. Sie könnte sich ja problemlos scheiden lassen. Kannst du irgendein anderes Motiv erkennen?«

»Nein. Aber sie hat ebenfalls Schuhgröße 40.«

Am Empfang lief Ole Eva direkt in die Arme.

»Martha Strand war gerade damit hier«, sagte sie atemlos und überreichte ihm einen großen Briefumschlag.

Ole öffnete ihn.

»Sie hat ihn angeblich in Arvids Büro gefunden.« Eva stellte sich auf die Zehenspitzen und sah ihm über die Schulter. »Ich tippe auf Briefe von Hans Hansen.«

Ole zog ein Blatt hervor und erkannte sofort die Handschrift. »Du hast Recht. Was hat sie gesagt, als sie hier war?«

»Sie sagte so was wie: ›Findet den, der das hier geschrieben hat, und ihr habt euren Mörder.‹ Und dann sagte sie etwas in Richtung: ›Grüßen Sie Ole von mir, und sagen

Sie ihm, dass es doch unmöglich so schwierig sein kann, so etwas Einfaches zu verstehen.‹ Dann war sie weg.«

Ole spürte, wie sein Pulsschlag stieg. ›Der Täter könnte nachhelfen wollen, deutlicher werden‹, hatte er doch erst kürzlich zu Cecilie gesagt. Herrgott – Martha? Martha Strand? War das möglich? Er fühlte sich wie gelähmt. Das konnte doch nicht wahr sein! »Sagte sie … wo sie hinwollte?«, brachte er gerade noch hervor.

»Sie sagte irgendetwas von wegen, dass sie Arvid finden müsse – dass sie in Sorge um ihn sei, dass er ja bedroht werde.«

»Ich verstehe.« Ole fing sich wieder. »Eva«, sagte er entschlossen. »Trommle die Kollegen zusammen. In einer Minute. Bitte auch Jorid Steine zu kommen. Zeig ihnen die Briefe und bitte sie, sich ein Bild zu machen, bis ich komme.«

Ole ging zu den anderen in den Besprechungsraum. Jorid Steine kam ebenfalls herein, nahm neben ihm Platz und begann die Drohbriefe durchzulesen.

Eva kam herein. »Die hier sind vor zehn Minuten als E-Mail eingetroffen«, sagte sie und überreichte Ole eine Mappe. »Das sind die Bilder von der Tankstelle in Lunde.«

Er öffnete die Mappe und blätterte den Inhalt oberflächlich durch. »Dachte ich's mir doch«, brummte er.

»Noch etwas«, sagte Eva. »Der Fotograf war hier mit einer Mappe voller Bilder. Ich gehe sie gerade durch.«

»Gut. Bring uns diejenigen, die irgendwie relevant sind.«

Ole bat die anderen, sich um ihn herum aufzustellen, um besser mitsehen zu können. Er legte ein Bild von der Tankstelle auf den Tisch.

»Laut dem beiliegenden Vermerk wurde dieses Bild am

Montag um 10.03 Uhr aufgenommen«, sagte er. »Der Kunde tankte Diesel und zahlte mit einer Kreditkarte der Pension Fjellberg.«

Sie starrten schweigend auf das Bild, das von schräg oben gemacht worden war. Leicht erkennbar, neben dem blauen Lieferwagen und mit der Dieselzapfpistole in den Tankstutzen geschoben, stand Martha Strand. Sie trug eine dunkle Schirmmütze und eine Jeansjacke. Das Bild war eingefroren in dem Moment, als sie hochsah.

Ole spürte eine enorme Enttäuschung in ihm hochsteigen.

»Jorid«, sagte er heiser. »Gibt es schon irgendwelche Namen?«

»Ich wollte gerade darauf zu sprechen kommen«, nickte sie. »Eine Streife des Teams Celeste ist auf dem Weg hierher, um Arvid Strand festzunehmen.«

»Marthas Mann?« Ein Raunen ging durch den Raum.

»Er hat umfassende elektronische Spuren auf illegalen Kinderpornoseiten im Internet hinterlassen«, fuhr die Polizeipräsidentin fort. Sie ließ ihren festen Blick von einem zum anderen gleiten, dann informierte sie die Anwesenden über die Aktion.

Keiner sagte ein Wort. Den Rest konnte sich jeder denken.

»Onkel Arvid«, rief Cecilie entsetzt aus. »Er ist es.«

Kurz danach saßen sie über drei Bilder gebeugt. Das erste war ein Panoramabild, aufgenommen vom Marktplatz in Richtung Pension, mit einigen Ständen im Vordergrund. Menschen eilten in alle Richtungen, doch eine Person sprang ihnen sofort ins Auge.

Es war ein Mann, aufgenommen von hinten, auf dem Weg zur Pension Fjellberg. Er trug einen langen, beigen Sommermantel und sah Zahnarzt Sørensen zum Verwechseln ähnlich. Nur dass er es nicht sein konnte, da dieser zu diesem Zeitpunkt in einer Blutlache in der Sykehusgata lag. In der rechten unteren Ecke waren Datum und Uhrzeit deutlich in roter Schrift zu sehen: 20. Aug. – 09.03.

Ole schob das Foto beiseite. Das Nächste war einige Minuten vorher aufgenommen worden, aber aus einem anderen Blickwinkel, nämlich die Havnegata hinauf. Dieselbe Gestalt kam gerade die Straße herunter, direkt auf den Fotografen zu.

Arvid Strands Gesicht leuchtete ihnen entgegen.

»Verdammter Mist.« Morten brachte spontan zum Ausdruck, was sich alle anderen dachten. »Sie hat den falschen erschossen, so wie wir es schon vermutet hatten.«

Ole brummte. »Und bezüglich der Kleidung gelogen. Sie hat in der Vernehmung heute Morgen ausgesagt, dass er eine kurze, schwarze Sommerjacke trug.«

»Ausgefuchste Person«, ergänzte Cecilie. »Schauen wir uns auch das letzte Bild noch an.«

Ole zog es hervor. Es war um 09.08 Uhr zur Havnegata hin aufgenommen worden. Roger Haug schlenderte auf die Kamera zu, die Hände tief in den Taschen vergraben. Er trug eine kurze Lederjacke.

»Damit scheiden Anita und Marius aus«, sagte Cecilie und schob das Foto beiseite.

Jorid Steines Handy klingelte, und sie zog sich etwas zurück, um den Anruf entgegenzunehmen.

»Cecilie«, sagte Ole, »lass uns rasch unsere Checkliste durchgehen. Lies Punkt 1 vor.«

Sie holte die Liste hervor und begann: »Nummer 1: Die tatverdächtige Person muss ein ausreichend starkes Motiv haben.«

Ole nickte. In seinem Kopf spukten noch Dorte Lundekvams verbitterte Worte: »Was sie haben will, das nimmt sie sich. Ohne Rücksicht. Ich wusste, dass sie zynisch ist und praktisch über Leichen geht, um ihren Willen durchzusetzen, aber…«

Er unterbrach seine Gedanken. »Okay«, sagte er. »Martha Strand hat ein Motiv. Ein pädophiler Ehemann, verhaftet bei einer profilierten Polizeiaktion in unserer kleinen, überschaubaren Gemeinde, hätte sie in einen Riesenskandal hineingezogen und ihr jegliche Chance genommen, die Wahl zu gewinnen. Die einmalige Chance, die sie hatte, es in der Politik bis ganz nach oben zu schaffen, wäre im Keim erstickt worden. Das kommt hin. Nächster Punkt!«

»Die tatverdächtige Person trägt Schuhgröße 38. Nein«, unterbrach sich Cecilie, »Schuhgröße 40, wie wir mittlerweile wissen.«

»Passt. Martha trägt Größe 40. Punkt 3, beeil dich!«

»Die tatverdächtige Person ist eine Frau.«

»Passt. Punkt 4!«

»Die Mörderin hat für den Montagvormittag kein Alibi.«

»Passt. Martha Strand hat kein Alibi«, hielt Ole fest und überlegte. »Wahrscheinlich ist es so abgelaufen«, erklärte er: »Am Sonntag hatte sie in Lunde etwas zu erledigen und packte die Gelegenheit beim Schopf, als sie den Toyota so überaus günstig mit laufendem Motor dort stehen sah. Sie schnappte ihn sich, ließ ihren Mercedes stehen und fuhr im Toyota zurück. Am nächsten Morgen nahm sie ihn, als sie Joakim Zahn erschoss. Den Lieferwagen kann sie jederzeit auf dem Rastplatz abgestellt und den Bus nach Hause genommen haben. Am Montag, nachdem sie den falschen Mann erschossen und den Toyota in Brand gesteckt hatte, um ihre Spuren zu vernichten, fuhr sie im Lieferwagen nach Lunde weiter, stellte ihn bei der Autovermietung ab und legte den Schlüssel in den Mauerspalt. Dann fuhr sie mit ihrem Mercedes zur Druckerei, erledigte dort, was sie zu erledigen hatte, und fuhr nach Fjellberghavn zurück. Wir machen weiter. Punkt 5.«

»Die Mörderin hatte Zugang zu einem blauen Lieferwagen.«

»Passt. Punkt 6.«

»Die Mörderin hatte Zugang zum Lagerraum der Pension, wo das Zelt aufbewahrt wurde.«

»Passt. Punkt 7.«

»Die Mörderin hatte Zugang zu Marius Bøes Winchester.«

»Passt. Martha ist seine Geliebte. Punkt 8.«

»Die Mörderin muss gewusst haben, dass Kari Østby Drohbriefe schrieb.«

»Passt. Das wusste sie von ihrer Freundin Wenche Sunde. Nummer 9!«

»Die Mörderin muss gewusst haben, dass ihr Opfer Drohbriefe bekam.«

»Passt. Wir haben noch einen zehnten Punkt hinzugefügt. Lies ihn vor.«

»Die Mörderin hat höchstwahrscheinlich Kari Østby von der Pension Fjellberg aus angerufen und manipuliert.«

»Passt – oder ist zumindest nicht auszuschließen.« Ole überlegte.

»Anita behauptet, im letzten halben Jahr kein einziges Mal abends Dienst gemacht zu haben«, warf Morten ein. »Wenn sie die Wahrheit sagt, ist Martha Strands Dienstplan erstunken und erlogen.«

Ole fuhr sich nervös durchs Haar. »Warum sollte Anita das erfinden«, sagte er. »Morten, habt ihr die Briefe durchgesehen?«

»Ja.« Er schob sie ihm zu.

»Ich habe keine Zeit, sie mir genauer anzusehen. Lies nur die Drohung vor. Sollte Arvid auf dem Weg ins Büro erschossen werden? Steht davon etwas in den Briefen?«

»Ja – in einem.« Morten zog ihn hervor und las laut vor: *»Ich weiß, wo du wohnst, und ich weiß auch, dass du in der Pension Fjellberg arbeitest, und da kann schon mal scharf geschossen werden.«*

»So was in der Richtung dachte ich mir.« Ole wischte sich den Schweiß von der Stirn. »Gibt es noch mehr Drohungen?«

»Ja«, antwortete Morten. »In diesem Brief.« Er hielt einen hoch und las vor. *»Ich weiß, dass du oben in Ramnes einen Palast hast, fühl dich also dort oben in der Bergen nicht allzu sicher, du Mörderschwein – da wird vielleicht auch mal scharf geschossen.«*

»Da haben wir's«, stöhnte Ole.

Jorid Steine kam zurück.

»Wie befürchtet, Ole«, sagte sie, während sie ihn musterte, als wollte sie sich vergewissern, dass er okay war. Dann fuhr sie fort: »Martha Strand wusste schon lange, dass ihr Mann unter Verdacht stand. Man hat mich eben informiert, dass sie eine von Berges vier prominenten Zuhörern war. Es waren Regional- und Lokalpolitiker, und das Thema des Seminars war Kriminalpolitik. Das erklärt vielleicht bis zu einem gewissen Grad, weshalb Berge so geschwätzig war. Abgesehen davon natürlich, dass er womöglich aufgrund seiner Krankheit nicht mehr ganz zurechnungsfähig war.«

Ole sammelte sich. In seinem Kopf nahm blitzartig ein neues Bild Gestalt an – ein ganz anderes als das, auf das er vorbereitet gewesen war.

»Weiß man, ob Berge auch einen Zeitpunkt für die Aktion nannte?«

»Das habe ich auch gefragt«, antwortete sie. »Berge hat

seinen Zuhörern wörtlich gesagt: »*Und so, meine sehr verehrten Kollegen, werden am Donnerstag, dem 23. August, um Punkt 22 Uhr, zahlreiche Personen in diesem Land – im wahrsten Sinne des Wortes – im Bett überrascht.*«

Ole spürte, wie sein Herzschlag für einen Moment aussetzte.

»Dann wissen wir ja, wo sich Arvid und Martha aufhalten«, sagte er hart. »Wenn sie ihre politische Karriere retten und ihre ehrgeizigen Ziele erreichen will, muss sie ihren Plan durchziehen, bevor er festgenommen wird. Arvid Strand ist in akuter Lebensgefahr. Denn Martha weiß nicht, dass Kari Østby tot ist. Sie glaubt immer noch, dass sie den Verdacht auf die Frau lenken und selbst davonkommen kann.«

Er warf einen raschen Blick auf die Uhr. Sie zeigte 21.30 Uhr.

Kapitel 40

»Haben Sie die beiden erreicht?« Ole steckte den Kopf in sein Büro, wo zwei Polizisten aus Borg an je einem Telefon saßen.

»Bei den Handys geht niemand dran«, lautete die Antwort. »Und am Festnetz in der Hütte hebt niemand ab.«

»Haben Sie einen Waffenschrank im Wagen?«, fragte Ole. Die Beamten nickten.

»Okay – Sie machen hier Schluss, gehen zum Wagen und rüsten sich aus. Wir rücken in wenigen Minuten aus, es könnte bei der Aktion zu einem Schusswechsel kommen.«

Er eilte in den Besprechungsraum zurück.

»Arne und Morten«, sagte er. »Bei seiner Vernehmung sagte Marius Bøe mir, er habe drei Gewehre. Findet heraus, wie viele dort waren, als die Techniker nach Spuren suchten.«

»Das wissen wir schon«, sagte Morten. »Zwei.«

»Wann war das?«

»Mittwochvormittag. Also gestern.«

Ole überlegte. »Wir müssen davon ausgehen, dass Martha Strand dort gewesen ist und eines geholt hat. Jorid, gibst du uns Bewaffnungserlaubnis?«

»Ja.«

»Okay. Cecilie und Arne, ihr fahrt bei mir mit – und Sie auch.« Er zeigte auf einen der Beamten aus Borg. »Morten, fahr in Brattbakken vorbei und prüf Marius Bøes Vorzimmerschrank. Dort bewahrt er seine Gewehre auf. Fragen?«

Keiner antwortete.

Oben in Ramnes begann es gerade zu dämmern, als die beiden Streifenwagen in die schmale, kurvige Nebenstraße zu Martha und Arvid Strands bescheidener »Hütte« abbogen – einer Hütte, die sich eher als kleine Villa entpuppte. Als sie um die letzte Kurve bogen, lag vor ihnen ein großes, luxuriöses Holzhaus mit Grasdach und kunstvollen Schnitzereien. Ole lenkte den Wagen auf den vorgesehenen Parkplatz. Einige Minuten zuvor hatte Morten per Funk durchgegeben, dass in Marius Bøes Vorzimmerschrank nur noch ein einziges Gewehr stand. Sie mussten sich beeilen, wenn sie Arvids Leben retten wollten.

Ole sah sich um. Marthas Mercedes stand ordentlich neben Arvids Range Rover geparkt. In den Fenstern der Hütte war kein Licht zu sehen. Vermutlich war niemand da, aber sie durften kein Risiko eingehen.

Sie versammelten sich und rüsteten sich mit kugelsicheren Westen und Waffen aus.

»Fertig?« Ole musterte sie, und alle drei nickten.

»Gut, dann sichern wir jetzt das Gebäude«, befahl er. »Ihr beide nehmt die Rückseite, Cecilie und ich die Vorderseite. Los!«

Die beiden Kollegen verschwanden mit gezückter Maschinenpistole um die Ecke. Ole lief dicht gefolgt von Cecilie auf den Hauseingang zu. Sie blieben unter dem großzügigen Dachüberstand stehen, der sich über den Eingangsbereich erstreckte und zu beiden Seiten von wuchtigen, geschnitzten Kobolden gestützt wurde. Über die schwere Eingangstür aus Holz verliefen breite, genagelte Eisenbänder. Alles strotzte vor Exklusivität.

Ole und Cecilie stellten sich auf je eine Seite neben der Tür. Ole drückte den schweren schmiedeeisernen Griff, und die Tür glitt auf.

Er steckte den Kopf hinein.

»Hier ist die Polizei! Ist da jemand?« Seine Stimme hallte durch das Gebäude.

Niemand antwortete.

»Wir sind bewaffnet. Keiner bewegt sich!«

Er schlüpfte zur Tür hinein und blieb in einer Eingangs halle mit rustikalem Schieferboden und kostbaren Teppichen an den Wänden stehen. Eine Treppe mit Schnitzereien führte in den ersten Stock hinauf, zum Rest der Hütte öffnete sich ein breiter Flur. Ole gab Cecilie ein Zeichen, sich um den oberen Stock zu kümmern, und ging selbst weiter.

Im Wohnzimmer stieß er auf Arne und den Kollegen aus Borg.

»Scheint niemand da zu sein«, sagte Arne.

»Okay. Kontrolliert auch etwaige Wirtschaftsgebäude«, befahl Ole. »Und findet heraus, ob es hier einen Keller gibt.«

Sie verschwanden, und Cecilie kam aus dem ersten Stock zurück.

»Nichts«, sagte sie. »Die Vögel sind offenbar ausgeflogen. Oben befindet sich ein Fernsehzimmer. Auf dem Tisch lag ein Handy. Ich habe es liegen lassen.«

Ole nickte. »Wir holen es nachher. Sieh mal nach, ob du noch andere Handys findest.«

»Hier in der Küche«, rief sie wenige Sekunden später. »Hier steht auch eine abgeschaltete Kaffeemaschine. Der Kaffee ist noch warm!«

Nach Abschluss der Sicherungsmaßnahmen versammelten sie sich rasch wieder vor der Hütte. Ole studierte die Umgebung und überlegte. Er meinte sich zu erinnern, Martha hätte vor langer Zeit einmal erwähnt, dass sie oben in den Bergen eine Art Schutzhütte besaßen, aber er hatte keine Ahnung, wo sie sich befand, und für Fehlversuche war jetzt keine Zeit mehr.

»Okay«, sagte er. »Sie kann keinen großen Vorsprung haben. Wir werden uns auf Birk verlassen. Schaltet die Funkgeräte auf Kanal 44. Benutzt die Ohrstöpsel und das Mikrofon, aber sprecht leise.«

Einige Minuten später liefen sie dem Border-Collie in Richtung Hochgebirge hinterher.

Im selben Augenblick hastete Martha Strand den Berg hinauf. Sie trug Marius Bøes Jagdgewehr an einem Riemen über der Schulter. Der Schweiß rann ihr über das Gesicht, und sie verfluchte ihren Ehemann. Sie hatte eine Ewigkeit in der Hütte auf ihn gewartet, mit dem Gewehr im Anschlag, aber er war nicht gekommen. Es blieb nur mehr ein Ort, an dem er sich aufhalten konnte: ihre alte Schutzhütte. Er zog sich gerne dorthin zurück, wenn er allein sein wollte, das wusste sie. Ihr wurde übel bei dem Gedanken, was er dort oben vielleicht gerade trieb. Ihr Mann, ein abartiges Monster, völlig krank. Sie hatte ihren eigenen Augen nicht getraut, als sie um die Weihnachtszeit seine Veranlagung durch Zufall entdeckte. Sie hatte nach einem Dokument auf seinem Notebook gesucht und war dabei auf diese Lolitabilder gestoßen. Ein Bild entsetzlicher als das andere. Was für ein Schock: Arvid – ihr Ehemann – sie konnte es nicht fassen. Auf das anfängliche Entsetzen folgten dann auch Zorn und Enttäuschung, als ihr klar wurde, dass das der Grund für sein laues Interesse an ihr war. Sie hatte das Gerät gepackt und wutentbrannt von der Brücke geschleudert, so weit sie nur konnte. Arvid hatte es überall gesucht und letztlich ein neues gekauft. Darauf blieb ihr der Zugriff verweigert.

Das mit Joakim Zahn war natürlich eine schreckliche Sache. Wie konnte ihr nur ein so gravierender Fehler unterlaufen? Das war unverzeihlich und hatte ihr schlaflose Nächte bereitet. Aber es war nun mal passiert und konnte nicht mehr rückgängig gemacht werden. Sie konnte sich auch nicht ewig Vorwürfe machen, sie musste nach vorne blicken. Diese durchgeknallte Kari Østby würde man auch dafür verantwortlich machen.

Ihre innere Unruhe wuchs mit jeder Minute. Die Zeit lief ihr davon. Es wurde langsam dunkel. Zum Glück hatte sie es nicht mehr weit. Sie hätte Arvid schon vor Tagen beseitigen sollen, gleich nach dem gescheiterten Versuch am Montag, aber es war völlig unmöglich gewesen. Ständig waren Leute um sie herumscharwenzelt, kein einziges Mal während der ganzen Woche hatten die Umstände zum Text in den Briefen gepasst. Aber jetzt war der Moment gekommen, in allerletzter Minute sozusagen. Jetzt musste sie es nur noch hinter sich bringen, und der Kuchen wäre gegessen. Nie wieder sollte er kleine Kinder bedrohen, und vor allem: Nie wieder sollte er ihrer politischen Karriere im Weg stehen. Die Politik war ihre Berufung, und niemand sollte sie daran hindern, ganz nach oben zu gelangen. Niemand! Dafür hatte sie schon zu lange gekämpft. Jetzt war ihre Chance gekommen.

Die Polizisten stolperten im unwegsamen Gelände den Berg hinauf. Ole merkte, wie sich ihm die Brust zuschnürte. Dieses Tempo würde er nicht mehr lange durchhalten können. Aber er musste. Während er weiterhastete und nach Atem rang, stellte er fest, wer von den anderen dreien am wenigsten außer Atem wirkte. Es war Cecilie.

Er reichte ihr die Leine.

»Hier«, schnaufte er. »Lauf weiter hinauf und versuch, Birks Tempo zu halten. Wir folgen dir. Bleib stehen, und gib Bescheid, wenn du etwas siehst, okay?«

Cecilie nickte und verschwand den Berg hinauf.

»Lauft weiter«, keuchte er den anderen zu. »So schnell es eure Kondition erlaubt, aber verteilt euch zur Seite. Ab sofort läuft die Kommunikation über Funk.«

Martha hatte den Plan gut durchdacht. Sobald das Ganze vorbei war, würde sie ihre Fingerabdrücke abwischen und das Gewehr ablegen. Dann würde sie zur Hütte zurückgehen, dort ein wenig warten und die Polizei verständigen – die vermutlich ohnehin auf dem Weg war, um Arvid zu verhaften. Der Polizei würde sie erzählen, dass eine aufgedreht und verstört wirkende Frau in einem blauen Polo in dem Moment davongerast sei, als sie eintraf.

Sie hatten die Briefe bereits und würden zwei und zwei zusammenzählen. Niemand würde an den Worten von Martha Strand zweifeln, der angesehensten und glaubwürdigsten Person im ganzen Landkreis. Der zukünftigen Bürgermeisterin und stellvertretenden Vorsitzenden der größten Partei des Landes. Die es eines Tages vielleicht, wenn sie es richtig anstellte, sogar bis zur Ministerpräsidentin schaffte.

Nichts erschien ihr erstrebenswerter, nichts gab ihrem Leben mehr Sinn. Und das alles sollte durch Arvids perverse Neigungen zerstört werden? Sie war eine öffentliche Person, und damit war Arvid es auch. Im Wahlkampf würde er stets an ihrer Seite gesehen werden. Wie würden die Wähler wohl reagieren, wenn er als Mitglied eines Kinderpornorings aufflog? Und vielleicht sogar selbst Kinder geschändet hatte? Ein gefundenes Fressen für die Medien! Wenn es lange vor der Wahl oder kurz danach herausgekommen wäre, hätte sie den Sturm vielleicht ausgesessen. Aber nicht jetzt. Jetzt würde die Sache sie Wählerstimme für Wählerstimme kosten. Die Wahl wäre für sie gelaufen. Dann würde sie selbstverständlich auch nicht zur stellvertretenden Parteivorsitzenden gewählt werden. Sie würden einen anderen wählen, jemanden, dessen Ruf nicht besudelt war, einen Gewinnertyp.

So war sie eben, die Welt der Politik. Jetzt aber würde man Arvid tot auffinden, und die Polizei würde sich um alle anderen Pädophilen auf der Liste kümmern. Vielleicht würde man sie, Martha, gar nicht erst informieren, um sie zu schonen, Arvid das Geheimnis mit ins Grab nehmen lassen. In jedem Fall würde die Exekutive ihr gegenüber mit Diskretion auftreten, Rücksicht zeigen, da ihr Mann ja unter so tragischen Umständen von einer geisteskranken Frau umgebracht worden war. Das würde ihr jetzt, so kurz vor dem Ziel, vermutlich noch ein paar Wählerstimmen extra einbringen. Wenn die Wahrheit hinsichtlich Arvids Veranlagung dann doch eines Tages ans Licht käme, würde sie damit schon fertig werden. Die

Situation zu ihrem Vorteil nutzen. Aber dazu würde sie Zeit brauchen. Zeit, die sie jetzt nicht hatte. Jetzt würde die Wahrheit nur alles zerstören.

Sie war überzeugt, das einzig Richtige zu tun. Ja, sie hatte gar keine andere Wahl. Später, wenn sie ausreichend lang um ihren Mann »getrauert« hätte, könnte sie ihr Leben mit Marius an ihrer Seite verbringen. Das war eben ein Mann! Der Gegensatz zu Arvid war ein Schock: Was ihr in all den Jahren entgangen war! Sie schäumte vor Wut.

Den steilsten Abschnitt hatten sie hinter sich, das Gelände wurde nun zusehends flacher. Die Polizisten folgten Birk über das Hochplateau. Ole versuchte, so gut es ging, Schritt zu halten. Er war außer Atem, vor seinen Augen flimmerte es, aber sie mussten sich zusammenreißen, wenn sie Arvids Leben retten wollten.

Er drückte die Sprechtaste.

»Irgendetwas in Sicht?«

»Bisher nicht«, hörte er Cecilie sagen. »Birk folgt aber einer Fährte.«

Kurz danach drang Cecilies atemlose Stimme erneut an sein Ohr: »Ich bin mir nicht ganz sicher, aber ich glaube, ich sehe in einiger Entfernung eine schwache Rauchsäule.«

Dann war länger nichts zu hören.

»Kann ich bestätigen«, meldete eine andere Stimme.

»Sieht aus wie Rauch von einem Schornstein«, ergänzte Arne.

»Okay, wenn ihr circa hundert Meter entfernt seid, verteilt ihr euch zu den Seiten«, befahl Ole. »Arne, du nimmst die rechte Flanke, ihr anderen beiden die linke. Sobald ihr eure Stellungen bezogen habt und mir Deckung geben könnt, geh ich rein. Gebt mir Bescheid, wenn ihr so weit seid.«

Als Martha sich der Schutzhütte näherte, duckte sie sich und blieb hinter einem Felsvorsprung stehen. Ihre Hände zitterten leicht. Die Anspannung lag ihr schwer im Magen. Jetzt durfte einfach nichts mehr schiefgehen. Sie hockte sich hin und schaute sich um: Von hier aus hatte sie eine perfekte Sicht, direkt auf die kleine Schutzhütte, die in früheren Zeiten Jägern und Bergleuten als Zuflucht gedient hatte. Arvid hatte sie in mühevoller Arbeit wieder in Stand gesetzt und nannte sie seine »Freiheit über den Wolken«. Martha schauderte bei dem Gedanken, worin diese Freiheit bestanden hatte. Sie legte das Gewehr an und sah durch das Zielfernrohr. Die Entfernung war gut – weniger als fünfzig Meter. Sie war immerhin kein Scharfschütze. Auf dem Aussichtsplateau war die Entfernung einfach viel zu groß gewesen.

In Kürze wäre der Albtraum endlich vorbei. Die letzten Tage waren schrecklich gewesen, und das war ganz allein ihre Schuld – hatte sie es doch tatsächlich geschafft, den falschen Mann zu erschießen. Dennoch: Der Plan war im Grunde unglaublich raffiniert gewesen. Kari hätte man in die Psychiatrie eingewiesen – das hätte man vermutlich ohnehin irgendwann gemacht. Sie, Martha, hatte die Krankheit ja nicht verursacht, sondern allenfalls ein wenig verstärkt – durch ihre Anrufe bei Kari. Wie leicht es gewesen war, der Frau einzureden, dass sie keinesfalls die Medikamente weiternehmen durfte! Ja, der Plan war raffiniert, unglaublich raffiniert gewesen. In Kürze würden Ole und seine Leute die Arme festnehmen. Sie hatten ja die Briefe und würden zwei und zwei zusammenzählen. Diesmal würde nichts mehr schiefgehen. Diesmal würde sie den richtigen Mann erschießen.

Sie legte sich flach auf den Boden. Aus dem Schornstein stieg Rauch auf, und im Fenster konnte sie einen schwachen, flackernden Lichtschein erkennen. Kerzenlicht. Hier oben gab es keinen Strom, das wusste sie. Der Rauch und das Licht gaben ihr die Gewissheit, dass Arvid tatsächlich in der Hütte war. Jetzt musste sie ihn nur noch ins Freie locken, dann wäre alles vorbei.

Sie legte die Waffe auf den Boden und die Hände an den Mund. Dann rief sie, so laut sie konnte: »Arvid! Bist du hier?«

Die Funkstille wurde unterbrochen.

»Ich habe jemanden rufen gehört«, meldete Cecilie.

»Weißt du, wer es war? Konntest du es verstehen?«

»Negativ.«

»Kannst du etwas sehen?«

»Nein. Jemand von euch?«

»Negativ«, lautete die einmütige Antwort.

»Seid ihr schon auf euren Posten?«

»Noch nicht ganz.«

»Beeilt euch! Wir haben keine Zeit mehr!« Ole beschleunigte sein Tempo. Er hatte die bange Vorahnung, dass sie zu spät kommen würden. Ein gallebitterer Geschmack stieß ihm auf.

Martha legte an. Ihre Taktik war denkbar einfach. Wenn das, was Arvid da drinnen machte, für fremde Augen nicht geeignet war, würde er herauskommen, und zwar im Eiltempo, um nicht auf frischer Tat ertappt zu werden.

Sie zielte auf die Tür, die wie erwartet wenige Sekunden später aufging. Marthas Ehemann trat auf die Schwelle heraus und sah sich verdutzt um. Sein Oberkörper war nackt, die Hose schien er sich in aller Eile hochgezogen zu haben. Der Anblick bestärkte sie noch mehr in ihrem Vorhaben.

»Martha, bist du das?«

Sie antwortete nicht. Im Fadenkreuz hatte sie sein Gesicht, und es blieb keine Zeit für Reden, Sentimentalitäten, Abschiedsgedanken oder anderes. Jetzt war Zeit zum Handeln. Sie holte tief Luft und hielt sie an, während sie ihn in Gedanken verfluchte. Dann drückte sie ab.

Im Polizeifunk blieb es still. Allen war klar, was der Schuss zu bedeuten hatte.

»Könnt ihr irgendwo Mündungsrauch sehen?« Ole hievte sich auf eine Kuppe, um einen besseren Überblick zu gewinnen. Er konnte gerade noch den Schornstein der Hütte erkennen. Die dünne Rauchsäule stieg langsam hoch und zog zur Seite.

Wie ein Symbol für Frieden und Freiheit, fuhr es ihm durch den Kopf. Trügerisch.

»Ich kann sie sehen, Ole.« Cecilies Stimme an seinem Ohr durchbrach die Stille. »Sie befindet sich nur rund fünfzig Meter von dir entfernt. Sie legt gerade die Waffe neu an.«

Ole ließ den Blick umherschweifen und konnte gerade noch ein schwaches, bläuliches Wölkchen erahnen, das am Boden entlangkroch. Mündungsrauch.

Vielleicht hatte sie ihr Ziel verfehlt, fuhr es ihm durch den Kopf. In diesem Fall bestand noch Hoffnung. Er musste sie ablenken. Ole zog seinen Dienstrevolver und gab einen Warnschuss in die Luft ab. Dann erhob er sich. »Martha«, brüllte er aus voller Lunge. »Hier ist Ole Vik! Sie sind umzingelt! Das Spiel ist vorbei! Legen Sie die Waffe langsam auf den Boden, und bleiben Sie mit erhobenen Händen stehen!«

»Ich geh vor – gebt mir Deckung«, rief er ins Mikrofon und sprintete in Marthas Richtung los. Er konnte nur hoffen, sie zu überrumpeln, hoffen, dass sie noch einen Augenblick zögerte.

»Kannst du sie sehen, Cecilie? Was macht sie?«, fragte er ins Mikrofon hinein.

»Sie steht auf.« Cecilies Stimme wirkte ruhig, aber konzentriert. »Sie sieht sich um – sie wirkt verwirrt.«

»Hat sie das Gewehr abgelegt?«

»Negativ.« Nach einer kurzen Pause fügte sie hinzu: »Ole, pass auf, sie hebt die Waffe und zielt in deine Richtung!«

Ole duckte sich. »Wer von euch am weitesten außen ist, gibt einen Warnschuss ab«, befahl er. »Jetzt!«

Es vergingen ein paar Sekunden, dann zerriss ein Knall die Stille.

»Cecilie, was macht sie jetzt?«

»Sie hockt auf dem Boden und blickt in die Richtung, aus der der Schuss kam.« Cecilie verstummte kurz. »Sie richtet die Waffe dorthin.«

»Okay, ich versuche sie aufzuhalten!« Ole rannte los. »Waffen auf Martha!«, befahl er. »Feuer nur auf mein Kommando!«

Er sprang über einen Stein, stolperte und rutschte ein Stück den Abhang hinunter. Als er sich wieder gefangen hatte, stand er so, dass er direkt auf sie hinunterblickte. Sie stand jetzt halb aufgerichtet auf einem Plateau nur zehn Meter von ihm entfernt und wirkte völlig verwirrt.

Er hob seinen Dienstrevolver und zielte auf sie. »Keine Bewegung, Martha!« Seine Stimme hallte von den Felswänden wider.

Martha drehte sich abrupt zu ihm um und fuchtelte mit ihrem Gewehr im Anschlag herum. Sie starrte ihn mit schreckgeweiteten Augen an. Nichts erinnerte mehr an die gestandene Hotelbesitzerin und aufstrebende Politikerin Martha Strand.

»Was zum … wie …?«

»Legen Sie die Waffe auf den Boden! Das Spiel ist aus!«

Martha Strand stand regungslos da und starrte ihn an.

»Waffe runter, hab ich gesagt!«

Sie wirkte wie versteinert. Dann plötzlich belebten sich ihre Züge wieder.

»Ole! Sie haben mich zu Tode erschreckt!«, sagte sie mit etwas zu schriller Stimme und einer Miene, als sei ihr tiefstes Unrecht widerfahren. »Und den Hirsch haben Sie auch vertrieben!«

»Hören Sie auf, Martha, wir wissen Bescheid!«, rief Ole. »Das Spiel ist aus! Legen Sie die Waffe auf den Boden, und ergeben Sie sich, bevor noch weitere Menschen zu Schaden kommen!«

»Ich habe keine Ahnung, was das alles soll, Ole.« Marthas Züge verhärteten sich. »Ich soll mich ergeben?« Sie lachte höhnisch.

Ole war überzeugt, dass sie ihre Fassade nicht mehr lange würde aufrechterhalten können. Aber er musste um jeden Preis eine Schießerei vermeiden. Und die Zeit drängte: Arvid war womöglich schwer verletzt.

»Zum letzten Mal, legen Sie die Waffe nieder!«, rief er.

Sie starrte ihn an. In ihrem Blick lagen Resignation und die Erkenntnis, dass sie verloren hatte. Und außerdem: abgrundtiefe Enttäuschung.

»Wir wissen, dass Sie am Montag den falschen Mann erschossen haben!« Ole wollte keinen Zweifel daran lassen, dass er nicht bluffte. »Und jetzt legen Sie die Waffe nieder. Ich zähle bis fünf!«

Er begann langsam, aber bestimmt zu zählen: »Eins – zwei – drei – vier...«

»Warten Sie!« Sie hob beschwichtigend die Hand.

Martha Strand rang nach Luft. Aus ihrem Körper schien plötzlich jegliche Kraft zu schwinden. Wie konnte die Polizei nur dahintergekommen sein? Ihr wurde schwindelig. Sie trat einen Schritt zur Seite und stützte sich an einer Felswand ab. Scharfkantige Steine rissen Wunden in ihre Handflächen, und Blut sickerte heraus, aber sie bemerkte es gar nicht. Sie war wie gelähmt, konnte nichts empfinden. Und auf einmal wurde ihr siedend heiß. Es flimmerte vor ihren Augen. Sie versuchte zu denken und blinzelte fieberhaft die Tränen zurück. Das hier war doch wohl nichts als ein Albtraum? Hatte man sie wirklich entlarvt? Gerade jetzt, in diesem Moment, als sie das letzte Hindernis beseitigen und ihrem Werk die Krone aufsetzen wollte? Ihr Plan war doch wasserdicht gewesen!

Schweiß trat aus allen Poren ihres Körpers. In einem Augenblick hatte sie doch noch alles unter Kontrolle gehabt, im nächsten Moment war alles zerstört. Gab es noch irgendein Fünkchen Hoffnung?

Sie sah sich um. Wischte sich mit ihrer verletzten Hand den Schweiß von der Stirn und verschmierte das Blut auf der Wange. Die Gedanken rasten nur so durch ihren Kopf. Gab es vielleicht noch eine Chance zu fliehen? Sie sah sich um. Nein. Sie war umzingelt. Es war aus.

Langsam sickerte diese Tatsache in ihr Bewusstsein. Das Spiel war aus. Ihre Brust hob und senkte sich. Sie atmete schwer. Ole hätte es nie gewagt zu bluffen, nicht ihr, Martha Strand, gegenüber. Nein. Sie war erledigt. Schlicht und ergreifend erledigt.

In diesem Moment traf sie die Erkenntnis mit voller Wucht: Sie würde niemals Bürgermeisterin werden und auch niemals Ministerpräsidentin. Im Gegenteil: Ihre Zukunft lag am gänzlich anderen Ende der Skala, dort, wo nur mehr Verachtung zu holen war.

Ihr Herz pochte wild. Das alles hier war eine Katastrophe. Ihre persönliche Lebenskatastrophe: Sie war jahrelanger Liebling der Medien gewesen, von den Wählern geliebt und geachtet, von vielen auch finanziell unterstützt worden in der Hoffnung, einer bedeutenden Politikerin den Weg zu bereiten. Sie war die Speerspitze einer regelrechten Volksbewegung gewesen, beseelt von Engagement und Begeisterung. Und immer öfter hatte man gemunkelt, sie könnte eines Tages selbst Gro Harlem Brundtland, den Inbegriff einer erfolgreichen Regierungschefin, in den Schatten stellen.

Was würden diese Menschen jetzt wohl sagen? Und die Parteifreunde, die sie während des ganzen Wahlkampfs unterstützt und an sie geglaubt hatten? Eines war sicher: Man würde keine Gnade kennen. Weder vor Gericht noch in der Öffentlichkeit.

In Gedanken sah sie noch das großartige Porträt vor sich, das vor Kurzem in Norwegens größter Zeitung über sie erschienen war. Sie dachte daran, wie respektvoll, beinahe ehrfürchtig der Journalist ihr die Fragen gestellt hatte. Würde er nun auch über ihren Untergang berichten?

Der Gedanke an das, was ihr nun bevorstand, war unerträglich. Sie war nicht geschaffen dafür. Nicht sie, Martha Strand. Sie war für Großes ausersehen. Was jetzt kommen würde, war schlimmer als der Tod.

Martha begann zu zittern wie Espenlaub. Die Gedanken waren ihr innerhalb von Sekunden durch den Kopf gerast. Mit einer Hand am Gewehr, die andere erhoben, fuhr es ihr durch den Kopf: Ich habe nichts mehr, für das es sich zu leben lohnt. Ich habe versagt. Mein Leben ist zu Ende.

Mit einer blitzschnellen Bewegung schob sie sich den Gewehrlauf in den Mund, tastete sich zum Abzugshahn vor und drückte ab.

Kapitel 41

Das Ganze ging so schnell, dass den Polizisten keine Zeit zum Reagieren blieb. Sie hatten exakt eine Sekunde, um sich auf den Knall vorzubereiten und auf den Anblick, der ihm folgen würde. Sie alle hatten furchtbar zugerichtete Selbstmörder gesehen. Aber keiner von ihnen hatte einem Selbstmord beigewohnt. Wie gelähmt starrten sie auf Marthas Finger am Abzug – doch der Schuss blieb aus. Was sie hörten, war nur ein trockenes, metallisches Klicken.

Erst herrschte vollkommene Stille, fast so, als hielte auch die Natur den Atem an. Dann entfuhr es Arne spontan: »Der Abzug klemmt!«

Ole reagierte sofort. »Arne, sieh nach, wie es Arvid geht!«, rief er. »Ihr anderen: Nehmt sie fest. Ich gebe euch Deckung.«

Die Kollegen tauchten aus ihren Verstecken auf und rannten wie fliegende Schatten über das Gelände. Martha saß stumm auf dem Boden und hielt noch immer den Gewehrlauf im Mund. Ihr Gesicht zeigte keinerlei Regung.

Bevor sie auch nur einen klaren Gedanken fassen konnte, lag sie bereits auf dem Bauch, während ihr zwei Polizisten die Hände auf dem Rücken fixierten und ihr die Handschellen anlegten.

»Ole, ich glaube, du solltest kommen«, sagte Arne über Funk.

Als Ole auf dem Weg zur Schutzhütte an Martha vorbeilief, sah er ihr direkt ins Gesicht, wie sie dalag mit dem Kopf seitlich in den Boden gepresst. Tränen flossen ihr über das blutverschmierte Gesicht. Mitleid verspürte er in diesem Moment nicht.

»Mein Gott, Martha!«, sagte er nur. Er war so erschöpft, dass er den Abhang auf dem Hinterteil hinunterrutschte. Die scharfen Felskanten rissen ihm die Uniformhose auf, doch den Schmerz spürte er kaum noch.

Er landete schließlich auf dem Plateau, rappelte sich hoch und klopfte notdürftig Staub und Schmutz ab. Martha, Martha Strand – wie konnte von allen Menschen ausgerechnet sie ihnen so etwas antun? Wie konnte sie nur?

Aufgewühlt vor Wut und Enttäuschung setzte er sich in Richtung Schutzhütte in Bewegung. Arne erwartete ihn bereits und deutete mit dem Kopf zur Seite.

Ole folgte seinem Blick. An eine Felswand gelehnt, saß ein aschfahler Arvid Strand mit angezogenen Beinen.

»Er weigert sich zu reden«, sagte Arne und verzog das Gesicht. »Zumindest ist er unverletzt. Du solltest aber mal einen Blick da hineinwerfen.« Er zeigte auf die Hütte. »Bereite dich auf das Schlimmste vor.«

Ole nickte. Er trat durch die schmale Tür ein. Die Hütte war klein, kaum mehr als zehn Quadratmeter groß. In der einen Ecke war ein kleiner Kaminofen, in dem ein Feuer brannte, und auf einem einfachen Holztisch standen eine flackernde Kerze und ein Notebook. An der anderen Wand befand sich ein Bett.

Ole musste schlucken. Mitten auf dem Bett lag eine Sexpuppe mit rundem, offenem Mund. Sie stellte keinen erwachsenen Menschen dar, sondern ein Kind ohne Brüste und Rundungen – ein Mädchen im Alter von maximal fünf Jahren. Ole musste noch einmal schlucken. Übelkeit überkam ihn. Aber er riss sich zusammen.

Er berührte die Maus des batteriebetriebenen Notebooks, und der Bildschirm leuchtete auf. Das Foto, das darauf zu sehen war, ähnelte jenem, das er im Keller gesehen hatte. Ein Mann und ein kleines Mädchen, beide nackt auf einem Bett.

Ole wandte sich ab. Ihm war zum Heulen zu Mute. Das hier war auch für ihn zu viel.

Arvid Strand saß völlig regungslos da. Ole ging wortlos an ihm vorbei. Er musste zuerst Jorid Steine über die jüngsten Ereignisse unterrichten.

»Sorg dafür, dass er sich was anzieht, und nimm ihn dann fest«, sagte er zu Arne. »Bevor wir gehen, muss die Hütte versiegelt werden.«

Er holte sein Handy hervor und zog sich ins Gelände zurück, um der Polizeipräsidentin Bericht zu erstatten.

Nach dem Telefonat machte er sich auf die Suche nach Birk. Der Hund stand neben einem Stein, an dem ihn Cecilie festgebunden hatte, und war außer sich vor Freude. Ole brauchte nicht lange zu überlegen, ob die Freude echt war oder gespielt. Hunde logen und betrogen nicht. Niemals. Das taten nur Menschen. Ole setzte sich neben ihn und kraulte ihn liebevoll. Als junger Polizist hatte er sich oft über desillusionierte Menschen gewundert, die Angst davor hatten, sich an andere Menschen zu binden, aber ihren Hund mit Hingabe und Liebe überschütteten. Auch später waren ihm viele solcher Menschen begegnet. Ab und zu, so wie jetzt, verstand er sie.

Ole ging das Bild von dem kleinen Mädchen nicht aus dem Kopf. Er war aufgebracht, angewidert und wütend zugleich. Aber hier, neben Birk, brauchte er niemandem etwas vorzuspielen.

Nur wenig später, auf dem Abstieg zum Parkplatz hinunter, war Ole mehr schlecht als recht wieder in seine offizielle Rolle geschlüpft. Martha Strand ging mit dem Polizisten aus Borg voran, aufrecht marschierend wie ein stolzer General. Direkt hinter ihnen folgten Arne und Arvid, dann Ole und Cecilie zusammen mit Birk.

Mittlerweile war es 23 Uhr. In der Dunkelheit war der Weg schwer zu erkennen, auch wenn die Wolkendecke durch gelegentliche Risse etwas blasses Mondlicht durchließ. Die Kolonne folgte einem unwegsamen Pfad durch die Berglandschaft. Auf der einen Seite ragte das felsige Hochgebirge wie ein düsterer, bedrohlicher Schatten auf, zur anderen Seite und vor ihnen lag ein leicht hügeliges Moorgebiet, bewachsen mit Zwergföhren und Heidekraut. Nach den gewaltigen Wolkenbrüchen der letzten Tage war der Boden komplett aufgeweicht, und ab und zu wateten sie bis zu den Knöcheln im Morast.

»Ich habe nie auch nur ein einziges Kind angerührt«, beteuerte Arvid auf dem Weg einen steilen Abhang hinunter. »Ich kann nichts dafür, wie ich geboren bin, aber ich stehe dafür ein, wie ich lebe.«

»Du lügst«, war alles, was Arne dazu sagen konnte.

»Ich bin ein anständiger Mensch«, fuhr Arvid fort. »Keiner kann etwas anderes sagen. Keiner von euch fühlt eine so tiefe Liebe zu Kindern wie ich. Keiner.«

»Wie bitte?« Arne war so perplex, dass er stolperte. Ole spürte, wie Zorn in ihm aufwallte.

»Ich liebe Kinder.« Arvid war nicht zu bremsen. »Was ich in meiner Einsamkeit in meiner privaten Hütte hier oben in den Bergen mache, geht niemanden etwas an. Das ist ganz allein meine Sache. Ihr seid in meine Privatsphäre gedrungen.« Seine Stimme zitterte. »Ich bin gekränkt – zutiefst gekränkt. Auch von dir, Martha, mein Schatz. Ich begreife nicht ... du ... du wolltest mich wirklich erschießen?«

Die Kolonne blieb abrupt stehen. Martha drehte sich ruckartig um. Ihre Augen blitzten.

»Untersteh dich, mich Schatz zu nennen!«, fauchte sie. »Du hast alles zerstört! Alles! Du gottverdammter Idiot! Eine Spezialeinheit der Polizei war auf dem Weg hierher, um dich zu verhaften!«

Sie wollte auf ihn losgehen, aber die Polizisten hielten sie zurück.

»Ich habe nie etwas Unrechtes getan«, beteuerte Arvid mit dünner Stimme. »Nie!«

»Nie etwas Unrechtes getan? Du hast ein fünf Jahre altes Mädchen vergewaltigt!« Arne konnte sich nicht mehr beherrschen.

»Das reicht!« Ole gab Arne ein Zeichen aufzuhören.

»Arvid, Sie haben dazu beigetragen, einen Markt zu schaffen«, sagte er, so ruhig er konnte. »Wenn Sie und Ihresgleichen keine illegalen Bilder aus dem Internet heruntergeladen hätten, würde das kleine Mädchen auf dem Bild vielleicht draußen mit ihren Freundinnen spielen und ein ganz normales Leben führen. Hören Sie – Sie wissen selbst am besten, was mit Bente Bøe geschehen ist. Aber dafür müssen Sie sich vor Gericht verantworten, nicht hier.«

Ole schluckte. Es fiel ihm schwer, sich zu beherrschen.

Cecilie warf ihm einen Blick zu, in dem sowohl Schmerz als auch Wut geschrieben stand.

Ole riss sich zusammen. »Wir gehen jetzt weiter«, sagte er bestimmt.

Auf dem Parkplatz angekommen, sprach Ole kurz mit dem Polizisten aus Borg.

»Martha Strand kann unmöglich waffenkundig sein«, erklärte dieser und hob das Jagdgewehr hoch. »Diese Waffe ist defekt. Außerdem ist das Zielfernrohr falsch eingestellt. Damit hätte sie aus der Entfernung nicht einmal ein Scheunentor getroffen.«

Auf dem Rückweg nach Fjellberghavn saß Ole auf dem Rücksitz neben Martha. Beide starrten wortlos vor sich hin.

Erst als sie von der Schnellstraße heruntergefahren waren und am Tatort in der Sykehusgata vorbeikamen, richtete Ole den Blick zum Fenster hinaus. »Die Blumen verwelken langsam«, bemerkte er.

Martha folgte seinem Blick. »Den größten Strauß hab ich dort abgelegt«, sagte sie leise. »Wenn ich es hätte rückgängig machen können – ich hätte es getan.« Sie lächelte matt.

Ole verzichtete auf einen Kommentar. So schwiegen sie wieder, als der Dienstwagen in die Hovedgata einbog. Zu dieser nächtlichen Stunde waren nur noch wenige Fußgänger unterwegs. Ein Paar stand Arm in Arm vor einem Schaufenster, und ein betrunkener Jugendlicher bemühte sich um eine stramme Haltung, als der Polizeiwagen an ihm vorbeifuhr.

»Wussten Sie, dass Kari Østby tot ist?«, fragte Ole plötzlich.

Martha erstarrte. »Wer, sagten Sie?«

»Kari Østby.«

»Der Name sagt mir nichts.«

Ole hielt die Luft an und versuchte, sich zu beherrschen. »Hören Sie«, sagte er hart. »Das Spiel ist aus. Kari hat sich am Dienstag das Leben genommen, nachdem sie damit gedroht hatte, halb Fjellberghavn in die Luft zu sprengen.« Ole konnte seine Wut nur schwer verbergen. »Martha, Kari Østby war schizophren. Wenn so jemand seine Medikamente verweigert…«

Martha wurde aschfahl im Gesicht. Sie presste die Lippen aufeinander und schwieg. Ole ließ sie nicht aus den Augen. Er ahnte, was in ihrem Kopf vorging. Ihr war sicher nicht klar gewesen, dass ihre Anrufe bei Kari solche Folgen haben würden. Wahrscheinlich wusste sie nicht einmal, dass Kari hinter dem Brand im Polizeihaus steckte. Aber das würde sie bald erfahren. Sehr bald sogar. Ole spürte, wie sein Puls stieg, als sie sich den Brandruinen näherten.

»Hier sehen Sie noch eine Folge von Karis fehlender Medikation«, sagte er, als sie an den Überresten seines einstigen Domizils vorbeifuhren. »Eine Person kam bei dem Feuer ums Leben, und rund fünfzehn Menschen waren in akuter Lebensgefahr!« Er sah ihr in die Augen und konnte sich eine letzte Anmerkung nicht verkneifen: »Und ich habe mein Zuhause verloren!«

»Ich hatte doch keine Ahnung … wirklich nicht! Ich hatte doch niemals, nicht einmal im Traum hatte ich vor, Ihnen – oder anderen unschuldigen Menschen – so etwas anzutun. Das müssen Sie mir glauben!« Sie wandte sich zu ihm um, und die Verzweiflung stand ihr ins Gesicht geschrieben. »Bitte, Sie müssen mir glauben. Bitte!«

»Sie haben ein zynisches Spiel mit schwerwiegenden Konsequenzen gespielt.« Ole spürte, wie die Wut in ihm hochstieg. »Es gibt keine Entschuldigung, Martha. Sie haben uns alle hintergangen, und keiner kauft Ihnen ab, Sie hätten die Tragweite Ihrer Taten nicht abschätzen können. Sie werden sich für jedes kleinste Detail verantworten müssen, das verspreche ich Ihnen.« Er hielt kurz inne, dann fügte er mit ihren eigenen Worten hinzu: »Die Wählerinnen und Wähler verlangen danach, Martha, und ich unterstütze sie.«

Kapitel 42

Um Mitternacht setzten sie sich zur Nachbesprechung zusammen. Alle Mitarbeiter hörten Ole trotz ihrer Erschöpfung aufmerksam zu, während er den Fall zusammenfasste und ihnen für ihren Einsatz dankte. Sie hatten allen Grund, stolz zu sein. Der Fall war innerhalb von vier Tagen von ihnen gelöst worden.

Jorid Steine verschickte sofort eine Pressemitteilung mit folgendem Inhalt: *Im Mordfall Joakim Sørensen, der sich am Montag in Fjellberghavn ereignete, ist der mutmaßliche Täter festgenommen worden. Die Polizei betrachtet den Fall als aufgeklärt. Eine diesbezügliche Pressekonferenz findet am Freitag, dem 24. August, um 9.00 Uhr in der Pension Fjellberg statt.*

Die Polizeipräsidentin verließ als Letzte den Raum. Sie stellte sich vor Ole hin und sah ihm fest in die Augen. Er war sich nicht ganz sicher, glaubte aber, in diesem Blick ein gewisses Feuer zu sehen, eine undefinierbare Sehnsucht. Auf dem Weg hinaus blieb sie stehen und legte ihm die Hand auf den Rücken.

»Großartige Arbeit, Ole«, sagte sie mit einem sanften Lächeln. »Ich glaube, wir beide werden gut zusammenarbeiten.« Sie nickte ihm zu. »Wir sehen uns morgen«, fügte sie hinzu, dann war sie verschwunden.

Als alle gegangen waren, blieb Ole noch eine Weile in seinem Büro sitzen. Er war so aufgedreht, dass er kurz allein sein musste, bevor er zu Bett ging. Er musste versuchen, seine Enttäuschung und Erschütterung in den Griff zu bekommen. Wie hatte er sich in einem Menschen wie Martha Strand so täuschen können? Wie würden die Leute in Fjellberghavn reagieren, wenn sie die Wahrheit erfuhren? Ole graute vor dem nächsten Morgen.

Seine Gedanken wanderten zu Arvid Strand und Roger Haug. Es würde sich kaum vermeiden lassen, dass ihre Namen bekannt wurden. Am nächsten Tag sollten sie dem Haftrichter vorgeführt werden. Das war reine Routine. Ole zweifelte keine Sekunde daran, dass man sie für ihre Taten rechtskräftig verurteilen würde, denn die Beweislage gegen sie war gut. Arvid würde im Zentrum des Medieninteresses stehen, er war sogar unmittelbar in den Mordfall verwickelt, da seine pädophile Neigung das Motiv für Marthas Handlungen gewesen war. Das würde zwangsläufig zur Sprache kommen. Wie würde er nach dem Verbüßen seiner Strafe weiterleben können? Wo sollte er hin, wenn jeder Mensch im ganzen Land wusste, dass er pädophil war?

Es war schon spät, als Ole endlich bei Hilde anrief. Sie antwortete mit ihrem typischen »Hallo, Ole«.

»Hallo, Schatz«, sagte er. »Es ist vorbei, Hilde! Der Albtraum ist endlich vorbei.«

»Das heißt, ihr habt den Mörder?«

»In diesem Fall die Mörderin.« Ole berichtete.

»Das darf doch nicht wahr sein!« Hilde war fassungslos. So würden vermutlich die meisten reagieren, wenn die Nachricht erst mal bekannt wurde.

»Morgen um neun findet eine Pressekonferenz statt, und im Laufe des Tages wird es Sonderberichte in Radio und Fernsehen geben«, sagte er. »Die Journalisten werden sich wie die Geier auf jedes noch so kleine Detail stürzen. Ich bin heute schon zu müde, um dir alles genau zu erzählen. Soll ich noch raufkommen?«

Sie schwieg kurz, bevor sie antwortete. »Ich glaube nicht, dass das viel Sinn hat. Ich wollte gerade schlafen gehen.«

»Okay, dann sehen wir uns morgen.«

»Ja. Ich hab um acht einen Termin in Fjellberghavn. Ich schau bei dir im Büro vorbei. Da können wir dann reden.«

Bevor er zu Bett ging, machte er mit Birk noch einen kurzen Spaziergang am Kai entlang und versuchte, seine Gedanken vom Mordfall abzulenken. Er dachte darüber nach, was die Polizeipräsidentin bezüglich der Zusammenlegung der Polizeibezirke gesagt hatte. Würde er sich unter Kollege Vangens Führung zurechtfinden? Nein. Niemals.

Vor den Brandruinen seines Hauses blieb er stehen. Er

band Birk an einen Laternenpfosten und stieg vorsichtig über die Absperrung in die verkohlten Reste seines Hauses hinein. Es stank noch immer nach feuchtem, verbranntem Holz. Er versuchte, sich im Halbdunkel zu orientieren. Wo war sein Leben geblieben? All die Dinge, die er im Lauf der Jahre zusammengetragen hatte? Die Erbstücke seiner Familie, die einzigartige Kiste aus dem 17. Jahrhundert, die seiner Familie seit neun Generationen gehörte? Das Familiensilber? Die neue Chesterfieldgarnitur? Er schloss die Augen und konnte deutlich das Leder knirschen hören.

Und die Familienbilder ... Er hatte die Augen noch immer geschlossen. Sah vor sich das alte Foto von sich zusammen mit seinem Vater, das auf dem Ehrenplatz auf dem Kaminsims gestanden hatte, weil es das Liebste war, was er besaß. Es war einige Tage vor dem tragischen Tod seines Vaters entstanden. Ob es davon noch irgendwo Kopien gab? Wohl kaum. Dieses einzigartige Erinnerungsstück war vermutlich für immer verloren.

Er sah sich um und musste sich die Augen reiben, um die Tränen zu unterdrücken. Er stocherte ein wenig mit dem Fuß in den verkohlten Resten herum. Im grellen Schein der Laterne kam eine Schachtel zum Vorschein. Er hob sie auf und wischte ein wenig Ruß ab. Eine Zahnprothese – als letzte Erinnerung an Joakim Zahn. Er stöberte weiter. Andere Erinnerungen? Nichts. Die Flammen hatten alles verzehrt, selbst Metallgegenstände waren bis zur Unkenntlichkeit entstellt.

Ole trat wieder auf die Straße hinaus. Dort blieb er stehen und betrachtete sein früheres Zuhause nun aus größerer Distanz. Dieses Haus hatte eine Seele gehabt. Würde an dieser Stelle jemals wieder so ein Haus entstehen können? Man würde ihnen eine neue Hülle hinstellen – nach außen hin dem alten Gebäude nicht unähnlich, aber modern und ohne jeglichen Charme: Betondecken, Stahl und lieblose Rigipsplatten. Dann würde Polizeichef Vangen mit seinem phlegmatischen Führungsstil einziehen und allem seinen Stempel aufdrücken. Nichts, aber auch absolut nichts würde von jetzt an so sein wie früher.

Um halb zwei ging er zu Bett, schlief aber erst um drei Uhr ein.

In einem anderen Bett in Fjellberghavn lag Bente und schlief, mit ihrem gelben Teddy an sich gedrückt. Neben ihr lag Anita. Sie hatte die Arme um ihr Kind gelegt. Jetzt konnten die beiden wieder ruhig schlafen.

In wieder einem anderen Bett in Fjellberghavn lag Cecilie und warf sich unruhig von einer Seite auf die andere. Im Traum war sie am Tatort in der Hovedgata und beugte sich über den Kofferraum von Kari Østbys Polo. Vor ihr knisterte das Dynamit und sprühte Funken. Sie versuchte fieberhaft, die Anlage unter Kontrolle zu bekommen, aber es gelang ihr nicht. Dann krachte es. Ein ohrenbetäubender, unvorstellbarer Knall. Sie wurde in die Luft geschleudert, und während sie immer weiter nach oben schwebte, wirbelte einer ihrer Arme an ihr vorbei, dann ein Fuß und schließlich der halbe Körper.

Sie erwachte von ihrem eigenen Schrei – und saß schweißgebadet im Bett.

Kapitel 43

Oles Handy begann bereits um sechs Uhr morgens zu klingeln. Danach ging es Schlag auf Schlag, aber er verwies alle Anrufer konsequent auf die Pressekonferenz.

Hilde steckte ihren Kopf kurz vor acht zur Tür seines

Büros herein. Er erhob sich, ging zu ihr hin und empfing sie mit einer innigen Umarmung. »Komm herein und setz dich, mein Schatz«, sagte er. »Möchtest du eine Tasse Tee oder etwas anderes?«

»Nein danke, ich werde nicht lange bleiben. Ich komme unter anderem, um dir das hier zu geben.« Sie stellte eine große Tasche vor ihn hin. »Kleidung und dein Waschzeug, du erinnerst dich?«

»Oh – ja! Vielen Dank!« Ole hatte es komplett vergessen. Er war seit Montag in der Uniform unterwegs gewesen, und es hatte ihn nicht weiter beschäftigt. Erst jetzt hatte er wieder Platz in seinem Kopf, um an solche Dinge zu denken.

Hilde setzte sich auf den Besucherstuhl. »Ich will mich kurz fassen.«

Er sah sie fragend an: »Kurz fassen ...?«

Sie zögerte einen Augenblick und fingerte am Griff ihrer Handtasche herum. »Übrigens, Glückwunsch zur Lösung des Falls.«

»Danke.« Ole lächelte stolz.

»Was ich jetzt sagen werde, das ...«, Hilde suchte nach den passenden Worten, »das hätte ich ehrlich gesagt nicht gedacht, je zu dir sagen zu müssen.« Ihr Blick wurde traurig. »Ich weiß, dass der Zeitpunkt nicht der beste ist, aber es ist mir einfach zu viel, Ole, das Maß ist voll.« Es fiel ihr sichtlich schwer, das zu sagen.

Sein Herzschlag setzte kurz aus. »Was meinst du?« Sein Kopf fühlte sich plötzlich ganz leer an. Hatte er nicht die ganze Zeit versucht, sie anzurufen? Nein, er hatte sofort aufgegeben, als er sie nicht gleich erreicht hatte. Und dann hatte er es einfach vergessen. Sie hatte ihm helfen wollen, aber der Fall hatte ihn vollkommen in Beschlag genommen. Natürlich war sie enttäuscht. Herrgott, was war er doch für ein Idiot!

»Liebe Hilde«, sagte er mit belegter Stimme und griff nach ihrer Hand. »Ich weiß, dass ich dich vernachlässigt habe. Und ich bitte dich tausendmal um Entschuldigung.« Er streichelte ihre Hand.

Sie lächelte matt und entzog ihm ihre Hand. »Entschuldigung wofür? Weißt du das eigentlich, Ole? Wofür willst du dich entschuldigen? Dass du ein außergewöhnlich engagierter Polizist bist? Dass du tust, was nötig ist, und dir die Zeit nimmst, die du brauchst, um einen Fall zu lösen, der das halbe Land in Atem hält? Ist es das, was du meinst?«

Ole sah aus wie ein lebendiges Fragezeichen. »Ich habe dich die ganze Woche vernachlässigt, bin unnahbar gewesen … und …«

»Und …?« Sie sah ihn erwartungsvoll an.

»Ähm …« Ole wusste tatsächlich nicht genau, was sie hören wollte.

Hilde schwieg kurz. »Meinst du wirklich, dass du dich bei mir dafür entschuldigen musst, dass du dich eine Woche lang in deine Arbeit vergraben hast?« Sie lächelte traurig.

»Nein, natürlich nicht.« Ole sah sie voller Verzweiflung an. Worauf wollte sie denn hinaus? Was hatte er getan? Sein Gehirn lief auf Hochtouren. Ihm war, als sei zwischen ihnen beiden eine unsichtbare Wand eingezogen worden. Hilde war für ihn nicht mehr erreichbar. Seine wunderschöne, fröhliche Hilde, die er so sehr liebte. Waren sie nicht so gut wie Mann und Frau?

Ein brennender Kloß setzte sich in seinem Hals fest. Er tat weh, und der Schmerz breitete sich im ganzen Körper aus.

»Was hab ich denn getan?« Sollte sie es ihm doch erklären! Er verstand es vermutlich sowieso nicht. Er sah sie verzweifelt an, wie weggerutscht waren ihre Lachfalten, ihr Gesicht wirkte jetzt ernst und müde. Die sonst so warmen Augen schauten ihn traurig an. Es bestand kein Zweifel daran, dass ihr ihre Entscheidung schwerfiel.

»Du begreifst es wirklich nicht, oder?« Ihre Stimme drückte Mutlosigkeit aus.

»Wir können doch sicher darüber reden, Schatz«, presste Ole hervor. »Ich liebe dich, das weißt du doch?«

Sie schwieg eine Weile. »Wenn du mich liebst, warum schließt du mich dann so aus?« Ihr Blick war herausfordernd.

»Ich schließe dich aus?«

»Ja, Ole. Du bist doch ein Mensch, der andere in sein Tun und Denken einbezieht. Aber mich lässt du außen vor. Du hast einen Panzer um dich herum errichtet, an dem du mich nicht vorbeilässt. So ist es schon immer gewesen, seit wir zusammen sind, aber die letzten Tage haben diesen Eindruck noch verstärkt.« Ihre Augen blitzten für einen Moment auf. »Herrgott, ich dachte, wir sind zusammen, Ole. Am Montag hast du in einem fürchterlichen Brand all dein Hab und Gut verloren. Das war eine persönliche Tragödie, die vor ganzen fünf Tagen passiert ist. Du hast diese Trauer in diesen fünf Tagen nicht eine Minute mit mir geteilt, Ole, nicht eine Minute! Du hast mich die ganze Zeit auf Abstand gehalten. Ich durfte dich ja nicht mal in praktischen Dingen unterstützen!«

Ole nickte. »Das ... das alles tut mir ja auch sehr leid, Hilde.«

»Aber du verstehst es nicht, oder, Ole?« Ihre Stimme bebte.

»Ole!« Bevor er reagieren konnte, wurde er von Evas Stimme in der Gegensprechanlage unterbrochen. »Ein Anruf für dich!«

»Ich bin beschäftigt! Nimm die Nachricht entgegen!«

»Wo war ich ...« Hilde zögerte einen Moment, hatte

kurz den Faden verloren. »Wenn einem ein anderer Mensch wirklich wichtig ist, Ole, dann teilt man sein Leben mit diesem anderen Menschen«, sagte sie langsam. »Man bezieht sich gegenseitig ein, ist füreinander da, unabhängig davon, wie viel man um die Ohren hat.« Sie sah auf. In ihren Augen standen Tränen. »Und es ist ja nicht das erste Mal, dass so etwas passiert, Ole. In dieser Woche ist mir das alles sehr klar geworden. Ich … ich brauche jetzt etwas Zeit für mich selbst. Um darüber nachzudenken, was ich will. Wie ich leben möchte. Ich bin noch jung – relativ jung zumindest, und ich habe hoffentlich noch viele gute Jahre vor mir. Und ich habe viel zu geben. Viel Liebe.«

»Das hast du, Hilde.« Ole war wie gelähmt. Er wusste nicht, was er noch sagen sollte. Er konnte nicht mehr denken, fühlte sich dumm und hilflos.

Hilde sah auf die Uhr und erhob sich. »Ich muss jetzt los«, sagte sie. »Ich möchte, dass wir als Freunde auseinandergehen. Betrachten wir es als eine Pause in unserer Beziehung.«

»Geh nicht!« Ole zeigte auf den Stuhl. »Wir müssen reden!«

»Ole!« Evas Stimme unterbrach ihn erneut. »Du musst diesen Anruf selbst entgegennehmen. Es ist die Polizeipräsidentin, und sie besteht darauf, mit dir persönlich zu sprechen.«

Er warf Hilde einen verzweifelten Blick zu, zögerte einen Moment und griff dann zum Hörer.

»Hallo, hier Ole Vik!«

Hilde öffnete die Tür und wandte sich ein letztes Mal mit traurigem Blick zu ihm um. Dann war sie weg.

Epilog

Ole Vik ist Polizeichef des fiktiven norwegischen Küstenstädtchens Fjellberghavn. Die vorliegende Geschichte beruht auf einer wahren Begebenheit und wurde aus diesem Grund meinen Eltern Kirsten und Roger Jæger gewidmet. Meine Mutter starb 1984, erst 63-jährig, mein Vater 1995 im Alter von 84 Jahren. Von ihm habe ich die Freude am Schreiben geerbt.

Mein Vater arbeitete bis 1983 als Zahnarzt in Bergen. Irgendwann in den sechziger Jahren erhielt er vier Drohbriefe, die unser Familienleben auf den Kopf stellten. Mit Ausnahme der Ortsangaben, Daten und Namen sind die Briefe in Kapitel 6 dieses Buches eine genaue Abschrift dieser Drohbriefe.

Auf Betreiben meiner Mutter ging mein Vater schließlich zur Polizei, und das Polizeipräsidium in Bergen nahm die Angelegenheit ernst. So wie im Buch wurde auch mein Vater gebeten, darüber nachzudenken, was er an dem im Brief genannten Tag getan hatte. Dies erwies sich jedoch als nahezu unmöglich, da bereits einige Jahre vergangen waren.

Die Polizei bat daraufhin um die Herausgabe des Terminkalenders seiner Praxis, was mein Vater unter Berufung auf seine ärztliche Schweigepflicht ablehnte. Schließlich erklärte er sich jedoch bereit, wenn auch nur sehr widerstrebend, die Aufzeichnungen des betreffenden Tages selbst durchzugehen. Den Namen einer Person, die an diesem Tag seine Praxis aufgesucht hatte, erkannte er nicht wieder, die anderen konnte er Patienten zuordnen, die ihn regelmäßig konsultierten. Trotz großer

Bedenken gab er schließlich den unbekannten Namen an die Polizei weiter.

Es stellte sich heraus, dass es sich um eine psychisch kranke Person handelte, die auch sofort geständig war. Die betreffende Person war nur dieses eine Mal bei meinem Vater in der Praxis gewesen und war dort wegen eines kleinen Eingriffs lokal betäubt worden. Offenbar aus diesem Grund hatte sie sich einem Mordversuch ausgesetzt gefühlt.

Warum es so lange dauerte, bis die Person die Briefe letztlich schrieb, und warum sie sich das Datum so eingeprägt hatte, wissen wir nicht, und es ist auch nicht von Belang. Die Person war krank, verwirrt und befand sich bereits in psychiatrischer Behandlung. Als wir das erfuhren und sich unser ärgster Schock gelegt hatte, ging unsere Wut in Mitleid über. Die Person starb einige Jahre später.

Trotzdem erinnere ich mich noch heute an die unheimliche Stimmung, die damals die Familie beherrschte, und ich wollte schon lange eine Geschichte daraus spinnen, was hätte geschehen können, wenn die Welt etwas mehr aus den Angeln gehoben worden wäre, als es dann tatsächlich der Fall war.

Mit Ausnahme der zitierten Passagen in Kapitel 6 ist allerdings alles in diesem Buch frei erfunden. Alle Personenbeschreibungen und Ortsangaben sind fiktiv.

Jørgen Jæger

Dank

Ein großer Dank geht an meine Berater in allen Angelegenheiten rund um die Polizeiarbeit, nämlich Harald Andersen, Polizeidirektor in Laksevåg, und Edvin Meling Hansen, Ermittlungsbeamter a. D. der Polizei in Fana.

Ein ebenfalls großer Dank geht an die Leiterin der Abteilung für Gewalt- und Sittlichkeitsverbrechen der Polizeistation Bergen Sentrum, Tove Lian Mathiesen, für ihre wertvollen Beiträge zum Kapitel 32 in diesem Buch. Besonders danken möchte ich auch Oberbrandmeister Jan Ove Brakstad von der Feuerwehr in Bergen für seine fachliche Beratung.

Henning Mankell im dtv

»Groß ist die Zahl der Leser, die ganze Nächte mit Mankell verloren – bzw. gewonnen – haben.«
Martin Ebel im ›Rheinischen Merkur‹

Mörder ohne Gesicht
Roman
Übers. v. Barbara Sirges und Paul Berf
ISBN 978-3-423-20232-9
Wallanders erster Fall

Hunde von Riga
Roman
Übers. v. Barbara Sirges und Paul Berf
ISBN 978-3-423-20294-7
Wallanders zweiter Fall

Die weiße Löwin
Roman
Übers. v. Erik Gloßmann
ISBN 978-3-423-20150-6
Wallanders dritter Fall

Der Mann, der lächelte
Roman
Übers. v. Erik Gloßmann
ISBN 978-3-423-20590-0
Wallanders vierter Fall

Die falsche Fährte
Roman
Übers. v. Wolfgang Butt
ISBN 978-3-423-20420-0
Wallanders fünfter Fall

Die fünfte Frau
Roman
Übers. v. Wolfgang Butt
ISBN 978-3-423-20366-1
Wallanders sechster Fall

Mittsommermord
Roman
Übers. v. Wolfgang Butt
ISBN 978-3-423-20520-7
Wallanders siebter Fall

Die Brandmauer
Roman
Übers. v. Wolfgang Butt
ISBN 978-3-423-20661-7
Wallanders achter Fall

Wallanders erster Fall
und andere Erzählungen
Übers. v. Wolfgang Butt
ISBN 978-3-423-20700-3
und dtv großdruck
ISBN 978-3-423-25270-6

Die Rückkehr des Tanzlehrers
Roman
Übers. v. Wolfgang Butt
ISBN 978-3-423-20750-8

Vor dem Frost
Roman
Übers. v. Wolfgang Butt
ISBN 978-3-423-20831-4

Henning Mankell im dtv

Der Chronist der Winde
Roman
Übers. v. Verena Reichel
ISBN 978-3-423-**12964**-0 und
ISBN 978-3-423-**21003**-4
dtv großdruck **25242**-3

Die rote Antilope
Roman
Übers. v. Verena Reichel
ISBN 978-3-423-**13075**-2

Butterfly Blues
Ein Theaterstück
Übers. v. C. Romeder-Szevera
ISBN 978-3-423-**13290**-9

Das Auge des Leoparden
Roman
Übers. v. Paul Berf
ISBN 978-3-423-**13424**-8 und
ISBN 978-3-423-**21073**-7
dtv großdruck **25290**-4

Tea-Bag
Roman
Übers. v. Verena Reichel
ISBN 978-3-423-**13326**-5
dtv großdruck **25260**-7

Tiefe
Roman
Übers. v. Verena Reichel
ISBN 978-3-423-**20978**-6

Ich sterbe, aber die Erinnerung lebt
Mit einem Memory Book
von Christine Aguga
Übers. v. Verena Reichel u.
Katrin Hillgruber
ISBN 978-3-423-**13479**-8

Kennedys Hirn
Roman
Übers. v. Wolfgang Butt
ISBN 978-3-423-**21025**-6

Die flüsternden Seelen
Roman
Übers. v. Verena Reichel
ISBN 978-3-423-**21120**-8

Mankell im dtv großdruck:

Die Pyramide
Roman
Übers. v. Wolfgang Butt
ISBN 978-3-423-**25216**-4

Der Tod des Fotografen
Erzählung
Übers. v. Wolfgang Butt
ISBN 978-3-423-**25254**-6

Der Mann am Strand
Übers. v. Wolfgang Butt
ISBN 978-3-423-**25283**-6

Ilkka Remes im dtv

»Intelligente Unterhaltung der Extraklasse.«
Jil Malin

Ewige Nacht
Thriller
ISBN 978-3-423-**20939**-7
Die Nachricht von einer noch nie dagewesenen Bedrohung erschüttert Europa. Für den Sicherheitsexperten Timo Nortamo beginnt ein Wettlauf mit der Zeit. – »Ein Spitzenthriller.« (Bild am Sonntag)

Das Hiroshima-Tor
Thriller
ISBN 978-3-423-**24535**-7 und
ISBN 978-3-423-**21044**-7
Timo Nortamo ermittelt gegen die geheimsten operativen Einheiten der Großmächte, die etwas in ihren Besitz bringen wollen, das es eigentlich gar nicht geben dürfte …

Blutglocke
Thriller
ISBN 978-3-423-**24605**-7
Der deutsche Innenminister wird ermordet. In einem Wald findet man seine Leiche, nackt und auffallend weiß …

Die Geiseln
Thriller
ISBN 978-3-423-**24638**-5
Am finnischen Unabhängigkeitstag versammelt sich die Elite des Landes im Präsidentenpalast. Da bringen schwer bewaffnete Männer die Gäste in ihre Gewalt …

Höllensturz
Thriller
ISBN 978-3-423-**24572**-2
Drei Frauen werden im äußersten Norden Finnlands ermordet aufgefunden. Sie gehörten der Glaubensgemeinschaft der Laestadianer an. Die Spuren führen in den Nahen Osten … Johanna Vahtera und Timo Nortamo ermitteln.

Das Erbe des Bösen
Thriller
ISBN 978-3-423-**24666**-8
Ilkka Remes' großer Thriller über Atomwaffen- und Menschenversuche der Nazis, deren Folgen bis in die Gegenwart reichen.

Hochzeitsflug
Thriller
ISBN 978-3-423-**21117**-8
Ein Flugzeug verschwindet vom Radar. Das Wrack wird gefunden, doch keine Passagiere. Mit an Bord war eine junge Frau – auf dem Weg zu ihrer Hochzeit …

Alle Titel übersetzt von Stefan Moster

Bitte besuchen Sie uns im Internet: www.dtv.de